U0097431

古典詩歌研究彙刊

第十五輯

龔鵬程 主編

第 17 冊

清初詞人焦袁熹「論詞長短句」
及其詞研究（中）

唐 玉 鳳 著

國家圖書館出版品預行編目資料

清初詞人焦袁熹「論詞長短句」及其詞研究（中）／唐玉鳳
著 — 初版 — 新北市：花木蘭文化出版社，2014〔民103〕
目 6+216 面：17×24 公分
（古典詩歌研究彙刊 第十五輯；第17冊）
ISBN 978-986-322-605-5（精裝）
1.（清）焦袁熹 2.清代詞 3.詞論
820.91   103001204

ISBN-978-986-322-605-5

9 789863 226055

古典詩歌研究彙刊
第十五輯 第十七冊   ISBN：978-986-322-605-5

清初詞人焦袁熹「論詞長短句」及其詞研究（中）

作　　者　唐玉鳳
主　　編　龔鵬程
總 編 輯　杜潔祥
副總編輯　楊嘉樂
編　　輯　許郁翎
出　　版　花木蘭文化出版社
社　　長　高小娟
聯絡地址　235 新北市中和區中安街七二號十三樓
　　　　　電話：02-2923-1455／傳真：02-2923-1452
網　　址　http://www.huamulan.tw 信箱 hml 810518@gmail.com
印　　刷　普羅文化出版廣告事業
初　　版　2014 年 3 月
定　　價　第十五輯 20 冊（精裝）新台幣 30,000 元
版權所有・請勿翻印

清初詞人焦袁熹「論詞長短句」及其詞研究(中)

唐玉鳳 著

中　冊

第五章　焦袁熹「論詞長短句」論北宋詞人

　　本章擬探究焦袁熹「論詞長短句」論北宋詞人之部分，或一人分繫兩首，或一首合論兩人，凡十七首，計十五家詞人，其中論歐陽脩兩首，又合論蘇軾、柳永一首。此外，焦氏有一闋論及遼國皇后蕭觀音以詠事為主，雖遼朝（907～1125）與北宋常年征戰，但在政治、經濟、文化等方面，卻深受中原漢文化影響，此異域巾幗接受漢文化濡染、薰陶，在詩詞創作盡得漢人素養，有可賞譽處，爰列於本章作討論。

　　為求焦袁熹論述能反映時代背景，彰顯焦袁熹論詞存史之意圖，本章將北宋詞人分為前、中後兩期〔註1〕，藉以考察詞史發展之走向。詞家論列，基本上以時代先後為原則，惟晏幾道、柳永兩人，為使符合討論之脈絡及便於比較，而對其先後次序略作調整：其一，將晏幾

<hr />

〔註 1〕關於宋詞分期問題，歷來論者頗多，各家說法不一。詳參崔海正：〈宋詞分期問題研究掃描〉，《宋詞研究述略》（臺北：洪葉文化，1999 年 3 月），頁 40～59。另王兆鵬先生亦對宋詞分期進行比較與討論，提出「代群分期」之概念，參氏著：《唐宋詞史論》（北京：人民文學出版社，2003 年 9 月），頁 3～50。本文「宋詞分期」（含下一章論南宋詞部分）主要參酌其說，而略作調整，以符合焦袁熹論詞之脈絡，避免混淆作者特具之詞史觀念。

道由北宋中期提列至前期。焦氏評論晏殊、晏幾道父子之詞風及詞壇成就，有意將兩人並列以資比較，而且小山詞受其父詞影響甚深，因此在比較高下之外，更有承繼關係需探討，故並列以便參照；其二，將柳永由北宋前期迻至中期。於北宋中期，「蘇、柳比較」風氣頗盛，蘇軾更嘗自言於柳七郎外別立一家；此外，焦氏各以一首專論蘇軾、柳永，另有一首合論蘇、柳，並作揄揚貶抑之評價，為符合時代風氣，及作者評論之脈絡，故將柳永迻至中期，俾便討論比較，並總結主要觀點於兩節之後。

第一節　論北宋前期詞人

　　焦袁熹論北宋前期詞人，取范仲淹、晏殊、晏幾道、宋祁、歐陽脩、張先等六家詞人，其中論歐陽脩兩首，共計七闋詞。茲依詞家論列，逐次分析如下：

一、范仲淹

　　范仲淹（989～1052），字希文，吳縣人（今江蘇蘇州）。以龍圖閣直學士副夏竦經略陝西，守邊數年，號令嚴明，愛撫士卒，羌人呼為「龍圖老子」〔註2〕。夏人亦相戒不敢犯其境，曰：「軍中有一范，西賊聞之驚破膽。」〔註3〕范仲淹作為北宋詩文革新先驅，在詩、文、詞、賦方面都頗有成就，其詞作數量不多，《全宋詞》僅存五首〔註4〕，一方面筆觸邊塞之聲，豪放雄渾，一方面感嘆相思之情，纏綿婉轉，焦袁熹〈采桑子·范文正〉即論范仲淹政治遭遇屢遭貶謫及其詞之真情流露，詞云：

〔註2〕〔元〕脫脫：《宋史·范仲淹傳》，《二十五史》（臺北：新文豐出版公司，1975年），冊三四，卷三一四，頁3938。

〔註3〕〔宋〕朱熹：《五朝名臣言行錄·七之二參政范文正公仲淹》引《名臣傳》，《四庫叢刊初編》，冊六十一，卷七，頁130。

〔註4〕朱孝藏《疆村叢書》本《范文正公詩餘》共6首，其中〈憶王孫〉一首，據唐圭璋考定係李重元詞。

眉間心上難迴避，語到情眞。感蕩心魂。塞主孤窮兒女仁。
　　碧雲馭出誰人手，枉蟻賢臣。聖代殊恩。兩廡今看俎
豆新。(《全清詞‧順康卷》，冊十八，頁 10579)

焦詞首句便化用范仲淹〈御街行‧秋日懷舊〉末句：

紛紛墮葉飄香砌。夜寂靜、寒聲碎。眞珠簾捲玉樓空，天
淡銀河垂地。年年今夜，月華如練，長是人千里。　　愁
腸已斷無由醉。酒未到、先成淚。殘燈明滅枕頭敧。諳盡
孤眠滋味。都來此事，眉間心上，無計相迴避。(《全宋詞》，
冊一，頁 11)

此闋詞寫秋夜懷人，上片寫景，而寓情其中，下片則全爲抒情，尤
末尾三句秉筆直書，用平易淺近之口吻抒發相思別情，「月光如畫，
淚深於酒，情景兩到」(《草堂詩餘雋》)，因景懷人之情，淒婉深切。
另有〈蘇幕遮〉(碧雲天)一闋，「芳草無情，更在斜陽外」、「明月
樓高休獨倚。酒入愁腸，化作相思淚」句，後世評價多矣，「公之正
氣塞天地，而情語入妙至此」(《詞苑》引《歷代詩餘》)、「前段多入
麗語，後段純寫柔情，遂成絕唱」(鄒祇謨《遠志齋詞衷》)、「鐵石
心腸人亦作此消魂語」(許昂宵《詞綜詞衷》)，由此足見范公之眞情
流露。即便寫羈旅鄉愁和相思之情，其時空背景總以宏大深遠之境
界烘托，「碧雲天，黃葉地」展現際天極地之蒼茫秋景，「人千里」
三字將狹隘之情拓展無限，其詞「言情雖纏綿而不輕薄，措辭雖華
美而不淫豔」〔註5〕，亦爲范仲淹廣闊胸襟，道德典範之展現。

范仲淹不僅爲人正直有氣節，勛德重望，且具有文人情感豐富與
審美敏銳之特點，其詩詞中亦作脂粉語，後代多認爲范公之正氣塞天
下，言情之作似沾沾作兒女想，然「大抵人自情中生，焉能無情，但
不過甚而已」〔註6〕，認爲范詞情致如此，未妨其矯矯風節：

自古忠臣義士皆不拘小節……。近偶閱范文正公、眞西山

〔註5〕劉大杰：《中國文學發展史》(臺北：華正書局，2004 年 8 月)，中冊，
　　　頁 658。
〔註6〕〔明〕楊愼：《詞品》，《詞話叢編》，冊一，卷三，頁 467。

公、歐陽文忠公諸集，皆有贈妓之詩。數公皆所謂天下正人，理學名儒，然而不免於此，可知粉黛烏裙，故無妨於名教也。〔註7〕

范文正、司馬溫公、韓魏公皆一時名德重望，范〈御街行〉（詞略）、韓〈點絳唇〉（詞略）、溫公〈西江月〉（詞略），人非太上，未免有情，當不以此纇其白璧也。〔註8〕

情之所鍾，賢者亦不能免，姚寬《西溪叢話》卷下：「范文正守鄱陽，喜樂籍，未幾召還，作詩寄後政云：『慶朔堂前花自栽，爲移官去未曾開。年年憶著成離恨，只託春風管領來。』到京，以綿臙脂寄其人，題詩云：『江南有美人，別後長相憶。何以慰相思，贈汝好顏色。』至今，墨跡在鄱陽士大夫家。」〔註9〕有此經歷，使范仲淹詞中多思離愁之苦，望遠懷人之情，眞摯感人。

此兩句「感蕩心魂。塞主孤窮兒女仁」，則言范仲淹戍邊多年，報國熱忱及思歸鄉愁一寄於詞，而呈「感蕩心魂」之眞情。范仲淹爲北宋時期傑出政治家，兼通文武，曾於西北邊地抵禦西夏入侵達四年之久，對於邊塞生活有其親身體驗與眞實感受，且首開以長短句之形式描寫軍旅生活〔註10〕，遂作〈漁家傲〉數闋，然邊塞詞幾已散佚，唯留下一闋，詞云：

塞下秋來風景異，衡陽雁去無留意。四面邊聲連角起。千嶂裡，長煙落日孤城閉。　　濁酒一杯家萬里。燕然未勒

〔註7〕〔清〕昭槤撰，何英芳點校：《嘯亭雜錄・忠臣狷技》，《清代史料筆記叢刊》（北京：中華書局，1997 年 12 月），卷十，頁 313。

〔註8〕〔清〕徐釚：《詞苑叢談》，《景印文淵閣四庫全書》，冊一四九四，卷三，頁 611。

〔註9〕〔宋〕姚寬：《西溪叢語・范文正詩墨跡》，《景印文淵閣四庫全書》，冊八五〇，卷下，頁 951。

〔註10〕唐代韋應物〈調笑〉一闋雖有「無窮邊草日暮」句，但未能完全展開，且無眞實邊塞生活之體驗，范仲淹〈漁家傲〉（塞下秋來風景異）一詞實爲「邊塞詞」之首創。見諸葛憶兵：〈論范仲淹承前啓後的詞史地位〉，《河北學刊》第 30 卷第 4 期，2010 年 7 月，頁 88。

歸無計。羌管悠悠霜滿地。人不寐。將軍白髮征夫淚。(《全
宋詞》,冊一,頁11)

〈漁家傲〉作於范仲淹戍守邊境之時,五十二歲時於延安之作,表達
出堅持擊潰外患之英雄氣概,也寫下久戍邊地之感受,以及無法歸去
之苦楚,戍邊之苦、相思之情以及守土之責的點滴皆在此闋詞中表露
無遺。北宋長期積弱不振,邊防不修,面對西夏進犯明顯居於下風,
范仲淹應召守邊雖頗見成效,卻苦於宋王朝武備鬆弛,邊境空虛,僅
能保持守勢,范公縱有滿腔報國熱忱,又難銷無邊愁緒,詞中多表現
千般豪情和萬般無奈之矛盾情緒,此與唐人邊塞詩所體現之豪邁氣慨
與樂觀精神迴然不同。沈際飛《草堂詩餘正集》云:「希文道德未易
窺,事業不可筆記。『燕然未勒』句,悲憤鬱勃,窮塞主安得有之。」
〔註11〕清・馮金伯稱:「范希文守邊日,作〈漁家傲〉數首,皆以『塞
上秋來風景異』為起句,歐陽公常呼為窮塞主之詞。」〔註12〕所謂「窮
塞主」之說,即謂范詞情調「蒼涼悲壯,慷慨生哀」〔註13〕,「頗述
邊鎮之勞苦」(《東軒筆錄》),詩以窮工,乃於詞亦然,故歐公以「窮
塞主」稱之不無道理。從范詞「塞下秋來風景異,衡陽雁去無留意」,
「千嶂裡,長煙落日孤城閉」,「羌管悠悠霜滿地」(〈漁家傲・秋思〉)
等句看,或寫政治抱負,或寫羈旅情懷,或蒼涼悲壯,或纏綿深婉,
盡顯浪子愁思淒涼之苦境,句句出自肺腑,真情流露。《蕙風詞話》
言:「真字是詞骨,情真,景真,所作必佳」〔註14〕,范仲淹既有政
治家之豪情壯志,亦有一般人之平凡情愫,勒石燕然之志與愁腸相思
之情矛盾跌宕,更突出范仲淹詞作「語到情真,感蕩心魂」之特色。

〔註11〕〔明〕沈際飛:《草堂詩餘正集》,此則收錄於吳熊和主編:《唐宋詞
　　　彙評・兩宋卷》(杭州:浙江教育出版社,2004年),冊一,頁36。
〔註12〕〔清〕馮金伯:《詞苑萃編》,唐圭璋:《詞話叢編》(臺北:新文豐
　　　出版公司,2005年10月),冊三,卷十一,頁2002。
〔註13〕〔清〕彭孫適:《金粟詞話》,唐圭璋《詞話叢編》,冊一,頁723。
〔註14〕〔清〕況周頤:《蕙風詞話》,唐圭璋:《詞話叢編》,冊五,卷一,
　　　頁4408。

　　詞之下片先以良馬「碧雲騢」比喻出將入相、文武全才的范仲淹，但因直言不諱，導致龍心大怒，即使位高權重，依舊難逃貶謫。范仲淹曾奏請劉太后還政宋仁宗，直諫犯顏遭貶謫；不容呂夷簡專權，又向仁宗上〈百官圖〉針砭朝廷官制，此舉激怒了呂夷簡，反訴范仲淹「越職言事，薦引朋黨，離間君臣。」〔註15〕仁宗遂貶黜范仲淹至饒州（今江西鄱陽）；慶曆年間，則因所提奏新政改革失敗，遂遭罷免。范仲淹為官數十載，耿介正直，多次因事諫言而遭貶，卻勵志不改，「寧鳴而死，不默而生」（〈靈烏賦〉），故焦袁熹以「碧雲騢出誰人手，枉殺賢臣。聖代殊恩」，為范仲淹一生多受貶謫，幾起幾落表達不平。

　　范仲淹品格剛正不阿，主政愛國憂民，王十朋〈夢人贈范文公集〉曰：「平生敬慕范文正，遺像向來祠楚東。夢裏何人贈文集，見公端似見周公」〔註16〕，以天下為己任的人生追求，無人能及之。范仲淹無論在朝主政、出帥方面，均繫國之安危、時之重望於一身；即使在擔任地方官之時，亦是殫精竭慮，鞠躬盡瘁。韓琦評價范仲淹：「竭忠盡瘁，知無不為……天下正人之路，始公闢之」〔註17〕，即為范仲淹身後人們之定評。宋代百姓受到范仲淹如此的特別恩寵，「先憂後樂」之堅持，以蒼生為己任，無怪地方上的百姓為了紀念范公，多處設有范仲淹祠或碑，以表永遠的瞻仰和懷念。《宋史》記載范仲淹「置義莊里中，以贍族人。汎愛樂善，士多出其門下，雖里巷之人，皆能道其名字。死之日，四方聞者，皆為歎息。為政尚忠厚，所至有恩，邠、慶二州之民與屬羌，皆畫像立生祠事之。及其卒也，羌酋數百人，哭之如父，齊三日而去。」〔註18〕蘇州范仲淹祠有一副對聯，上聯為

〔註15〕〔宋〕李燾撰：《續資治通鑑長編》（北京：中華書局，2004年），冊五，卷一一八，頁2784。

〔註16〕〔宋〕王十朋：《王十朋全集·夢人贈范文公集》（上海：上海古籍出版社，1998年10月），卷二三，頁413。

〔註17〕〔宋〕韓琦：《安陽集·文正范公奏議集序》，《景印文淵閣四庫全書》，冊一〇八九，卷二二，頁334～335。

〔註18〕〔元〕脫脫：《宋史·范仲淹列傳》，《二十五史》（臺北：新文豐出版公司，1975年），冊三四，卷三一四，頁3940。

「甲兵富於胸中，一代功名高宋室」，下聯爲「憂樂關乎天下，千秋俎豆重蘇臺」，上聯概括了范仲淹的歷史功績，不但是勇於改革的政治家，還是屢建戰功的統帥，下聯乃歌頌了他先憂後樂的寬闊博大的胸懷，讚賞他一生爲生民之付出。焦袁熹亦言：「范公以天下爲己任，先天下之憂而憂，其危言危行，蓋至誠激中自不容己，豈有一毫爲身家之意哉？」〔註 19〕故焦詞結句以「兩廡今看俎豆新」，表後代對於范仲淹之追念與稱頌。

二、晏殊

晏殊（991～1055），字同叔，撫州臨川人（今江西撫州）。七歲能屬文，少時以「神童」被薦入朝，並試廷中，賜同進士出身，後官至宰相，諡元獻。〔註 20〕以詞著名，被後人尊奉爲「北宋倚聲家初祖」，詞風受南唐馮延巳影響尤深，著有《珠玉詞》。晏殊作爲一個太平宰相，平日生活流連詩酒、歌舞昇平，其詞大部分是在富貴優游的生活中產生，作於酒宴之間，故詞作多寫些流連光景，歌詠閒適之內容。焦袁熹〈采桑子・晏元獻〉論其詞承繼唐五代詞之傳統，具有南唐詞之情致，卻未脫花間詞之影響，詞云：

> 昇平宰相神仙客，歌舞華茵。玉貌朱唇。花月樽前現在身。
>
> 　九天欬唾成珠玉，白雪陽春。賭鬪清新。不是三家村
>
> 裡人。（《全清詞・順康卷》，冊十八，頁 10579）

晏殊位極人臣，歷仕兩朝，年少榮華，晚來厚寵，宦途得意，位至宰相，其生活可謂富貴顯達、優裕閒適。《宋景文筆記》：「相國不自貴重其文，門下客及官屬解聲韻者，悉與酬唱。」〔註 21〕葉夢得《石林詩話》云：「晏元獻公留守南郡……賓主相得，日以賦詩飲酒爲樂，

〔註 19〕〔清〕焦袁熹：《此木軒雜著》，卷一，頁 21。
〔註 20〕有關晏殊傳記，見〔元〕脫脫：《宋史》，《二十五史》，冊三四，卷三一一，頁 3899～3900。
〔註 21〕〔宋〕宋祁：《宋景文筆記》，《景印文淵閣四庫全書》，冊八六二，卷上，頁 538。

佳時勝日，未嘗輒廢也。」〔註22〕《避暑錄話》也道：「晏元獻雖早
富貴，而奉養極約。惟喜賓客，未嘗一旦不燕飲。」〔註23〕宋人筆記
中多見晏殊等重臣蓄養歌妓、頻繁歡飲等記載，因此晏殊作品中，表
現詩酒生活與閒愁情致內容占多數，延續花間詞人以詞作爲酒邊宴前
佐歡之功用。晏殊作爲昇平宰相，有多闋詞皆以「神仙」二字入詞，
以描寫歌舞宴樂之繁華熱鬧景象，其〈長生樂〉：

> 玉露金風月正圓。臺榭早涼天。畫堂嘉會，組繡列芳筵。
> 洞府星辰龜鶴，來添福壽。歡聲喜色，同入金爐泛濃煙。
> 　　清歌妙舞，急管繁絃。榴花滿酌觥船。人盡祝、富貴
> 又長年。莫教紅日西晚，留著醉神仙。(《全宋詞》，冊一，頁
> 103)

〈望仙門〉：

> 玉池波浪碧如鱗。露蓮新。清歌一曲翠眉顰。舞華茵。　　滿
> 酌蘭英酒，須知獻壽千春。太平無事荷君恩。荷君恩。齊
> 唱望仙門。(《全宋詞》，冊一，頁 102～103)

晏殊詞作以自身宴樂歌舞作爲題材，描寫眼前輕歌慢舞、歌筵酒席之
場景，多述裙裾脂粉，花柳風月，故焦袁熹以「昇平宰相神仙客，歌
舞華茵。玉貌朱唇」論之甚確。

晏殊以作詩之餘力塡詞，承繼《花間》、南唐之題材與風格，步武
溫、韋，如許昂宵《詞綜偶評》：「晏氏父子均可追逼《花間》」〔註24〕，
周濟《宋四家詞選・目錄序論》：「晏氏父子，能步溫韋」〔註25〕，然
晏殊雖寫傷春怨別的作品，但非純以聲色及豔詞作爲消遣，而能於吟

〔註22〕〔宋〕葉夢得撰，王雲五主編：《石林詩話》(臺北：臺灣商務印書
　　　館，1966 年 3 月)，頁 35。
〔註23〕〔清〕各學人：《筆記小說大觀》(臺北：新興書局，1978 年 1 月)，
　　　冊十三，卷二，頁 618。
〔註24〕〔清〕許昂宵：《詞綜偶評》，唐圭璋主編：《詞話叢編》，冊二，頁
　　　1575。
〔註25〕〔清〕周濟：《宋四家詞選目錄序論》，唐圭璋：《詞話叢編》，冊二，
　　　頁 1643。

唱助興背後透出理性思考和人生哲學，如〈浣溪沙〉：

> 一向年光有限身。等閒離別易銷魂。酒筵歌席莫辭頻。
>
> 　滿目山河空念遠，落花風雨更傷春。不如憐取眼前人。

（《全宋詞》，冊一，頁 90）

晏殊詞於酒筵歌席之中發出「一向年光有限身」、「落花風雨更傷春。不如憐取眼前人」之哀嘆，於尋常情感中委婉表現對人生哲理之思致與領悟，其內涵已在詞外，「以理寫情，情中有思」，故焦袁熹上片末句「花月樽前現在身」，便係肯定晏詞於富貴氣象之中，含蓄地透露出透徹圓融的理性反省與觀照。晏詞另一部分寫離愁別恨，則受晚唐五代以來傳統詞風影響，適應於尊前花下歌妓們傳唱之需。清・陳廷焯認為：「晏、歐詞雅近正中，……蓋正中意餘於詞，體用兼備，不當作豔詞讀。」〔註 26〕晏殊詞得力於溫、韋，也受馮延巳之影響，清・劉熙載便言：「馮延巳詞，晏同叔得其俊，歐陽永叔得其深。」〔註 27〕語言也一洗五代《花間詞》的脂粉氣息和冶豔色彩，而變得清新淡雅，溫潤如玉。晏殊的詞在北宋時期有承先啟後的重要地位。

　　此闋詞下片，首句「九天欬唾成珠玉」運用「珠玉」二字，雙關晏殊詞集名，並表示《珠玉詞》為極品之作，更使用誇飾手法，描寫晏殊作品追求玉潤珠圓之不凡和特為珍貴。學者葉嘉瑩對《珠玉詞》提出四點特色：第一，《珠玉詞》表現的一種情中有思的意境；第二，特有的一份閒雅的情調；第三，表現傷感中的曠達的懷抱；第四，寫富貴而不鄙俗、寫豔情而不纖佻。〔註 28〕晏殊雖然早得功名，身處富貴，但見春秋代序，時光流逝，也難免興起人生如寄之感傷，如《浣溪沙》云：「一曲新詞酒一盃。去年天氣舊亭臺。夕陽西下幾時迴。

〔註 26〕〔清〕陳廷焯：《白雨齋詞話》，唐圭璋：《詞話叢編》，冊四，卷一，頁 3781。

〔註 27〕〔清〕劉熙載：《詞概》，唐圭璋：《詞話叢編》，冊四，頁 3689。

〔註 28〕葉嘉瑩：《迦陵論詞叢稿》（臺北：桂冠圖書有限公司，2000 年 6 月），頁 65～74。

　　無可奈何花落去，似曾相識燕歸來。小園香徑獨徘徊。」（《全宋詞》，冊一，頁89）流露了春歸花落、好景不常的輕愁，劉若愚評釋這闋詞云：「詞意包含的感情是細膩而不激烈的，表現著高度淨化了的敏感。敘寫這樣獨特意境的文字，雖然造句簡潔卻相當纖美。」〔註29〕詞句輕清宛轉，玉潤珠圓，從中可略見其成就。

　　承上句，焦袁熹以「白雪陽春，賭鬥清新」作為晏詞得以「珠玉」二字稱頌之原因。所謂「陽春白雪，曲高和寡」，「陽春」是中國古代公認極高雅之曲子，焦袁熹透過「白雪陽春」之意，論晏殊表現自己激昂的情感，卻不失理性的節制個性，詞感受極為細膩，脫俗清新，超凡俊逸，不同於五代詞風艷麗，感情濃厚，表現強烈。此外，「陽春白雪」同時代指馮延巳《陽春集》，從地位身分，創作動機和創作環境而言，對晏殊詞影響最大者當推馮延巳，劉熙載稱：「馮延巳詞，晏同叔得其俊」〔註30〕，清·馮煦論晏殊詞謂：「晏同叔去五代未遠，馨烈所扇，得之最先，故左宮右徵，和婉而明麗，為北宋倚聲家初祖。」〔註31〕焦袁熹更於此指出兩者間之承繼關係，及晏殊於詞史上承五代、下開北宋之地位。「賭鬥清新」則係化用晏殊〈山亭柳·贈歌者〉此闋詞中句子，其詞云：

> 家住西秦。賭薄藝隨身。花柳上、鬥尖新。偶學念奴聲調，有時高遏行雲。蜀錦纏頭無數，不負辛勤。　　數年來往咸京道，殘杯冷炙謾消魂。衷腸事、託何人。若有知音見採，不辭徧唱陽春。一曲當筵落淚，重掩羅巾。（《全宋詞》，冊一，頁106）

晏殊此闋屬貶長安後之作品，鄭騫先生《詞選》：「時同叔年逾六十，去國已久，難免抑鬱；此詞慷慨激越，所謂借他人酒杯澆胸中塊壘者

〔註29〕劉若愚著、王貴苓譯：《北宋六大詞家》（臺北：幼獅文化事業公司，1986年6月），頁18。

〔註30〕〔清〕劉熙載：《詞概》，唐圭璋主編：《詞話叢編》，冊四，頁3689。

〔註31〕〔清〕馮煦：《蒿庵論詞》，唐圭璋主編：《詞話叢編》，冊四，頁3585。

也」〔註32〕，以「贈歌者」爲題，詞中通過歌者自述身世，以寄寓其心情。其中「尖新」一詞，原指文章尖巧新穎，至宋代詞人以此語入詞，始形容文藝才能，如晏殊指歌者其聲絕妙，足以在花街柳巷與他者比賽頂尖新穎。焦袁熹則用「賭鬪清新」論晏殊詞之風格，特指其豔情詞之新穎不俗，富有情思，與晚唐、五代詞人相較絲毫不遜色；詞中兒女之情趨向含蓄典雅，不但雅麗清暢，更有清新之致，一洗晚唐五代輕佻淺薄之詞風。

　　末尾「不是三家村裡人」一句，則借用晁補之論晏幾道語。趙令畤《侯鯖錄》卷七引晁補之云：「晏叔原不蹈襲人語，而風度閑雅，自是一家。如『舞低楊柳樓心月，歌盡桃花扇底風』，自可知此人不生在三家村中也。」〔註33〕小山自幼長於富貴人家，且浸潤於文藝氣氛中，遂養成其風流蘊藉之氣質，故其造境自與「三家村」輩不同，而酷似「六朝宮掖體」也。〔註34〕一般論者亦謂晏殊詞具有富貴氣象，然其詞不求金玉錦繡字面之堆砌，而是出於眞摯自然地反映屬於其身分所該有之歡樂與悲哀〔註35〕，焦袁熹遂借晁補之論晏幾道之語，論其父晏殊詞中之閒雅工麗，含蓄清新，寫俗而不媚俗，遂有雍容華貴的臺閣氣態。鄭騫先生《成府談詞》提出：「《珠玉詞》清剛淡雅，深情內斂，非淺識所能了解，近人遂有譏爲『身處富貴無病呻吟』者。不知同叔一生，亦曾屢遭拂逆，且與物有情而地位崇高性格嚴峻，更易蘊成寂寞心境，故發爲詞章，充實眞摯，安得謂之無病呻吟！文人哀樂，與生俱來，斷無作幾日官即變成『心漚漚面團團』之理。爲此

〔註32〕鄭騫先生：《詞選》（臺北：中華文化出版事業委員會，1952 年 9 月），頁 24。

〔註33〕〔宋〕趙令畤：《侯鯖錄》，《叢書集成初編》（北京：中華書局，1985 年），冊二八五九，卷七引，頁 70。

〔註34〕楊繼修：《小山詞研究》（臺北：黎明文化事業股份有限公司，1980 年 3 月），頁 15。

〔註35〕劉揚忠〈二晏父子〉：「題材狹窄固爲大晏詞的明顯缺陷，但若結合歷史條件和他個人經歷來看，其詞最富個性的一點，恰恰在於它們眞摯而自然地反映了屬於這種身份的人們特定的生活情趣，特定的歡樂和悲哀。」見《文史知識》第 9 期，1983 年，頁 87。

語譏同叔者，吾知其始終未出三家村也」〔註36〕，認爲批評晏殊詞爲「無病呻吟」〔註37〕、「濫調」〔註38〕，並不公允。因爲晏殊雖非「三家村裡人」，但天生詞人敏感，終難掩其多情特質，也曾遭遇「慶曆新政」失敗而罷相等官場波折，故於其《珠玉詞》中總能體會到一種溫雅委婉而含蓄的哀愁，尤其生時光流逝，嘆老傷逝，此乃人之常情，亦是其詩酒生活的體驗。

三、晏幾道

　　晏幾道，字叔原，號小山，晏殊幼子，撫州臨川（今屬江西）人，約生於天聖八年庚午，卒於崇寧五年（1030～1106）〔註39〕。由於晏幾道承繼晏殊、歐陽脩之餘緒，獨鍾小令，並以此名家，故焦袁熹將晏幾道列於晏殊之後，置於北宋前期作家之中，並非依生卒年之序列，而是因其作風與北宋前期詞人相近。此闋主要是比較晏幾道及其父晏殊之高下，並論晏幾道詞作之風格及特色，詞云：

> 小山更覺篇篇好，歌酒當場。斷盡回腸。雛鳳清於老鳳皇。
>
> 　一般氣味千般俊，言語尋常。金管淒鏘。露咽三危九
>
> 竅香。（《全清詞・順康卷》，冊十八，頁 10579）

首句「小山更覺篇篇好」及末句「雛鳳清於老鳳皇」〔註40〕，從「更」

〔註36〕鄭騫先生：《景午叢編・成府談詞》（臺北：中華書局，1972 年 1 月），上集，頁 251。

〔註37〕詳見宛敏灝：《二晏及其詞》，《學風月刊》第 4 卷，第 2～6 期，1934年 3 月。

〔註38〕陳永正《晏殊晏幾道詞選》：「其實晏殊並沒有許多愁緒，甚至沒有真正的愁。……借酒銷愁，已成濫調。」（臺北：遠流出版公司，1988年 7 月），頁 10。

〔註39〕晏幾道之生卒年不可考，本文晏幾道之生卒年據夏承熹《唐宋詞人年譜》中〈二晏年譜〉（臺北：明倫出版社，1970 年 12 月），頁 236～237，261～262。

〔註40〕「雛鳳清於老鳳皇」一句，乃李商隱贈與韓偓之詩，讚頌韓偓之詩較其父韓瞻爲佳。《唐詩紀事》曰：「韓字致堯，小字冬郎。父瞻，李義山同門也。偓常即席爲詩相送，義山喜贈之，有「十歲裁詩走馬成」及「雛鳳清於老鳳皇」兩句。〔清〕沈雄：《古今詞話》，見唐圭璋：《詞話叢編》，冊一，頁 969。

字得知，我們可看出焦袁熹有意拿晏幾道之作和其父晏殊相較，並認為小山之長短句略勝一籌，其論斷之標準，已由「歌酒當場，斷盡回腸」二句交代，歷來不少文人亦持相同主張，夏敬觀便言：「殊父子詞，語淺意深，有回腸盪氣之妙；幾道殆過其父。」〔註41〕又周濟《宋四家詞選目錄序論》：「晏氏父子，仍步溫、韋，小晏精力尤勝。」〔註42〕如晏幾道〈阮郎歸〉一詞：

> 天邊金掌露成霜。雲隨雁字長。綠杯紅袖趁重陽。人情似故鄉。　　蘭佩紫，菊簪黃，殷勤理舊狂。欲將沉醉換悲涼。清歌莫斷腸。（《全宋詞》，冊一，頁238）

觀整首詞雖然描寫的是歌筵酒席、佳節良辰，然當中所寄託的感情卻是相當沉重且悲切的，陳匪石《宋詞舉》：「此在小山詞中，為最凝重深厚之作，與其他絕句不同。」〔註43〕晏幾道曾任穎昌府許田鎮監，然而晚年家道中落，生活貧困，嘗盡世間冷暖及人情世故，曾於《樂府補亡》自序：

> 補亡一編，補樂府之亡也。叔原往者浮沈酒中，病世之歌詞不足以析酲解醞……作五七字語，期以自娛……始時沈十二廉叔、陳十君龍家有蓮、鴻、蘋、雲，品清謳娛客，每得一解，即以草授諸兒，吾三人持酒聽之，為一笑樂而已。而君龍疾廢臥家，廉叔下世，昔之狂篇醉句，遂與兩家歌兒酒使，俱流轉於人間……追惟往昔過從飲酒之人，或壟木已長，或病不偶。考其篇中所記悲歡合離之事，如幻如電，如昨夢前塵；但能掩卷憮然，感光陰之易遷，嘆境緣之無實也。〔註44〕

其身世背景反映於其詞作內容，常寫悲歡離合，以感傷筆調描寫過去之生活景況，思想感情較深沉真摯。由於身世遭遇的不同，故晏氏父

〔註41〕夏敬觀：《二晏詞選注》（臺北：商務印書館，1965年7月），頁178。
〔註42〕〔清〕周濟：《宋四家詞選目錄序論》，唐圭璋：《詞話叢編》，冊二，頁1643。
〔註43〕陳匪石：《宋詞舉》（臺北：正中書局，1983年1月），頁116。
〔註44〕朱孝臧輯校：《彊村叢書》（上海：上海古籍出版社，1989年7月），上冊，頁168。

子作品中所表現的意境亦大不相同，晏殊詞意境較爲深廣，知性、理性之成份較重，在寫景抒情之中融入己身的經驗、思想，如「滿目山河空念遠，落花風雨更傷春，不如憐惜眼前人」〈浣溪沙〉（《全宋詞》，冊一，頁91）、「昨夜西風凋碧樹，獨上高樓，望盡天涯路」〈蝶戀花〉（《全宋詞》，冊一，頁91），於詞中蘊含哲思，表現理性的反省；晏幾道則因爲家道中落和仕途偃蹇，人生境遇愁悶困頓，曾「年未至乞身，退居京城賜地，不踐諸貴之門」〔註45〕，又曾因政見之爭而身陷囹圄，因此其詞境趨於沉鬱傷感，多抒傷心懷抱與愁苦感觸。夏敬觀〈映庵詞評〉稱：「叔原以貴人暮子，落拓一生，華屋山丘，身親經歷，哀絲豪竹，寓其微痛纖悲」〔註46〕，明確指出小山作爲仕宦未曾顯達之沒落王孫，常借詞「敘其所懷」，結合晏幾道性情及行迹來看，可知其創作皆爲至情至性的呈現，在抒情小詞裏達到較高的藝術境界。夏敬觀手批評點《小山詞》跋尾指出：「晏氏父子嗣響南唐二主，才力相敵，蓋不特辭勝，猶有過人之情。」〔註47〕晏幾道肯定情感的意義與價值，其「過人之情」，便在對於「如幻如電，如昨夢前塵」的悲歡離合之事難以釋懷，因而「感光陰之易遷，歎境緣之無實」，在詞中追憶往事，寓其微痛纖悲，可謂與南唐後主同一機杼，這也是焦袁熹之所以認爲小晏勝過大晏之處。除了「斷盡回腸」外，焦袁熹於「雛鳳清於老鳳皇」一語拈出「清」字，除了解爲鳴聲響亮、清脆之外，同時亦指出晏幾道詞作之特色，其摯友黃庭堅（1045～1105）於〈小山集序〉言：

> （小山）獨嬉弄於樂府之餘，而寓以詩人之句法，清壯
> 頓挫，能動搖人心。……至其樂府，可謂狎邪之大雅，
> 豪士之鼓吹，其合者高唐洛神之流，其下者豈減桃葉團

〔註45〕〔宋〕王灼：《碧雞漫志》，見唐圭璋主編：《詞話叢編》，冊一，頁86。

〔註46〕夏敬觀：〈映庵詞評〉，《詞學》（上海：華東師範大學，1986年），第五輯，頁201。

〔註47〕朱孝臧輯校編撰：《彊村叢書》（上海：上海古籍出版社，1989年7月），上冊，頁752。

扇哉？〔註48〕

其中「清壯頓挫」之解釋，歷來眾說紛紜，莫衷一是。清・況周頤《蕙風詞話》卷二云：「小晏神仙中人，重以名父之貽，賢師友相與沆瀣，其獨造處，豈凡夫肉眼所能見及」〔註49〕，亦肯定其迥異流俗的獨到之處。夏敬觀經常以「意新」、「語新」或「作法變幻」評點《小山詞》〔註50〕，指晏幾道能不蹈襲人語，擺落俗套，自出機杼，追求立意、修辭、作法上的新穎獨創，以達到出奇生新的效果。

　　緊承上片而來，下片首句「一般氣味千般俊，言語尋常」，即言晏幾道的詞作雖寫尋常歌筵酒席之豔詞，「雖涉風月但清新雅正」、「寄寓更多人生況味，其詞也就自高雅」〔註51〕，富有一種清麗典雅之致。然而正如林明德所言：「對小山來說，他的詞篇外表是清麗優美的色澤，可是，它給人的感受卻是一種沉鬱悲涼的氛圍。這是小山詞的特殊感」〔註52〕，其詞中多以紅綠並舉〔註53〕，色澤豔麗，實表露出一

〔註48〕〔宋〕黃庭堅：〈小山詞序〉，施蟄存主編：《詞籍序跋萃編》（北京：中國社會科學出版社，1994 年 12 月），頁 51。

〔註49〕〔清〕況周頤：《蕙風詞話》，唐圭璋編：《詞話叢編》，冊五，卷二，頁 4426。

〔註50〕如〈蝶戀花〉「笑面凌寒，內樣妝先試」，評為：「笑面凌寒」意生，「內樣」字生（頁 665）、〈蝶戀花〉「金剪刀頭芳意動」，評為：「金剪刀頭」用「二月春風似剪刀」，接以「芳意動」，意新（頁 665）、〈蝶戀花〉（碧落秋風吹玉樹）一闋，評為：七夕詞意新語新（頁 666）、〈鷓鴣天〉：「歸來何處驗相思」，評為：「驗」字新（頁 672）、〈更漏子〉：「遮悶綠」，評為：「悶綠」字生（頁 712）、〈少年游〉：「西溪丹杏，波前媚臉，珠露與深勻；南樓翠柳，煙中愁黛，絲雨惱嬌顰」，評為：前三句與次三句對，作法變幻（頁 725）、〈少年游〉（離多最是）一闋，評為：雲水意相對，上分述而又總了，作法變幻（頁 726）、〈采桑子〉（金風玉露初涼夜）一闋，評為：語意俱新（頁 738）

〔註51〕張惠民：〈宋代士大夫歌妓詞的文化意蘊〉，《海南師院學報》第 3 期，1993 年，頁 23。

〔註52〕林明德：〈晏幾道詞及其小山詞〉，《人文學報》，1975 年 5 月，頁 20。

〔註53〕鄭騫先生《從詩到曲・小山詞中的紅與綠》：「小山是用紅綠來渲染調劑秋冬早春的蕭瑟清寒的。另一方面，又可看出小山越用紅綠諸字，他所寫的情調越悲涼。」（臺北：中國文化雜誌社，1971 年 3 月），頁 116～117。

種盛衰變化今昔無常的悲歡離合之感傷；馮煦《蒿庵論詞》論其詞曰：
「其淡語皆有味，淺語皆有致」〔註54〕，其詞多用「追憶」的筆法來
呈現這種今昔盛衰之感，很自然地流露出鬱悶困頓、深沉悲涼的氣
氛，形成悽楚哀怨的情境。晏幾道與乃父承繼南唐詞風，晏殊得馮延
巳之「俊」，小山頗得乃父之風，詞作多清麗典雅之格調，故焦袁熹
讚揚其詞「千般俊」，與流俗之調絕異。

「金管悽鏘」一句，在宋代的詞樂時期，音樂多用於襯托詩詞韻
律，因此較多採用蕭、管等樂器，而金管便是配著詞樂所演奏的樂器。
小山詞「淒鏘」之故，起於「頓挫力」之展現，清・杜文瀾《憩園詞
話》卷二引周之琦言，解釋甚詳：

> 詞之有令，唐五代尚矣。宋惟晏叔原最擅勝場，賀方回差
> 堪接武。其餘間有一二名作流傳，然皆專門之學。自茲以
> 降，專工慢詞，不復措意令曲。其作令曲，仍與慢詞聲響
> 無異。大抵宋詞閒雅有餘，跌宕不足。長調則有清新綿邈
> 之音，小令則少抑揚抗墜之致，蓋時代升降使然。雖片玉、
> 石帚，不能自開生面，況其下者乎。〔註55〕

從周之琦的論述可以推知，晏幾道「最擅勝場」的原因，便在於其令
詞具有「抑揚抗墜之致」，起伏轉折的詞勢，層遞深入的章法，跌宕
壯闊的情感。〔註56〕陳定玉〈小梅風韻最妖嬈──論晏幾道對令詞發
展的貢獻〉一文云：

> 跌宕頓挫即指詞情詞勢起落的力度及其在章法上的體現。
> 詞的情感勢差懸殊，如潮漲潮落，才能引發出跌宕的筆勢，
> 釋放出搖撼人心的能量。小晏詞的詞情具有對立情感複合
> 的性質。歡聚與怨別，熱戀與感傷，富貴與落拓，綺旎與
> 冷落，執著與輕狂，兀傲與悲憫，每多相依相伴，交互交

〔註54〕 〔清〕馮煦：《蒿庵論詞》，唐圭璋主編：《詞話叢編》，冊四，頁3587。
〔註55〕 〔清〕杜文瀾《憩園詞話》，唐圭璋編：《詞話叢編》，冊三，卷二，
頁2865。
〔註56〕 卓清芬：〈晏幾道《小山詞》「清壯頓挫」之意涵探析〉，《成大中文
學報》第22期，2008年10月，頁90。

　　織。兩極對立的情感體驗形成了深巨峻峭的情勢落差，頓

　　挫力之源蓋出於此。〔註57〕

章法布局的曲折頓挫，來自情感的波瀾起伏，亦是小山詞「淒鏘」之
故。

　　此闋末句「露咽三危九竅香」即是得自於晚唐・韓偓《香奩集》
中自序「咀五色之靈芝，香生九竅；咽三危之瑞露，春動七情。」
〔註58〕韓偓的《香奩集》大多是在描寫女子的體態及男女之間的情
事，而小山詞為「《花間》的回流嗣響」〔註59〕，「戀情」亦係小山
詞主要內容，所愛慕之人歌女於詞中多次出現，如：「手撚香箋憶小
蓮。欲將遺恨倩誰傳」（〈鷓鴣天〉）、「床上銀屏幾點山。鴨爐香過瑣
窗寒。小雲雙枕恨春閒」（〈浣溪沙〉）、「記得小蘋初見，兩重心字羅
衣」（〈臨江仙〉），絕大部分是寫歌妓、婢女等女子之體貌、聲情，
或是追憶與她們相聚過往，其〈鷓鴣天〉詞云：

　　　　彩袖殷勤捧玉鍾。當年拚卻醉顏紅。舞低楊柳樓心月，歌
　　　　盡桃花扇影風。　　　從別後，憶相逢。幾回魂夢與君同。
　　　　今宵賸把銀釭照，猶恐相逢是夢中。（《全宋詞》，冊一，頁225）

《雪浪齋日記》言：「晏叔原工于小詞，如『舞低楊柳樓心月，歌盡
桃花扇底風』，不愧六朝宮掖體。」〔註60〕清陳廷焯：「曲折深婉，自
有艷詞，更不得不讓伊獨步。」〔註61〕清黃蘇：「愈濃情愈深，今昔
之感，更覺淒然。」（《蓼園詞選》），晏幾道雖作豔詞，然多詞情婉麗，
曲折深婉，吐屬華貴，雅而不膩。其詞中反覆吟詠纏綿而執著之相思

〔註57〕陳定玉：〈小梅風韻最妖嬈——論晏幾道對令詞發展的貢獻〉，《中國
　　　　韻文學刊》第1期，1994年，頁77。

〔註58〕〔唐〕韓偓：《香奩集》，見收於《叢書集成續編》（臺北：新文豐出
　　　　版公司，1985年），冊一六四，頁541。

〔註59〕葉嘉瑩：〈論晏幾道詞〉，《唐宋詞名家論集》（臺北：國文天地雜誌
　　　　社，1987年11月），頁193～194。

〔註60〕〔宋〕胡仔：《苕溪漁隱叢話・後集》引《雪浪齋日記》，收錄於鄧
　　　　子勉編：《宋金元詞話全編》，中冊，卷三十三，頁694。

〔註61〕〔宋〕陳廷焯：《白雨齋詞話》，唐圭璋主編：《詞話叢編》，冊四，
　　　　卷一，頁3782。

情感，著意甚深。陳振孫稱：「其詞在諸名勝中，獨可追逼花間，高
處或過之」〔註62〕，《花間集》為詞之正宗，詞人以上逮《花間》為
正則，「直逼花間」是指晏幾道豔詞獨可延續花間詞風的事實，「高處
或過之」則是讚揚晏幾道詞融入個人情感體驗，又別有開拓，「曲折
深婉，淺處皆深」〔註63〕，其上者「〈高唐〉、〈洛神〉之流」，有芳草
美人之恨，下者「不減〈桃葉〉、〈團扇〉」，可謂狹邪之大雅，故焦袁
熹以「露咽三危九竅香」評之。

四、宋祁

　　宋祁（998～1061），字子京，安州安陸人（今湖北安陸縣），後
徙居開封雍丘（今河南杞縣），為北宋著名的文學家及史學家。宋仁
宗天聖二年（1024）與兄郊（後更名庠）同登進士第，奏名第一。章
獻太后以為弟不可先兄，乃擢郊為第一，置祁第十，當時兄弟皆以辭
賦妙天下，呼曰「二宋」，以大小別之。〔註64〕焦袁熹此首長短句上
片述宋祁生平軼事及詞作風格，下片則寫後人對宋祁所編修《新唐書》
之評價，詞云：

　　　　聞呼小宋嬋娟子，挈墮塵凡。紅杏官銜。美滿香甜句裏鑱。
　　　　　　嗟他燃燭修官史，大誥喃喃。蠹楮塵函。愛把鮮條嫩
　　　　葉芟。（《全清詞‧順康卷》，冊十八，頁10580）

宋祁風流蘊藉，超出意表，前人多讚具神仙氣質。蔡襄嘗云：「宋元
憲公近之和氣拂然襲人，景文公則英采秀發。……久視之，無一點塵
氣，真神仙中人也。」〔註65〕魏泰《東軒筆錄》稱道「望之如神仙焉」

〔註62〕　〔宋〕陳振孫：《直齋書錄解題》，《景印文淵閣四庫全書》，冊六七
　　　　　四，卷二一，頁888。

〔註63〕　〔清〕吳梅：《詞學通論》（臺北：臺灣商務印書館，1988年4月），
　　　　　頁81。

〔註64〕　〔元〕脫脫：《全宋史‧宋祁傳》，《二十五史》，冊三四，卷二八四，
　　　　　頁3607。

〔註65〕　〔宋〕范鎮：《東齋記事》，《景印文淵閣四庫全書》，冊一０三六，
　　　　　卷三，頁596。

〔註66〕，顯現出風流蘊藉之才子文人風采，甚至天子欣賞其才氣，因以內人賜之。焦詞首句「聞呼小宋嬋娟子」係敘述宋祁此段邂逅情事，據《本事詞》所載：

> 宋子京嘗過繁臺街，遇內家車子數輛，適不及避。忽有褰簾者曰：「小宋也」。子京驚訝不已，歸賦〈鷓鴣天〉云：「畫轂雕鞍狹路逢。一聲腸斷繡簾中。身無彩鳳雙飛翼，心有靈犀一點通。　金作屋，玉為櫳。車如流水馬如龍。劉郎已恨蓬山遠，更隔蓬山幾萬重。」詞傳達於禁中，仁宗知之，因問第幾車子，何人呼小宋。有內人自陳云：「頃因內宴，見宣翰林博士，左右內臣皆曰小宋，時在車子，偶見之呼一聲爾」。上召子京，從容言之，子京惶悚無地。上笑曰：「蓬山不遠」。即以內人賜之。〔註67〕

伊人一去，蓬山萬里，綿綿相思，何時能已？然而才子風流倜儻，美人芳心暗許，君王成人之美，透過一首佳詞促使身份地位不同之兩人得以相守，「孳墮塵凡」，即是指有情人終成眷屬，不知羨煞後代多少文人雅士，清王士禛便言：「蓬山不遠，小宋何幸，得此奇遇」〔註68〕，有此浪漫邂逅，著實令人稱羨！

「紅杏官銜，美滿香甜句裏鑱」，實指宋祁「紅杏尚書」之美名，源自於宋祁〈玉樓春〉一詞：

> 東城漸覺春光好。縠皺波紋迎客棹。綠楊城外曉寒輕，紅杏枝頭春意鬧。　浮生長恨歡娛少。肯愛千金輕一笑，為君持酒勸斜陽，且向花間留晚照。（《全宋詞》，冊一，頁116）

據胡仔《苕溪漁隱叢話》引《遯齋閑覽》記載：「張子野郎中以樂章擅名一時，宋子京尚書奇其才，先往見之，遣將命者謂曰：『尚書欲

〔註66〕〔宋〕魏泰《東軒筆錄》，《景印文淵閣四庫全書》，冊一〇三七，卷十五，頁502。

〔註67〕〔清〕葉申薌：《本事詞》，唐圭璋主編：《詞話叢編》，冊三，卷上，頁2302～2303。

〔註68〕〔清〕王士禛：《花草蒙拾》，唐圭璋主編：《詞話叢編》，冊一，頁675。

見『雲破月來花弄影』郎中乎？』子野屏後呼曰：『得非『紅杏枝頭春意鬧』尚書邪？』遂出，置酒盡歡。蓋二人所舉，皆其警策也。」〔註69〕兩位北宋初期詞壇代表人物的會面可堪玩味，互以對方名句相稱，遂爲時人口耳相傳，以致形諸筆墨。宋祁亦因其詞中警句而名垂青史，博得「紅杏尚書」的雅號，其名乃揚。歷來論者獨拈出「紅杏枝頭春意鬧」一句予以激賞，大多著眼於句中「鬧」字，以爲詞眼。劉體仁《七頌堂詞繹》：「『紅杏枝頭春意鬧』，一鬧字卓越千古」〔註70〕、沈雄《古今詞話》謂：「人謂『鬧』字甚重，我覺全篇俱輕，所以成爲『紅杏尚書』」、清王國維《人間詞話》：「紅杏枝頭春意鬧」著一鬧字，而境界全出。」〔註71〕宋祁乃以「紅杏」一句獨擅千載美名。宋祁詞多誇詠良辰美景、賞心樂事，以清婉典雅之筆調歌詠從容閒雅、娛樂適性富貴生活，其〈西州猥稿系題〉一文言：「詩者，探所感於中而出之外者也。所以怡性情，娛僚賓，故狹章不爲貧，積韻不爲廣，悼於往弗及於流。」（《宋景文集》卷四五）足見其詞作多以「樂」作爲主題，焦袁熹便以「美滿香甜句裏鑱」句作爲此項特質之註解。

下片寫宋祁修纂《新唐書》之軼事，並針對編修《全唐書》列傳之優劣給予客觀評價。「嗤他燃燭修官史」，於宋祁修纂《新唐書》前後長達十餘年的期間，一度爲亳州太史，「出入內外」，把稿件隨身攜帶。在任成都知府時，每晚開門垂簾燃燭，疾筆至深夜。宋·魏泰《東軒筆錄》記載宋子京「晚年知成都府，帶《唐書》於本任刊修。每宴罷，盥漱畢，開寢門，垂簾，燃二椽燭，媵婢夾侍，和墨伸紙，遠近觀者，皆知爲尚書修《唐書》矣，望之如神仙焉。」〔註72〕《古今詞話》亦云：「宋子京爲天聖中翰林……每夕臨文，必使麗姝燃燭，即

〔註69〕〔宋〕胡仔《苕溪漁隱叢話·前集》，收錄於鄧子勉：《宋金元詞話全編》，中冊，卷三十七，頁676。

〔註70〕〔清〕劉體仁：《七頌堂詞繹》，唐圭璋：《詞話叢編》，冊一，頁623。

〔註71〕〔清〕王國維：《人間詞話》，唐圭璋：《詞話叢編》，冊五，頁4240。

〔註72〕〔宋〕魏泰《東軒筆錄》，《景印文淵閣四庫全書》，冊一〇三七，卷十五，頁502。

張子野所謂『紅杏枝頭春意鬧』尚書也。」〔註73〕宋祁燃蠋修官史，可見纂修官史態度認眞。然而，此處應該著眼於句首之「嗤」字，表示嘲笑之意，可見焦袁熹對於宋祁燃燭修官史之舉動頗有微詞，其因便於「大誥喃喃。蠹楮塵函。愛把鮮條嫩葉芟」之評價。〈大誥〉爲《尚書》中的名篇，宋祁嘗自言其最喜〈大誥〉：「宋景文未第時，爲學於永陽，僧舍連處士因問曰：『君好讀何書？』答曰：『子最好大誥，故景文率多謹嚴，至修《新唐書》，其言艱、其思苦，蓋亦有所自歉。』」〔註74〕因《尚書》中的文字詰屈聱牙，使得後人往往不明其義，而宋祁編修《新唐書》列傳時，亦喜雕琢字句，務爲艱澀，對舊書各傳，無不改竄，唯古是求，陳振孫《直齋書錄解題》卷四稱《新唐書》：「列傳用字多奇澀，殆類蚪戶銑谿體，識者病之」〔註75〕。《四庫全書總目》亦載：「晁公武《讀書志》謂祁詩文多奇字，……殆以祁撰《唐書》，雕琢劖削，務爲艱澀，故有是言。」〔註76〕「大誥喃喃。蠹楮塵函」，一句說明宋祁不但好古且尚古，而且好用艱澀字眼，以致句意難解。

　　宋祁修官史，因過求簡結之故，反令字義晦澀者甚多，如《日知錄》評之云：「新唐書歐陽永叔所作頗有裁斷，文亦明達。而列傳出宋子京之手，則簡而不明，二手高下迥爲不侔。如〈太宗長孫皇后傳〉，《舊書》書：『安業（后異母兄）之罪，萬死無赦，然不慈於妾，天下知之。』《新書》改爲：『安業罪，死無赦，然向遇妾不以慈，戶知之。』意雖不易，而『戶知之』三字，殊不成文。又如德宗皇后傳，《舊書》書：『詔曰：「祭筵不可用假花果，欲祭者從之。」』《新書》改爲：『有詔：「祭物無用寓，欲祭聽之。」』不過省《舊書》四字，

〔註73〕〔清〕沈雄：《古今詞話》，唐圭璋：《詞話叢編》，冊一，頁 979。

〔註74〕〔宋〕王得臣：《麈史》，見收於《筆記小說大觀》（臺北：新興書局，1979 年），冊六，頁 1039。

〔註75〕〔宋〕陳振孫：《直齋書錄解題》，《景印文淵閣四庫全書》，冊六七四，卷四，頁 593。

〔註76〕〔清〕永瑢、紀昀總纂：《四庫全書總目》（北京：中華書局，1965 年），卷一五二，頁 1309。

然非注不明也」〔註77〕焦袁熹批評宋祁「愛把鮮條嫩葉芟」，即是指編纂列傳時有諸多不宜之刪節。

五、歐陽脩

（一）宏觀歐公之功績：

焦袁熹此闋〈采桑子〉論宋代大儒歐陽脩（1007～1072），字永叔，號醉翁、六一居士，諡號文忠。此闋詞論歐陽脩提倡古文運動之功，並提及修《新五代史》之目的與功績，詞云：

> 君看先輩歐陽子，響振韶鈞。擺落梁陳。吏部文章有後身。
>
> 　　那知戮佞誅姦手，謂《五代史》也。利吻輕唇。款曲
> 殷勤。始信留侯似美人。（《全清詞‧順康卷》，冊十八，頁 10580）

歐陽脩為宋代古文運動復興之大家，力倡古文以救時弊，排抑險怪奇澀之「大學體」，促使文風為之一變，領導古文運動復興，於時被諸公認為「天下第一」。由蘇軾評論歐陽脩功績，足見天下文士之推崇：

> 自漢以來，道術不出於孔氏，而亂天下者多矣。……愈之
> 後三百有餘年而後得歐陽子，其學推韓愈、孟子以達孔氏，
> 著禮樂仁義之實，以合乎大道。其言簡而明，信而通，引
> 物連類析之於至理，以服人心，故天下翕然師尊之。〔註78〕

歐公以一代儒宗風流自命，熱心延攬文士，又喜獎掖後進，焦袁熹所謂「響振韶鈞」即指歐公於文壇上所處領導地位，三蘇、曾鞏、王安石等門下士，無不蒙歐陽脩裁成，接引後學，不遺餘力。

「梁陳」本指朝代名稱，即是南朝宋、齊、梁、陳其中之二，這裡引申為盛行於梁陳時期華而不實之駢文。王安石在〈祭歐陽文忠公文〉評歐陽脩散文風格言：「如公器質之深厚，智識之高遠，而輔以學術之精微，故充於文章，見於議論，豪健俊偉，怪巧瑰琦。其積於

〔註77〕〔清〕顧炎武：《原抄本日知錄》（臺北：文史哲出版社，1979 年 4
　　　　月），頁 755。
〔註78〕〔宋〕蘇軾著，傅成穆儔標點：〈六一居士集序〉，《蘇軾文集》（上
　　　　海：上海古籍出版社，2005 年 5 月），中冊，卷十，頁 852。

中者，浩如江河之停蓄；其發於外者，爛如日星之光輝；其清音幽韻，
淒如飄風急雨之驟至；其雄辭閎辯，快如輕車駿馬之奔馳。」〔註79〕
又蘇轍〈歐陽文忠公神道碑〉也稱讚其文章「雍容俯仰，不大聲色，
而文理自勝」〔註80〕「擺落梁陳」即稱讚歐陽脩散文之成就。

　　下一句「吏部文章有後身」明確指出歐陽脩爲唐代韓愈之繼承
者。焦袁熹在詞首處便讚揚歐陽脩學識之深廣，並言其擺脫了梁陳以
來華麗不實之文風。歐陽脩古文風格繼承韓愈而來，積極倡導「文復
韓」，復興韓愈古文，同時改造駢文，使四六格之駢體散文化，並用
散文氣勢寫駢文，革除「論卑氣弱」之弊病，創北宋駢文新格調。陳
善《捫蝨新話》：「以文體爲詩，自退之始；以文體爲四六，自歐陽公
始。」〔註81〕馮煦在《蒿庵論詞‧論歐陽脩詞》中也提到了歐陽脩古
文成就：「宋至文忠，文始復古，天下翕然師尊之，風尚爲之一變。」
〔註82〕上片末句則清楚說到歐陽脩承繼韓愈古文創作之實。歐陽脩與
韓愈的淵源在〈記舊本韓文後〉此文中，敘述明確：

> 予爲兒童時，得唐《昌黎先生文集》六卷。讀之見其言深
> 厚而雄博，然予猶少，未能悉究其義，徒見其浩然無涯之
> 可愛。是時天下學者，楊、劉之作，號爲時文，能取科第
> 擅名聲，以誇榮當世，未嘗有道韓文者。予亦方舉進士，
> 以禮部詩賦爲事。年十七，試於州，爲有司所黜，因取所
> 藏韓氏之文，復閱之，則喟然歎曰：「學者當至於是而止
> 爾。」……後七年舉進士及第，官於洛陽，而尹師魯之徒
> 皆在，遂相與作爲古文。因出所藏《昌黎集》而補綴之，
> 求人家所有舊本而校定之。其後天下學者亦漸趨於古，而

〔註79〕〔清〕王安石著：《王安石全集》（臺北：河洛圖書出版社，1974年
　　　　10月），卷四十八，頁7。
〔註80〕〔宋〕蘇轍著，陳宏天、高秀芳點校：《蘇轍集》（北京：中華書局，
　　　　1990年8月），冊四，頁1135。
〔註81〕〔清〕陳善：《捫蝨新話》（北京：中華書局，1985年），卷一，頁6。
〔註82〕〔清〕馮煦：《蒿庵論詞‧論歐陽脩詞》，唐圭璋主編：《詞話叢編》，
　　　　冊四，頁3585。

　　韓文遂行於世，至於今蓋三十餘年矣。學者非韓不學也，
　　可謂盛矣。〔註83〕

由此可知歐陽脩與韓愈之淵源，也可瞭解到他推崇韓愈文章之因，故
歐陽脩才可作爲宋代古文運動之領袖。陳振孫《直齋書錄解題》當中
提及：「歐公本以辭賦擅名場屋，既有韓文刻意爲之。雖皆在諸公後，
而獨出其上，遂爲一代文宗」〔註84〕，可見韓愈影響歐陽脩之深遠，
更將其推向古文運動完成者之地位。

　　下片論歐陽脩修《新五代史》之功績。宋王闢之《澠水燕談錄》
中曾言：

　　（《舊五代史》）先後失序，美惡失實，殊無足取。天聖中，
　　歐陽文忠公與尹師魯祕公撰。後師魯別爲《五代春秋》，只
　　四千餘言，簡有史法，而文忠卒重修五代，文約而事詳，
　　褒貶去取，得《春秋》之法。〔註85〕

歐陽脩重撰《五代史》的目的在於想除去《舊五代史》繁瑣失眞、美
惡不辨之情況，並踵《春秋》精神，爲尊者諱，寓褒貶，重議論。歐
陽發〈先公事蹟〉云：

　　（先公）於《五代史》，尤所留心，褒貶善惡，爲法精密，
　　發論必以嗚呼，曰「此亂世之書也。」其論曰：「昔孔子作
　　《春秋》，因亂世而立治法，餘述本紀，以治法而正亂君。」
　　此其志也。〔註86〕

可見歐陽脩私撰史書，志在效法孔子作《春秋》，褒善貶惡，匡時弊，
正亂君，同焦袁熹在詞中言：「那知戮佞誅姦手」即爲此，由「那知」
兩字可知焦袁熹對於歐陽脩修史書之褒貶去取，史筆多爲鋒利嚴正，

〔註83〕〔宋〕歐陽脩：〈記舊本韓文後〉，收入《歐陽修全集・居士外集》（北
　　　京：中國書局，1991年6月），卷三三，頁536。
〔註84〕〔宋〕陳振孫：《直齋書錄解題》，《景印文淵閣四庫全書》，冊六七
　　　四，卷一七，頁817。
〔註85〕〔宋〕王闢之：《澠水燕談錄》（北京：中華書局，1985年6月），卷
　　　六，頁49。
〔註86〕〔宋〕歐陽發等撰：〈先公事蹟〉，收入《歐陽修全集・附錄》（北京：
　　　中國書局，1991年6月），卷五，頁1371。

相對於歐詞中之柔媚溫婉，頗爲相異。對於歐陽脩撰《新五代史》不遵從之前史家的慣例，發論不用「論曰」、「贊曰」、「史臣曰」等詞，反而直接使用「嗚呼」帶起，發表感慨議論。這種史論，從感慨中生發，筆鋒中常帶憂憤之情，形成一種哀傷詠嘆的格調，尤其動人心弦。〔註87〕末句「始信留侯似美人」則爲留侯之典故，《史記·留侯世家》：

> 余以爲其人計魁梧奇偉，至見其圖，狀貌如婦人好女。蓋孔子曰：『以貌取人，失之子羽。』留侯亦云。〔註88〕

焦袁熹指出歐公性至剛，然詞章幼眇、饒富蘊藉，如留侯狀貌似婦女，其武略則剛偉奇猛，兩者兼而並存，給予極高之評價。〔註89〕

（二）肯定歐詞之寄託：

焦袁熹另一首〈采桑子〉論歐陽脩，則主張〈江南柳〉一詞爲歐陽脩所作，並針對錢氏對歐陽脩所發之污衊言語，予以澄清與駁斥，已於詞序說明：「歐陽　亡友張翰、林昴，爲余言〈江南柳〉一詞，當是歐公所作，而錢氏私憾之言，則不足置辨也」，其詞云：

> 風流罪過空中語，宋玉登徒。雲雨模糊。葉小絲輕刻意摹。
> 　　簸錢年紀誰知得，有是言乎。忒煞誣吾。日黑天昏底事無。（《全清詞·順康卷》，冊十八，頁10580）

歐陽脩爲官期間，曾幾度被誣以亂倫之事。一次是仁宗慶曆五年（1045），被誣與外甥女張氏亂倫〔註90〕；還有一次是神宗熙寧初年

〔註87〕劉德清：《歐陽修論稿》（北京：北京師範大學出版社，1991年9月），頁184。

〔註88〕〔漢〕司馬遷撰，〔南朝宋〕裴駰集解，〔唐〕司馬貞索隱，〔唐〕張守節正義：《史記》，《二十五史》，冊一，卷五十五，頁806。

〔註89〕焦袁熹之後，清代學者受考據學影響，對於《新五代史》之批評多認爲其史學價值不足，章太炎言：「歐陽脩作《五代史記》，自負上法《春秋》，於唐本紀大書契丹立晉，爲通人所笑。此學《春秋》而誤也。《春秋》書法，本不可學，『衛人立晉』云者，晉爲衛宣之名，今契丹所立之晉，國名而非人名。東家之顰，不亦醜乎？」章學誠譏稱《新五代史》「只是一部弔祭哀輓之集，如何可稱史才？」是故學者多認爲《新五代史》以文學價值見長，而非史學價值爲主。

〔註90〕關於歐陽脩盜甥一事，除了錢世昭《錢氏私誌》記載外，〔宋〕王銍

（1068），被誣與兒媳婦吳氏亂倫〔註91〕。本闋即是就仁宗慶曆五年言之，針對《錢氏私誌》〔註92〕引〈江南柳〉一詞證明歐陽脩盜甥一事而發，〈江南柳〉詞云：

> 江南柳，葉小未成陰。人為絲輕那忍折，鶯嫌枝嫩不勝吟。
> 留著待春深。　　十四五，閒抱琵琶尋。階上簸錢階下走，
> 恁時相見早留心。何況到如今。（《全宋詞》，冊一，頁158）

關於〈江南柳〉一詞是否為歐陽脩所作，歷來眾說紛紜，各有其主張：徐釚《詞苑叢談》〔註93〕、王奕清《歷代詞話》〔註94〕、馮金伯《詞苑萃編》〔註95〕、胡薇元《歲寒居詞話》〔註96〕、況周頤《蕙風詞話》

《墨記》（北京：中華書局，1991年，頁85～87）、〔宋〕馬永卿：《懶真子》（見錄於《筆記小說大觀》，揚州：廣陵書社，2007年12月，冊三，卷二，頁1810）及〔宋〕司馬光《涑水記聞‧卷三》（收錄於中國野史集成編委會，四川大學圖書館編，《中國野史集成》冊八，頁536）亦有相關記載。

〔註91〕〔宋〕高晦叟《珍席放談‧卷下》云：「熙寧初，歐文忠在政府言，官亦誣其私子婦吳氏。」收錄於中國野史集成編委會，四川大學圖書館編：《中國野史集成》，冊八，頁486。〔元〕脫脫《宋史‧歐陽脩列傳》亦云：「脩婦弟薛宗孺，有憾於脩，造帷薄不根之謗，摧辱之。展轉達於中丞彭思永，思永以告之奇，之奇即上章劾脩。」《二十五史》（臺北：新文豐出版公司，1975年），冊三四，卷三一九，頁3994。另〔宋〕曾敏行《獨醒雜志‧卷八》亦有相關記載。見曾敏行：《獨醒雜志》（北京：中華書局，1985年），頁57。

〔註92〕關於《錢氏私志》這本書的作者向來有幾種說法，舊本或題錢彥遠撰，或題錢愐撰，或題錢世昭撰。〔清〕錢曾《讀書敏求記》就將作者定為錢愐，說錢愐是宋會稽郡王（彭城王）錢景臻第三子。為《錢氏私志》作序的錢世昭，是錢氏後人，也是他收集整理的這本書。無論作者是誰，比較一致的看法是，作者是錢氏後人無疑。

〔註93〕〔清〕徐釚《詞苑叢談》云：「愚按歐公詞出《錢氏私誌》，蓋錢世昭因公《五代史》中多毀吳越，故詆之，此詞不足信也。」《景印文淵閣四庫全書》，冊一四九四，卷十，頁725。

〔註94〕〔清〕王奕清《歷代詞話》引徐釚《詞苑叢談》所論，見唐圭璋編：《詞話叢編》，冊二，卷四，頁1150～1151。

〔註95〕〔清〕馮金伯《詞苑萃編‧辨證》引徐釚《詞苑叢談》，見唐圭璋編：《詞話叢編》，冊三，卷二一，頁2187。

〔註96〕〔清〕胡薇元《歲寒居詞話》云：「下第舉子劉輝等忌之，作醉蓬萊、望江南詞，雜刊集中以謗之。然而淺俗語、污蠛佻薄之詞，固可一

〔註 97〕、褚人穫《堅瓠首集》〔註 98〕和沈曾植《菌閣瑣談》〔註 99〕
皆認為不是歐陽脩所作，理由在於此闋詞氣猥弱或是有心人偽作以誣
之。而宋翔鳳《樂府餘論》和夏承燾〈四庫全書詞籍提要校議〉則認
為是歐陽脩所作，唐圭璋《全宋詞》〔註 100〕及吳熊和《唐宋詞匯評‧
兩宋卷》〔註 101〕亦將此闋列於歐陽脩作品中，諸公所持之理由在於
肯定〈江南柳〉本為一闋佳詞，且與歐公其他豔體作品相似，不必信
以為真後人刻意所附之穢事，抑或是恐為人口實，而刻意去之，誠如
清‧宋翔鳳：《樂府餘論》：

> 按此詞極佳，當別有寄託，蓋以嘗為人口實，故編集去之。
> 然緣情綺靡之作，必欲附會穢事，則凡在詞人，皆無全行，
> 正不必為歐公辯也。〔註 102〕

夏承燾〈四庫全書詞籍提要校議〉云：

> 詞人綺語，攻擊之者乃資為口實；《醉翁琴趣》中豔體若〈江

望而知也。他日刊公集者，吾願為之湔洗，以還舊觀。」見唐圭璋
編：《詞話叢編》，冊五，頁 4028。

〔註 97〕〔清〕況周頤《蕙風詞話‧卷四》云：「竊疑後人就德壽詞衍為雙調，
以誣歐公，世昭遂錄入《私志》，王銍因載之《默記》。唯錢穆父固
與歐公同時。然公詞既可假託，即自白之表，穆父之言，亦何不可
造作之有。竊意歐陽文集中，未必有此表也。」見唐圭璋編：《詞話
叢編》，冊五，頁 4500。

〔註 98〕〔清〕褚人穫《堅瓠集‧堅瓠首集‧卷四》詞誣歐陽文忠條下云：「考
甥女依公時方七歲，公豈便有此心。且詞前一段，乃與僧永柳含春
回回偈相似。郎仁寶亦云：『此詞後一拍，全似他人詠公者，決非公
所作。』或錢世昭因五代史中多毀吳越，故誣之。如落第十子作醉
蓬萊以嘲公也。」見褚人穫：《堅瓠集》，收錄於《筆記小說大觀》（揚
州：廣陵書社，2007 年 12 月），冊七，頁 5303。

〔註 99〕〔清〕沈曾植《菌閣瑣談》云：「名臣錄謂劉煇作醉蓬萊、望江南以
誣修，今故在琴趣中，集中盡去此等詞，是也。」見唐圭璋編：《詞
話叢編》，冊四，頁 3610。

〔註 100〕見唐圭璋編：《全宋詞》，冊一，頁 158。

〔註 101〕見吳熊和主編：《唐宋詞彙評‧兩宋卷》（杭州：浙江教育出版社，
2004 年 12 月），冊一，頁 233。

〔註 102〕〔清〕宋翔鳳：《樂府餘論》，見唐圭璋編：《詞話叢編》，冊三，頁
2497。

　　南柳〉者尚多，吾人讀歐詞，固不致信以爲眞也。〔註103〕
焦袁熹於題序言明：「亡友張翰、林昺爲余言〈江南柳〉一詞當是歐
公所作，而錢氏私憾之言，則不足置辨也」，可知焦氏及其友人認爲
此闋詞實爲歐陽脩所作，誠如陳廷焯《詞壇叢話》所云：「其香豔之
作，大率皆年少時筆墨，亦非盡後人僞作也」〔註104〕，對於《錢氏
私誌》所載歐陽脩盜甥一事，並引〈江南柳〉一詞爲證，則定評爲憑
空捏造、子虛烏有。

　　焦氏〈采桑子〉首二句：「風流罪過空中語，宋玉登徒」，借用黃
庭堅之語及宋玉與風流子之事，點出歐陽脩所作風流豔詞，皆係有所
寄託之「空中語」，反而錢氏自身爲人處事更爲不檢。《柳塘詞話》曰：

> 魯直少時，使酒玩世，喜作詞。法雲秀誠之曰：筆墨勸淫，
> 乃欲墮泥犁中耶？魯直曰：空中語也。後以桂香無隱，因
> 緣有省，居官一如浮屠法。間作小詞，絕不似桃葉、團扇
> 鬭妖麗者。〔註105〕

焦袁熹認爲歐陽脩間作豔詞，乃有心創作之「空中語」，而非爲人所
詬病之風流豔歌；並以宋玉、登徒子之典故，給予歐陽脩與錢世昭二
人評價，高下立判。宋玉〈登徒子好色賦〉云：「大夫登徒子侍於楚
王，短宋玉曰：『玉爲人，體貌閑麗，口多微辭，又性好色。願王勿
與出入後宮。』」〔註106〕登徒子曾於楚王面前詆毀宋玉好色，宋玉則
以東家鄰女「增之一分則太長，減之一分則太短；著粉則太白，施朱
則太赤。眉如翠羽，肌如白雪，腰如束素，齒如含貝」之極美而其不
動心爲例說明自己並不好色；又言「（登徒子）其妻蓬頭攣耳，齞脣

〔註103〕夏承燾：《唐宋詞論叢》，錄於《夏承燾集》（杭州：浙江古籍出版社，
　　　　1997年），冊二，頁186。
〔註104〕〔清〕陳廷焯：《詞壇叢話》，見唐圭璋編：《詞話叢編》，冊四，頁
　　　　3721。
〔註105〕〔清〕沈雄《古今詞話・詞評》，唐圭璋編：《詞話叢編》，冊一，上
　　　　卷，頁983。
〔註106〕〔梁〕蕭統編，〔唐〕李善注：《文選》（臺北：五南圖書出版有限公
　　　　司，1991年10月），上冊，頁480。

歷齒。旁行踽僂，又疥又痔。登徒子悅之，使有五子。」〔註107〕以登徒子之「美醜不擇」，反駁登徒子才是好色之徒。因此登徒子誣諂宋玉之語，還比不上登徒子本身好色之行為，如錢氏之記載，誠為詆毀不實之言。「雲雨模糊。葉小絲輕刻意摹」二句，則引自歐陽脩〈江南柳〉詞句：「江南柳，葉小未成陰。人為絲輕那忍拆，鶯嫌枝嫩不勝吟。留著待春深」，說明歐陽脩對外甥女張氏的恩澤被惡意詆毀之公案。張氏是歐陽脩妹婿張龜正之女，非歐陽脩之妹所生。張龜正過世後，歐陽脩之妹帶張氏前來投靠，此時張氏年方七歲。仁宗慶曆五年（1045），杜衍、范仲淹、韓琦和富弼因黨論相繼求去，歐陽脩則上書辨之。此時張氏與陳諫通姦事發，平時對歐陽脩不滿之官員，就趁此良機展開攻擊，誣衊歐陽脩「盜甥」。張氏當堂招認，歐陽脩卻以見面時張年方七歲，二人不可能有姦情力辯其無。此後雖證明確無此事，但朝廷仍以「財物不明」之罪，將歐陽脩貶知滁州（今安徽滁州）。〔註108〕焦袁熹此處以「刻意摹」三字，主張此記載繪聲繪影、模糊不明，顯見係有心人刻意為之。

下片「簸錢年紀誰知得，有是言乎。忒煞誣吾。日黑天昏底事無」，全就《錢氏私誌》記載而發。錢氏云：

> 歐後為人言其盜甥，表云：「喪厥夫而無托，攜孤女以來歸。」張氏此時年方七歲，內翰伯見而笑云：「七歲正是學簸錢時也。」歐詞云：「江南柳，葉小未成陰。人為絲輕那忍折，鶯憐枝嫩不勝吟。留取待春深。　十四五，閒抱琵琶尋。

〔註107〕〔楚〕宋玉：〈登徒子好色賦並序〉，〔梁〕蕭統撰，〔唐〕李善注：《昭明文選》（臺北：文化圖書公司，1975年），卷十九，頁253。

〔註108〕《盧陵歐陽文忠公年譜》慶曆五年乙酉條下云：「時二府杜正獻、范文正、韓忠獻、富文忠公以黨論相繼去，公上書辨之。小人素已憾公，會公孤甥張氏犯法，諫官錢明逸因以財產事及公，下開封鞫治。府尹楊日嚴觀望傅會，上命戶部判官蘇安世、入內供奉官王昭明監勘，得無他。八月甲戌，猶落龍圖閣直學士，罷都轉運按察使，降知制誥，知滁州。」見〔宋〕胡柯編，吳洪澤點：《盧陵歐陽文忠公年譜》，錄於吳洪澤、尹波主編：《宋人年譜叢刊》（成都：四川大學出版社，2003年1月），冊二，頁989。

　　堂上簸錢堂下走，恁時相見已留心。何況到如今。」〔註109〕
焦袁熹緊承上片，以「忒煞誣吾，日黑天昏底事無」主張此言論之
子虛烏有，再次強調此公案係錢氏特地造作，以詆毀歐陽脩。清代
況周頤甚至質疑此表之存在，其《蕙風詞話》云：「唯錢穆父固與歐
公同時。然公詞既可假託，即自白之表，穆父之言，亦何不可造作
之有。竊意歐陽文集中，未必有此表也。」〔註110〕按歐陽脩文集中，
確有此表，並非錢氏造作，《歐陽脩集・表奏書啓四六集・卷一・滁
州謝上表》：「同母之親，唯存一妹，喪厥夫而無託，攜孤女以來歸。
張氏此時，生才七歲。」〔註111〕而穆父之言，似乎是錢氏造作，按
穆父指錢勰（字穆父，生於仁宗景祐元年（1034），卒於哲宗紹聖四
年（1097），年六十四）〔註112〕，錢穆父確為歐陽脩政敵，然而於
慶曆五年（1045）錢勰才十二歲，是否會向歐陽脩笑說：「七歲正是
學簸錢時也」，頗為令人懷疑。按錢世昭的祖先錢鏐在五代後梁太祖
初年（西元907年）被封為吳越王，直至宋太宗太平興國三年（978）
錢俶才歸宋。而歐陽脩於《新五代史・卷六十七・吳越世家》對吳
越王錢氏有諸多批判〔註113〕，《錢氏私誌》亦有提及此淵源：「（歐
陽修）後修《五代史・十國世家》，痛毀吳越，又於《歸田錄》中說

〔註109〕〔宋〕錢世昭：《錢氏私誌》，《景印文淵閣四庫全書》，冊一○三六，
　　　　頁661～662。
〔註110〕〔清〕況周頤：《蕙風詞話》，見唐圭璋主編：《詞話叢編》，冊五，卷
　　　　四，頁4500。
〔註111〕〔宋〕歐陽脩撰，李之亮箋注：《歐陽修集編年箋注》（成都：巴蜀書
　　　　社，2007年12月），冊五，卷九一，頁338。
〔註112〕昌彼得等編：《宋人傳記資料索引》（臺北：鼎文書局，1975年12月），
　　　　冊五，頁4067。
〔註113〕「錢氏兼有兩浙幾百年，其人比諸國號為怯弱，而俗喜淫侈，偷生工
　　　　巧，自鏐世常重斂其民，以事奢僭，下至雞魚卵殼，必家至而日
　　　　取……。」又說：「考錢氏之始終，非有德澤施其一方，而百年之際，
　　　　虐用其人甚矣。其動於氣象者，豈非其尊歟？是時四海分裂，不勝其
　　　　暴，又豈皆然歟？是皆無所得而推歟？術者之言，不中者多，而中者
　　　　少，而人特喜道其中者歟？」以上兩段見〔宋〕歐陽脩：《新五代史》
　　　　（臺北：中華書局，1981年），冊二，卷六一，頁5～6。

先文僖數事，皆非美談。從祖希白嘗戒子孫，毋勸人陰事，賢者爲恩，不賢者爲怨。」〔註114〕故有學者主張錢氏所記之事係刻意報復歐陽脩之語，徐釚所言：「蓋錢世昭因公五代史中多毀吳越，故醜詆之。」〔註115〕清代紀昀《四庫全書總目・小說家類一》亦云：「惟其以《五代史・吳越世家》及《歸田錄》貶斥錢氏之嫌，詆歐陽修甚力，似非公論。」〔註116〕歐陽脩對吳越王錢氏做出許多批評，錢氏後人確有可能因此心生不滿，就以歐陽脩〈江南柳〉一詞附會盜甥一事加以醜詆，故焦袁熹題序才言：「錢氏私憾之言，不足置辨也」，讀歐詞而不致信以爲眞，針對錢氏對歐陽脩所發之污衊言語，予以澄清與駁斥。

六、張先

張先（990～1078），字子野，湖州烏程（今浙江吳興）人，亦稱張安陸，彼善戲謔，有風味，至老不衰，爲北宋詞人。橫跨太宗、眞宗、仁宗、英宗、神宗等五位皇帝，享年八十九。〔註117〕焦袁熹此闋〈采桑子・張子野〉主要論及張先一生風流多情，以及擅以「影」字入詞而稱名詞壇之評價，其詞云：

　　三中三影風流甚，粉色生春。寫出鮮新。不道無才只是貧。

　　　　露華倒影誰堪比，竊恐非倫。莫鬭喉脣。好與中書作

　　舍人。（《全清詞・順康卷》，冊十八，頁 10580）

〔註114〕〔宋〕錢世昭：《錢氏私誌》，《景印文淵閣四庫全書》，冊一0三六，頁 661。

〔註115〕〔清〕徐釚編：《詞苑叢談》，《景印文淵閣四庫全書》，冊一四九四，卷十，頁 725。

〔註116〕〔清〕永瑢、紀昀總纂：《四庫全書總目・小說家類一・錢氏私志》，卷一四○，頁 1191。

〔註117〕北宋朝，有兩位張先，兩者皆字子野。其一博州人，生於太宗淳化三年（西元 992 年），卒於仁宗寶元二年（西元 1039 年），年四十八，仁宗天聖二年（西元 1024 年）進士。其二烏程人，生於太宗淳化元年（西元 990 年），卒於神宗元豐元年（西元 1078 年），年八十九，仁宗天聖八年（西元 1030 年）進士，累官至都官郎中。本闋詞所描述之張先，即指後者。參考夏承燾：《唐宋詞人年譜・張子野年譜》，錄於《夏承燾集》，冊一，頁 167～194。

張先一生詩酒風流，喜吟詩弄月，大凡有紅袖添香、歌妓佐酒之記
載，頗多佳話，其好友蘇軾曾賦詩調侃張先晚年仍續納小妾，據《韻
語陽秋》卷十九載：「張子野八十五猶聘妾，東坡作詩所謂『詩人老
去鶯鶯在，公子歸來燕燕忙』是也。荊公亦有詩云：『籌火尙能書細
字，郵筒還肯寄新詩。』其精力如此，宜未能息心於粉白黛綠之間
也」〔註118〕，張先之「風流韻事」，蓋可由幾則軼事之記載，略窺
一斑。張先混跡於清樓酒館間，老年於杭州多爲官妓塡詞，卻獨獨
遺忘一名爲龍靚的女子，靚靚心有不滿便獻詩云：「天與群芳十樣
葩，獨無顏色不堪誇。牡丹芍藥人題徧，自分身如鼓子花」〔註119〕，
極盡委屈之言，張先憐之，爲其作〈望江南〉一詞：

> 青樓宴，靚女薦瑤杯。一曲白雲江月滿，際天拖練夜潮來。
> 人物誤瑤臺。　　醺醺酒，拂拂上雙腮。媚臉已非朱粉淡，
> 香紅全勝雪籠梅。標格外風埃。（《全宋詞》，冊一，頁79）

稱讚她雖無牡丹芍藥之艷麗，卻具有梅花出塵之標格。而〈謝池春慢・
玉仙觀道中逢謝媚卿〉詞，係敘張先往玉仙觀途中偶遇謝媚卿之情
事，云：

> 繚牆重院，時聞有、啼鶯到。繡被掩餘寒，畫幕明新曉。
> 朱檻連空闊，飛絮無多少。徑莎平，池水渺。日長風靜，
> 花影閒相照。　　塵香拂馬，逢謝女、城南道。秀豔過施
> 粉，多媚生輕笑。鬭色鮮衣薄，碾玉雙蟬小，歡難偶，春
> 過了。琵琶流怨，都入相思調。（《全宋詞》，冊一，頁60）

宋・楊湜《古今詞話》載云：「張子野往玉仙觀，中路逢謝媚卿，初
未相識，但兩相聞名。子野才韻既高，謝亦秀色出世，一見慕悅，目
色相授。張領其意，緩轡久之而去，因作〈謝池春慢〉，以敘一時之
遇。」〔註120〕此外，〈一叢花令〉則是描述張先與一尼私約，不勝離

〔註118〕〔宋〕葛立方：《韻語陽秋》，〔清〕何文煥：《歷代詩話》（北京：中
　　　　華書局，2006年6月），下冊，卷十九，頁642。
〔註119〕〔宋〕陳師道：《後山詩話》，〔清〕何文煥：《歷代詩話》（北京：中
　　　　華書局，2006年6月），上冊，頁314。
〔註120〕〔宋〕楊湜：《古今詞話》，唐圭璋編：《詞話叢編》，冊一，頁24。

別之情事，「張先字子野，嘗與一尼私約。其老尼性嚴。每臥於池島中一小閣上，俟夜深人靜，其尼潛下梯，俾子野登閣相遇。臨別，子野不勝惓惓，作〈一叢花〉詞以道其懷」〔註121〕，其詞云：

> 傷高懷遠幾時窮。無物似情濃。離愁正引千絲亂，更東陌、飛絮濛濛。嘶騎漸遙，征塵不斷，何處認郎蹤。　雙鴛池沼水溶溶。南北小橈通。梯橫畫閣黃昏後，又還是、斜月簾櫳。沈恨細思，不如桃杏，猶解嫁東風。（《全宋詞》，冊一，頁 61）

由以上詞作，除可見張先之「風流」外，亦可看出他「多情」之性格，故焦袁熹借用張先「粉色生春」詞語，概括其一生風流多情，不愧「三中」、「三影」之美稱。

張先善寫小辭，初以〈行香子〉詞有「心中事，眼中淚，意中人」之句，時人稱爲「張三中」，〈行香子〉：「舞雪歌雲。閒淡妝匀。藍溪水、深染輕裙。酒香醺臉，粉色生春。更巧談話，美情性，好精神。

江空無畔，凌波何處，月橋邊、青柳朱門。斷鐘殘角，又送黃昏。奈心中事，眼中淚，意中人」（《全宋詞》，冊一，頁 81），然而「張三中」這個稱號，張先似乎不甚滿意，反而認爲以「張三影」稱之，應該更加貼切。清·王奕清《歷代詞話》引《樂府紀聞》云：

> 客謂張子野曰：「人咸目公爲張三中。謂公詞有心中事，眼中淚，意中人也。」子野曰：「何不謂之張三影。」客不喻。
> 子野曰：「『雲破月來花弄影』、『嬌柔嬾起，簾壓捲花影』、『柳徑無人，墜絮輕無影』。此生平得意者。」〔註122〕

「三影」之說，除了上說之外，尚有二說。其一，清·黃蘇《蓼園詞評》引《高齋詩話》云：

> 子野有詩云：「浮萍斷處見山影。」又長短句云：「雲破月

〔註121〕〔宋〕楊湜：《古今詞話》，唐圭璋編：《詞話叢編》，冊一，頁 24。另外，蕭滌非〈張先一叢花的本事辯證〉一文，論證甚詳，可與此記載並參。《樂府詩詞餘叢》（濟南：齊魯書社，1985 年 5 月），頁 297～303。
〔註122〕〔清〕王奕清《歷代詞話》，唐圭璋編：《詞話叢編》，冊二，頁 1158。

來花弄影。」又云：「隔牆送過秋千影。」並膾炙人口。世
謂「張三影」。〔註123〕

其二，周曾錦《臥廬詞話》所云：

余按子野詞，又有句云：「隔牆送過秋千影。」又云：「中
庭月色正清明，無數楊花過無影。」又詩句云：「浮萍破處
見山影。」語並精妙，然則不止三影也。〔註124〕

張先「三中」、「三影」之別稱，蓋由「風流多情」之性格而來。然而，
張先寫情不流於輕浮淺薄，雖然敘傷春悲秋，閨情閨怨，相思離別等
情懷，卻含蓄雋永，有其風骨格調。

緊承首二句而來，「寫出鮮新，不道無才只是貧」係說張先富有
詞才，詞篇多新穎不俗，卻不免落入「貧」之病。蘇軾曾讚張先詞：
「清詩絕俗，甚典而麗。搜研物情，刮發幽翳。微詞宛轉，蓋詩之裔。」
〔註125〕可舉〈歸朝歡〉（聲轉轆轤聞露井）一闋來說明其新穎之處。
其中「等身金，誰能得意，買此好光景」外，更是巧妙運用賈黃中「等
身書」的典故，清代馮金伯認為「等身金」三字甚為特別，《詞苑萃編‧
辨證》云：「『等身金』三字甚新，本賈黃中傳。賈黃中幼日聰悟過人，
父取書與其身相等，令誦之，謂之『等身書』。」〔註126〕故焦氏以「寫
出鮮新」給予客觀評價，除指張先富有詞才，作品多有新意外，亦指
張先使詞壇氣局一新之詞史地位，清末詞家陳廷焯云：

張子野詞，古今一大轉移也。前此則為晏、歐，為溫、韋，

〔註123〕〔清〕黃蘇：《蓼園詞評》，唐圭璋編：《詞話叢編》，冊四，頁3058。
〔註124〕〔清〕周曾錦：《臥廬詞話》，見唐圭璋編：《詞話叢編》，冊五，頁
4646。
〔註125〕以上三句，見曾棗莊、舒大剛主編：《三蘇全書》（北京：語文出版社，
2001年11月），冊十五，頁427。
〔註126〕〔清〕馮金伯：《詞苑萃編‧辨證》，見唐圭璋編：《詞話叢編》，冊三，
卷二一，頁2207。《宋史‧賈黃中傳》：「黃中幼聰悟，方五歲，玭每
旦令正立展書卷比之，謂之『等身書』，課其誦讀。」玭為賈黃中父。
「等身書」本謂書與身高相等的一段卷子，後人遂指疊起來與身高相等
的書籍，形容讀書之多。〔元〕脫脫等撰，〔清〕錢大昕撰：《宋史‧
賈黃中傳》，《二十五史》，冊三三，卷二六五，頁3398。

體段雖具，聲色未開；後此則爲秦、柳，爲蘇、辛，爲美成、白石，發揚蹈厲，氣局一新，而古意漸失。子野適得其中，有含蓄意，亦有發越處。〔註127〕

吳梅《詞學通論》評價云：「子野上結晏歐之局，下開蘇秦之先，在北宋諸家中適得其平，有含蓄處，亦有發越處。但含蓄不似溫韋，發越亦不似豪蘇膩柳。規模既正，氣格亦古，非諸家能及也」〔註128〕，肯定張先對於北宋詞壇承先啓後之影響，一改以往局面。

　　李之儀〈跋吳思道小詩〉認爲張先「才不足而情有餘」〔註129〕，焦袁熹則批評張詞「不道無才只是貧」，此處解釋有二：其一，確指張先生活之「貧」。張先曾落得「坐此而窮，鹽米不繼」〔註130〕之貧窘，但卻不以此爲苦，反能「嘯歌自得，有酒輒詣。」其二，則虛指張詞之「貧」。焦袁熹論詩嘗言詩眼不宜「太琢太新」，應以「渾成自在爲貴」，更讚賞盛唐之作「意象玄渾，難以跡求」。其《此木軒論詩彙編》卷一：

將生新字代習熟事，痕跡宛然，以此炫富，轉見貧儉，夫篇章之美惡，譬若眉顏之妍嫶，既不能妍矣，雖愈施粉黛，亦復何益。〔註131〕

詩中使事，用熟者什九，生者什一，古今第一等詩，何嘗不是熟事，用熟者可無著迹之患，唯用熟而苦不能工，于是刺取新僻者以代之，彼其計亦無聊矣。〔註132〕

〔註127〕〔清〕陳廷焯：《白雨齋詞話》，見唐圭璋編：《詞話叢編》，冊四，卷一，頁3182。

〔註128〕〔清〕吳梅：《詞學通論》（臺北：臺灣商務印書館，1988年4月），頁72。

〔註129〕〔宋〕李之儀：〈跋吳思道小詩〉，《姑溪居士文集》（北京：線裝書局，2004年，《宋集珍本叢刊》），冊二七，卷四十，頁89。

〔註130〕〔宋〕蘇軾著，傅成穆儔標點：〈祭張子野文〉，《蘇軾文集》（上海：上海古籍出版社，2005年5月），中冊，卷六三，頁2021。

〔註131〕〔清〕焦袁熹：《此木軒論詩彙編》卷一，藏於上海圖書館古籍室，未編版項、頁次。

〔註132〕〔清〕焦袁熹：《此木軒論詩彙編》卷一，藏於上海圖書館古籍室，未編版項、頁次。

焦氏認為張先詞多用「新典」，有斧鑿痕跡，反而「轉見貧儉」，與焦氏「文字渾成，無斧鑿痕」之審美標準相悖，故焦氏以「貧」字論張先詞之弊。

　　下闋則全由張先以「影」字入詞而發，認為其詞雖鮮新，雖轉見貧儉，不足以與柳詞媲美。據黃文吉研究，《全宋詞》所收張先詞中共有二十九闋用了「影」字〔註 133〕。鄭福田《唐宋詞研究》進一步說明張先用「影」字來入詞有兩項優點：第一，寫影是以實寫虛的過程，可以收到虛實結合、一意兩化的藝術效果；第二，自

〔註 133〕黃文吉先生：《北宋十大詞家研究》（臺北：文史哲出版社，1996 年3 月），頁 104。此二十九首，依《全宋詞》之編輯順序，羅列於後（皆錄於唐圭璋：《全宋詞》，第 1 冊）：〈南鄉子〉「潮上水清渾。棹影輕於水底雲。」（頁 58）、〈相思兒令〉「願教清影長相見，更乞取長圓。」（頁 60）、〈謝池春慢〉「日長風靜，花影閒相照。」（頁 60）、〈西江月〉「高髻照影翠煙搖。白紵一聲雲杪。」（頁 61）、〈宴春臺慢〉「猶有花上月，清影徘徊。」（頁 62）、〈醉桃源〉「隔簾燈影閉門時。此情風月知。」（頁 62）、〈採桑子〉「風影輕飛。空贏得、鬢成雪。」（頁 63）、〈歸朝歡〉「嬌柔懶起，簾押殘花影。」（頁 64）、〈卜算子慢〉「水影橫池館。對靜夜無人，月高雲遠。」（頁 66）、〈蝶戀花〉「照影紅妝，步轉垂楊岸。」（頁 67）、〈虞美人〉「苕花飛盡汀風定。苕水天搖影。」（頁 70）、〈天仙子・時為嘉禾小倅、以病眠不赴府會〉「沙上並禽池上暝。雲破月來花弄影。」（頁 70）、〈天仙子・鄭毅夫移青社〉「牆竿漸向望中疏，旗影轉。鼙聲斷。」（頁 70）、〈燕歸梁〉「清影外、見微塵。」（頁 71）、〈木蘭花〉「草樹爭春紅影亂。一唱雞聲千萬怨。」（頁 74）、〈木蘭花・乙卯吳興寒食〉「中庭月色正清明，無數楊花過無影。」（頁 75）、〈木蘭花・席上贈同邵二生〉「弄妝俱學閒心性。固向鸞臺同照影。」（頁 75）、〈傾杯〉「橫塘水靜，花窺影、孤城轉。」（頁 75）、〈憶秦娥〉「憶苕溪、寒影透清玉。」（頁 76）、〈繫裙腰〉「惜霜蟾照夜雲天。朦朧影、畫勾闌。」（頁 76）、〈慶春澤〉「花影灧金尊，酒泉生浪。」（頁 77）、〈雙韻子〉「鴛鴦集、仙花鬪影。」（頁 78）、〈鵲橋仙〉「重城閉月，青樓誇樂，人在銀潢影裏。」（頁 78）、〈翦牡丹〉「柔柳搖搖，墜輕絮無影。」（頁 79）、〈畫堂春〉「水天溶漾畫橈遲。人影鑑中移。」（頁 79）、〈芳草渡〉「風烏弄影畫船移。歌時淚、和別怨，作秋悲。」（頁 80）、〈汎清苕〉「漸樓臺上下，火影星分。」（頁 82）、〈勸金船〉「綠定見花影，並照與、豔妝爭秀。」（頁 82）、〈青門引〉「那堪更被明月，隔牆送過秋千影。」（頁 83）。

然事物之影，可看作自然事物的簡單加工，因而寫影也便是將自然狀態的美上升爲藝術的美，盡管這只是極爲簡單的上升過程。〔註 134〕「宋子京見張子野一事」之記載，足可證當時張先以影字入詞，極爲「警策」，清・馮金伯《詞苑萃編・卷之十一・紀事》引《遯齋閒覽》云：

> 張子野郎中，以樂章揚名一時，宋子京尚書奇其才，先往見之。將命者曰：「尚書欲見雲破月來花弄影郎中乎。」子野內應曰：「得非紅杏枝頭春意鬧尚書耶。」遂出，置酒盡歡，蓋二人所舉，皆其警策也。〔註 135〕

宋祁〈玉樓春〉（東城漸覺風光好）「紅杏枝頭春意鬧」（《全宋詞》，冊一，頁 116），張先〈天仙子・時爲嘉禾小倅，以病眠不赴府會〉（水調數聲持酒聽）「雲破月來花弄影」（《全宋詞》，冊一，頁 70）乃是兩人最具警策之詞句，王國維對這兩句亦是讚譽有加，其《人間詞話》云：「『紅杏枝頭春意鬧』，著一『鬧』字，而境界全出。『雲破月來花弄影』，著一『弄』字，而境界全出矣。」〔註 136〕兩人以此相調侃頗爲有趣。張先以「影」字入詞，錘鍊字句相當出色，後代賦予高度評價，焦氏即以「露華倒影誰堪比」概括歷代詞評家之稱譽，然而焦氏下句卻立刻筆鋒一轉，以「竊恐非倫」，表達張詞如此出色，卻仍並非其心目中之詞壇絕倫，那焦氏所謂居首之詞家究竟何人？

　　下一句「莫闘喉唇。好與中書作舍人」，以朝廷職稱作比，揭示這位超代絕倫之詞人，即是被焦袁熹以「詩天子」王維喻之的柳永。〔註 137〕自古以來，張先和柳永均相提並論，如有宋一代，「張子野與柳耆卿齊名，而時以子野不及耆卿。然子野韻高，是耆卿所乏處」

〔註 134〕鄭福田：《唐宋詞研究》（內蒙古：內蒙古大學出版社，1997 年 11 月），頁 147。

〔註 135〕〔清〕馮金伯：《詞苑萃編・紀事》，唐圭璋主編：《詞話叢編》，冊三，卷十一，頁 2005。

〔註 136〕〔清〕王國維：《人間詞話》，唐圭璋主編：《詞話叢編》，冊五，頁 4240。

〔註 137〕焦袁熹評柳永之部分，詳見後。

〔註138〕，論及張、柳兩家長短，認為張先韻趣高雅，是勝柳永處。明人亦將二人視為「柔聲曼音」之代表，孟稱舜：「作詞者率取柔音曼聲，如張三影、柳三變之屬」、「幽思幽想，則張、柳之詞工矣」〔註139〕，而逮至清代，由於尊雅黜俗之觀念，對於張、柳詞之評價兩極：柳詞較通俗，往往受到市井人民之喜愛，而受到文人「開卷羞人目」、「格調不高」、「俚俗」等譏評。〔註140〕而張先詞因清脆韻高，未流於鄙俗淫靡，且精於琢字煉句，故倍受揄揚。如清人李漁在《窺詞管見・琢句鍊字須合理》中云：「琢句煉字，雖貴新奇，亦須新而妥，奇而確。妥與確，總不越一理字，欲望句之驚人，先求理之服眾。時賢勿說，吾論古人。古人多工於此技，有最服予心者，『雲破月來花弄影』郎中是也。」〔註141〕周濟《宋四家詞選目錄序論》：「子野清出處，生脆處，味極雋永」〔註142〕，陳廷焯謂「子野適得其中，有含蓄處，亦有發越處。但含蓄不似溫、韋，發越亦不似豪蘇膩柳。規模雖隘，氣格卻近古」〔註143〕，又言：「子野詞別於秦、柳、晏、歐諸家，獨開妙境，詞壇中不可無此一家」〔註144〕，足證清人對張先之評價譽多於毀，而非如柳永般毀譽參半。然而，身處清朝前中期的焦袁熹不受時代風氣所影響，明確表達對於柳永詞之欣賞，非僅以「超代絕倫」稱之，更以「宋代王維柳七郎」推崇其詞壇地位，因此

〔註138〕〔宋〕晁補之：《能改齋詞話・評本朝樂府》，唐圭璋編：《詞話叢編》，冊一，卷一，頁125。

〔註139〕〔明〕孟稱舜：〈古今詞統序〉，〔明〕卓人月、徐士俊編纂：《古今詞統》，《續修四庫全書》，冊一七二八，頁437～438。

〔註140〕劉臻：〈念奴嬌・讀宋名家詞〉云：「野綠妖紅爭抹飾，那是男兒氣骨？風日多情，柳郎第一，開卷羞人目。相思譜說，可憐痴恨千斛。」陳振孫《直齋書錄解題》卷二一：「柳詞格固不高。」黃昇《花庵詞選》：「耆卿長于纖艷之詞，然多近俚俗。」

〔註141〕〔清〕李漁：《窺詞管見》，唐圭璋：《詞話叢編》，冊一，頁553。

〔註142〕〔清〕周濟：《宋四家詞選目錄序論》，唐圭璋：《詞話叢編》，冊二，頁1643。

〔註143〕〔清〕陳廷焯：《白雨齋詞話》，唐圭璋：《詞話叢編》，冊四，卷一，頁3782。

〔註144〕〔清〕陳廷焯：《詞壇叢編》，唐圭璋：《詞話叢編》，冊四，頁3722。

焦氏於評價張先時同時比較二人之詞：「莫𨢓喉唇。好與中書作舍人」，認爲如擬柳永爲天子，則張先只是中書舍人之材，高下立判，遂勸爲張、柳兩人詞史地位爭辯之詞，爲詞作價值議論之語均可停歇了，藉由評價張先之詞，同時凸顯了柳永詞壇至尊之地位。

第二節　論北宋中、後期詞人

北宋經過長期太平，社會富庶，舞榭歌臺林立，新聲競起，詞體在宋朝肥沃的土壤中更爲茁壯繁盛，身處於此環境之文人，塡詞之盛，誠屬空前。焦袁熹論北宋中、後期詞人，擇取柳永、蘇軾、蕭觀音、黃庭堅、秦觀、賀鑄、周邦彥、万俟詠、趙佶等九家詞人，又另合論蘇軾、柳永一首，共計十闋詞。茲依詞家論列，逐次分析如下：

一、蘇軾、柳永

（一）論柳永

柳永（985？～1053？），原名三變，字耆卿，生卒年史無明載，崇安（福建崇安）人。在家族排行第七，又稱「柳七」，官至屯田員外郎〔註145〕，故世稱「柳屯田」，係北宋著名詞人，詞名甚高，但沉於下僚，故《宋史》無傳。蘇軾曾於〈與鮮于子駿書〉云：「近頗作小詞，雖無柳七郎風味，亦自是一家。一似欲爲耆卿之詞，而不能者」〔註146〕，葉夢得《避暑錄話》卷下云：「（永）爲舉子時，多游狹邪。善爲歌辭，教坊樂工每得新腔，必求永爲辭，始行於世，於是聲傳一

〔註145〕見姚學賢、龍建國撰《柳永詞詳註及集評》（鄭州：中州古籍出版社，1991 年 2 月），附錄生平資料，頁 236。

〔註146〕〔宋〕蘇軾著，孔凡禮點校：《蘇軾文集》（北京：中華書局，1986 年 3 月），卷五三，頁 1560。〔清〕劉熙載《藝概》評此語云：「然坡嘗譏秦少游〈滿庭芳〉詞學柳七句法，則意可知矣。」見唐圭璋主編：《詞話叢編》（北京：中華書局，2005 年 10 月），冊四，頁 3690。

時。」〔註147〕此中可見柳永詞於當時之風行。焦袁熹〈采桑子‧耆
卿〉，論及柳永詞音律諧婉，言雖俚俗，但其情甚真，可謂「絕代超
倫」。其詞云：

> 井華汲處須聽取，駐得行雲。落得梁塵。三變新聲唱得真。
>
> 　香山龜嫗君知否，俚俗休嗔。絕代超倫。只在當場動
>
> 得人。（《全清詞‧順康卷》，冊十八，頁10580）

此詞前三句用葉夢得《避暑錄話》卷下所載西夏歸明官語，曰：「凡
有井水飲處，即能歌柳詞」〔註148〕，說明柳永詞流行之廣，並以秦
青、虞公之遏雲、落塵之聲，連用兩典以稱譽柳詞之聲美。《列子‧
湯問》云：「薛譚學謳於秦青，未窮青之技，自謂盡之，遂辭歸。秦
青弗止；餞於郊衢，撫節悲歌，聲振林木，響遏行雲。」〔註149〕又
漢‧劉向《別錄》載：「漢興以來，善歌者魯人虞公，發聲清哀，遠
動梁塵，受學者莫能及也。」〔註150〕以古代善歌者如秦青、虞公者，
比美柳永，故言「三變新聲唱得真」，以詞之真，說明其詞動人之因。
「三變」為柳永之初名，胡仔《苕溪漁隱叢話‧後集》卷三十七引嚴
有翼《藝苑雌黃》語曰：

> 柳三變，字景莊，一名永，字耆卿，喜作小詞，然薄於操
>
> 行。當時有薦其才者，上曰：「得非填詞柳三變乎？」曰：
>
> 「然。」上曰：「且去填詞。」由是不得志，……自稱云：
>
> 「奉聖旨填詞柳三變」。〔註151〕

後為應試改名永，方得磨勘轉官，官至屯田員外郎。而新聲係指歌曲，

〔註147〕〔宋〕葉夢得：《避暑錄話》，鄧子勉編：《宋金元詞話全編》，上冊，
　　　　卷下，頁268。

〔註148〕〔宋〕葉夢得：《避暑錄話》，鄧子勉編：《宋金元詞話全編》，上冊，
　　　　卷下，頁268。

〔註149〕楊伯峻集釋：《列子集釋‧湯問》（臺北：華正書局，1987年9月），
　　　　卷五，頁177。

〔註150〕〔漢〕劉向撰，〔清〕姚振宗輯錄：《七略別錄佚文》，收錄於嚴靈峯
　　　　編：《書目類編》（臺北：成文出版社，1978年7月），冊一，頁23。

〔註151〕〔宋〕胡仔：《苕溪漁隱叢話‧後集》，收錄於鄧子勉編：《宋金元詞
　　　　話全編》，中冊，卷三七，頁726。

如吳融〈水調〉云：「鑿河千里走黃沙。浮殿西來動日華。可道新聲是亡國，且貪惆悵後庭花。」〔註152〕李煜〈菩薩蠻〉云：「銅簧韻脆鏘寒竹。新聲慢奏移纖玉。」〔註153〕均係單指樂曲本身，然李清照於〈詞論〉云：「涵養百年，始有柳屯田，變舊聲爲新聲，出《樂章集》，大得聲稱於事。」〔註154〕焦詞「新聲」蓋一語兩意。柳永妙解音樂，常自度曲調，鄒祗謨《遠志齋詞衷》云：「僻調之多，以柳屯田爲最。此則周清眞、史梅溪、姜白石、蔣竹山、吳夢窗、馮艾子集中，率多自制新調，余家亦復不乏。」〔註155〕柳永詞中多與民間相結合之「新聲」，而少用唐、五代沿襲之舊曲，此處新聲即指變民間詞化爲新曲，另一方面又指「以賦爲詞」之塡詞手法；也因其詞善於鋪敘，故詞中多爲直說，如宋張端義《貴耳集》載：「項平齋，自號江陵病叟，余侍先君往荊南，所訓學詩當學杜詩，學詞當學柳詞。叩其所云：『杜詩、柳詞，皆無表德，只是實說。』」〔註156〕亦因是實說，故所說爲眞。

下片扣其「眞」字，以白居易詩老嫗能解比况柳詞之直且眞，《墨客揮犀》載：「白樂天每作詩，令一老嫗解之，問曰：『解否？』嫗曰：『解。』則錄之，『不解』，則又復易之。故唐末之詩，近於鄙俚也。」〔註157〕白居易詩老嫗可解之精神，使之成爲中唐文壇領袖眾因之一，亦如柳永凡井水處皆歌之同。焦氏用白居易喻柳永，係將柳永之地位提高，正如劉熙載所論：「耆卿詞細密而妥溜，明白而家常，善於

〔註152〕曾昭岷、曹濟平、王兆鵬、劉尊明：《全唐五代詞》，下冊，頁1042。
〔註153〕曾昭岷、曹濟平、王兆鵬、劉尊明：《全唐五代詞》，上冊，頁756。
〔註154〕〔清〕李清照〈詞論〉見〔宋〕胡仔《苕溪漁隱叢話‧後集》，見鄧子勉編：《宋金元詞話全編》，中冊，卷三三，頁716。
〔註155〕〔清〕鄒祗謨：《遠志齋詞衷》，唐圭璋主編：《詞話叢編》，冊一，頁645。
〔註156〕〔宋〕張義端《貴耳集》，鄧子勉編：《宋金元詞話全編》，中冊，頁1132。「實說」一作「直說」。
〔註157〕〔宋〕彭？輯撰，孔凡禮點校：《墨客揮犀》（北京：中華書局，2004年9月），頁308。《冷齋夜話》卷一亦載其事。

敘事，有過前人」〔註158〕，又「詞品喻諸詩，東坡、稼軒，李杜也。
耆卿，香山也」〔註159〕，正因其詞明白而家常，故多有俚俗之語，下
片前二句係就曾批評柳永詞俚俗者所言，在宋代當時便有數家如是說：

> 柳三變游東都南北二巷，作新樂府，骪骳從俗，天下詠之，
> 遂傳禁中。〔註160〕

> （柳屯田）雖協音律，而辭語塵下。〔註161〕

> 詞欲雅而正，志之所之，一爲情所役，則失其雅正之音。
> 耆卿、伯可不必論〔註162〕

> 柳耆卿音律甚諧，句法亦多好處。然未免有鄙俗氣。〔註163〕

以上諸家在當時便已點出柳永詞俚俗白話之失。明末清初更有貶抑者
訾其俗調，如明末毛晉：「近來填詞家輒效顰柳屯田作閨帷穢媟之語，
無論筆墨勸淫，應墮犁舌地獄；於紙窗竹屋間，令人掩鼻而過，不無
慚惶無地邪！」〔註164〕鄧漢儀在於康熙六年（1667）《十五家詞·序》
言：「今人顧習山谷之空語，倣屯田之靡音，滿紙淫哇，總乖正始。」
〔註165〕焦袁熹論詞雖詬病俚俗，崇尚「雅正」，但其實焦氏更強調詞
中所表現之眞率情感，所謂「詩人貴眞率，固也」〔註166〕，俚俗之

〔註158〕〔清〕劉熙載：《藝概·詞概》，唐圭璋主編：《詞話叢編》，冊四，頁
　　　　3689～3690。
〔註159〕〔清〕劉熙載：《藝概·詞概》，唐圭璋主編：《詞話叢編》，冊四，頁
　　　　3697。
〔註160〕〔宋〕陳師道：《後山詩話》，鄧子勉編：《宋金元詞話全編》，中冊，
　　　　頁694。
〔註161〕〔宋〕陳師道：《後山詩話》，此則收錄於鄧子勉編：《宋金元詞話全
　　　　編》，中冊，頁716。
〔註162〕〔宋〕張炎：《詞源》，唐圭璋主編：《詞話叢編》，冊一，頁266。
〔註163〕〔宋〕沈義父：《樂府指迷》，唐圭璋主編：《詞話叢編》，冊一，頁
　　　　278。
〔註164〕〔明〕毛晉：《花間集·跋》，施蟄存主編：《詞集序跋萃編》（北京：
　　　　中國社會科學出版社，1994年12月），頁635。
〔註165〕〔清〕鄧漢儀：《十五家詞·原序》，《景印文淵閣四庫全書》，冊一四
　　　　九四，頁1494。
〔註166〕〔清〕焦袁熹：《此木軒論詩彙編》，《此木軒全集》（藏上海圖書館古
　　　　籍室），卷一，未編版項、頁碼。

調若能直抒其情，眞率誠摯，仍可得其妙處也。焦袁熹論白居易詩：
「郊寒島瘦元淸白俗，四箇品目，俱是作者各擅其至，千古不可有
兩處，非薄之也。寒瘦輕猶可也，俗則不可以醫矣。而白之妙于俗，
有所謂動天地感鬼神者，俗豈亦言哉？」〔註 167〕焦氏借白居易以
稱賞柳永詞之妙於俗，認爲如此眞實之詞，即使偏於直白，亦不需
嗔怒。另外，焦氏更借「香山老嫗」之說，指出柳永眞得「詞中三
昧」：

> 香山老嫗之說，請言之，蓋此老嫗，並非知詩，他兩耳聽
> 慣了，他兩耳便是伶倫。白詩便是樂，須是經他耳朵一過，
> 解得方是香山詩，解不得便不成香山詩，便失香山妙處矣。
> 此老嫗如犬之能吠、貓之捕鼠，天生成有此一副技倆，他
> 也不自覺，唯香山能用之，亦唯香山眞得詩中三昧，所以
> 必用此老嫗也，若換一箇老嫗，如何使得？〔註 168〕

焦氏言「香山眞得詩中三昧」，柳永更有此得力處，況且「人無俗心，
正作俗語，亦有何傷？所謂俗語者，富貴官爵之類是也」〔註 169〕，
柳永爲「奉旨塡詞柳三變」，終身潦倒，「忍把浮名，換作淺斟低唱」
（〈鶴沖天〉）之表現，更爲焦氏所欣賞。焦袁熹要他人休嗔其俚俗，
係因焦氏心中之柳永爲「絕代超倫」者，除讚譽柳永因彼才華絕代，
故其詞亦影響頗大，更褒揚柳詞中所寓含之眞摯情感。柳永風華詞壇
後，即有所謂「屯田蹊徑」、「柳氏家法」之說：

> 宋無名氏〈眉峰碧〉詞云：「蹙損眉峰碧。……分明葉上心
> 頭滴。」眞州柳永少讀書時，遂以此詞題壁，後悟作詞章
> 法。一妓向人道之。永曰：「某於此亦頗變化多方也。」然
> 遂成「屯田蹊徑」。〔註 170〕

> 東坡先生以文章餘事作詩，溢而作詞曲，高處出神入天，

〔註 167〕〔清〕焦袁熹：《此木軒論詩彙編》，卷一。
〔註 168〕〔清〕焦袁熹：《此木軒論詩彙編》，卷一。
〔註 169〕〔清〕焦袁熹：《此木軒論詩彙編》，卷一。
〔註 170〕〔宋〕沈雄：《古今詞話・詞辨》，收錄於唐圭璋主編：《詞話叢編》，
　　　　冊一，頁 911。

平處尚臨鏡笑春，不顧儕輩。或曰：「長短句中詩也。」爲
此論者，乃是遭柳永野狐涎之毒。詩與樂府同出，豈當分
異？若從柳氏家法，正自不分異耳。〔註171〕

詞評論家既言蹊徑、家法，即表當時便有人習柳永之法填詞，儘管風
格屢受批評，卻仍不減柳詞之動人魅力。此外柳永主事填詞，作品多
保留時代痕跡，如宋翔鳳《樂府餘論》所論：

「別酒送君君一醉。清潤潘郎，更是何郎婿。記取釵頭新
利市。莫將分付東鄰子。　回首長安佳麗地。三十年前，
我是風流帥。爲向青樓尋舊事。花枝缺處餘名字。」右〈蝶
戀花〉詞，東坡在黃州，送潘邠老赴省試作也，今集不載。
按其詞恣褻，何減耆卿。是東坡偶作，以付餞席。使大雅，
則歌者不易習，亦風會使然也。山谷詞尤俚絕，不類其詩，
亦欲便歌也。柳詞曲折委婉，而中具渾淪之氣。雖多俚語，
而高處足冠群流，倚聲家當尸而祝之。如竹垞所錄，皆精
金粹玉。以屯田一生精力在是，不似東坡輩以餘事爲之也。
〔註172〕

柳永科場失意，浪蕩煙花柳巷，一生專事填詞，多作於歌樓酒館之間，
若過於典雅，則歌者不易習，此爲柳詞能風行當時之因；然而「柳詞
曲折委婉，而中具渾淪之氣」，隱含個人身世之感，因此細細咀嚼，
才能體會「落魄時悵悵靡托」的悲哀，故焦袁熹言「只在當場動得人」，
可謂柳永知音。

（二）論蘇軾

蘇軾（1036～1101），字子瞻，眉州眉山（四川眉山）人，比冠，
博通經史，屬文日數千言，好賈誼、陸贄書。蘇軾曾與田父野老，相
從溪山間，築室於東坡，又自號「東坡居士」。於婉約詞外，另開豪
放詞風，爲北宋詞壇中期之代表詞家。焦袁熹〈采桑子〉論其詞學風

〔註171〕〔宋〕王灼：《碧雞漫志》，收錄於唐圭璋主編：《詞話叢編》，冊一，
　　　　頁83。
〔註172〕〔清〕宋翔鳳：《樂府餘論》，見唐圭璋主編：《詞話叢編》，冊三，頁
　　　　2499。

格及屢遭貶謫官途的曠達態度。詞云：

> 一生不耐專門學，天雨才華。亂撒泥沙。唱出樽前別一家。
> 　逢場作戲三分假，海角天涯。譏笑喧嘩。比似吾儕曠
> 達些。（《全清詞‧順康卷》，冊十八，頁 10581）

胡寅〈酒邊詞序〉稱蘇軾詞能「一洗綺羅香澤之態，擺脫綢繆宛轉之度，使人登高望遠，舉首高歌，而逸懷浩氣，超乎塵垢之外」〔註173〕，《雙硯齋詞話》：「東坡以龍驤不羈之才，樹松檜特立之操。故其詞清剛雋上，囊括群英。」〔註174〕胡雲翼《中國詞史》曰：「蘇軾本是文學史上的怪傑，他的天才特大，憑他那枝生花妙筆，無施不可。故其詞的造詣，既高且廣。」〔註175〕是皆深識於東坡之詞，兼備各體之長，而且別有一般羽化而登仙之境界。蘇軾天才縱橫，作品天馬行空，無規則可循，更兼備各體之長，詩、詞、賦、散文等皆出色，故焦袁熹劈首即以「一生不耐專門學，天雨才華」稱之。

接下來，焦袁熹點出「樽前」一語，殆著眼蘇軾於詞方面的成就，隨即筆鋒一轉，認為天才縱橫若未善用，惟只是聰明太過，創作若率意而為，也不過係亂灑泥沙之流，故以「亂撒泥沙，唱出樽前別一家」論蘇軾創作態度及詞壇地位。《詞林紀事》引樓儼曰：「東坡老人，故自靈氣仙才，所作小詞，衝口而出，無窮清新。不獨寓以詩人句法，能一洗綺羅香澤之氣也」〔註176〕，認為不論內容和形式，蘇詞皆不拘於一格，放筆直書。俞文豹《吹劍續錄》更記載以明之：

> 東坡在玉堂日，有幕士善謳，因問：『我詞何如柳詞？』對
> 曰：『柳郎中詞，只好十七八女孩兒，執紅牙拍板，唱「楊
> 柳外、曉風殘月」；學士詞，須關西大漢執銅板，唱「大江

〔註173〕〔宋〕胡寅：〈酒邊詞序〉載於〔宋〕向子諲《酒邊詞》，見《景印文淵閣四庫全書》，冊一四八七，頁 527。

〔註174〕〔清〕鄧廷楨：《雙硯齋詞話》，唐圭璋主編：《詞話叢編》，冊三，頁 2529。

〔註175〕胡雲翼：《中國詞史》（臺北：啟明書局，1958 年），頁 146～147。

〔註176〕〔清〕張宗橚輯：《詞林紀事》（臺北：木鐸出版社，1982 年），頁 122。

東去」。』公爲之絕倒。〔註177〕

然而，焦袁熹〈采桑子・蘇子瞻〉一闋對於蘇軾頗有微詞，實因焦氏
認爲蘇軾乃聰明太過者，曾言：

> 子瞻只是聰明太過，不但人不奈子瞻何，子瞻亦自不奈何。
> 開眼無非妙理，落筆無非妙文，率然頹然見爲拙矣，乃然
> 更巧也。謂無意而爲之，然亦豈得無意也？甚至爲偶對之
> 文，則欲人不覺其偶對；有韻之文讀之，亦如未嘗叶韻者，
> 凡此皆聰明太過之爲也。噫！西子之矉美矣，而矉豈所以
> 美哉？吾惡夫似之而非者，故有云爾。〔註178〕

焦氏認爲蘇軾之天才與生俱來，不但「人不奈子瞻何，子瞻亦自不奈
何」，落筆行文雖皆有所妙，但率然而出則見其拙劣，刻意爲之則失
其天然，故焦氏自言惡蘇文雖似妙作，實則非也。焦袁熹有此評價，
須溯源其論文主張：

> 以率意爲渾成，以破碎爲綺麗，是皆不成句法者也，欲得
> 成句。須是研練，研練之極，若出天然。天然者，造物之
> 所宜有，而其可貴美者，正亦造物之所不多有。以一人之
> 心力而欲多取之，且易而取之乎？胡得然也？〔註179〕

焦氏認爲句子須研煉至極，若出自然方爲可貴者。此外，焦袁熹極重
音律，：「麤豪氣象眞傖父，輕靡音情不大夫。要使元聲諧律呂，洋
洋盈耳解聽無」〔註180〕，將「元聲諧律」與否作爲論詞標準，因此
以蘇詞「不協音律」〔註181〕爲病，其《此木軒論詩彙編》卷二更直
言：「煉得金丹一粒眞，何妨赤手是貧人。東坡居士原無賴，亂灑泥

〔註177〕〔宋〕俞文豹：《吹劍續錄》，〔元〕陶宗儀：《說郛三種》（上海：上
海古籍出版社，1988 年），頁 429。

〔註178〕〔清〕焦袁熹：《此木軒雜著》，《清代學術筆記叢刊》（北京：學苑出
版社，2005 年），冊十，卷三，頁 48。

〔註179〕〔清〕焦袁熹：《此木軒論詩彙編》，《此木軒全集》（藏上海圖書館古
籍室），卷二，未編版項、頁碼。

〔註180〕同前注。

〔註181〕晁補之言：「蘇東坡詞，人謂多不諧音律，然居士詞橫放傑出，自是
曲子中縛不住者。」李清照也指出蘇軾「學際天人，作爲小歌詞，
直如酌蠡水於大海，然皆句讀不葺之詩耳，又往往不協音律。」

沙作玉塵」〔註 182〕，針對蘇軾「不協音律」，「以詩爲詞」之作法表
示不贊同，認爲蘇軾「句讀不葺之詩」非塡詞者所當習，故以「無賴」
稱其塡詞多失「倚聲諧律」之特色，「溫柔風流」〔註 183〕之本色。焦
氏雖不喜蘇詞，但並未全然否定蘇詞之創發，其詞不似婉約詞家之
作，確乎在花間詞派「不是相思，便是離別，不是綺語，便是醉歌」
〔註 184〕以外另立一家，故焦氏仍肯定蘇軾「唱出樽前別一家」，甚爲
客觀，洵爲篤論。

　　下片起首「逢場作戲三分假」，又揭示焦氏不喜蘇詞之另一原因。
「逢場作戲」一語出《景德傳燈錄・江西道一禪師》：「師云：『石頭
路滑。』對云：『竿木隨身，逢場作戲。』便去。」〔註 185〕宋・僧惠
洪《冷齋夜話》：「東坡鎮錢塘，無日不在西湖。常攜妓謁大通禪師。
大通慍形於色。東坡作長短句，令妓歌之」〔註 186〕，其詞云：

> 師唱誰家曲，宗風嗣阿誰。借君拍板與門槌。我也逢場作
> 戲、莫相疑。　　溪女方偷眼，山僧莫眨眉。卻愁彌勒下
> 生遲。不見老婆三五、少年時。（《全宋詞》，冊一，頁 293）

又詩「逢場作戲三昧俱」。此等詞雖才思橫溢，觸處生春，信手拈來，
皆成妙諦，然所謂嬉笑怒罵之辭，均可書而誦之者，卻未被焦袁熹所
賞，除了認爲「子瞻之戲侮，難乎免于妄人之目矣」，言：

> 子瞻以詩文規切時政出放，忠愛之誠心，而詞氣不免譎詭，
> 頗襍戲謔，幾及大禍。〔註 187〕

〔註 182〕〔清〕焦袁熹：《此木軒論詩彙編》，《此木軒全集》（藏上海圖書館古
　　　　籍室），卷二，未編版項、頁碼。
〔註 183〕焦袁熹〈采桑子〉：「詞家三昧談何易，欠了溫柔。掃地風流。市上屠
　　　　兒好唱酬。」以「溫柔」作爲詞之本色。
〔註 184〕胡適：《詞選》（臺北：臺灣商務印書館，1980 年 5 月），頁 286。
〔註 185〕〔宋〕釋道原撰：《景德傳燈錄》（臺北：新文豐出版公司，1986 年），
　　　　卷六，頁 105。
〔註 186〕〔清〕王弈清等撰：《歷代詞話》，收錄於唐圭璋主編：《詞話叢編》，
　　　　冊二，頁 1171。
〔註 187〕〔清〕焦袁熹：《此木軒贅語》，《此木軒全書》（藏於上海圖書館古籍
　　　　室），卷五，未編版項、頁次。

焦袁熹認爲詩人貴眞率，認爲蘇軾「逢場作戲」之人生態度，表現在詞作多爲虛假不眞，此評論與歷來詞評相牴觸，甚爲特殊！歷代評論家稱賞蘇軾率眞曠達，凡舉蘇軾之一篇一句，無處不可見其凌空如天馬，遊戲如飛仙，風流儒雅，無入不得。蘇軾吸取老莊齊得失、泯榮辱、等生死之思想，主要是摒棄對生死禍福、貴賤壽夭之考慮，以尋求超越，〈西江月〉「世事一場大夢，人生幾度秋涼」（頁 284）的虛幻不眞、〈南歌子〉「夢裏栩然蝴蝶、一身輕」（頁 293）物我兩忘，蘇軾豁達開朗、瀟灑超曠的性格，多爲後世所讚賞。焦袁熹卻以「三分假」論之，論述蘇軾詞中多以豪放掩其消沈，傷感後終至達觀，得意淡然與失意泰然之表現，並非眞實情感之宣洩，而是刻意爲之。另一原因則是因爲蘇、柳詞大相逕庭，蘇軾自言於柳七郎外別立一家，更不喜其弟子習染柳永之詞風，進而多有批評之語，與焦袁熹推崇柳永之舉相悖，故焦袁熹以柳詞率情恣意、暢其胸懷之特點，論蘇軾詞失其眞趣。

　　蘇軾政治遭遇極曲折，據《宋史》載云：「安石滋怒，使御史謝景溫論奏其過，窮治無所得，軾遂請外放，通判杭州。」〔註 188〕歷杭州通判三年，又轉任密州、徐州等。蘇軾反對新派改革太急，上奏論斷王安石推行的新制，也反對舊派盡廢新法，主張參用所長，被舊派視爲「又一王安石」，因此在新舊派之間不得見容，蘇軾不安於朝，只好遵循儒家「用之則行，捨之則藏」的處世哲學，不斷請求外任，遠離京城，他先後出知杭州、穎州（今安徽阜陽）、揚州（今江蘇揚州）、定州（今河北定縣），奔波於朝廷和各地之間。「筋力疲於往來，日月逝於道路」〔註 189〕，就是他元祐年間仕途生活的生動寫照。焦袁熹此云「海角天涯」理當與蘇軾的政治遭逢有關，就其理想之無法實現，抱負之不得施展而言。

〔註188〕〔元〕脫脫：《宋史‧蘇軾傳》，《二十五史》，冊三四，卷三三八，頁4200。

〔註189〕〔宋〕蘇軾撰、孔凡禮點校：《蘇軾文集‧定州謝到任表》，冊二，頁704。

「譏笑喧嘩。比似吾儕曠達些」，前者謂蘇軾之詞，與傳統風格
與流行新腔，均大異其趣，所以在當時爲人所不滿，而後世致詆譏之
評者更甚。如：

子瞻以詩爲詞，如教坊雷大使之舞，雖極天下之工，要非
本色。〔註190〕

蘇子瞻，學際天人，作爲小歌詞，直如酌蠡水於大海。
然皆句讀不葺之詩耳，又往往不協音律。〔註191〕

世言東坡不能歌，故所作樂府詞多不協。〔註192〕

由以上記載，可知論者紛紜。歷代詞家多抑豪重婉，對於蘇軾豪放
詞風頗有微詞，焦袁熹亦不賞蘇軾豪放詞風，認爲非詞體之本色，
未符合婉約之本質，故此處「譏笑喧嘩」，除客觀反映當時蘇軾所引
起之詞風爭議外，仍存有主觀認同其詞體非本色之意，此論點可由
〈采桑子・柳耆卿、蘇子瞻〉一闋得到證實（此闋於後文討論）。蘇
軾其詞風爭議亦可以對照其官場遭遇，蘇軾反對王安石變法之立
場，引起了變法派之不滿，誣衊蘇軾扶父喪返蜀時販私鹽，蘇軾無
一言自辯，只是請求離開朝廷，出任地方官，蘇軾不見容於朝之時，
朝廷內「譏笑喧嘩」之音，諷刺之語、喧笑之聲著實大而雜亂，然
而在新舊兩黨的夾擊中，蘇軾遠離京城，優游度日，時與朋輩過從，
或徜徉於湖山之間，或寄情於詩酒之中，可見曠達、擺脫之態度。
蘇軾因文賈禍，歷經烏臺詩案後，由其詩可探其心情轉折：

平生文字爲吾累，此去聲名不厭低。塞上縱歸他日馬，
城東不鬥少年雞。休官彭澤貧無酒，隱幾維摩病有妻。
堪笑睢陽老從事，爲余投檄向江西。〔註193〕

〔註190〕〔宋〕陳師道：《後山詩話》，〔清〕何文煥：《歷代詩話》（北京：中
華書局，2006 年 6 月），上冊，頁 309。

〔註191〕〔宋〕李清照〈詞論〉，見〔宋〕胡仔《苕溪漁隱叢話・後集》，見鄧
子勉編：《宋金元詞話全編》，中冊，卷三三，頁 716。

〔註192〕〔宋〕陸游：《老學庵筆記》，此則收錄於施蟄存、陳如江輯錄：《宋
元詞話》（上海：上海書店出版社，1992 年），頁 401。

〔註193〕〔宋〕蘇軾撰、〔清〕王文誥輯註：《蘇軾詩集》（北京：中華書局，

詩中不減曠達，仍存一派豪氣。雖豪情猶在，然已如驚弓之鳥，知祿位之難窺，聲名之可厭，殘生之可貴，福禍之相依。他因為詩文而名滿天下，卻也因為詩文而獲罪招禍，卜居黃州的蘇軾，物質拮据，行動受限，形同自我放逐，他的心境、詞境卻由此沈澱翻騰，雖然明知「人生識字憂患始」，但是謫居黃州時期的創作，詩風嫻熟，漸入佳境，更趨豁達，如〈定風坡〉：

> 莫聽穿林打葉聲。何妨吟嘯且徐行。竹杖芒鞋輕勝馬。誰怕。一簑煙雨任平生。　　料峭春風吹酒醒。微冷。山頭斜照卻相迎。回首向來瀟灑處。歸去。也無風雨也無晴。(《全宋詞》，冊一，頁 288)

瀟灑舒雋，閒適澹遠。王國維《人間詞話》亦認為「東坡之詞曠」〔註 194〕，即「曠達」，後人多認為蘇軾深明於老莊清靜無為之哲理，與佛教色相空忘之教義，有超然物外、高蹈不群之胸襟，及曠達、超脫、雄放之性情。吳梅《詞學通論》：「公天性豁達，襟抱開朗，雖境遇迍邅，而處之坦然，即去國離鄉，初無羈客遷人之感，惟胸懷坦蕩。」〔註 195〕然而，焦袁憙卻於《此木軒尚志錄》提出故作「放曠」只是詞人一種「自解之道」，非真隨遇而安：

> 人處失意之時，故為放曠者，緣他胸中奈何不下，悲愁不過，遂出于放曠一途以自解也，若是隨遇而安，豈至于此？
> 〔註 196〕

雖然焦袁憙認為「放曠」為詞人一種自解之道罷了，但詞人將真正之失意與悲愁隱藏於「曠達」的形象下，能勉強視為一種「寄託」。因此焦氏雖不喜蘇軾詞風，認為蘇軾「聰明太過」，填詞為「亂灑泥沙」

1992 年)，頁 1006。

〔註 194〕〔清〕王國維：《人間詞話》，收錄於唐圭璋主編：《詞話叢編》，冊五，頁 4250。

〔註 195〕〔清〕吳梅：《詞學通論》(臺北：臺灣商務印書館，1988 年 4 月)，頁 74。

〔註 196〕〔清〕焦袁憙：《此木軒尚志錄》，《此木軒全集》(藏於上海圖書館古籍室)，未編版項、頁碼。

之作，但仍肯定其詞中所寄託之情感，以及其曠達之修養，故以「比似吾曹曠達些」稱之。

（三）蘇、柳合論

焦袁熹另作一闋〈采桑子‧柳耆卿　蘇子瞻〉，論及柳永與蘇軾詞風，並以典故呈現出兩人特色之不同，互爲較量。詞云：

> 大唐盛際詩天子，穆穆垂裳。樂句琳琅。宋代王維柳七郎。
>
> 　誰交銅鐵將軍唱。不是毛嫱。卻似文鴦。可笑髯蘇不
>
> 自量。（《全清詞‧順康卷》，冊十八，頁 10580）

「詩天子」係後人給予盛唐詩人王昌齡之稱譽，首見於宋‧劉克莊《後村詩話新集》卷三：「史稱其（昌齡）詩句密而思清，唐人《琉璃堂圖》以昌齡爲詩天子，其尊之如此。」〔註 197〕又清‧宋犖《漫堂說詩》：「三唐七絕，並堪不朽。太白、龍標、絕倫逸群，龍標更有『詩天子』之號。楊升庵云：『龍標絕句無一篇不佳』，良然」〔註 198〕，其七言絕句更可與李白並稱，自唐至清多推崇其七絕成就，故稱「詩天子」。然而，焦袁熹此處所指「詩天子」，並非人人稱道之王昌齡，而是另一位盛唐詩人——王維。焦袁熹於《此木軒論詩彙編‧戲題絕句》中，有專論王維之詩云：

> 王維自是詩天子，穆穆垂裳宣王音。
>
> 好教杜甫作宰相，李白終當入翰林。
>
> 王維自是詩天子，天表龍姿眾目驚。
>
> 人王却拜空王座，一事還將累聖明。〔註 199〕

此二詩對王維之詩壇地位推崇備至。此闋詞上片，焦袁熹即以「宋代王維」盛讚柳永，以柳永比擬王維，即是確認柳永爲詞壇至尊之地位。

下一句「穆穆垂裳」，「穆穆」是指天子威儀盛大之貌；「垂裳」，

〔註 197〕〔宋〕劉克莊：《後村詩話》，見收於《文淵閣四庫全書》（北京：商務印書館，2005 年），頁 21。

〔註 198〕黃秀文、吳平主編：《華東師範大學圖書館稀見叢書匯刊》（北京：北京圖書館出版社，2006 年 11 月），冊十二，頁 611。

〔註 199〕〔清〕焦袁熹：《此木軒論詩彙編‧戲題絕句》，《此木軒全集》（藏於上海圖書館古籍室），未編版次、頁碼。

係稱頌帝王之語，在此焦袁熹即用「穆穆垂裳」展現「詩天子」之氣度。王維之所以為盛唐詩人代表，除了其詩歌集唐代詩歌眾多特色外，更係當時獨步文壇之盟主，以科名文學冠絕當時，故時稱「朝廷左相筆，天下右丞詩」也。「凡諸王駙馬豪右貴勢之門，無不拂席迎之，寧王、薛王待之如師友。」（《舊唐書‧王維傳》）更被代宗皇帝稱為「天下文宗」：

> 卿之伯士，天下文宗，位歷先朝，名高希代。抗行《周雅》，
> 長揖《楚辭》。調六氣於終篇，正五音於逸韻。泉飛藻思，
> 雲散襟情，詩家者流，時論歸美，誦於人口，久鬱文房。
> 〔註200〕

焦袁熹更直言「有唐一代之詩，王維如鳳凰和鳴，第一不待言矣」〔註201〕，即便與李、杜相比，「王分明是箇狀元，杜做榜眼，李便是探花即也」〔註202〕，對於王維之稱譽極高。焦袁熹此處將柳永比之王維，遂可知柳永之於宋詞有如王維之於唐詩，皆居眾人之首，有不凡之氣度。

　　焦袁熹以「樂句琳琅」一語，特藉王維之音樂素養，指稱柳永對音律之擅長，以及柳詞當時流行之盛況。唐‧薛用弱《集異記》卷二：「王維右丞，年未弱冠，文章得名，性閑音律，妙能琵琶。……獨奏新曲，聲調哀切，滿座動容。」〔註203〕開元九年（721），王維進士及第，由於通曉音樂，又有詩名，故官大樂丞〔註204〕，依唐代官制，太樂丞係禮部太樂署官員，掌管朝廷祭祀奏樂、大饗之樂舞等。據宋

〔註200〕〔唐〕李豫：〈代宗皇帝批答手敕〉，〔唐〕王維撰，〔清〕趙殿成箋注：《王摩詰全集箋注‧卷首‧弁言》，頁1。

〔註201〕〔清〕焦袁熹：《此木軒論詩彙編》，卷一。

〔註202〕〔清〕焦袁熹：《此木軒論詩彙編》，卷一。

〔註203〕〔唐〕薛用弱：《集異記》，《宋元明善本叢書十種‧歷代小史》（臺北：臺灣商務印書館，1969年），冊十，卷二十六，頁7。

〔註204〕王維進士及第所任的官職是「太樂丞」，而非「大樂丞」，唐代是屬太常寺之太樂署，署有令一人，從七品下，丞一人，從八品下。見〔唐〕張九齡等撰，〔唐〕李林甫等注：《唐六典‧太常寺》，《景印文淵閣四庫全書》，冊五六五，卷十四，頁145。

王讜《唐語林》:「人有畫樂圖,維熟視而笑,或問其故,維曰:『此是霓裳羽衣曲第三疊第一拍。』好事者集樂工驗之,一無差舛。」〔註205〕王維詩作多可入樂,如〈送元二使安西〉(又稱〈渭城曲〉、〈陽關三疊〉)遂被於歌,傳唱天下。詩云:「渭城朝雨浥輕塵,客舍青青柳色新。勸君更盡一杯酒,西出陽關無故人。」〔註206〕此首〈陽關三疊〉被推為盛唐絕句之冠,乃為送別絕唱。蔡嵩雲推崇王維知音識曲之才,其《柯亭詞論》云:

> 在深通音律之詩人詞人,隨意發為詩詞,無不可歌,無不
> 叶律。非然者,其用字必待樂工之校正,方能入調。史稱
> 溫飛卿能逐弦管之音,為側豔之辭,其詩詞自可入樂。李
> 太白、王摩詰不聞知音,而〈清平調〉、〈渭城曲〉唱遍一
> 時,未始不由於前說。〔註207〕

此外,王文簡〈倚聲集序〉:「梨園所歌,率當時詩人之作,如王之渙之〈涼州〉,白居易之〈柳枝〉。王維〈渭城〉一曲流傳尤盛。」〔註208〕可以想見王維〈陽關三疊〉傳唱之殷勤。焦袁熹也藉王維詩之特色,指稱柳永擅長音律,以及柳詞當時流行之盛況。柳永作品多為歌妓演唱所作,合樂可歌,符合檀口鶯舌之標準,音律諧婉優美,歷來評論者一致給予肯定,如李清照〈詞論〉、李佳《左庵詞話》:

> 逮至本朝,禮樂文武大備,又涵養百年,始有柳屯田永者,
> 變舊聲作新聲,出《樂章集》,大得聲稱於世。〔註209〕

> 詞家昉於宋代,然只柳屯田、周美成為解音律。〔註210〕

〔註205〕〔宋〕王讜:《唐語林》,《景印文淵閣四庫全書》,冊一○三八,卷五,頁127。
〔註206〕〔清〕清聖祖輯:《全唐詩》,冊四,卷一二八,頁1307。
〔註207〕蔡嵩雲:《柯亭詞論》,唐圭璋主編:《詞話叢編》,冊五,頁4900。
〔註208〕〔清〕況周頤:《蕙風詞話續編》,唐圭璋主編:《詞話叢編》,冊五,卷一,頁4545。
〔註209〕〔宋〕李清照〈詞論〉,見〔宋〕胡仔《苕溪漁隱叢話‧後集》,見鄧子勉編:《宋金元詞話全編》,中冊,卷三三,頁716。
〔註210〕〔清〕李佳:《左庵詞話》,唐圭璋主編:《詞話叢編》,冊四,卷上,頁3103。

或言「音樂諧婉」〔註211〕、「能擇聲調諧美者用之」〔註212〕，可見柳永對於審音協律之擅長。此外，柳永詞極為流行，陳師道《後山詩話》：「仁宗頗好其詞，每對酒，必使侍從妓歌之再三」〔註213〕，宋·葉夢得《避暑錄話》：「凡有井水處，即能歌柳詞」〔註214〕，如同王維〈渭城曲〉於唐代盛傳一時，柳詞在宋代所流行之情況，藉此便不難想像。此外，蘇軾在〈書摩詰藍田煙雨圖〉中曾言：「味摩詰之詩，詩中有畫；觀摩詰之畫，畫中有詩。」〔註215〕王維不僅能詩善畫，甚而把詩與畫等藝術作品，通過其詩作加以融化，如「落花寂寂啼山鳥，楊柳青青渡水人」、「白雲回望合，青靄入看無」等皆所畫也。藉由此言柳永詞之特點，乃指其詞中由景入情，詞中有畫之表現，如〈望海潮〉：

> 東南形勝，三吳都會，錢塘自古繁華。煙柳畫橋，風簾翠幕，參差十萬人家。雲樹繞堤沙。怒濤卷霜雪，天塹無涯。市列珠璣，戶盈羅綺，競豪奢。　　重湖疊巘清嘉。有三秋桂子，十里荷花。羌管弄晴，菱歌泛夜，嬉嬉釣叟蓮娃。千騎擁高牙。乘醉聽簫鼓，吟賞煙霞。異日圖將好景，歸去鳳池誇。（《全宋詞》，冊一，頁39）

柳永在這闋詞中，描寫著錢塘浪潮的壯闊，一反其他作品風格，以大開大闔、波瀾起伏的筆法，濃墨重彩地鋪敘展現了杭州的繁榮、壯麗景象，彷若呈現一幅色彩淡墨適宜的圖畫。由此可見，柳永在寫景敘述方面，被人極為稱道：

> 耆卿詞，曲處能直，密處能疏，奡處能平，狀難狀之景，

〔註211〕〔宋〕陳振孫：《直齋書錄解題》，《景印文淵閣四庫全書》，冊六七四，卷二十一，頁887。

〔註212〕〔宋〕王灼《碧雞漫志》卷二云：「柳耆卿《樂章集》……亦間出佳語，又能擇聲律諧美者用之。」唐圭璋主編：《詞話叢編》，冊一，卷二，頁84。

〔註213〕〔宋〕陳師道：《後山詩話》，〔清〕何文煥：《歷代詩話》（北京：中華書局，2006年6年），上冊，頁311。

〔註214〕〔宋〕葉夢得：《避暑錄話》，鄧子勉編：《宋金元詞話全編》，上冊，卷下，頁268。

〔註215〕〔宋〕蘇軾：《東坡題跋》（北京：中華書局，1985年），頁94。

達難達之情，而出之以自然，自是北宋巨手。〔註216〕

柳詞勝處，在氣骨，不在字面。其寫景處，遠勝其抒情處。
而章法大開大闔，爲後起清眞、夢窗諸家所取法，信爲創
調名家。如〈玉蝴蝶〉「望處雨收雲斷」、〈夜半樂〉「凍雲
黯淡天氣」、〈安公子〉「遠岸收殘雨」、〈傾杯樂〉「木落霜
州」、〈卜算子慢〉「江楓漸老」、〈甘州〉「對瀟瀟暮雨灑江
天」諸闋，寫羈旅行役中秋景，均窮極工巧。〔註217〕

柳永對景物的敘寫不若其豔詞俗曲般被人詬病，反而開創出一路自屬
之風格，因此，焦袁熹稱柳永爲「宋代王維」，非無憑而言。

下片言及柳永、蘇軾詞風，並用俞文豹《吹劍錄》所載「銅琶鐵
板」之典故：

東坡在玉堂日，有幕士善歌，因問：「我詞何如柳七？」對
曰：「柳郎中詞，只合十七八女郎，執紅牙板，歌『楊柳岸
曉風殘月』。學士詞，須關西大漢，銅琵琶，鐵綽板，唱『大
江東去』」。東坡爲之絕倒。〔註218〕

此處舉出柳永的〈雨霖鈴〉（寒蟬淒切）〔註219〕和蘇軾的〈念奴嬌・
赤壁懷古〉（大江東去）〔註220〕二闋詞，以形象之比喻說明蘇軾詞與

〔註216〕〔清〕馮煦：《蒿庵論詞》，唐圭璋主編：《詞話叢編》，冊四，頁 3585。

〔註217〕蔡嵩雲：《柯亭詞論》，唐圭璋主編：《詞話叢編》，冊五，頁 4911。

〔註218〕〔宋〕俞文豹：《吹劍續錄》，引自〔元〕陶宗儀：《說郛三種》（上海：
上海古籍出版社，1988 年 10 月），頁 429。

〔註219〕柳永〈雨霖鈴〉：「寒蟬淒切。對長亭晚，驟雨初歇。都門帳飲無緒，
留戀處、蘭舟催發。執手相看淚眼，竟無語凝噎。念去去、千里煙
波，暮靄沉沉楚天闊。　　多情自古傷離別。更哪堪、冷落清秋節。
今宵酒醒何處，楊柳岸、曉風殘月。此去經年，應是良辰、好景虛
設。便縱有、千種風情，更與何人說。」唐圭璋主編：《全宋詞》，
冊一，頁 21。

〔註220〕蘇軾〈念奴嬌・赤壁懷古〉：「大江東去，浪淘盡，千古風流人物。故
壘西邊，人道是，三國周郎赤壁。亂石穿空，驚濤拍岸，捲起千堆雪。
江山如畫，一時多少豪傑。　　遙想公瑾當年，小喬初嫁了，雄姿英
發。羽扇綸巾，談笑間，強虜灰飛煙滅。故國神遊，多情應笑我，早
生華髮。人生如夢，一尊還酹江月。」唐圭璋主編：《全宋詞》，冊一，
頁 282。

柳永詞風格差異，頗爲恰當。徐釚《詞苑叢談》也曾言：「蘇東坡『大江東去』，有銅將軍鐵綽板之譏；柳七『曉風殘月』，謂可令十七八女郎按紅牙檀板歌之。此袁綯語也，後人遂奉爲美談。然僕謂東坡詞自有橫槊氣概，固是英雄本色。柳纖艷處，亦麗以淫耳。」〔註221〕宋詞的發展自蘇軾之後，豪放派詞風就此開展，而就宋詞而論，其風格傳統分爲婉約與豪放兩大類，柳詞自屬婉約一派，況周頤《惠風詞話》云：「柳屯田《樂章集》，爲詞家正體之一。」〔註222〕而柳詞中的〈雨霖鈴〉（寒蟬淒切）最爲人所稱道。其中「今宵酒醒何處，楊柳岸、曉風殘月」一句，含蓄蘊藉，情景交融，易與作者同感悵然離別之悲苦，更被評爲「古今俊句」〔註223〕。蘇軾詞中的〈念奴嬌・赤壁懷古〉（大江東去）即爲豪放之代表，胡仔《苕溪漁隱叢話・前集》云：「東坡『大江東去』赤壁詞，語意高妙，眞古今絕唱。」〔註224〕此闋詞呈現開闊氣象，「令東州壯士抵掌頓足而歌之，吹笛擊鼓以爲節」，同時也表達了蘇軾想要不同於一般人心境的超脫，呈現極豪放之致。

　　下句「不是毛嬙，卻似文鴛」，焦袁熹反駁晁叔用之語，認爲蘇軾非天下之正色。晁叔用《手批東坡樂府詞》云：「東坡詞如毛嬙西施，淨洗卻面，與天下婦人鬥巧，質夫免膏澤。」〔註225〕認爲蘇軾〈水龍吟・次韻章質夫詠楊花詞〉（似花還似非花）後清麗舒徐，高出人表，具毛嬙、西施之質。毛嬙爲古代美女之名，於《管子》和《莊子》書中皆有記載。《管子・小稱》說：「毛嬙西施，天下之美人也。」

〔註221〕〔清〕馮金伯：《詞苑萃編》，唐圭璋主編：《詞話叢編》，冊三，卷二十一，頁2190。

〔註222〕〔清〕況周頤：《惠風詞話・董解元哨遍》，唐圭璋主編：《詞話叢編》，冊五，卷三，頁4459。

〔註223〕〔清〕賀裳《皺水軒詞筌》：「柳屯田『今宵酒醒何處，楊柳岸、曉風殘月』，自是古今俊句。或譏爲梢公登溷詩，此輕薄兒語，不足聽也。」唐圭璋：《詞話叢編》，冊一，頁703。

〔註224〕〔宋〕胡仔：《苕溪漁隱叢話・前集》，〔宋〕胡仔《苕溪漁隱叢話・前集》，收錄於鄧子勉：《宋金元詞話全編》，中冊，卷五十九，頁698。

〔註225〕〔清〕徐釚：《詞苑叢編》引，《景印文淵閣四庫全書》，冊一四九四，卷四，頁622。

〔註226〕《莊子·齊物論》說：

毛嬙、麗姬，人之所美也；魚見之深入，鳥見之高飛，麋
鹿見之決驟，四者孰知天下之正色哉。〔註227〕

周濟《介存齋論詞雜著》：「毛嬙、西施，天下美婦人也，嚴妝佳，淡
妝亦佳，粗服亂頭，不掩國色」〔註228〕，是知毛嬙、西施之美爲天
下之「正色」。毛嬙柔媚姿色由此一窺。而文鴦是曹魏時期傑出的勇
武人物之一，在《三國演義》描寫文鴦身長八尺，擅使長槍鋼鞭，驍
勇善戰，足匹趙雲當年之勇。〔註229〕焦袁熹以毛嬙、文鴦爲例，乃
明確地將毛嬙之陰柔與文鴦之陽剛作一對比，以呈現柳詞與蘇詞之特
色，柳詞婉約，蘇詞豪放，彷若毛嬙與文鴦之異。徐喈鳳《萌綠軒詞
證》言：「詞雖小道，亦各見其性情。性情豪放者，強作婉約語，畢
竟豪氣未除。性情婉約者，強作豪放語，不覺婉態自露。故婉約固是
本色，豪放亦未嘗非本色也。」〔註230〕雖然各展其才，然而焦袁熹
對於蘇、柳二人詞作，仍有其高低評價標準。末句「可笑髯蘇不自量」
一語，足證比起蘇軾「豪放詞風」，焦袁熹對於柳永「婉約本色」給
予了較高之評價，認爲蘇軾不足與柳永較量。蘇軾曾評柳詞云：「山
抹微雲秦學士，露花倒影柳屯田，微以氣格爲病。」〔註231〕又如宋
曾慥《高齋詩話》與俞文豹《吹劍續錄》所載：

〔註226〕湯孝純註譯：《新譯管子讀本》（臺北：三民書局，1995 年 7 月），
　　　　頁 584。
〔註227〕陳鼓應註譯：《莊子今註今譯》（臺北：臺灣商務印書館，2004 年 3
　　　　月），頁 88。
〔註228〕〔清〕周濟《介存齋論詞雜著》，唐圭璋主編：《詞話叢編》，冊一，
　　　　頁 1633。
〔註229〕羅貫中：《三國演義》一百一十回〈文鴦單騎退雄兵　姜維背水破大
　　　　敵〉有詩贊曰：「長坂當年獨拒曹，子龍從此顯英豪。樂嘉城內爭鋒
　　　　處，又見文鴦膽氣高。」（臺北：臺灣古籍出版有限公司，2006 年 2
　　　　月），頁 718。
〔註230〕〔清〕徐喈鳳：《萌綠軒詞證》，此則收錄於吳熊和主編：《唐宋詞匯
　　　　評》（杭州：浙江教育出版社，2004 年），冊一，頁 396。
〔註231〕〔清〕沈雄：《古今詞話》，唐圭璋主編：《詞話叢編》，冊一，頁 764。

少游自會稽入都，見東坡。東坡曰：「不意別後，卻學柳七作詞。」少游曰：「某雖無學，亦不至是。」東坡曰：「銷魂、當此際。非柳七詞乎？」少游慚服。〔註232〕

以上筆記、詩話皆可見蘇軾不賞柳詞，更甚不悅弟子詞風與柳永相似。故焦袁熹由此而發，認為蘇軾之評賞不公，且有意以自己的詞與柳永比較，為不自量之舉，故於個別專論之外，又另作「論詞長短句」一首合論兩人，為柳永詞明辨，同時比較兩者之異。整闋詞上片評價柳永之詞壇地位，下片則批評蘇軾嘗與柳永較之，為不自量力之舉，也得見焦氏對柳詞的喜愛。

二、蕭觀音

蕭觀音（1040～1075），遼代女作家，即遼道宗耶律洪基皇后，尊號懿德，死後追諡宣懿。自幼能誦詩，博覽經書、子書，其容貌穎慧透逸，個性清婉纖柔，仁慈淑謹，行善積德，國人常以觀音名之，故小字觀音。《遼史》稱蕭觀音「姿容冠絕，工詩善談論，自制歌詞，尤善琵琶」〔註233〕，得寵幸逾眾妃，曾作〈伏虎林應制〉〔註234〕詩、〈君臣同志華夷同風應制〉〔註235〕詩等，表達關心社稷安危、致主澤民的政治理想，被遼道宗譽為女中才子。〔註236〕之後，因諫獵秋山被疏，作〈回心院〉詞十首，抒發幽怨悵惘之情。於大康元年（1075），宰相耶律乙辛、宮婢單登、教坊朱頂鶴等人向遼道宗進〈十香詞〉誣

〔註232〕〔清〕沈雄：《古今詞話》，唐圭璋主編：《詞話叢編》，冊一，頁772。

〔註233〕〔元〕脫脫等撰，〔清〕錢大昕考異：《遼史・后妃傳》，《二十五史》，冊三十七，卷七十一，頁433。

〔註234〕「威風萬里壓南邦，東去能翻鴨綠江。靈怪大千俱破膽，那教猛虎不投降。」陳衍輯：《遼詩記事》，楊家駱主編：《歷代詩史長編》（臺北：鼎文書局，1971年），冊十一，卷二，頁25。

〔註235〕「虞廷開盛軌，王會合奇琛。到處承天意，皆同捧日心。文章通穀谷，聲教薄雞林。大宇看交泰，應知無古今。」陳衍輯：《遼詩記事》，楊家駱主編：《歷代詩史長編》（臺北：鼎文書局，1971年），冊十一，卷二，頁26。

〔註236〕〔遼〕王鼎：《焚椒錄》，《叢書集成初編》（北京：中華書局，1991年），冊二七九四，頁2。

陷蕭后和伶官趙惟一私通，被道宗賜死。〔註237〕就遼后含冤而死之遭遇，焦袁熹填成〈采桑子·論遼后〉一闋，表達其同情：

　　回心院裡明如畫，月衫燈光。一半空床。那得君心似太陽。

　　　　漢宮合德前身是，今日思量。軟玉雕香。惹得閑人也斷腸。〔註238〕

詞之上半闋「回心院裡明如畫，月衫燈光。一半空床。那得君心似太陽」，即言蕭觀音遭冷落後，寄調〈回心院〉之孤寂心情。遼道宗統治後期，終日畋獵飲酒爲樂，怠於朝政。蕭觀音諷詩切諫，其〈諫獵疏〉：「妾聞穆王遠駕，周德用衰；太康俘豫，夏社幾屋。此游佃之往戒，帝王之龜鑑也」〔註239〕，然而「上雖嘉納，心頗厭遠」〔註240〕，蕭觀音遂因勸諫而遭落，乃作〈回心院〉十首〔註241〕，並譜成曲子，以備演奏，希冀重獲道宗寵幸。此些短歌詞，寓意淒惋，堪稱遼代文

〔註237〕王鼎《焚椒錄》書中詳述蕭觀音出身及含冤慘死之經過，可補充《遼史》許多不足。見〔遼〕王鼎：《焚椒錄》，《叢書集成初編》（北京：中華書局，1991年），冊二七九四，頁1～7。

〔註238〕《全清詞·順康卷》（二卷本）未收，此據南開大學館藏：《此木軒全集·此木軒直寄詞》（三卷附舊作一卷清抄本），未編版次、頁碼。

〔註239〕〔遼〕王鼎：《焚椒錄》，《叢書集成初編》（北京：中華書局，1991年），冊二七九四，頁2。

〔註240〕〔遼〕王鼎：《焚椒錄》，《叢書集成初編》（北京：中華書局，1991年），冊二七九四，頁2。

〔註241〕「埽深殿，閉久金鋪暗。游絲絡網塵作堆，積歲青苔厚階面。埽深殿，待君宴」、「拂象牀，憑夢借高唐。敲壞半邊知妾臥，恰當天處少輝光。拂象牀，待君王」、「換香枕，一半無雲錦。爲是秋來轉展多，更有雙雙淚痕滲。換香枕，待君寢」、「鋪翠被，羞殺駕鴦對。猶憶當時叫合歡，而今獨覆相思塊。鋪翠被，待君睡」、「裝繡帳，金鈎未敢上。解卻四角夜光珠，不教照見愁模樣。裝繡帳，待君眂」、「疊錦茵，重重空自陳。只願身當白玉體，不願伊當薄命人。疊錦茵，待君臨」、「展瑤席，花笑三韓碧。笑妾新鋪玉一床，從來婦歡不終夕。展瑤席，待君息」、「剔銀燈，須知一樣明。偏是君來生彩暈，對妾故作青熒熒。剔銀燈，待君行」、「爇薰爐，能將孤悶蘇。若道妾身多穢賤，自霑御香香徹膚。爇薰爐，待君娛」、「張鳴箏，恰恰語嬌鶯。一從彈作房中曲，常和窗前風雨聲。張鳴箏，待君聽。」陳衍輯：《遼詩記事》，楊家駱主編：《歷代詩史長編》（臺北：鼎文書局，1971年），冊十一，卷二，頁26～28。

學絕唱。十首詞格調一致，反覆吟詠，反映出對於冀望重獲寵幸之迫切，失寵之寂寞苦悶，由督促宮人打掃宮殿、擦拭象牙床、更換香枕、鋪陳棉被、張掛繡帳、整理床褥、弛張瑤席、剔亮銀燈、點燃香爐、彈奏鳴箏等宴寢歡愉諸方面，聯章鋪敘，反覆渲染，並「被之管弦，以寓望幸之意」〔註242〕，頗有晚唐五代香豔哀婉之審美趣味。〔註243〕遼人王鼎《夢椒錄‧西園歸老跋》云：「皆有唐人遺意，恐有宋英神之際諸大家，無此匹對也。」〔註244〕清‧徐釚評為：「怨而不怒，深得詞家含蓄之意。斯時柳七之調尚未行於北國，故蕭詞大有唐人遺意也。」（《詞苑叢談》卷八）清‧況周頤評〈回心院〉「音節入古，香豔入骨，自是《花間》之遺。」〔註245〕焦袁熹所謂「一半空床，那得君心似太陽」，前者即由其詞中所寄「換香枕，一半無雲錦」句而來，後者以「那得」兩字暗喻蕭后往後悲慘之命運。

　　焦詞下半闋「漢宮合德前身是，今日思量。軟玉雕香。惹得閒人也斷腸」，則以趙飛燕之妹「趙合德」為比，言蕭后往昔以豔麗之外貌，頗得帝恩寵，然今日則以趙氏姊妹為戒，對后妃以德正己，輔助帝王執政反而落得敕令自盡之悲慘結局，其遭際殊值可憐同情。蕭氏所作〈回心院〉詞情致纏綿，淒麗哀婉，當時僅有伶官趙惟一可奏此曲，一支玉笛，一曲琵琶，蕭觀音與趙惟一絲竹相合，將〈回心院〉詞表現得淋漓盡致。由於趙惟一得以經常出入宮闈，後宮盛傳兩人情

〔註242〕〔遼〕王鼎：《焚椒錄》，《叢書集成初編》（北京：中華書局，1991年），冊二七九四，頁2。
〔註243〕然而細觀之，兩者仍有差異。如周惠泉〈遼代契丹族女詩人蕭觀音的詩詞〉：「如果就表現男女燕婉之私、詞風富豔精工言之，〈回心院〉詞與唐五代的《花間集》有一脈相承之處。不過如果能拋開表面現象，便會發現二者之間的差異。就〈回心院〉詞表現男女之情的真率自然、大膽潑辣、深刻感人而言，是花間詞派所無法比擬和難以企及的。」《文史知識》第11期，2004年，頁47～53。
〔註244〕〔遼〕王鼎：《焚椒錄》，《叢書集成初編》（北京：中華書局，1991年），冊二七九四，頁2。
〔註245〕〔清〕況周頤：《蕙風詞話》，唐圭璋主編：《詞話叢編》，冊五，卷三，頁4455。

投意合之流言四起，始引發奸人一場精心策劃之誣案。

　　蕭氏之子耶律濬自小「好學知書」，立爲太子後更「法度修明」、政績卓著，深受朝野擁護。權臣耶律乙辛時雖因平亂有功，正「勢震中外」、「傾動一時」，然「惟后家不肯相下」，深怕蕭皇后和太子影響地位，便藉機命人代寫內容淫穢之〈十香詞〉〔註246〕，僞稱宋朝皇后所作，請觀音抄寫，圖謀誣陷蕭后。或出於對詩詞偏愛，或是飽嚐深宮寂寞，蕭觀音對於〈十香詞〉甚愛，並即興賦〈懷古〉詩：

　　　　宮中只數趙家妝，敗雨殘雲誤漢王。

　　　　惟有知情一片月，曾窺飛燕入昭陽。〔註247〕

是詩雖以「懷古」爲名，實則傷今。藉批評趙氏姊妹無后妃之德，以女色敗壞漢家，來表明自己忠貞不二，同時勸帝以西漢時期成帝抱病而卒爲戒，也表達了對君主之憂慮及無人進諫之遺憾。然耶律乙辛卻曲解其詩，據是詩中一、三句暗含「趙、惟、一」三字，並贈趙以〈十香詞〉，誣控皇后與樂官淫通。蕭觀音遂遭遼道宗廢庶，甚至被賜死後，以「歸屍於家」之悲劇收場。蕭觀音死前未得再見道宗一面，乃作〈絕命詞〉〔註248〕後以白綾自縊。遼代筆記小說《焚椒錄》記述

〔註246〕第一香：髮香。青絲七尺長，挽出內家裝；不知眠枕上，倍覺綠雲香。　第二香：乳香。紅稍一幅強，輕攔白玉光；試開胸探取，尤比顫酥香。第三香：腮香。笑蓉失新艷，蓮花落故妝；兩般總堪比，可似粉腮香。第四香：頸香。蜻蜓那足並，長鬚學鳳凰；昨宵歡臂上，應惹頸邊香。
　　第五香：吐氣香。和美好滋味，送語出宮商；定知郎口內，含有口甘香。第六香：口脂香。非關兼酒氣，不是口脂芳；卻疑花解語，風送過來香。第七香：玉手香。既摘上林蕊，還親御苑桑；歸來便攜手，纖纖春筍香。第八香：金蓮香。鳳靴拋合縫，羅襪卸輕霜；誰將煖白玉，雕出軟鉤香。第九香：裙內香。解帶色已顫，觸手心愈忙；那識羅裙內，消魂別有香。第十香：滿身香。咳唾千花釀，肌膚百和裝；無非噉沉水，生得滿身香。

〔註247〕陳衍輯：《遼詩記事》，楊家駱主編：《歷代詩史長編》（臺北：鼎文書局，1971年），冊十一，卷二，頁29。

〔註248〕「嗟薄祜兮多幸，羌作儷兮皇家。承昊穹兮下覆，近日月兮分華。託後鈞兮凝位，　忽前星兮啓耀。雖纍纍兮黃綝，庶無罪兮宗廟。欲貫魚兮上進，乘陽德兮天飛。豈禍生兮無聯，蒙穢惡兮宮闈。將剖心以

此則公案，作者王鼎為時人，在朝中任翰林學士，《遼史》稱之「正直不阿，人有過必面詆之」〔註249〕，可見是記載絕非刻意造謠。朱彝尊於〈臺城錄・遼后洗妝臺〉寄於同情之聲：

> 層闌不厭波光冷，明霞遠捎魚尾。細草含茸，圓荷倚蓋，猶與舞衫相似。揉藍片水。曾簇蝶湔紅，影蛾描翠。錦石秋花，當時穩貼皁羅髻。　　春城幾番士女，縱嬉遊元夕，沙界烟寺。黃面瞿曇，白頭宮監，也說千年遺事。回心院子。問殿腳香泥，可留蕭字。懷古深情，焚椒尋盡紙。〔註250〕

清初詞人納蘭性德〈臺城路・洗妝臺懷古〉：

> 六宮佳麗誰曾見，層臺尚臨芳渚。露腳斜飛，虹腰欲斷，荷葉未收殘雨。添妝何處。試問取雕籠，雪衣分付。一鏡空濛，鴛鴦拂破白蘋去。　　相傳內家結束，有帕裝孤穩，鞾縫女古。冷艷全消，蒼苔玉匣，翻出十眉遺譜。人間朝暮。看胭脂亭西，幾堆塵土。祇有花鈴，縮風深夜語。〔註251〕

「洗妝臺」及傳聞所云遼后書妝臺，遺址為北京北海瓊華島，徵諸史實，實為金章宗李宸妃所築，與遼無涉，納蘭性德友人高士奇撰《金鰲退食筆記》，亦詳辨其誤。然納蘭性德及同時文人同題之作，俱詠遼后事，實明知其誤，為作詩特詠蕭觀音而將誤就誤〔註252〕，故焦氏所謂「惹得閑人也斷腸」，除指趙惟一等不相干之人因而被誅，同

自陳，冀迴照兮白日。寧庶女兮多慚，遏飛霜兮一擊。顧子女兮哀頓，對左右兮摧傷。其西曜兮將墜，忽吾去兮椒房。呼天地兮慘悴，恨古今兮安極。知吾生兮必死，又何愛兮旦夕。」見陳衍輯：《遼詩記事》，楊家駱主編：《歷代詩史長編》（臺北：鼎文書局，1971年），冊十一，卷二，頁29～30。

〔註249〕〔元〕脫脫等撰，〔清〕錢大昕考異：《遼史・王鼎傳》，《二十五史》，冊三十七，卷一百四，頁544。

〔註250〕〔清〕朱彝尊：《江湖載酒集》，張宏生編：《清詞珍本叢刊》（南京：鳳凰出版社，2007年），冊五，卷六，頁281～282。

〔註251〕〔清〕納蘭性德撰，趙秀亭、馮統一箋校：《飲水詞箋校》（北京：中華書局，2005年7月），頁42。

〔註252〕〔清〕納蘭性德撰，趙秀亭、馮統一箋校：《飲水詞箋校》（北京：中華書局，2005年7月），頁43。

時也指遼后遭遇可憐，惹焦氏等後人因不忍而紛紛爲之斷腸。

三、黃庭堅

　　黃庭堅（1045～1105），字魯直，號山谷道人，又號涪翁。洪州分寧（今江西省修水縣）人。宋代著名文學家、書法家，蘇軾常見其詩文，以爲超逸絕塵，獨立萬物之表，世久無此作，由是聲名始震，爲江西詩派之開創者。《全宋詞》收山谷詞約一百八十餘首，其中以男女戀情、歡愛恩怨、離別相思爲題材之豔情詞，幾占全部詞作三分之一強，歷代對其評價多持貶抑、非難之態度，認爲其豔詞係「以豔語動天下淫心」〔註253〕、「藝譚不可名狀」〔註254〕之作。焦袁熹〈采桑子・黃山谷〉一反歷代否定評價，表達肯定黃庭堅創制豔情詞以通禪，卻「無人可作鄭箋」之憾。其詞云：

> 奴奴睡也奴奴睡，此外無禪。拔舌青蓮。馬腹驢胎也是仙。
> 　笑他□磨知何語，坊曲流傳。戲入絲弦。只是如何作鄭箋。〔註255〕

此闋詞雖有部分字跡已模糊，但不影響詞意之判斷。首句「奴奴睡也奴奴睡」，係引自黃庭堅豔情詞之代表作〈千秋歲〉：

> 世間好事。恰恁廝當對。乍夜永，涼天氣。雨稀簾外滴，香篆盤中字。長入夢，如今見也分明是。　　歡極嬌無力，玉軟花敧墜。釵胃袖，雲堆臂。燈斜明媚眼，汗浹薔騰醉。奴奴睡，奴奴睡也奴奴睡。（《全宋詞》，冊一，頁412～413）

此闋爲黃庭堅早年之作，此下半闋寫歡愉後女子之慵懶嬌態，顯得煽情而引人遐思，染筆床幃之事，便有情色之嫌，以致賀裳認爲該詞下片「恐顧（愷之）、陸（探微）不能著筆耳」〔註256〕。論者大凡認爲

〔註253〕〔宋〕釋普濟：《五燈會元》（臺北：文津出版社，1991年4月），卷十七，頁1138～1139。
〔註254〕〔清〕永瑢、紀昀總纂：《四庫全書總目》，卷一九八，頁1808。
〔註255〕《全清詞・順康卷》（二卷本）未收，此據南開大學館藏：《此木軒全集・此木軒直寄詞》（三卷附舊作一卷清抄本），未編版次、頁碼。
〔註256〕〔清〕賀裳：《皺水軒詞筌・秦黃詞評》，唐圭璋：《詞話叢編》，冊一，頁696。

豔情詞爲黃庭堅早期之作,「無論是自報家門還是代人擬言,都是他早年尋花問柳生活的寫照。這種生活追求情欲的恣肆與滿足,由於取樂的對象是那些沒有社會地位的青樓女子,⋯⋯及至讓妓女們陪酒佐歡,調笑游從,並無愛情可言,因此,黃庭堅筆下的豔詞,就帶有濃重的紈袴氣與市民氣。他的特點是鄙俗與刻露。」〔註257〕黃庭堅早期多「褻諢不可名狀」之俚詞淫句,便與後期「跳脫蹊徑,迥出慧心」的佳作成爲對照,祝振玉即言:

> 山谷之豔詞⋯⋯都是他早年尋花問柳生活的寫照,⋯⋯山谷詞之禪理詞以晚年所作〈漁家傲〉四首爲代表。其內容全取自禪宗燈錄,雖不入詞之正格,但寄託了作者參悟有得,悔謝人生的心懷。他的豔詞,與禪理詞恰繫其人生兩端,則一部山谷詞不啻是作者的風月寶鑑、人生懺悔錄了。
> 〔註258〕

然而,亦有學者持不同看法,王訶魯〈試論山谷詞中抒情主人公的情感因素〉:

> 山谷豔詞,無論是早年還是晚年,多半是赴酒宴時,妓樂佐歡,歌女迎送,索詞討曲,詩人出於應酬,逞才使氣,戲爲之作的。其本意早年是『使酒玩世』,戲弄流俗;晚年更是『有體無情,眼熱心冷』,據此亦可知,山谷超逸疏放、嶔崎磊落的情感基調並未受染。〔註259〕

黃庭堅曾自言家鄉洪州是「多古尊宿,道場居洪州境內者以百數」,禪悅之風普遍盛行,故黃氏禪學修養頗爲深厚,廣泛地影響了其詩、詞之創作,彭國忠便認爲其豔情詞實係刻意之作,那潛隱於文字表層之下思想軌跡,即所謂「豔情通禪」:

〔註257〕祝振玉:〈讀黃山谷札記〉,《上海師範大學學報》第3期,1991年,頁83〜84。
〔註258〕祝振玉:〈讀黃山谷札記〉,《上海師範大學學報》第3期,1991年,頁81。
〔註259〕王訶魯:〈試論山谷詞中抒情主人公的情感因素〉,《九江師專學報》,1990年4月,頁8。

黃庭堅出於佛禪悲天憫人的救世情懷，有意創制豔情詞。

而且，不是像有的論者所言限於他晚年佛學修為深湛時所

作豔情詞，早歲所作也是如此。〔註260〕

焦袁熹此處「奴奴睡也奴奴睡，此外無禪」，即以「奴奴睡也奴奴睡」一句指稱黃庭堅早期豔情詞作，肯定其作品寓含佛禪思想，若刻意諱言不論，反而不得見其禪理。

次句「拔舌青蓮，馬腹驢胎也是仙」，則是據黃庭堅與法秀道人之間一樁千年「公案」而發。胡仔《苕溪漁隱叢話》前集卷五十七引《冷齋夜話》，內容較原文有所更動，但所表達意涵相同：

> 法雲秀老，關西人，面目嚴冷，能以禮折人。李伯時畫
> 馬，東坡第其筆，當不減韓幹。都城黃金易致，而伯時
> 畫不可得。師讓之曰：「伯時，士大夫，而以畫馬之名行，
> 已可恥，矧又畫馬，人誇以為得妙，入馬腹中，亦足可
> 懼。」伯時大驚，不自知身去，坐榻曰「今當何以洗其
> 過？」師勸畫觀音像以贖其罪。黃魯直作豔語，人爭傳
> 之，秀呵曰：「翰墨之妙，甘施於此乎？」魯直笑曰：「又
> 當置我於馬腹中耶？」秀曰：「公豔語蕩天下淫心，不止
> 於馬腹耶，正恐生泥犁耳。」魯直頷應之，故一時公卿
> 伏師之善巧也。〔註261〕

黃庭堅作豔詞，使酒玩世，法秀道人特罪山谷以筆墨勸淫，應置犁舌之獄，而黃庭堅最後「頷應之」。但據黃庭堅〈小山集序〉之言，態度仍是不服：「余少時間作樂府以使酒玩世，道人法秀獨罪余以筆墨勸淫，於我法中，當下犁舍之獄，特未見叔原之作耶？」〔註262〕認為詞乃豔麗本質，是別有一種寄託的「空中語」。而焦袁熹也認為其豔情詞作其實闡發了佛禪思想，不可視為淫邪，誠如南宋陳善《捫虱

〔註260〕彭國忠：〈黃庭堅豔情詞的佛禪觀照〉，《深圳大學學報》（人文社會科學版），第25卷第6期（2008年11月），頁109。

〔註261〕〔宋〕胡仔：《苕溪漁隱叢話・前集》引《冷齋夜話》，收錄於鄧子勉：《宋金元詞話全編》，中冊，卷五十七，頁690。

〔註262〕〔宋〕黃庭堅：〈小山集序〉，施蟄存主編：《詞籍序跋萃編》，頁51。

新話》：「以魯直之言能誨淫，則可，以爲其識汙下則不可」〔註263〕，
已經得見黃庭堅作豔詞之卓見。清初沈謙對於法秀道人呵責黃庭堅寫
豔詞一事表示不滿：「山谷喜爲豔曲，秀法師泥犂嚇之。月痕花影，
亦坐深文，吾不知以何罪待讒陷之輩。」〔註264〕錢繼登亦採相同觀
點：「黃魯直好爲小詞，秀鐵機呵之爲犯綺語戒。夫人苦不情至耳，
有至情必有至性。歌詞之道微矣，謂忠臣孝子之慨慷，羈人怨女之嗚
切，有性與情之分，知道者不作是歧觀也。」（〈草賢堂詞箋序〉）焦
袁熹不喜豔俗之詞，但肯定其詞雖表現兒女之情，但實爲托意之「空
中語耳」，其超逸疏放，嶔崎磊落之情感基調並未受染，故上片末尾，
認爲黃庭堅若眞墮於犁舌之獄，也定能化除其綺語業障，反入朵朵青
蓮之仙境；若於輪迴之際落入畜生道，即便是孕育於馬腹驢胎，也能
成爲高蹈遺世之仙佛！

　　下半闋「笑他□麿知何語，坊曲流傳。戲入絲弦。只是如何作鄭
箋」，焦袁熹則就山谷詞中語言之俗，以致於造成後世解讀之困難立
論。黃庭堅之豔詞，大抵是應歌妓演唱之作，缺乏雅趣，「語言粗劣
鄙俚，內容也庸俗不堪。」〔註265〕山谷詞之俗主要體現在語言運用
及描寫內容上，多以俗字俗句入詞。如〈歸田樂引〉：

　　　對景還銷瘦。被箇人、把人調戲，我也心兒有。憶我又喚
　　　我，見我嗔我，天甚教人怎生受。　　看承幸廝勾。又是
　　　樽前眉峰皺。是人驚怪，冤我恁攔就。拚了又捨了，定是
　　　這回休了，及至相逢又依舊。（《全宋詞》，冊一，頁 407）

此詞以女性的口吻直接傾訴心情，語言多用宋、元俗語入詞。其〈兩
同心〉（一笑千金）：「你共人、女邊著子，爭知我、門裏挑心」（《全
宋詞》，冊一，頁 401），更以字謎入詞。因黃庭堅這類詞多用俚句俗
語入詞，具有濃重的通俗性與市民氣，故在坊曲、酒館間廣爲流傳，

〔註263〕〔宋〕陳善：《捫虱新話》，《叢書集成初編》，冊三一○，上集，卷三，
　　　　頁26。
〔註264〕〔清〕沈謙：《填詞雜說》，唐圭璋主編：《詞話叢編》，冊一，頁634。
〔註265〕周裕鍇：〈試論黃庭堅的詞〉，《學術月刊》第11期，1984年，頁59。

被於絲弦以傳唱。然而因其用字過於俚俗，甚至有字書也查索不得之用字，造成後世難以會解。清・彭孫遹《金粟詞話》認為其用字「鄙俚不堪入誦。」〔註266〕清・宋翔鳳《樂府餘論》亦言「山谷詞尤俚絕。」〔註267〕清・李佳《左庵詞話》卷下：「涪翁詞，每好作俳語，且多以土字攙入句中，萬不可學。」〔註268〕李調元《雨村詞話》卷一：「黃山谷詞多用俳語，雜以俗諺，多可笑之句。……此類甚多，皆不可解」〔註269〕。清代諸公多認為山谷語言之俗，因為時移世易，語言變改之後，以致語意隱晦，後人難於索解，焦袁熹即感嘆山谷豔情詞背後之高見卓識、禪學思想難以清晰傳達，故而發出「只是如何作鄭箋」之遺憾。

四、秦觀

秦觀（1049～1100），字少游，又稱淮海居士，揚州高郵（江蘇高郵）人。少豪雋，慷慨溢於文詞。蘇軾認為有屈、宋之才，又介其詩於王安石，安石亦謂清新似鮑、謝。宋神宗元豐八年（1085），始登進士第，後任官太學博士，兼國史院編修官。紹聖元年（1094），坐黨籍，連遭貶斥，卒於藤州（廣西藤縣）。焦袁熹〈采桑子・秦少游〉論及秦觀詞壇地位以及詞作特色，詞云：

才名秦七齊黃九，餘子紛紛。齒頰生芬。山抹微雲女婿聞。

女郎詞筆流傳久，吾亦云云。醉死紅裙。作女人身定是君。（《全清詞・順康卷》，冊十八，10581）

首句「才名秦七齊黃九，餘子紛紛」，在此句中，焦袁熹指出蘇軾門

〔註266〕〔清〕彭孫遹：《金粟詞話》，唐圭璋主編：《詞話叢編》，冊一，頁722。

〔註267〕〔清〕宋翔鳳：《樂府餘論》，唐圭璋主編：《詞話叢編》，冊三，頁2499。

〔註268〕〔清〕李佳：《左庵詞話》，唐圭璋主編：《詞話叢編》，冊四，卷下，頁3172。

〔註269〕〔清〕李調元：《雨村詞話》，唐圭璋主編：《詞話叢編》，冊二，卷一，頁1401。

下弟子之詞學成就。《宋史》稱：「一時文人，如黃庭堅、晁補之、秦觀、張耒、陳師道，舉世未之識，軾待之如朋儕，未嘗以師資自予。」〔註270〕另言黃庭堅「與張耒、晁補之、秦觀俱游蘇軾門，天下稱為四學士。」〔註271〕蘇門四學士，兼擅詞名，而黃、晁與蘇軾詞風較近，秦、張則異趣於蘇軾，尤其是秦觀。陳師道則稱曰：「今代詞手，惟秦七黃九爾，唐諸人不迨也。」〔註272〕認為秦觀與黃庭堅二人的詞學成就是並駕齊驅的。但陳氏這一論卻引發了後代秦、黃優劣論。如：

> 詞家每以秦七黃九並稱，其實黃不及秦甚遠。猶高之視史，劉之視辛，雖齊名一時，而優劣自不可掩。〔註273〕

> 陳後山曰：今代詞手，惟秦七、黃九耳，餘人不逮也。然秦能為曼聲以合律，形容處，殊無刻肌入骨語。黃時出俚淺，可謂傖父。然黃有「春未透，花枝瘦，正是愁時候」，峭健亦非秦所能作。〔註274〕

> 淮海詞一卷，宋秦觀少游作，詞家正音也。故北宋惟少游樂府語工而入律，詞中作家，允在蘇、黃之上。〔註275〕

> 秦少游淮海集，首首珠璣，為宋一代詞人之冠。……黃九之不逮秦七，古人已有定評，……〔註276〕

〔註270〕〔元〕脫脫：《宋史‧蘇軾傳》，《二十五史》，冊三四，卷三三八，頁4205。

〔註271〕〔元〕脫脫：《宋史‧蘇軾傳》，《二十五史》，冊三四，卷四四四，頁5317。

〔註272〕〔宋〕陳師道：《後山詩話》，〔清〕何文煥：《歷代詩話》，上冊，頁309。

〔註273〕〔清〕彭孫遹：《金粟詞話》，唐圭璋主編：《詞話叢編》，冊一，頁722。

〔註274〕〔清〕沈雄：《古今詞話》，唐圭璋主編：《詞話叢編》，冊一，頁765。

〔註275〕〔清〕胡薇元：《歲寒居詞話》，唐圭璋主編：《詞話叢編》，冊五，頁4029。

〔註276〕〔清〕李調元：《雨村詞話》，唐圭璋主編：《詞話叢編》，冊二，頁1394。李氏在〈雨村詞話序〉中亦說：「余之為詞話也，表妍者少，而摘媸者多，如推秦七，抑黃九之類，其彰彰也。」，同上書頁1377。由此可見李氏論秦黃優劣之取向。

當時黃、秦並稱，大有老子、韓非同傳之歎。〔註277〕

后山以秦七、黃九並稱，其實黃非秦匹也。〔註278〕

秦七、黃九，並重當時。然黃之視秦，奚啻碔砆之與美玉。詞貴纏綿，貴忠愛，貴沉鬱，黃之鄙俚者無論矣。即以其高者而論，亦不過於倔強中見姿態耳。於倔強中見姿態，以之作詩，尚未必盡合，況以之為詞耶。〔註279〕

黃九於詞，直是門外漢，匪獨不及秦、蘇，亦去耆卿遠甚。〔註280〕

綜合以上各家論詞之言，除了陳師道認為黃庭堅詞之「峭健亦非秦所能作」，以為黃庭堅詞有秦觀詞未到之處，黃詞略勝秦詞一籌。其餘論者，大抵為清人，均一致認為秦詞略勝黃詞。而焦袁熹卻以「才名秦七齊黃九」一句，認同陳師道的說法，以為秦觀詞與黃庭堅並駕齊驅，在清代論述脈絡中，顯得特立獨行。在上片末尾「山抹微雲女婿聞」，焦袁熹化用了秦觀〈滿庭芳〉詞句，原詞曰：

> 山抹微雲，天連衰草，畫角聲斷譙門。暫停征棹，聊共引離尊。多少蓬萊舊事，空回首、煙靄紛紛。斜陽外，寒鴉萬點，流水繞孤村。　　銷魂。當此際，香囊暗解，羅帶輕分。謾贏得、青樓薄倖名存。此去何時見也，襟袖上、空惹啼痕。傷情處，高城望斷，燈火已黃昏。(《全宋詞》，冊一，頁458)

此乃留別會稽歌妓之作〔註281〕，秦觀與佳人尊前話別，回首往事空

〔註277〕〔清〕李調元：《雨村詞話》，唐圭璋主編：《詞話叢編》，冊二，頁1421。

〔註278〕〔清〕馮煦：《蒿庵論詞》，唐圭璋主編：《詞話叢編》，冊四，頁3586。

〔註279〕〔清〕陳廷焯：《白雨齋詞話》，唐圭璋主編：《詞話叢編》，冊四，頁3784。

〔註280〕〔清〕陳廷焯：《白雨齋詞話》，唐圭璋主編：《詞話叢編》，冊四，頁3784。

〔註281〕〔宋〕嚴有翼《藝苑雌黃》云：「程公闢守會稽，少游客焉，館之蓬萊閣。一日，席上有所悅，自爾眷眷，不能忘情，因賦長短句，所謂『多少蓬萊舊事，空回首、煙靄紛紛』是也」，見〔宋〕胡仔：《苕

幻如煙，瞻望前程蕭條孤寂，分別容易後會無期，自覺愧對佳人。秦觀作此詞前一年，進士落第，周濟《宋四家詞選》眉批：「將身世之感打并入豔情，又是一法」〔註282〕，認爲此詞雖非直接反映貶謫，也隱含秦觀懷才不遇之悲感。由於秦詞善於抒情，頓挫回環，此闋詞流行盛廣，據清・胡薇元《歲寒居詞話》載：

> 北宋惟少游樂府語工而入律，詞中作家。少游婿范溫，常在某貴人席上，其侍兒喜歌秦少游詞，略不顧溫，酒酣，始問此郎何人。溫又手起對曰：「溫乃『山抹微雲』女婿也。」一座絕倒。其詞爲當時所重如此。〔註283〕

焦袁熹引用了「山抹微雲女婿聞」，說明秦觀的詞流傳於歌樓舞榭之間，爲當時所重。而前一句「齒頰生芬」或指秦觀能爲曼聲、以樂府語工以合律、入律，宜於歌唱，遂流傳歌樓舞榭之中，使得范元實表明自己是「山抹微雲女婿」，舉座爲之粲然，說明了秦觀〈滿庭芳〉（山抹微雲）傳唱之廣。

下半片起句「女郎詞筆流傳久，吾亦云云」，「女郎筆」之典故源自於元好問《論詩絕句三十首》對秦觀〈春日〉之批評：

> 有情芍藥含春淚，無力薔薇臥曉枝。拈出退之〈山石〉句，始知渠是女郎詩。〔註284〕

又於《中州集・擬栩先生王中立傳》引王中立之語：「此詩非不工，若以退之『芭蕉葉大栀子肥』之句校之，則〈春日〉如婦人語矣。破卻工夫，何至學婦人？」〔註285〕指摘秦觀纖巧靡弱之作，與韓愈豪

溪漁隱叢話・後集》引《藝苑雌黃》，收錄於鄧子勉編：《宋金元詞話全編》，中冊，卷三三，頁713。

〔註282〕〔清〕周濟《宋四家詞選目錄序論》，唐圭璋：《詞話叢編》，冊二，頁1652。

〔註283〕〔清〕胡薇元：《歲寒居詞話》，唐圭璋主編：《詞話叢編》，冊五，頁4029。

〔註284〕〔金〕元好問，〔元〕張德輝編，〔清〕施國祁箋，〔清〕蔣枕山校：《元遺山詩集》（臺北：廣文書局，1973年），下冊，卷十一，頁574。

〔註285〕〔金〕元好問：《中州集・擬栩先生王中立傳》，《景印文淵閣四庫全書》，冊一三六五，卷九，頁314。

雄奇崛之作相比，簡直係女子詩，此語一出仿佛一錘定音，秦觀即有
「女郎詩」之稱。元好問評論並非不無見地，它道出了秦觀詩不足之
處，「內容上比較貧弱，氣魄也顯得狹小」（錢鐘書《宋詩選注》），然
此概括評論，一則有失片面，二則在評價標準上恐有待商榷，故引起
後人質疑，如清人薛雪賦詩反駁，云：「先生休訕女郎詩，〈山石〉拈
來壓晚枝。千古杜陵佳句在，雲鬟玉臂也堪師」〔註286〕，可見元好
問之批評並非不易之論。而焦袁熹此處用「女郎」二字，並非針對秦
觀「女郎詩」之稱，述其見解，而係逕借「女郎」一語，論及秦觀詞
「清麗和婉」之風格。秦觀詞以男女愛情、相思別恨為主，達到情辭
相稱、意韻兼勝之妙，誠如張炎《詞源》卷下所云：「秦少游詞體製
淡雅，氣骨不衰。清麗中不斷意脈，咀嚼無滓，久而知味」〔註287〕，
周濟亦言：「如花初胎，故少重筆」〔註288〕，不似其師銅琶鐵板之
格，反近柳永之風，蘇軾不免有所譏評：

> 後秦少游自會稽入京，見東坡，坡云：「久別，當作文甚勝，
> 都下盛唱公『山抹微雲』之詞。」秦遜謝，坡遽云：「不意
> 別後，公卻學柳七作詞。」秦答曰：「某雖無識，亦不至是，
> 先生之言無乃過乎？」坡云：「『銷魂。當此際』非柳詞句
> 法乎？」秦慚服，然已流傳，不復可改矣。〔註289〕

簡而言之，秦觀詞之特色乃在於他所回歸到詞之柔婉精微的醇正本
質。〔註290〕馮煦《蒿庵論詞》論秦觀詞曰：

〔註286〕〔清〕薛雪：《一瓢詩話》，〔清〕何文煥、丁福保編：《歷代詩話統編・
　　　　清詩話》（北京：北京圖書館出版社，2003年），冊五，頁200。
〔註287〕〔宋〕張炎《詞源》，唐圭璋主編：《詞話叢編》，冊一，卷下，頁
　　　　267。
〔註288〕〔清〕周濟：《宋四家詞選目錄序論》，唐圭璋主編：《詞話叢編》，
　　　　冊二，頁1643。
〔註289〕〔宋〕黃昇選編，鄧子勉校點：《唐宋諸賢絕妙詞選》，蘇軾〈永遇樂・
　　　　夜登燕子樓，夢盼盼，因作此詞〉題下附注，見上海古籍出版社編：
　　　　《唐宋人選唐宋詞》，冊下，卷二，頁601。
〔註290〕葉嘉瑩著《唐宋詞名家論集》（臺北：正中書局，1990年1月），頁
　　　　249。

> 少游以絕塵之才，早與勝流，不可一世，而一謫南荒，遽
> 喪靈寶。故所爲詞，寄慨身世，閒雅有情思，酒邊花下，
> 一往而深，而怨悱不亂，悄乎得小雅之遺，後主而後，一
> 人而已。……他人之詞，詞才也，少游，詞心也。得之於
> 內，不可以傳。〔註291〕

馮煦推尊秦觀或許有偏愛之嫌，但所言頗有見地。葉嘉瑩同時認爲秦
觀詞能掌握詞的核心，在於秦觀最善於表達心靈中一種最爲柔婉精微
之感受，與他人之以辭采、情事，甚至於學問、修養取勝者，都有所
不同之緣故。又云：

> 「詞」這種韻文體式，是從開始就結合了一種女性化的柔
> 婉精微之特美，足以喚起人心中某一種幽約深婉之情意。
> 而秦觀的這一類詞，就是最能表現詞之這種特質的作品。
> 〔註292〕

焦袁熹將秦觀詞喻爲「女郎詞筆」，便是發現秦觀詞中「柔婉精微」
之女性化特質，更進一步以「醉死紅裙，作女人身定是君」緊承上意。
秦觀年少時曾流連於揚州、越州一帶，唐代於鄴《揚州夢記》描述：
「揚州勝地也，每重城向夕，倡樓之上，常有絳紗萬數，輝羅耀列，
空中九里三十步，街中珠翠填咽，邈若仙境」〔註293〕，歌妓佐觴勸
酒，文人即席揮灑贈詞，均以歌妓爲主要訴求對象，秦觀亦是如此。
秦觀當時與眾歌妓往來甚密，終日「香囊暗解，羅帶輕分」，「漫贏得
青樓薄倖名存」（〈滿庭芳〉）。楊慎《詞品》卷三：

> 秦少游〈水龍吟〉，贈營妓樓東玉者，其中「小樓連苑」及
> 換頭「玉佩丁東」隱「樓東玉」三字。又贈陶心兒「一鈎
> 殘月帶三星」，亦隱「心」字。〔註294〕

〔註291〕〔清〕馮煦：《蒿庵論詞》，收錄於唐圭璋主編：《詞話叢編》，冊四，
　　　　頁3586、3587。

〔註292〕葉嘉瑩著：《唐宋詞名家論集》，頁253。

〔註293〕〔唐〕於鄴：《揚州夢記》，《叢書集成初編》（北京：中華書局，1985
　　　　年），冊二七三三，頁1。

〔註294〕〔明〕楊慎：《詞品》，唐圭璋：《詞話叢編》，冊一，卷三，頁475。

文中記載秦觀於其詞設謎面，以女子之名鑲嵌其中以示意。綜觀淮海豔情詞，內容粉脂味濃，但絕少描繪女子容貌體態，而多爲純情任心之製；其愛情詞則大抵主觀抒情，而非擬人代言，深情濃愁表現得更爲細緻婉約。李清照言：「秦詞專主情致」〔註295〕，〈燕喜詞敘〉：「少游情意嫵媚，見於詞，則濃豔纖麗，類多脂粉氣味」〔註296〕，其筆下多寫女子細膩情思，詞風多有女子柔媚特質，故焦袁熹認爲，若秦觀流連於歌樓酒館之中，醉死於紅裙之下，以秦觀晶瑩敏銳之詞心，定會投胎轉世作爲擁有晶瑩敏銳資質、善於感發之女人身，於此焦袁熹讚歎了秦觀詞種獨有晶瑩敏銳善於感發之資質。

五、賀鑄

　　賀鑄（1052～1125），字方回，自號慶湖遺老，衛州共城（河南輝縣）人，乃北宋後期重要詞家，著有《東山寓聲樂府》，又名《東山詞》，其中〈橫塘路〉（〈青玉案〉）一詞尤爲膾炙人口。焦袁熹〈采桑子・賀方回〉，由賀鑄之相貌作引，論及其感情眞摯與其詞沉鬱多愁之特色。詞云：

　　　　哀駘多妾君知否，此段緣由。別有風流。不見江南賀鬼頭。
　　　　　　一聲梅子黃時雨，魂斷朱樓。雲雨都休。曾說愁時我
　　　也愁。（《全清詞・順康卷》，冊十八，頁10581）

上片借莊子之典，寫面貌醜陋的哀駘它，才全德滿，爲物所歸。《莊子・德充符第五》：「婦人見之，請於父母曰『與爲人妻寧爲夫子妾』，十數而未止也。」〔註297〕哀駘雖貌醜而多妾，但人稱「賀鬼頭」的賀鑄卻仍鍾情於妻子。賀鑄面色青黑似鐵，儀觀粗獷威武，曾自言具

〔註295〕〔宋〕李清照〈詞論〉，見〔宋〕胡仔《苕溪漁隱叢話・後集》，見鄧子勉編：《宋金元詞話全編》，中冊，卷三三，頁716。
〔註296〕〔宋〕陳郛：〈燕喜詞敘〉，施蟄存編：《詞籍序跋萃編》（北京：中國社會科學出版社，1994年12月），頁227。
〔註297〕〔清〕郭慶藩編，王孝魚整理：《莊子集釋・德充符第五》（臺北：萬卷樓圖書有限公司，1993年3月），頁206。

「虎頭相」〔註298〕，《宋史》稱他「長七尺，面鐵色，眉目聳拔。」
〔註299〕陸游《老學庵筆記》卷八據傳聞記載其「狀貌奇醜，色青黑
而有英氣，俗謂之『賀鬼頭』。」〔註300〕因賀鑄面容醜陋，故人稱其
為「賀鬼頭」。

　　賀鑄大約十七歲時娶妻趙氏，趙氏為宋宗室濟國公趙克彰之女。
〔註301〕賀鑄屬於沒落貴族世家，家境貧寒，終身潦倒。趙夫人原是
貴族千金，出嫁後便隨賀鑄過著清苦日子，儘管如此，夫妻倆人相濡
以沫，恩愛甚篤，可於賀鑄的作品中見得。如〈問內〉詩：

> 庚伏猒蒸暑，細君弄鍼縷。烏綈百結裘，茹繭加彌補。勞
> 問汝何為，經營特先期。婦工乃我職，一日安敢墮。嘗聞
> 古俚語，君子毋見嗤。癃女將有行，始求然艾醫。須衣待
> 僵凍，何異斯人癡。蕉葛此時好，冰霜非所宜。〔註302〕

整首詩只簡單描寫一件生活瑣碎的小事，並藉由夫妻間簡單對話，生
動地描繪出糟糠夫妻的伉儷情深。又如悼亡詞〈半死桐‧思越人‧亦
名鷓鴣天〉：「梧桐半死清霜後。頭白鴛鴦失伴飛。」（《全宋詞》，冊
一，頁502）此闋為悼念其同甘共苦的妻子所作，以〈半死桐〉為篇
題，正取悼亡之意來寄託深切的哀思。下兩句用孟郊〈列女操〉詩句：
「梧桐相待老，鴛鴦會雙死。」（《全唐詩》，冊一，頁4177）以秋霜
後凋零的梧桐葉和雙棲鳥的失伴表示自己喪偶之孤獨。「頭白」二字

〔註298〕〔宋〕賀鑄〈易官後呈交舊〉曰：「自負虎頭相，誰封龍額侯」，見《慶
　　　　湖遺老詩集》（臺北：臺灣商務印書館，1978年，《四庫全書珍本八
　　　　集》），卷五，頁12。
〔註299〕〔元〕脫脫：《宋史‧賀鑄列傳》，《二十五史》，冊三六，卷四四三，
　　　　頁5314。
〔註300〕〔宋〕陸游：《老學庵筆記》（臺北：廣文書局，1972年5月），頁
　　　　302。
〔註301〕《宋史》：「初娶宗女」。寇翼〈慶湖遺老詩集跋〉：「公娶濟良恪公之
　　　　女。」按《宋史》卷四四三〈宗氏世系表〉二十一作「濟國公克彰」。
　　　　參閱鍾振振：《北宋詞人賀鑄研究》（臺北：文津出版社，1994年8
　　　　月），頁29。
〔註302〕〔宋〕賀鑄：《慶湖遺老詩集》，見收於《宋集珍本叢刊》（北京：線
　　　　裝書局，2004年），冊二八，頁19。

一語雙關，一指鴛鴦頭上的白毛；二指賀鑄當時年已半百，到了青絲成雪的年紀，此二句透過形象刻畫，更顯哀惋悲慟。賀鑄其情發於言，多流爲歌詞，焦袁熹用「哀駘多妾」爲引子，反襯同樣以面醜聞名的賀鑄感情眞摯動人。

　　下片化用賀鑄〈橫塘路〉詞句，述其詞中滿腔愁緒之特色。首兩句用賀鑄〈橫塘路〉詞句，詞云：

　　　凌波不過橫塘路。但目送、芳塵去。錦瑟華年誰與度。月
　　　橋花院，瑣窗朱戶。只有春知處。　　飛雲冉冉蘅皋暮。
　　　彩筆新題斷腸句。若問閒情都幾許。一川煙草，滿城風絮。
　　　梅子黃時雨。（《全宋詞》，冊一，頁 513）

夏承燾〈賀方回年譜〉：「橫塘在吳下，葉傳程序謂方回居吳在晚年。詩集結集中四十九年，集中無吳下行迹。」〔註303〕故賀鑄此詞，實五十歲時在蘇州作。此爲賀鑄詠「閑愁」之代表，寫偶遇女子而產生情愫，但兩情難通，引起無限憂愁。上片先寫相遇的情況。首句用曹植〈洛神賦〉：「凌波微步，羅襪生塵」〔註304〕寫女子輕盈的姿態，己卻不能至，只能目送其芳蹤，不能一通心曲；接著截取李商隱〈錦瑟〉有言：「錦瑟無端五十絃，一絃一柱思華年」〔註305〕，詞人揣想美人幽居深閨，縱有花院月橋、朱門綺窗，然而無人共度，惟有春光聊慰情思。過片寫女子離去引出無限閑愁，景物如昔，佳人已杳，令人傷心斷腸。末結具體描寫閑愁，連用三個譬喻，不僅生動的表現閑愁之多，也展現閑愁的特點：一川煙草，表示閑愁廣闊無垠，無所不在；滿城風絮，表示閑愁的紛繁雜亂，又寫出無所依託的失落感；梅雨黃時雨，表示閑愁連綿不斷，無法窮盡，以煙草、風絮、梅雨之具體物象，表述心中萬斛愁情。後代學者對此闋詞的解釋，或認爲詞人

〔註303〕關於賀鑄生平，詳見夏承燾：〈賀方回年譜〉，《夏承燾集·唐宋詞人年譜》（杭州：浙江古籍出版社，1997 年 6 月），冊一，頁 267～311。
〔註304〕趙幼文：《曹植集校注》（臺北：明文書局，1985 年 4 月），頁 284。
〔註305〕〔唐〕李商隱：〈錦瑟〉，見〔清〕清聖祖輯：《全唐詩》（北京：中華書局，1960 年），卷五三九，頁 6144。

戀慕佳人而引起閒愁，如鍾振振考證此闋詞的描寫對象為蘇州的歌妓吳女，賀鑄和吳女的戀情發生於趙夫人逝世之後。〔註306〕但也不少人認為此詞別有寄託，認為賀鑄一生仕途坎坷，羈宦漂泊，詞中不免借他人酒杯，澆胸中塊壘，此闋詞應是寄託身世零落之感，懷才不遇之慨，如清人黃氏《蓼園詞評》：

> 按方回有小築在姑蘇盤門內，地名橫塘。時往來其間，有此作。方回以孝惠皇后族孫，元祐中，通判泗州，又倅太平州，退居吳下。是此詞作於退休之後也。自有一番不得意，難以顯言處。言其所居橫塘，斷無宓妃到。然波光清幽，亦常目送芳塵，第孤寂自守，無與為歡，為有春風相慰藉而已。次闋言幽居腸斷，不盡窮愁，惟見煙草風絮、梅雨如霧，共此旦晚耳。無非寫其景之鬱勃岑寂也。〔註307〕

繆鉞更朋確指出：「賀鑄這首詞真是深得楚〈騷〉遺韻者，藉美人香草之辭以發抒其所志不遂，孤寂自守，追求理想之遠慕遐思。」〔註308〕不論是純寫情或用以寄託不得志，此闋詞確實流露詞人內心之愁緒。其中「梅子黃時雨」一句更是為人稱道。胡仔《苕溪漁隱叢話前集》卷三十七引潘淳《潘子真詩話》：「世推方回所作『梅子黃時雨』為絕唱，蓋用寇萊公語也。寇詩云：『杜鵑啼處血成花，梅子黃時雨如霧。』」〔註309〕認為此句化用北宋寇萊公之語。其應可上溯至唐人詩句。《歲時廣記》卷一「春花信風」條引《東雜錄》載後唐人詩云：「棟花開後風光好，梅子黃時雨意濃。」〔註310〕歷

〔註306〕鍾振振：《北宋詞人賀鑄研究》（臺北：文津出版社，1994 年 8 月），頁 124。

〔註307〕〔清〕黃蘇：《蓼園詞評》，見收於唐圭璋：《詞話叢編》，冊四，頁 3057。

〔註308〕繆鉞、葉嘉瑩：《靈谿詞說》（臺北：國文天地雜誌社，1989 年 11 月），頁 282。

〔註309〕〔宋〕胡仔：《苕溪漁隱叢話・前集》引《潘子真詩話》，收錄於鄧子勉編：《宋金元詞話全編》，中冊，卷三十七，頁 677。

〔註310〕王師偉勇：〈賀鑄《東山詞》借鑒唐詩之探析〉《宋詞與唐詩之對應研究》（臺北：文史哲出版社，2004 年 3 月），頁 258。

代對此闋詞多有甚高的評價，如：

> 賀方回青玉案：「試問閒愁都幾許。一川煙草，滿城風絮。梅子黃時雨。」不特善于喻愁，正以瑣碎爲妙。〔註311〕

> 世第賞其梅子黃時雨一章，猶是耳食之見。〔註312〕

> 詩家有以山喻愁者，……有以水喻愁者，……，賀方回云「試問閒情都幾許，一川煙草，滿城風絮，梅子黃時雨。」蓋以三者比之愁多也，尤爲新奇，兼興中有比，意味更長。〔註313〕

黃庭堅尤愛賀鑄此闋詞，非但頌揚該詞具有謝朓清麗之風〔註314〕，並將它與秦觀並列。宋・魏慶之《魏慶之詞話》記載：

> 山谷嘗手寫所作青玉案者，置之几研間，時自玩味……。山谷云：此詞少游能道之。作小詩曰：「少游醉臥古藤下，無復愁眉唱一杯。解道江南斷腸句，而今唯有賀方回。」〔註315〕

黃庭堅論賀鑄〈橫塘路〉一詞，從秦觀談起，秦觀有〈好事近・夢中作〉〔註316〕一詞，最後秦觀卒於藤州，〈好事近〉一語成讖，黃庭堅哀悼秦觀辭世，感嘆其才情誰能堪繼？盱衡當今詞壇，惟有賀鑄〈橫塘路〉一闋，以江南風物譜出斷腸句可繼軌秦觀。

接著「雲雨都休」一句，語出賀鑄〈南柯子〉題爲「別恨」的尾句。詞云：

〔註311〕〔清〕沈謙：《填詞雜說》，唐圭璋：《詞話叢編》，冊四，頁 632。

〔註312〕〔清〕陳廷焯：《白雨齋詞話》，唐圭璋：《詞話叢編》，冊四，頁 3786。

〔註313〕〔宋〕羅大經著，王瑞來點校：《鶴林玉露》（北京：中華書局，1983年），卷一，頁 127。

〔註314〕葉夢得〈賀鑄傳〉載：「建中靖國間，黃魯直庭堅自黔中還，得其江南梅子之句，以爲似謝元暉」，見〔宋〕葉夢得：《石林居士建康集》，《宋集珍本叢刊》（北京：線裝書局，2004 年），冊三二，卷八，頁 800。

〔註315〕〔宋〕魏慶之：《魏慶之詞話》，唐圭璋：《詞話叢編》，冊一，頁 206。

〔註316〕「春路雨添花，花動一山春色。行到小溪深處，有黃鸝千百。　飛雲當面化龍蛇，天矯轉空碧。醉臥古藤陰下，了不知南北。」（《全宋詞》，冊一，頁 469）

斗酒纔供淚，扁舟只載愁。畫橋青柳小朱樓。猶記出城
車馬、為遲留。　　有恨花空委，無情水自流。河陽新
鬢儘禁秋。蕭散楚雲巫雨、此生休。（《全宋詞》，冊一，頁
541）

整闋詞描寫詞人內心的憂愁與別恨，尾句「蕭散楚雲巫雨、此生休」
化用李商隱〈馬嵬〉：「他生未卜此生休」（《全唐詩》，冊八，頁6177）
一句。「楚雲巫雨」之典可上溯至宋玉〈高唐賦〉、〈神女賦〉序〔註317〕，
指男女之情愛；而「雲雨都休」則表示詞人對愛情已不再期待。結尾
句「會說愁時我也愁」點出了賀鑄詞沉鬱頓挫、愁緒滿腔的特色。後
代論詞者多有提及賀鑄詞沉鬱的風格，如清·陳廷焯《白雨齋詞話》
卷一：「方回詞，胸中眼中，另有一種傷心說不出處，全得力於《楚
騷》，而運以變化，允推神品。」又說「方回詞極沉鬱。」〔註318〕陳
廷焯《詞壇叢話》云：「方回詞，筆墨之妙，真乃一片化工。離騷耶，
七發耶，樂府耶，杜詩耶，吾嗚呼測其所至。」〔註319〕又云：「昔人
稱方回詞，妖冶如攬嬙施之袪，富艷如入金張之堂，幽索如屈、宋，
悲壯如蘇、李，此猶論其貌耳。」〔註320〕皆指出賀鑄詞沉鬱傷心之
風格。〈橫塘路〉一詞實為詠閒愁之作，就其表面字句而論，乃抒發
守候、思念美人之閒情愁思，鍾振振更曰：「據內容可知此係情詞，
當與吳女有關」〔註321〕，將〈橫塘路〉視為情詞，此為多數論者之

〔註317〕宋玉〈高唐賦〉、〈神女賦〉序中提到戰國時楚懷王、襄王遊高唐，夢
　　　　巫山神女自願薦寢事。後巫山雲雨比喻男女歡合。見〔梁〕蕭統著，
　　　　〔唐〕李善注：《李注昭明文選》（臺北：河洛圖書出版社，1975年5
　　　　月），頁393～400。
〔註318〕〔清〕陳廷焯：《白雨齋詞話》，唐圭璋：《詞話叢編》，冊四，卷一，
　　　　頁3786。
〔註319〕〔清〕陳廷焯：《詞壇叢話》，唐圭璋：《詞話叢編》，冊四，卷一，頁
　　　　3722。
〔註320〕〔清〕陳廷焯：《詞壇叢話》，唐圭璋：《詞話叢編》，冊四，卷一，頁
　　　　3723。
〔註321〕〔宋〕賀鑄著，鍾振振校注：《東山詞》，卷一，頁154。賀鑄曾邂逅
　　　　一「宛轉有餘韻」之吳女，二人情事，詳見〔宋〕李之儀：〈題賀方
　　　　回詞〉，《姑溪居士文集》（北京：線裝書局，2004年，《宋集珍本叢

理解。然而賀鑄空靈而不黏滯之筆調，遂予人詞中別有寄託之感，繆鉞所著〈論賀鑄詞〉，強調賀鑄填詞深得楚〈騷〉遺韻而有寄託之意，而〈橫塘路〉乃「藉美人香草之辭以發抒其所志不遂，孤寂自守，追求理想之遠慕遐思」〔註 322〕；楊海明更就詞中「凌波佳人」之形象深入剖析，曲折表現賀鑄自傷身世、理想之失落。〔註 323〕此中寄寓孤芳自賞、懷才不遇之愁悶悲思。焦袁熹或對賀鑄詞滿腔愁緒特色甚有體會，故融入自我情感而嘆道「會說愁時我也愁」，喻示自身之萬斛愁情。

六、周邦彥

　　周邦彥（1056～1121），字美成，號清眞居士，錢塘（浙江杭州）人。《宋史・文苑傳》曰：「疏雋少檢，不爲州里推重，而博涉百家之學。」〔註 324〕周邦彥精通音律，能自度曲，家有顧曲堂，多創新調，調諧律切。詩詞兼擅，負有宋一代詞名，南宋末年陳郁《藏一話腴》稱他：「二百年來，以樂府獨步。貴人學士，市儇妓女，知美成詞爲可愛。」〔註 325〕王國維比之於「詞中老杜」，夏敬觀號其爲「詞中之聖」，被尊爲詞家正宗，對後世詞壇影響甚鉅。而焦袁熹此闋〈采桑子〉，主要是環繞著周邦彥、李師師與宋徽宗之間的風流韻事寫成，詞云：

> 新橙玉指親教破，記得分瓜。措大官家。好似蜂兒鬪採花。
> 　青衫那比天袍貴，泪濕琵琶。咫尺天涯。腸斷春風鬢影斜。（《全清詞・順康卷》，冊十八，頁 10581）

〔刊》），冊二七，卷四〇，頁 91。

〔註 322〕繆鉞：〈論賀鑄詞〉，繆鉞、葉嘉瑩：《靈谿詞說》（臺北：國文天地雜誌社，1989 年），頁 282。

〔註 323〕詳見楊海明：《唐宋詞史》（高雄：麗文文化有限公司，1996 年），頁 404。

〔註 324〕〔元〕脫脫等撰：《宋史・周邦彥列傳》，《二十五史》，冊三六，卷四四四，頁 5325。

〔註 325〕〔宋〕陳郁：《藏一話腴・外編》，《景印文淵閣四庫全書》，冊八六五，卷下，頁 559。

周邦彥浪漫多情，與歌妓交往深厚，最為後人所樂道者，莫過於與李師師間的愛情故事，宋・張端義《貴耳集》載：

> 道君幸李師師家，偶周邦彥先在焉。知道君至，遂匿牀下。
> 道君自攜新橙一顆，云：「江南初進來。」遂與師師謔語。
> 邦彥悉聞之，隱括成〈少年游〉。〔註326〕

相傳周邦彥因善度曲填詞，與汴京名妓李師師互為知音，常夜宴同歡。一日周邦彥在李師師處，聽聞徽宗將巡幸李師師，走避不及，便躲到師師床下，看著徽宗討好美人，獻上江南新橙之事，美成便填成〈少年遊〉一詞，以記此事。詞云：「並刀如水，吳鹽勝雪，纖手破新橙。錦幄初溫，獸煙不斷，相對坐調笙。　　低聲問向誰行宿，城上已三更。馬滑霜濃，不如休去，直是少人行。」（《全宋詞》，冊二，頁 606）此雖是當年傳聞，不足為信，但天子、美人、名士之互動，極受注目，於是雖真偽難辨，卻成為流傳百年，文人筆下的素材〔註327〕，故焦袁熹論周邦彥，首寫「新橙玉指親教破」，即指此事。其下三句「記得分瓜。措大官家。好似蜂兒鬭採花」，亦順著此段軼事的脈絡而寫。分瓜，即樂府中所謂「破瓜」，將「瓜」字分拆，像兩個「八」字，隱「二八」之年。唐人曾用之，如段成式〈戲高侍郎〉詩：「猶憐最小分瓜日，奈許迎春得藕時」，即用此語。措大，貶稱貧寒的讀書人〔註328〕。則焦袁熹此三句即指李師師當年青春芳年，豔名遠播，不論貧士或權貴，皆如群蜂追戀花香，慕名而來的盛況。故焦袁熹此詞上半闋，非論詞及辭，而是圍繞著美成軼事，論詞及事。

〔註326〕〔宋〕張端義撰：《貴耳集》，此則收錄於丁傳靖編：《宋人軼事彙編》（上海：臺灣商務印書館，1935 年），卷十四，頁 689。

〔註327〕美成與李師師、徽宗軼事，除上引張瑞義《貴耳集》之外，還有周密《浩然齋雅談》卷下、沈雄《古今詞話》引陳鵠《耆舊續聞》，亦載有此事。王國維《庚辛之間讀書記・片玉詞》曾加以辯偽駁斥，認為所言失實。

〔註328〕《新五代史》卷七十〈十國世家・東漢世家〉曰：「老措大，毋妄沮吾軍。」，知宋時習用此詞指寒士。明陳繼儒〈李公子傳〉亦用此詞，曰：「眾進士本措大骨相，驟得此，足高趾揚，畢露醜態。」亦作「醋大」。

　　下半片「青衫那比天袍貴，泪濕琵琶。咫尺天涯。腸斷春風鬢影
斜」語，雖亦仍不離軼事之主題，然焦袁熹之表現手法，誠聯繫著美
成善於隱括前人詩句入詞之特色。關於周邦彥擅隱括之特色，歷來論
者頗夥：

> （美成）多用唐人詩語隱括入律，渾然天成，長調尤善鋪
> 敘，富豔精工，詞人之甲乙也。〔註329〕

> 周美成以旁搜遠紹之才，寄情長短句，縝密典麗，流風可
> 仰。其徵辭引類，推古誇今，或借字用意，言言皆有來歷，
> 眞足冠冕詞林。〔註330〕

> 美成詞只當看他渾成處，於軟媚中有氣魄，採唐詩融化如
> 自己者，乃其所長。〔註331〕

> 凡作詞，當以清眞爲主。蓋清眞最爲知音，且無一點市井
> 氣。下字運意，皆有法度，往往自唐宋諸賢詩句中來，而
> 不用經史中生硬字面，此所以爲冠絕也。〔註332〕

知美成善於借鑒詩句入詞，爲學界定調〔註333〕。故焦袁熹便針對此
清眞詞特色，用白居易〈琵琶行〉中「座中泣下誰最多，江州司馬青
衫濕」之「青衫」，指稱官職卑下的美成，與徽宗的「天袍」對比，
看著徽宗與李師師的互動，美成因身份懸殊，只能寄託音律，留下「泪
濕琵琶」的遺憾。事實上，美成常利用白居易〈琵琶行〉的意象入詞，
如〈浣沙溪黃鍾〉下半：「跳脫添金雙腕重，琵琶撥盡四絃悲。夜寒

〔註329〕〔宋〕陳振孫：《直齋書錄解題》，《景印文淵閣四庫全書》，冊六七四，，
　　　　卷二十一，頁888。
〔註330〕〔宋〕劉肅：〈周邦彥詞注序〉，施蟄存主編：《詞集序跋萃編》（北京：
　　　　中國社會科學出版社，1994年12月），頁97。
〔註331〕〔宋〕張炎：《詞源・雜論》，唐圭璋編：《詞話叢編》（北京：中華書
　　　　局，1986年11月），卷下，頁266。
〔註332〕〔宋〕沈義父：《樂府指迷・作詞當以清眞爲主》，見收於唐圭璋主編：
　　　　《詞話叢編》，頁277。
〔註333〕關於周邦彥借鑒唐詩問題，詳見王師偉勇：〈論賀鑄、周邦彥借鑒唐
　　　　詩之異同〉，收入《唐宋詩詞研究論集》（彰化：明道大學中文系，
　　　　2008年6月），頁510～557。

誰肯剪春衣。」(《全宋詞》，冊二，頁 600)、〈青玉案〉上半：「良夜
燈光簇如豆。占好事、今宵有。酒罷歌闌人散後。琵琶輕放，語聲低
顫，滅燭來相就。」(《全宋詞》，冊二，頁 622)用琵琶女的故事，
觸發白居易自身政治的失意，並發出美成異代之共鳴。

　　焦氏末結所稱「咫尺天涯。腸斷春風鬢影斜」兩句，表面是寫周
邦彥與李師師的相思與情事最後仍無疾而終，實乃言周邦彥失志沈鬱
之懷抱。《耆舊續聞》載美成製〈少年游〉以記其事，「徽宗知而譴發
之。師師餞送，美成作〈蘭陵王〉云：『應折柔條過千尺』，至『斜陽
冉冉春無極。』」〔註 334〕由此可知，清眞詞中除〈少年遊〉外，〈蘭
陵王〉(柳陰直)〔註 335〕一闋作品，乃涉及周邦彥與李師師、宋徽宗
三人之間的情感糾葛。周邦彥和名妓李師師相好，得罪了宋徽宗，被
押出都門，師師陳酒送別，周邦彥遂作此詞。周濟謂此作「當筵命筆，
冠絕一時」〔註 336〕，陳廷焯更盛讚：「意與人同，而筆力之高，壓遍
千古。又沉鬱，又勁直，有獨來獨往之概」〔註 337〕，惟所評均就詞
言之，不見扣合本事之說。焦詞結拍所謂「咫尺天涯。腸斷春風鬢影
斜」，不僅僅是美成對李師師軼事的遺憾，有的更是周邦彥對於仕途
有志難伸之莫可奈何。廟堂之上的徽宗就在幾步之內，卻無法趁勢爲
明主所用，或有傳說美成在作〈少年遊〉後再寫〈望江南〉影射徽宗

〔註 334〕〔清〕沈雄撰：《古今詞話》，唐圭璋：《詞話叢編》，冊一，卷上，頁
779。

〔註 335〕〈蘭陵王‧柳〉：「柳陰直，煙裡絲絲弄碧。隋堤上、曾見幾番，拂水
飄綿送行色。登臨望故國，誰識、京華倦客？長亭路、年去歲來，應
折柔條過千尺。閒尋舊蹤跡。又酒趁哀絃，燈照離席，梨花榆火催寒
食。愁一箭風快，半篙波暖。回頭迢遞便數驛，望人在天北。淒惻，
恨堆積！漸別浦縈回，津堠岑寂。斜陽冉冉春無極。念月榭攜手，露
橋聞笛。沉思前事，似夢裡、淚暗滴。」唐圭璋主編：《全宋詞》，冊
二，頁 611。

〔註 336〕〔清〕周濟撰：《介存齋論詞雜著》，唐圭璋：《詞話叢編》，冊二，頁
1629。

〔註 337〕〔清〕陳廷焯撰：《雲韶集》，此則收錄於吳熊和主編：《唐宋詞彙評》，
冊二，卷四，頁 997。

事，導致招罪被貶，則焦氏所說咫尺天涯的距離，便不僅只是人心，而是廟堂與江湖的千里之遙。美成因仕途際遇，曾在多處任官，羈旅漂泊之感濃厚，詞中亦常見「天涯」一詞，如〈還京樂·春景〉的「向天涯」、〈浣沙溪·春景〉的「樓前芳草接天涯」、〈玉樓春·悵恨〉的「天涯回首一銷魂」、〈虞美人〉三首之三的「便天涯」、〈南浦〉的「甚頓作天涯」、〈西河〉的「繞天涯」、〈瑞鶴仙〉的「天涯常是淚滴」、〈浪淘沙〉的「何況天涯客」與〈燭影搖紅〉的「離恨天涯遠」等，屢屢表現出美成胸臆時常縈繞「天涯」之感，焦詞遂以「咫尺天涯，腸斷春風鬢影斜」作結。

由於周邦彥擅用婉轉曲折之筆法表現情緒，誠如陳廷焯所言：「美成詞極其感慨，而無處不鬱，令人不能遽窺其旨」，因而焦氏不直說，而是透過其情事來論及失志沉鬱之悲及羈旅漂泊之慨，表現周詞的妙處，篤為適切。

七、万俟詠

万俟詠，字雅言，號大梁詞隱，生卒年不詳，《宋史》無傳，王灼《碧雞漫志》載：

> 万俟詠雅言，元祐詩賦科老手也。三舍法行，不復進取。放意詩酒，自稱大梁詞隱。每出一章，信宿喧傳都下。政和初，召試補官，置大晟樂府制撰之職。新廣八十四調，患譜弗傳，雅言請以盛德大業及祥瑞事迹制詞實譜。有旨依月用律，月進一曲，自此新譜稍傳。〔註338〕

万俟詠於徽宗時任大晟府制撰，獻諛詞以歌詠太平盛世，流傳之應制作品，即此時創作。南渡之後，曾獻詞高宗以乞官，卻為高宗所鄙棄，焦袁熹援引此段史料評述万俟詠生平，並對作品之特色給予評價，其〈采桑子·詞隱〉言：

> 何人譜就鈞天樂，委巷妖哇。酒肆俳諧。十二瓊樓不可階。

〔註338〕〔宋〕王灼：《碧雞漫志》，唐圭璋主編：《詞話叢編》，冊一，卷二，頁87。

　　　　元宵上巳昇平代，月地花街。一曲堪懷。只是君家姓
不佳。予特惡其與髙賊同姓，故有是言。(《全清詞‧順康卷》，
冊十八，頁 10581)

首句「何人譜就鈞天樂」，焦袁熹形式上以問句起筆，疑惑能受聘於
皇朝應制填詞，譜就鈞天仙樂之人究竟是何許人物？此處焦氏以「譜
就鈞天樂」一語，肯定万俟詠爲譜就天樂之能手。「鈞天樂」語出《史
記‧趙世家》〔註 339〕，原指天上仙樂，在此引申爲帝王宮廷樂章。
考万俟詠於徽宗期間，嘗於大晟府依月用律制詞，「以盛德大業及祥
瑞事迹制詞實譜」，故新調稍傳。万俟詠「發妙音於律呂之中，運巧
思於斧鑿之外」〔註 340〕，其「創調之功固不在周、柳下」〔註 341〕，
亟肯定万俟詠譜詞、創調之功。然而能譜鈞天樂之能手，竟是隱身巷
弄，專寫艷詞，鎮日留連酒肆嘻笑俳諧之人！焦氏「委巷妖哇，酒肆
俳諧」二句，對照万俟詠生平，當是就万俟詠自稱大梁詞隱，隱身巷
弄之時而論。万俟詠於元祐間以詩賦擅名，常游上庠，累舉不第，遂
隱身巷弄放意歌酒，肆力寫作側艷詞章，以致編詞集《勝萱麗藻》時，
需分雅詞、側艷兩體，因側艷體「無賴太甚」，召試入宮時方削去該
部分。誠如清‧王昶於《春融堂集‧江賓谷梅鶴詞序》論及万俟詠隱
居都下所作之艷詞：

　　　　論詞必論其人，與詩同。如晁端禮、万俟雅言、康順之，
　　　　其人在俳優戲弄之間，詞亦庸俗不可耐。〔註 342〕

焦袁熹「委巷妖哇」一句，即對万俟詠當時所作多爲側艷體予以譏評，

〔註 339〕《史記‧趙世家》：「居二日半，簡子寤。語大夫曰：『我之帝所甚樂，
　　　　與百人神游於鈞天，廣樂九奏萬舞，不類三代之樂，其聲動人心。』」
　　　　〔漢〕司馬遷撰，〔南朝宋〕裴駰集解，〔唐〕司馬貞索隱，〔唐〕張
　　　　守節正義：《史記》，《二十五史》，冊一，卷四三，頁 699。

〔註 340〕〔宋〕黃昇：《唐宋諸賢絕妙詞選》，《四部叢刊初編》(臺北：臺灣商
　　　　務印書館，1967 年)，冊四三八，卷七，頁 61。

〔註 341〕汪東：〈唐宋詞選‧評語〉，原刊《詞學》第二輯，1983 年，頁 76〜
　　　　80。

〔註 342〕〔清〕王昶：《春融堂集‧江賓谷梅鶴詞序》，《續修四庫全書》(上海：
　　　　上海古籍出版社，2002 年)，冊一四三八，卷四十一，頁 88。

可與王昶之語並觀。據王灼《碧雞漫志》所載，万俟詠所作之詞「信宿喧傳都下」，可見當時聲名甚高，以致人皆爭睹之，然而此豔體卻不得聖上青睞。「十二瓊樓不可階」，此句當指万俟詠求官失敗之事，李心傳《建炎以來繫年要錄》錄其事云：

> （建炎四年六月）辛未朔，通直郎万俟詠者，工小詞，嘗為大晟府制撰，得官。至是因所親攜書入禁中，乞進官二等，上覽而擲之。〔註343〕

万俟詠於徽宗時應制填詞，得以任官。南渡之後，私入帝王禁中，獻詞乞進官二等，當時高宗或因兵馬倥傯，無心觀詞；或因不喜側豔之體，而將万俟詠詞集擲於地上以示不屑。焦袁熹乃援引此段史料評述万俟詠生平，雖万俟詠擅填艷詞之名，已於「每出一章，信宿喧傳都下」時傳於都城，填艷詞之名已廣為人知，然因詞作浮艷，不得聖上青睞，欲上攀瓊樓，填詞乞進，終不能得也，只留得「上覽而擲之」下場。焦袁熹上闋以詼諧筆法調侃万俟詠，雖然肯定万俟氏譜詞制曲之功，然而卻實褒暗貶，由其「詞隱」之號發揮，著墨於早年退隱較不堪之經歷，帶有譏評、調侃之意味。

　　下片筆法一轉，不務詆毀，而就其詞作內容探討。「元宵上巳昇平代」特指万俟詠關於「以盛德大業及祥瑞事迹制詞實譜」時期之作。万俟詠詞有關元宵主題者，現存〈鳳凰枝令〉、〈醉蓬萊〉二闋。「上巳」即陰曆三月三日〔註344〕，當季春之時，現存應制之作有〈戀芳春慢〉、〈三臺〉二闋。〈鳳凰枝令〉作於南渡之後，詞題云：

> 景龍門，古酸棗門也。自左掖門之東為夾城南北道，北抵景龍門。自臘月十五日放燈，縱都人夜遊。婦女遊者，珠簾下邀住，飲以金甌酒。有婦人飲酒畢，輒懷金甌。左右

<hr>

〔註343〕〔宋〕李心傳：《建炎以來繫年要錄》（臺北：文海出版社，1980年6月），卷三四，頁1296。

〔註344〕上巳節為中國古老傳統節日，俗稱三月三，該節日在漢代以前定為三月上旬的巳日，後來固定在陰曆三月初三。上巳節是古代舉行「會男女」、「高禖」、「祓禊」活動的重要節日。其中「會男女」風俗源自古代季節性婚配——野合群婚的風俗。

　　呼之，婦人曰：妾之夫性嚴，今帶酒容，何以自明。懷此
　　金甌爲證耳。隔簾聞笑聲曰：與之。〔註345〕

万俟詠憶南渡之前京城太平繁華，元宵男女宴游景象。〈醉蓬萊〉作
於北宋時期，內容與〈鳳凰枝令〉相似，其中「明月逐人，暗塵隨馬，
盡五陵豪貴。鬢惹烏雲，裙拖湘水，誰家姝麗」（《全宋詞》，冊二，
頁 812），即「月地花街」景致，皆是歌詠元宵時節太平盛世景象。〈戀
芳春慢〉詞題「寒食前進」，詠徽宗時都城盛況，下片云：「誰知道，
仁主祈祥爲民，非事行春」（《全宋詞》，冊二，頁 809），爲應制歌詠
太平、光耀盛德之作。〈三臺〉（清明應制）云：「見梨花初帶夜月，
海棠半含朝雨」、「餳香更、酒冷踏青路。會暗識、夭桃朱戶。向晚驟、
寶馬雕鞍，醉襟惹、亂花飛絮」（《全宋詞》，冊二，頁 809）者，即
歌詠清明夜晚，雨後月出，亂花墜地景象；「好時代、朝野多歡，遍
九陌、太平簫鼓」則爲應制歌詠太平之常式，即謳歌「昇平代」之「盛
德大業」。焦袁熹「月地花街」一句，當指元宵、清明諸作所述景象，
亦點出万俟詠詞作常歌詠之題材，除善描月夜宴游盛況外，多半在於
歌頌太平以媚聖上。

〔註345〕唐圭璋主編：《全宋詞》（臺北：明倫出版社，1970 年 12 月），頁 808。
　　万俟詠詞題所述，《宣和遺事》曾詳載其事云：「至十五夜，去內門
　　直下賜酒……那看燈底百姓，休問貴富貧賤老少尊卑，盡到端門下
　　賜御酒一杯……是夜，鰲山腳下人叢鬧裏，忽見一箇婦人喫了御賜
　　酒，將金杯藏在懷袖裏，喫光祿寺人喝住：「這金盞是御前寶玩，休
　　得偷去！」當下被內前等子拏住這婦人，到端門下。有閤門舍人且
　　將偷金盞的事，奏知徽宗皇帝。聖旨問取因依。婦人奏道：「賤妾與
　　夫壻同到鰲山下看燈，人鬧裏與夫相失。蒙皇帝賜酒，妾面帶酒容，
　　又不與夫同歸，爲恐公婆怪責，欲假皇帝金杯歸家與公婆爲照。臣
　　妾有一詞上奏天顏。」這詞名《鷓鴣天》……徽宗覽畢，就賜金盞
　　與之。當有教坊大使曹元寵奏道：「適來婦人之詞，恐是伊夫宿搆此
　　詞，來騙陛下金盞。只當押婦人當面命題，令他撰詞。做得之時，
　　賜與金盞；做不得之時，明正典刑。」帝准奏，再令婦人做一詞。
　　婦人請命題。準聖旨，令將金盞爲題，……徽宗見了此詞，大悅，
　　不許後人擧例，賜盞與之。」語見《宣和遺事》（臺北：世界書局，
　　1958 年 3 月），頁 73～75。

　　然而雖數量甚少，万俟詠亦有寄寓其情之作，如〈鳳凰枝令〉之作，此首乃於南渡後追憶舊京盛事而作，上闋述徽宗時元宵男女歡宴之景；下闋語調一轉，發爲悲涼之句，「一從鸞輅北向。舊時寶座應蛛網。遊人此際客江鄉，空悵望。夢連昌清唱」（《全宋詞》，冊二，頁812）。「連昌」即連昌宮，借唐明皇連昌宮舊事，以寄北宋易代之悲，舊時繁華景致，如今應已蛛網滿佈，杳無人煙。以上片「傾城粉黛月明中，春思蕩。醉金甌仙釀」，對比下片「空悵望。夢連昌清唱」，故國之思，餘韻不盡，因而焦袁熹以「一曲堪懷」稱之，讚賞此作寄寓深遠。

　　「只是君家姓不佳」一句，焦袁熹於末句解釋何以上片專挑万俟詠不堪往事著墨，只因焦袁熹本人對於「万俟」此一罕見姓氏較敏感，因歷史姓「万俟」之名人，以南宋秦檜同黨監察御史万俟卨最爲出名，因與秦檜共同謀害岳飛，故焦袁熹見此姓氏便主觀生厭，以致對万俟詠語多譏評，詞後焦袁熹自注云：「予特惡其與卨賊同姓，故有是言」，即自我解嘲，解釋個人並非厭惡万俟詠，而是此人爲万俟卨所累，因而遭池魚之殃。

八、趙佶

　　焦袁熹〈采桑子・徽宗皇帝〉：

> 君主竟負鶯花願，茸母斑斑。杜宇啼闌。夢裡還家山復山。
> 　　李王曾泣家山破，歲歲年年。雪窖冰天。何似牽機一霎間。〔註346〕

　　趙佶（1082～1135）係哲宗之弟、宋神宗第十一子，十八歲即位（1100年）成爲北宋第八位皇帝，是爲宋徽宗。趙佶在位二十六年，雖貴爲君王卻只懂享樂，縱情床第之間，據《宋史》記載，北宋滅亡之前，「徽宗三十一子」（《宗室傳》），「三十四女」（《公主傳》），據《靖康稗史箋證・青宮譯語》記載：宋徽宗「五七日必御一處女，得御一

〔註346〕《全清詞・順康卷》（二卷本）未收，此據南開大學館藏：《此木軒全集・此木軒直寄詞》（三卷附舊作一卷清抄本），未編版次、頁碼。

次即畀位號,續幸一次進一階。退位後,出宮女六千人,宜亡其國。」
〔註 347〕足見宋徽宗輕佻好色,醉心於聲色犬馬之間。政治上則昏庸
無能,毫無建樹,先後任用蔡京、童貫等奸黨佞臣,排除異己,以致
北宋國朝政大壞,內憂外患。徽宗執政之時,政治黑暗,經濟凋蔽,
金軍頻頻南寇,徽宗趙佶傳位予太子趙恒,徽宗退位前夕下詔罪己:
「言路雍蔽,導諛日聞,恩倖持權,貪饕得志。搢紳賢能,陷于黨籍;
政事興廢,拘于紀年。賦斂竭生民之財,戌役困軍伍之力;多作無益,
侈靡成風。」〔註 348〕然而爲時已晚,挽回不了北宋王朝衰頹情勢。

欽宗靖康二年(1127 年),終於爆發了大難,金軍圍困汴京,導
致社稷傾覆江山易主,北宋滅亡,史稱「靖康之難」。《宋史・徽宗本
紀》談及北宋覆亡:

> 跡徽宗失國之由,非若晉惠之愚、孫皓之暴,亦非有曹、
> 馬之篡奪,特恃其私知小慧,用心一偏,疎斥正士,狎近
> 奸諛。於是蔡京以猥薄巧佞之資,濟其驕奢淫佚之志。溺
> 信虛無,崇飾游觀。困竭民力。君臣逸豫,相爲誕謾,怠
> 棄國政,日行無稽。及童貫用事,又佳兵勤遠,稔禍速亂。
> 他日國破身辱,遂與石晉重貴同科。豈得諉諸數哉。〔註 349〕

又言:「自古人君玩物而喪志,縱欲而敗度,鮮不亡者,徽宗甚焉,
故特著以爲戒。」〔註 350〕王夫之論徽宗君臣:「君不似乎人之君,
相不似乎君之相,垂老之童心,冶遊之浪子,擁離散之人心以當大
變,無一而非必亡之勢。」〔註 351〕此評騭大多都符合事實。金人

〔註 347〕〔宋〕確庵、耐庵編,崔文印箋證:《靖康稗史箋證・青宮譯語》(北
　　　　京:中華書局,1988 年 9 月),頁 177。

〔註 348〕〔清〕畢沅:《續資治通鑑》(臺北:明倫出版社,1970 年 11 月),
　　　　卷九五,頁 2493。

〔註 349〕〔元〕脫脫:《宋史・徽宗本紀》,《二十五史》,冊三十,卷二二,頁
　　　　186。

〔註 350〕〔元〕脫脫:《宋史・徽宗本紀》,《二十五史》,冊三十,卷二二,頁
　　　　186～187。

〔註 351〕〔清〕王夫之:《宋論・徽宗》,《四部備要》(臺北:中華書局,1981
　　　　年),卷八,頁 10～11。

遂將欽宗、徽宗押解至遙遠北國邊疆，掠到東北黑龍江依蘭（五國城），過著悲淒的囚徒生活，《南渡錄》：「日昃得食一盂，四人分食之，二帝居五國城中，終歲大概一日一食，七月七日，祭神，得酒食一次」，到依蘭後入冬係最難挨之時，「至十月間，天氣寒冷，仍掘坑以居，二帝因病疫不安，護衛者亦死過半」〔註352〕，因於冰天雪地之五國城，大雪數尺，土室內極冷，二帝項膝相拄，聲顫不能言。宋徽宗身為囚徒，傷時感事，其〈清明日作〉詩曰：「茸母初生認禁煙，無家對景倍悽然。帝城春色誰為主，遙指鄉關涕淚漣。」〔註353〕茸母，即鼠曲草。明李時珍《本草綱目・草五・鼠曲草》：「鼠耳，言其葉形如鼠耳，又有白毛蒙茸似之，故北人呼為茸母。」〔註354〕以北方茸母初生，遙想故國春色無主，而涕泗淚流。焦袁熹詞中「君主竟負鶯花願，茸母斑斑」，便指趙佶因於依蘭之時，對於眼前境遇的無奈與哀嘆，難免勾起過去太平繁榮景象之回憶，緬懷往日富庶生活。

　　在北方艱窘條件下，趙佶因囚禁管束甚緊，又慮及朝夕恐有不測，「乃鉸衣成絡，纏樑柱間欲自盡」，雖被趙恒發覺救下，但最後仍客死他鄉作孤魂野鬼，一生跌宕起伏，遭遇悲愴絕倫。故趙佶詞寫宗社淪亡之悲，颯然有變徵之聲，其〈燕山亭・北行見杏花中〉：

> 裁翦冰綃，打疊數重，冷淡燕脂勻注。新樣靚妝，豔溢香融，羞殺蕊珠宮女。易得凋零，更多少、無情風雨。愁苦。閒院落淒涼，幾番春暮。　　憑寄離恨重重，這雙燕，何曾會人言語。天遙地遠，萬水千山，知他故宮何處。怎不思量，除夢裏有時曾去。無據。和夢也，有時不做。（《全宋詞》，冊二，頁898）

〔註352〕〔宋〕辛棄疾：《南渡錄》，《中國近代內亂外禍歷史故事叢書》（臺北：廣文書局，1964年），冊十二，頁219。

〔註353〕〔宋〕趙佶〈清明日作〉，北京大學古文獻研究所主編：《全宋詩》，冊二六，卷一四九五，頁17079。

〔註354〕〔明〕李時珍：《本草綱目・草五・鼠曲草》，《景印文淵閣四庫全書》，冊七七三，卷十六，頁219。

此詞係宋徽宗遭遇靖康之難，被俘之後所作，抒發國破家亡、江山易主之憂憤與嗟嘆。上片表面係寫杏花，雖然花容豔麗，香氣馥郁，卻得風雨摧殘，亦得凋零。

借花憐己，實際係寫詞人歷史無情，命運無常。下片則藉助燕子意象，表達內心悲哀無處可訴之淒涼景況。「天遙地遠，萬水千山，知他故宮何處。怎不思量，除夢裏有時曾去」，詞人嘆息自己的夢想與對故國的思念之情只有在夢中才得以重現，藉由夢境來安慰自身。然而，在情勢始終難以挽回，過往富貴也已消逝，詞人最終對於恢復昔日帝王生活之理想，失去了期待與盼望，「無據。和夢也，有時不做」，層層剝落內心隱藏之痛苦，連夢也不願意再作，著實墮入亡國奴之人生困境。

無論係家國之悲，憂生患世之感，宋徽宗遭遇與南唐李後主頗為相似，故歷來學者往往「謂徽宗乃李後主後身」。賀裳：「南唐主〈浪淘沙〉曰：『夢裏不知身是客，一晌貪歡。』至宣和帝〈燕山亭〉則曰：『無據，和夢也有時不做。』其情更慘矣。嗚呼，此猶〈麥秀〉之後有〈黍離〉也！」〔註355〕梁啓超云：「昔人言徽宗爲李後主後身，此詞感均頑豔，亦不減『簾外雨潺潺』諸作。」〔註356〕王國維云：「尼采謂一切文學，余愛以血書者。後主之詞，眞所謂血書者也；宋道君皇帝〈燕山亭〉詞略似之。」〔註357〕宋徽宗和後主李煜係我國帝王中工書善畫、癡情於文藝但卻無心於江山社稷之典型，雖擁有「詞中帝王」、「藝中帝王」之美譽，卻無法擔任家國大業之大任。宋徽宗曾從黃庭堅學書法，不但得其神韻，更能變其法度，以「瘦金體」傳世。至於繪畫，則曾跟吳元瑜學繪畫，其畫思敏捷，頗有神采，「模衛賢高士圖，……鬚眉生動，儼若古賢晤語。後有蔡京題跋：『崇禎壬申，

〔註355〕〔清〕賀裳：《皺水軒詞筌》，唐圭璋主編：《詞話叢編》，冊一，頁702。

〔註356〕梁啓超：《飲冰室評詞》，唐圭璋主編：《詞話叢編》，冊五，頁4305。

〔註357〕〔清〕王國維：《人間詞話》（上海：上海古籍出版社，1998年），頁5。

余見於燕邸，非十五城之價，不能留之』」〔註358〕，湯垕說：「徽宗性嗜畫，作花鳥山石人物入妙品，作墨花墨石，間入神品者。歷代帝王能畫，徽宗可謂盡意」，「徽宗自畫〈夢遊化城圖〉，人物如半小指，累數十人，城郭宮室，髦幢鐘鼓，仙嬪眞宰，雲霞霄漢，禽畜龍馬，凡天地間所有之物，色色具備，爲甚工，觀之令人起神遊八極之想，不復知有人間世奇物也。」〔註359〕李煜即位之始，就是以一個兒皇帝身分，苟且偷安與江南一隅之地，在對宋委曲求全之中度過十幾年，表面富貴榮華、笙歌豔舞之生活，南唐實呈衰微之勢，已至悲慘處境。南唐亡後，李煜曾寫〈虞美人〉一詞，表達鄉國之懷念：

> 春花秋月何時了。往事知多少。小樓昨夜又東風。故國不堪回首月明中。　　雕欄玉砌應猶在。只是朱顏改。問君能有幾多愁。恰似一江春水向東流。〔註360〕

〈虞美人〉是李後主歸宋居於汴京之作，藉由詞作，李後主表達對昔日故國之懷念，映襯眼前孤單寂寞之心情。一詞道盡李煜和南唐遺民的亡國之痛，物是人非之惆悵，及囚居異邦之愁，焦袁熹詞即以「李王曾泣家山破，歲歲年年」一句，使相差百多年歷史時空之後主李煜和徽宗趙佶得以產生共鳴，同樣人生經歷與身世性格之悲，註定兩者必將以悲劇結局。當時李煜之卒，非善終。據宋・王銍《默記》記載，李煜因牽機毒而死：

> 徐鉉歸朝，爲左散騎常侍，遷給事中。太宗一日問曾見李煜否？鉉對以臣安敢私見之。上曰，卿第往之，但言 朕令卿往相見可矣。鉉遂徑往其居，望門下馬，但老卒守門。徐言願見太尉，卒言有旨不得與人接，豈可見也？鉉云，我乃奉

〔註358〕〔清〕姜紹書：《韻石齋筆談・徽宗高士圖》，《景印文淵閣四庫全書》，冊八七二，卷下，頁109。

〔註359〕〔元〕湯垕：《古今畫鑒》，《叢書集成初編》（北京：中華書局，1985年），冊一六五〇，頁14、16。

〔註360〕曾昭岷、曹濟平、王兆鵬、劉尊明：《全唐五代詞》（北京：中華書局，1999年12月），上冊，頁741。「雕闌玉砌依然在」一作「雕闌玉砌應猶在」。

旨來見。老卒往報。徐入立庭下。久之，老卒遂入取舊椅子
相對，鉉遙望見謂卒曰，但正衙一椅足矣。頃間，李主紗帽
道服而出，鉉方拜，而李主遽下堦引其手以上。鉉告辭賓主
之禮，主曰，今日豈有此禮。徐引椅少偏乃敢坐。後主相持
大哭。乃坐，默不言。忽長吁歎曰，當時悔殺了潘佑、李平。
鉉既去，乃有旨再對，詢後主何言。鉉不敢隱。遂有秦王賜
牽機藥之事。牽機藥者，服之前卻數十回，頭足相就，如牽
機狀也。又後主在賜第因七夕命故妓作樂，聲聞於外。太宗
聞之大怒。又傳「小樓昨夜又東風」，及「一江春水向東流」
之句，併坐之，遂被禍云。〔註361〕

正史並未記載李煜被毒而死，然後人多寧願相信《默記》所載，為後
主灑一掬同情之淚。宋徽宗趙佶北狩五國城，坐井觀天，被囚禁了九
年，求死不得，行步不前，終日伏土塥，終因受盡屈辱折磨而死于五
國城。李、趙兩人皆貴為君王，享盡榮華富貴，但政治風雲詭譎，又
淪為階下囚，二人雖都以悲劇形式收場。但焦袁熹則認為宋徽宗囚於
冰天凍地之北方，求生不得，求死不能，最後竟受折磨至死，終不如
李煜被賜飲牽機藥而死那般解脫迅速，痛苦只在一瞬間。故焦氏以「雪
窖冰天，何似牽機一霎間」，對於宋徽宗所受之折磨寄予同情。

第三節　小　結

　　焦袁熹以經學聞名，填詞雖為餘事，然對詞別有見地，論北宋詞
人共十五家，由所論詞之評價，可見詞史流變及其詞學觀點。北宋前
期是個「新聲競繁」的時代，詞壇上一方面是柳永、張先等推波助瀾，
鋪陳俚俗的市井慢詞；一方面是晏殊、歐陽脩等對花間、南唐詞風之
承襲，吟哦文人學士之典雅小令，造成小令和慢詞並轡而行，雅詞與

〔註361〕〔宋〕王銍：《默記》載李煜死於牽機藥之說，正史中並未記載。《景
　　　　印文淵閣四庫全書》，冊一○三八，卷上，頁 329。〔元〕脫脫《宋
　　　　史·世家列傳》言：「三年七月卒，年四十二。廢朝三日，贈太師，
　　　　追封吳王。」冊三四，卷四七八，頁 5666。

俗調相繼發展之狀態。北宋中期詞學思想是以蘇軾及其門人中間人物
如黃庭堅、秦觀等輩以及晏幾道、賀鑄等元祐詞人爲中心而發展，爲
詞學思想高潮時期，除了對於詞學創作表現出自覺意識之外，更有軼
聞趣事於文壇上盛傳，透過本事之表相，可見時人對於詞之價值與審
美情趣。從元祐學術禁毀後，北宋後期詞人多以文人之清雅，抒寫其
柔弱而無奈之末世情懷，詞人著力於詞意精美之創造，追求圓熟之藝
術技巧，表現優雅精純之藝術情懷。此時期多以宋徽宗爲中心，多是
出入大晟府之文士，如周邦彥、万俟詠等，精通音律，善於填詞，在
創作傾向與審美趣味上表現出本色、當行的集大成意識。〔註 362〕凡
此，均可於焦袁熹論北宋詞人之「論詞長短句」中，透過化用詞人詞
句、詞家評語，以及野聞軼事，見出端倪，故不再贅述。

　　總結焦袁熹論北宋詞之特色有四：其一，以詞存史，論列詞家除
言其詞壇成就，更關注於柳永、蘇軾，黃庭堅、秦觀等詞人的開拓革
新與承襲流衍，頗能體現詞史之流變。其二，具體結合時代背景、仕
途經歷，個人遭際及軼事趣事而論，頗能見微知著，建構其人其詞之
成就價值。其三，稱揚婉約詞風，由焦氏評價極高之晏殊、晏幾道、
柳永、賀鑄等人，足見焦氏所賞及偏好婉約一路之詞人，講究詞體本
色，聲調諧和，貶抑率然而成，不拘音律之作。其四，重視詞人眞情，
由論范仲淹詞「語到情眞，感蕩心魂」，論晏幾道詞「斷盡回腸」，論
柳永「三變新聲唱得眞」，其詞「只在當場動得人」，論蕭觀音詞「惹
得閒人也斷腸」，均著眼於詞人眞感實情之流露，認爲蘇軾只是「逢
場作戲三分假」，情感未能動人，實不如柳永。大抵而論，焦袁熹對
於北宋詞人評價頗高，或論其詞，或論其人，甚至評價其戍邊、修史
之功績等；即便不喜万俟詠之姓氏，然對於詞人仍不吝給予稱許。若
有主觀譏評之語，則自注其原因於詞句後，以示來茲，故其觀點誠皦
然清晰，殊有可取。

〔註362〕徐安琪：《唐五代北宋詞學思想史論》（北京：人民文學出版社，2007
　　　年 11 月），頁 106、212、328、329。

第六章　焦袁熹「論詞長短句」論南宋詞人

　　本章擬探究焦袁熹「論詞長短句」論南宋詞人合南北過渡詞人部分，或一人分繫兩首，或一首合論數人，凡二十二首，計二十五家詞人。其中專論辛稼軒、陸游各兩首，又合論「李清照、朱淑眞」，「朱希眞、朱淑眞」，「劉克莊、劉過及陳亮等辛派詞人」，「盧祖皋、高觀國」各一闋，論周密同時附論《絕妙好詞》一首。詞家論列，依時代先後排序，爲求論述分映時代背景，彰顯焦袁熹以詞存史之意圖，本章概可南宋詞壇爲前、中、後期三階段，藉以考察詞史之發展。惟焦袁熹排列之順序，係將所論女性列於「論詞長短句」之末；然李清照等女性詞家，其作品具有反映南渡初期的象徵地位，故李清照、朱淑眞、朱希眞論列順序略作更動。此外，焦氏有兩首專論陸游，而陸游生年早於姜夔，屬南宋前期詞家，亦稍調其序列。餘皆依時代先後排列，並總結主要觀點於後。

第一節　論南宋前期詞人

　　南宋前期詞人因國土淪亡，權奸當道，深以爲辱，於是發而爲慷慨悲壯之音。李清照、張元幹等南渡詞人首開創南宋詞壇新風，向子諲、辛棄疾、陳亮等南宋詞人創作了許多以復國抗戰爲主題之煌煌詞

章，詞風由北宋柔婉綺豔一變而爲南宋剛健雄放。焦袁熹論南宋前期
詞人，取朱敦儒、李清照、朱淑眞、朱希眞、向子諲、張元幹、岳飛、
康與之、辛棄疾、劉克莊、劉過、陳亮、陸游十三家，共十一首。茲
逐次分析如下：

一、朱敦儒、朱希眞、朱淑眞

　　焦袁熹〈采桑子・朱希眞、淑眞〉一詞實繫三人，分別爲朱敦儒、
朱希眞、朱淑眞。焦氏於詞牌下自注「朱希眞」，或指涉對象有二：
一指朱希眞，諱敦儒，一指朱希眞，小字秋娘。其詞云：

> 歆奇歷落眞男子，篇帙模糊。墮落眉鬚。好似江壖大小孤。
> 　　朱娘不少傷春句。元夜城隅。又是虛無。聞道羅敷自
> 有夫。〈元夜詞〉，今在《六一詞》中，蓋非朱作。(《全清詞》，冊十
> 八，頁 10585)

全詞上片合論朱敦儒、朱秋娘兩人。朱敦儒（1081～1159），字希眞，
洛陽（河南洛陽）人，自號巖壑。卒於秀州，年七十九。〔註 1〕敦儒
志行高潔，雖爲布衣，而有朝野之望，累召固辭。〔註 2〕朱希眞，小
字秋娘，適同邑商人徐必用。徐頗解文義，商久不歸，希眞作閨怨詞，
其餘事蹟多不可考。葉申薌在《本事詞》中記載：「朱希眞小名秋娘，
適徐必用，工詞翰，欲繼美易安」〔註 3〕，是知朱希眞工詩詞，可承
李清照之餘緒。焦氏合繫兩人，探究其因蓋有三：其一，兩人均爲「朱
希眞」。沈雄在《古今詞話・兩朱希眞》：「朱希眞名敦儒，天資曠達，
有神仙風致」，「若名媛集之朱希眞，適徐必用，徐商久不歸，亦作警

〔註 1〕關於朱敦儒之生卒年，史無明載，近人王學初以朱跋唐太宗賜韓
　　　王元嘉蘭亭帖自云：「紹興十六年，時年六十六」推斷，當生於
　　　元豐四年（1081）。又據〔宋〕李心傳：《建炎以來繫年要錄》，
　　　卷一八一，「紹興二十有九年」繫事，論定卒於紹興二十九年
　　　（1159）。

〔註 2〕〔元〕脫脫：《宋史・朱敦儒列傳》，《二十五史》，冊七，卷四四五，
　　　頁 5332。

〔註 3〕〔清〕葉申薌：《本事詞》，唐圭璋主編：《詞話叢編》，冊三，卷下，
　　　頁 2363。

悟風情自解。」〔註4〕其二，兩人作品多散佚，雖有存詞傳世，但非完整面目。其三，雖有家國愁恨及閨怨情懷之別，但同懷歷盡蒼茫遭遇，衷腸無處可訴之惆悵。

　　上片起首「嶔奇歷落真男子，篇帙糢糊」，先論朱敦儒卓異出群，其詞寄託人格性情，反映時代困境，與作者之境遇若合符節，表現出豐沛之感情與思想，因此焦氏對於其部分作品之亡佚，或是混淆他人詞作，予以同情之聲。朱敦儒早年疏狂放浪，只圖逸樂，蔑視功名，《宋史》中記載，朱敦儒在宋欽宗靖康年間，曾經以「麋鹿之性，自樂閑曠，爵祿非所願也」〔註5〕為由，拒絕出任官職，具有文人浪漫之氣息。靖康元年（1126）十一月，金兵渡黃河而攻洛陽，原是洛陽人的朱敦儒倉皇南下，也隨著哀鴻遍野之難民渡江，入兩湖歷江西而至兩廣，流落天涯，飽經離亂之苦；詞境一改南渡前之浪漫，多憂國傷世之作，詞風沉鬱蒼涼。如〈采桑子・彭浪磯〉：

> 扁舟去作江南客，旅雁孤雲。萬里煙塵，回首中原淚滿巾。
> 　碧山對晚汀洲冷，楓葉蘆根。日落波平，愁損辭鄉去
> 國人。（《全宋詞》，冊二，頁860）

「彭浪磯」，在今日江西彭澤縣的長江邊，江中有大小孤山與之相對相呼。這首詞，是朱敦儒南奔途中經過此地即景抒懷之作，唱出時代悲涼之音。靖康之難乃宋室一大變局，故園已是胡塵籠罩，何況節令又正當北雁南飛，秋季蕭颯之際？面對一片蒼茫之長江，使去國懷鄉輾轉避難者益增怛惻，不禁涕泗縱橫，一水牽愁萬里長了。隨之而起的是朱敦儒立志恢復中原之決心，受友人勸薦，接受徵召，踏上仕途，然而卻兩次卷入朝中政爭而遭罷官；又因與秦檜接近而視為「守節不終，首鼠兩端，貽譏國史」，其人品備受爭議。〔註6〕《宋史》載云：

〔註4〕〔清〕沈雄：《古今詞話》，唐圭璋主編：《詞話叢編》，冊一，頁770、
　　　771。
〔註5〕〔元〕脫脫：《宋史・朱敦儒傳》，《二十五史》，冊七，卷四四五，
　　　頁5332。
〔註6〕對於朱敦儒出處之批評，如〔清〕張德瀛於《詞徵》卷五中所評：「朱

時秦檜當國，喜獎用騷人墨客以文太平，檜子熺亦好詩，
於是先用敦儒子爲刪定官，復除敦儒鴻臚少卿。檜死，敦
儒亦廢。談者謂敦儒老懷舐犢之愛，而畏避竄逐，故其節
不終云。〔註7〕

宋・周必大《文忠集》「跋汪季路所藏朱希眞蹟」條云：「朱希眞避亂
南渡，流落嶺海江浙間。……秦承相擢其子爲勑局刪定官，希眞間來
就養。是時東閣郎君慕其詩名，欲從之游，爲修廢官，留爲鴻臚少卿。
希眞愛子而畏禍，不能引去，未幾秦薨，例遭論罷。出處固有可議，
然亦可憫也。」〔註8〕清・賀裳《皺水軒詞筌》「朱希眞風情詞」條下
說：「朱希眞鷓鴣天詞云『道人還了鴛鴦債，紙帳梅花醉夢間。』咸
謂朱素心之士。』朱敦儒晚年落致仕，人少其節，然朱敦儒晚節不終，
實因「老懷舐犢之愛，而畏避竄逐」，殊值同情！焦袁熹論及朱敦儒
並非如前人往往賞其「不食烟火人語」（張端義《貴耳集》卷上），「多
塵外之想」（汪莘〈方壺詩餘自序〉）的風格，而是關注南渡之際的身
世之感，採正面肯定朱敦儒之氣節卓異，人品出群，認爲其節遭訐議，
或因胡虜未滅，故國未興，不忍遽言離去之故，或因愛其子而有畏避
竄逐之慮，雖一度落致仕，然爲時甚短，而且情非得已，故大抵而言，
仍無妨其「嶔奇歷落眞男子」之稱！「篇帙模糊」，則言朱敦儒某些
詞不幸散失，今所存者，或有混淆他人詞作〔註9〕，同是論朱秋娘詞
篇多亡佚，甚少傳世，所存多散篇殘卷。緊承而來，焦袁熹便順勢利

希眞詞品高潔，妍思幽宕，殆類儲光羲詩體，讀其詞，可想見其人。
然希眞守節不終，首鼠兩端，貽譏國史，視魏了翁、徐仲車諸人，
相距遠矣。」

〔註7〕〔元〕脫脫：《宋史・朱敦儒傳》，《二十五史》，冊七，卷四四五，
頁5332。

〔註8〕〔宋〕周必大：《文忠集》，王雲五主編：《四庫全書珍本》（臺北：
臺灣商務印書館，1971年），冊六，卷十七，頁26。

〔註9〕朱敦儒著有《巖壑老人詩文》一卷、及《獵較集》，均已失傳。《巖
壑老人詩文》一卷、及《獵較集》，則分別見於《直齋書錄解題》卷
十八、《後村詩話續集》卷四著錄，亡佚久矣。敦儒詞集名《樵歌》，
一名《太平樵唱》。《直齋書錄解題》卷廿一載有一卷本，但已失傳。

用詼諧之筆觸，道出兩朱希眞相似之處。

　　「墮落眉鬚。好似江壖大小孤」，意謂朱敦儒本爲男兒，若是眉鬚脫落，化爲女子形象見於世，當是同以「朱希眞」爲名之秋娘了。焦氏「好似江壖大小孤」語，源自宋景文言：「大小孤山，以孤獨爲字，有廟江壖，乃爲婦人狀。龍圖閣直學士陳公簡夫留詩：『山稱孤獨字，廟塑女郎形。過客雖知誤，行人但乞靈。』時稱佳句。」〔註 10〕更化用蘇軾〈李思訓畫長江絕島圖〉詩的意象，詩云：

　　　　山蒼蒼，水茫茫，大孤小孤江中央。崖崩路絕猿鳥去，惟
　　　　有喬木攙天長。客舟何處來，棹歌中流聲抑揚。沙平風軟
　　　　望不到，孤山久與船低昂。峨峨兩烟鬟，曉鏡開新粧。舟
　　　　中賈客莫漫狂，小姑前年嫁彭郎。〔註11〕

唐代畫家李思訓曾繪有〈長江絕島圖〉，所畫爲西湖的小孤山與鄱陽湖上的大孤山。蘇軾題畫，凸顯孤山遺世獨立於江中的蒼茫意象。焦袁熹不僅點出兩人「孤獨」之心境，亦用此蒼茫意象，將朱敦儒南渡漂泊的家國感慨，朱秋娘獨擁寒衾的閨怨情懷，作形象轉換，以被視爲長江絕島的大小孤山，強調兩人無故園可歸、無良人可偎之惆悵，因此焦氏以「好似江壖大小孤」語，慨嘆兩朱希眞衷腸難訴之孤獨。

　　焦氏下半闋寫：「朱娘不少傷春句。元夜城隅。又是虛無。聞道羅敷自有夫」，則是擺開兩朱希眞，專論朱淑眞之語。朱淑眞，號幽棲居士，錢塘人（今浙江杭州，《古今女史》作海寧人），祖籍歙州（今安徽歙縣）。南宋初年人，幼警惠，善詩詞，工繪事，通音律，風流蘊藉。〔註 12〕詞多幽怨，流於感傷。一說淑眞早年父母無識，嫁市井民家，致使淑眞抑鬱不得志，抱恨而死。父母復以佛法並其平生著作

〔註10〕〔宋〕江少虞：《事實類苑・大小孤山》，《景印文淵閣四庫全書》，
　　　　冊八七四，卷四十，頁 338。
〔註11〕〔宋〕蘇軾：蘇軾〈李思訓畫長江絕島圖〉，北京大學古文獻研究所
　　　　主編：《全宋詩》（北京：北京大學出版社，1998 年 12 月），冊十四，
　　　　卷八 00，頁 9265。
〔註12〕〔明〕田汝成：《西湖遊覽志餘》，《景印文淵閣四庫全書》，冊五八
　　　　五，卷十六，頁 512。

茶毗之，臨安王唐佐爲之立傳。又另一說淑眞出身官宦人家，嫁與門
當戶對卻不解風情的庸才，導致多作春怨詩詞〔註13〕。不論何者爲
眞，均源於婚嫁不滿，自傷身世。其詞優怨悲憤、跌宕淒惻，宛陵魏
端禮輯其詩詞，故以「斷腸」名其詞，曰《斷腸集》。〔註14〕淑眞既
因閨怨，故多有傷春之語，《四庫總目》載《斷腸詞》洪武鈔本一卷，
存詞二十七首，今本《全宋詞》收淑眞詞二十六首，殘句一句，存目
八闋。筆者統計《全宋詞》淑眞詞，有十四闋皆是春愁的作品，如下
表：

	調　名	題　名	詞　句	頁　碼
1	浣溪紗	清明	春巷夭桃吐絳英。春衣初試薄羅輕。風和煙暖燕巢成。　小院湘簾閒不捲，曲房朱戶悶長扃。惱人光景又清明。	1404
2	生查子		寒食不多時，幾日東風惡。無緒倦尋芳，閒卻秋千索。　玉減翠裙交，病怯羅衣薄。不忍捲簾看，寂寞梨花落。	1405
3	謁金門	春半	春已半。觸目此情無限。十二闌干閒倚遍。愁來天不管。　好是風和日暖。輸與鶯鶯燕燕。滿院落花簾不捲。斷腸芳草遠。	1405

〔註13〕主張淑眞非嫁與市井人家者，以清代況周頤《蕙風詞話》所論最詳，
　　　日：「（淑眞）幼警慧，善讀書，文章幽豔，工繪事。曉音律。父官
　　　浙西。紹定三年二月，淑眞作〈璇璣圖記〉，有云：『家君宦游浙西，
　　　好拾清玩。凡可人意者，雖重購不惜也。』其家有東國、西園、西
　　　樓、水閣、桂堂、依綠亭諸勝。夫家姓氏失攷。似初應禮部試，其
　　　後官江南者。淑眞從宦，常往來吳、越、荊、楚間。與曾布妻魏氏
　　　爲詞友，嘗會魏席上……又宴謝夫人堂有，今竝載集中。淑眞生平
　　　大略如此。舊說悠謬，其說有三。其父既曰宦游，又嘗留意清玩，
　　　東園諸作，可想見其家世，何至下嫁庸夫，一證也。市井民妻，何
　　　得有從宦東西之事，二謬也。魏、謝大家，豈友駔婦，三證也。淑
　　　眞之詩，其詞婉而意苦，委曲而難明，當時事跡，別無記載可攷。
　　　以意揣之，或者其夫遠宦，淑眞未必皆從。容有實滔陽臺之事，未
　　　可知之。」《詞話叢編》本，頁4495～4496。
〔註14〕〔明〕田汝成：《西湖遊覽志餘》，《景印文淵閣四庫全書》，冊五八
　　　五，卷十六，頁512。

4	江城子	賞春	斜風細雨作春寒。對尊前。憶前歡。曾把梨花，寂寞淚闌干。芳草斷煙南浦路，和別淚，看青山。　　昨宵結得夢夤緣。水雲間。悄無言。爭奈醒來，愁恨又依然。展轉衾裯空懊惱，天易見，見伊難。	1405
5	減字木蘭花	春怨	獨行獨坐。獨倡獨酬還獨臥。佇立傷神。無奈輕寒著摸人。　　此情誰見。淚洗殘妝無一半。愁病相仍。剔盡寒燈夢不成。	1405
6	眼兒媚		遲遲春日弄輕柔。花徑暗香流。清明過了，不堪回首，雲鎖朱樓。　　午窗睡起鶯聲巧，何處喚春愁。綠楊影裡，海棠亭畔，紅杏梢頭。	1405
7	鷓鴣天		獨倚闌干晝日長。紛紛蜂蝶鬥輕狂。一天飛絮東風惡，滿路桃花春水香。　　當此際，意偏長。萋萋芳草傍池塘。千鍾尚欲偕春醉，幸有荼蘼與海棠。	1405
8	清平樂		風光緊急。三月俄三十。擬欲留連計無及。綠野煙愁露泣。　　倩誰寄語春宵。城頭畫鼓輕敲。繾綣臨歧囑付，來年早到梅梢。	1406
9	點絳唇		黃鳥嚶嚶，曉來卻聽丁丁木。芳心已逐。淚眼傾珠斛。　　見自無心，更調離情曲。鴛幃獨。望休窮目。回自溪山綠。	1406
10	蝶戀花	送春	樓外垂楊千萬縷。欲繫青春，少住春還去。猶自風前飄柳絮。隨春且看歸何處。　　綠滿山川聞杜宇。便做無情，莫也愁人苦。把酒送春春不語。黃昏卻下瀟瀟雨。	1406
11	西江月	春半	辦取舞裙歌扇，賞春只怕春寒。捲簾無語對南山。已覺綠肥紅淺。　　去去惜花心懶，踏青閒步江干。恰如飛鳥倦知還。澹蕩梨花深院。	1408

12	月華清	梨花	雲壓庭春，香浮花月，攬衣還怯單薄。敧枕裴回，又聽一聲乾鵲。粉淚共、宿雨闌干，清夢與、寒雲寂寞。除卻。是江梅曾許，詩人吟作。　長恨曉風漂泊。且莫遣香肌，瘦減如削。深杏夭桃，端的爲誰零落。況天氣、妝點清明，對美景、不妨行樂。拌著。向花時取，一杯獨酌。	1408
13	浣溪紗	春夜	玉體金釵一樣嬌。背燈初解繡裙腰。衾寒枕冷夜香消。　深院重關春寂寂，落花和雨夜迢迢。恨情和夢更無聊。	1408
14	阿那曲		夢回酒醒春愁怯。寶鴨煙銷香未歇。薄衾無奈五更寒，杜鵑叫落西樓月。	1408

　　上表中所列詞作，或春怨、或傷春，皆是對於春色表達詞人心中的哀嘆。陳霆《渚山堂詞話》云：「聞之前輩，朱淑眞才色冠一時，然所適非偶。故形之篇章，往往多怨恨之句。」〔註15〕沈雄《古今詞話·詞評》載：「《女紅志餘》日：錢塘朱淑眞自以所適非偶，詞多幽怨。每到春時下幃趺坐，人詢之，則云，我不忍見春光也」〔註16〕，故知焦氏所說「朱娘不少傷春句」，指淑眞對於婚姻不滿，多將閨怨寄託詞篇，而作傷春句。

　　最末三句「元夜城隅。又是虛無。聞道羅敷自有夫」，則是論及〈生查子·元夕〉一闋詞。楊愼《詞品》載：

　　　朱淑眞元夕〈生查子〉云：「去年元夜時，花市燈如晝。月上柳稍頭，人約黃昏後。　今年元夜時，月與燈依舊。不見去年人，淚濕春衫袖。」詞則佳矣，豈良人家婦所宜邪。〔註17〕

〔註15〕〔明〕陳霆：《渚山堂詞話》，唐圭璋主編：《詞話叢編》，冊一，卷二，頁361。
〔註16〕〔清〕沈雄：《古今詞話·詞評》上卷，唐圭璋主編：《詞話叢編》，頁993。
〔註17〕〔明〕楊愼：《詞品》，唐圭璋主編：《詞話叢編》，冊一，卷二，頁451。

自此以後，論者多繫〈生查子・元夕〉詞爲淑眞作者，並以此非議淑眞品格〔註18〕，直至王士禎《池北偶談》，方爲淑眞翻案，其詞曰：「今世所傳女郎朱淑眞『去年元夜時，花市燈如畫』〈生查子〉詞，見《歐陽文忠公集》一百三十一卷，不知何以訛爲朱氏之作，世遂因此詞疑淑眞失婦德。紀載不可不愼也。」〔註19〕《四庫總目》亦云：「楊愼《升菴詞品》載其〈生查子〉一闋，有『月上柳梢頭，人約黃昏後』語，晉跋遂稱爲「白璧微瑕」。然此詞今載歐陽修《廬陵集》第一百三十一卷中，不知何以竄入《淑眞集》內，誣以桑濮之行。愼收入《詞品》，既爲不考，而晉刻《宋名家詞》六十一種，《六一詞》即在其內，乃於《六一詞》漏註互見《斷腸詞》，已自亂其例。於此集更不一置辨，且證實爲白璧微瑕，益鹵莽之甚。今刊此一篇，庶免於厚誣古人，貽九泉之憾焉。」〔註20〕可知〈生查子・元夕〉詞並非出自淑眞之手，而是訛傳所致。學者爲此考辨甚多，可參見唐圭璋〈讀詞四記・朱淑眞〈生查子・元夕〉詞辨訛〉一文。至末，「元夜城隅。又是虛無。聞道羅敷自有夫」，便可以解作兩個層次：其一，承接上句「朱娘不少傷春句」意，從淑眞感情著手，解釋爲淑眞姻緣不得意，常塡傷春詞，元夕詞中所寄託者，又是失約人，因此淑眞情感的寄託又再度落空，化爲虛無，留下使君有婦，羅敷有夫的遺憾。其二，從詞作的竄入論斷，說淑眞詞雖多有傷春語，又因篇帙模糊導致生平難以確認，但可確知淑眞已經嫁做人婦，故〈生查子・元夕〉詞的想像，當是子虛烏有的附會之說。焦袁熹在論詞長短句後自注「〈元夜詞〉，今在《六一詞》中，蓋非朱作」，則知焦氏當知〈生查子・元夕〉非朱淑眞作品，則焦氏下半闋所言，若就情感言之，則是就淑眞軼事發揮；若就考據

〔註18〕如〔明〕董穀《碧里雜存》：「自漢以下女子能詩文者，若唐山夫人、曹大家，立言垂訓，詞古學正，不可尙已。蔡文姬、李易安失節可議。薛濤倚門之流，又無足言。朱淑眞者，傷於悲怨，亦非良婦。」《叢書集成初編》，冊二九一一，卷上，頁36。

〔註19〕〔清〕王士禎：《池北偶談・歐陽詞》，《景印文淵閣四庫全書》，冊八七〇，卷十四，頁195。

〔註20〕〔清〕永瑢、紀昀總纂：《四庫全書總目》，卷一九九，頁1821。

論之，則是透過藉論詞長短句的寫作，來澄清淑眞詞遭人竄亂之情形。

二、李清照、朱淑眞

　　李清照（1084～約 1511），號易安居士，濟南（今山東濟南）人。禮部郎提點京東刑獄李格非之女，湖州守趙明誠之妻。清照工詩文，尤以詞擅名，有《漱玉詞》、〈金石錄序〉等傳世〔註21〕。焦袁熹此闋〈采桑子・李易安、朱淑眞〉，雖題爲論李易安、朱淑眞二人，實則以易安爲主，淑眞爲輔。其詞云：

> 文星墮在犀帷底，檢校看詳。金石商量。茗汁反平聲來笑
> 語香。　　朔風吹破雙鸞影，暮景蒼涼。何似朱娘。一世
> 紅顏早斷腸。（《全清詞》，冊十八，頁 10584）

上半闋「文星墮在犀帷底，檢校看詳。金石商量。茗汁反來笑語香」，論詞及人，主要敘說李清照與趙明誠鶼鰈情深的北宋舊事。文星，即文曲星，爲北魁之上六星的總稱〔註22〕，位於紫微垣之西，北斗魁星之前，《史記・天官書》云：「頭魁載匡六星」〔註23〕，是經緯天下文德之星。犀帷，指女子的閨房〔註24〕，相傳文曲入命，乃才

〔註21〕《四庫全書總目・集部》卷一九八：「陳振孫《書錄解題》載清照《漱玉詞》一卷，又云「別本作五卷」。黃昇《花菴詞選》則稱《漱玉詞》三卷。今皆不傳。此本僅詞十七闋，附以〈金石錄序〉一篇，蓋後人裒輯爲之，已非其舊。其〈金石錄後序〉與刻本所載，詳略迥殊，蓋從《容齋五筆》中鈔出，亦非完篇也。」〔清〕永瑢、紀昀總纂：《四庫全書總目》，卷一九八，頁 1813。

〔註22〕另有一說文昌帝君爲晉代的張亞子。張亞子又名張惡子，對母親非常孝順。在晉朝做官，不幸戰死。死後百姓爲他建廟奉祀，人稱「梓潼神」。到了元代，受仁宗皇帝敕封爲「輔文開化文昌司祿帝君」，簡稱「文昌帝君」。

〔註23〕〔漢〕司馬遷撰，〔南朝宋〕裴駰集解，〔唐〕司馬貞索隱，〔唐〕張守節正義：《史記・天官書》，《二十五史》（臺北：新文豐出版公司，1975 年），冊一，頁 498。

〔註24〕〔漢〕司馬遷撰，〔南朝宋〕裴駰集解，〔唐〕司馬貞索隱，〔唐〕張守節正義：《史記・滑稽列傳》：「爲治齋宮河上，張緹絳帷，女居其中。」《二十五史》（臺北：新文豐出版公司，1975 年），冊一，卷一二六，頁 1303。

德兼備之人，則首句「文星墮在犀帷底」，乃讚美李清照以女子之身，卻擁有能與千古詞人爭勝的才情。《四庫總目》云：「清照以一婦人，而詞格乃抗軼周柳……雖篇帙無多，固不能不寶而存之，為詞家一大宗矣。」〔註25〕《白雨齋詞話》也說：「李易安詞，獨闢門徑，居然可觀。其源自淮海、大晟來，而鑄語則多生造。婦人有此，可謂奇矣。」〔註26〕皆在說明此點。「檢校看詳。金石商量」，趙明誠雅好金石字畫，並能文詞，是宰相趙挺之之子，和李氏成婚時，為太學生，與易安共同致力於書畫金石之搜集整理，集先秦至漢唐器石刻等加以考詮，著有《金石錄》一書，共三十卷。李清照〈金石錄跋〉中回顧道：「侯年二十一，在太學作學生。趙李族寒，素貧儉。每朔望謁告，出，質衣，取半千錢，步入相國寺，市碑文果實。歸，相對展玩咀嚼，自謂葛天氏之民也。」〔註27〕知夫妻二人，性情相類、志趣相投，在蒐集、整理、查核、論學過程裡，心心相印。「茗汁反來笑語香」一句，「反」字，焦氏自注為平聲，意同「翻」，則是李清照自述與趙明誠一段「品茗論藝」、「翻書賭茶」之往事：

> 余性偶強記，每飯罷，坐歸來堂烹茶，指堆積書史，言某事在某書某卷第幾頁第幾行，以中否角勝負，為飲茶先後。
> 〔註28〕

趙、李二人天份都高，文學修養也深，婚後在屋裏燃爐烹茶，擎盃品茗，對賭學問，易安往往是贏家，導致最終易安「中即舉杯大笑，至茶傾覆懷中，反不得飲而起」，故焦氏所謂「茗汁反來笑語香」即指此「翻書賭茶」事，兩人鶼鰈情深，生活境界之歡愉可見一斑。

〔註25〕〔清〕永瑢、紀昀總纂：《四庫全書總目》，卷一九八，頁1813。
〔註26〕〔清〕陳廷焯：《白雨齋詞話》，唐圭璋主編：《詞話叢編》，冊一，卷二，頁3818。
〔註27〕〔宋〕李清照：〈金石錄跋〉，趙明誠：《金石錄》，《四部叢刊》（臺灣：臺灣商務印書館，1966年）頁177。
〔註28〕同前註。

　　下半闋「朔風吹破雙鸞影，暮景蒼涼」，如同易安的命運，焦氏筆鋒一轉，用朔風代指北方來的金人，說明金兵入據中原，致使宋室南渡，也讓趙、李這對美眷因為離亂，家財散盡，流寓南方。趙明誠於建炎三年（1129）旋即病故，同年，金兀朮引大兵南侵，攻下南京，易安倉皇流亡到臨安，不料年底臨安又陷，易安只好渡錢塘江避難，流轉各地〔註29〕，直至臨安光復，她才回到臨安，故說易安於明誠死後，前後對照，境遇孤苦，晚景蒼涼。李清照極目破碎山河，悵望淪陷故里，悼念死去丈夫，百感交集，詞作風格，由清麗婉約一變而為悽愴沉痛，飽歷滄桑之淒涼苦楚。許多動人的詞篇，皆完成於後期，如〈武陵春・春晚〉詞云：「風住塵香花已盡，日晚倦梳頭。物是人非事事休。欲語淚先流。　　聞說雙溪春尚好，也擬泛輕舟。只恐雙溪舴艋舟。載不動、許多愁。」（〈全宋詞〉，冊二，頁 931）遊人眼中的雙溪春色，在易安眼裡，不是生機勃勃的春光，而是人事已非之傷感，較之於往日圓滿歡樂，如今卻形單影隻，孤影自憐，心中愁緒已難以承受；又如著名的〈聲聲慢〉，首起「尋尋覓覓，冷冷清清，悽悽慘慘戚戚。」（〈全宋詞〉，冊二，頁932），連用十四疊字，表明自己奔迸湧現的哀愁，迴旋在心中，使詞人內心與外在景物呈現唯一的悲觀，「守著窗兒，獨自怎生得黑」，痛失伴侶的易安在黃昏時更顯孤寂，聽著細雨打落在梧桐葉上點滴雨聲，歸納出來，只能發出「這次第，怎一個、愁字了得」的哀苦之音。易安後期的作品，大多在寫內心沉痛的哀愁，除了明誠之死所造成的惆悵外，更有易安對於家國破碎的黍離麥秀之慟，雖位在詞中表現對國事之憤慨，但其詩中則甚壯烈，如〈夏日絕句〉云：「生當為人傑，死亦作鬼雄。至今思項羽，不肯過江東。」〔註30〕用西楚霸王之史事，藉古諷今，諷刺偏安臨安、樂不思蜀的南宋君臣，可知易安雖為女子，其才性識見，誠不讓鬚眉，

〔註29〕據〈金石錄後序〉，李清照曾往來越州、台州、溫州、衢州、杭州等地。

〔註30〕北京大學古文獻研究所：《全宋詩》（北京：北京大學出版社，1998年 12 月），卷一六○二，頁 18006。

國滅家破的際遇，使之作品窮而後工。

李清照晚景淒涼，有再嫁之說，後人為此聚訟紛紛。《四庫總目》集部五一〈詞集上〉載：「胡仔《苕溪漁隱叢話》稱其再適張汝舟，未幾反目，有啟事上綦處厚云：『猥以桑榆之晚景，配茲駔儈之下材』，傳者無不笑之。今其啟具載趙彥衛《雲麓漫鈔》中。李心傳《建炎以來繫年要錄》載其與後夫訟事尤詳。」〔註31〕或以為李氏再適張汝舟一事，乃源於傳統士人對女子的輕蔑，應屬誣妄之詞，如陳文述、華長卿、李葆恂、王志修、木石居士〔註32〕等，皆為易安抱屈，今學者何廣棪輯有《李清照改嫁問題資料彙編》〔註33〕，可供參照。無論清照再嫁與否，飽受喪夫之痛，亂離之苦，以一婦人，流寓南方，其晚景的孤苦淒涼是可想而知的，故焦袁熹〈采桑子〉說：「何似朱娘，一世紅顏早斷腸」。朱淑真，作有《斷腸集》，明洪武時有《漱玉》、《斷腸》合刊本〔註34〕，知易安、淑真常被並舉。焦氏亦以朱淑真對照易安，認為易安與其晚年流轉，不如朱淑真抑鬱早逝，可以避免飽嘗離亂無常的際遇。

陳廷焯《詞壇叢話》：「朱淑真詞，風致之佳，情詞之妙，真不

〔註31〕 〔清〕永瑢、紀昀總纂：《四庫全書總目》，卷一九八，頁1813。

〔註32〕 陳文述云：「談孃善訴語何誣，卓女琴心事本無；賴有琵琶查八十，清商一曲慰羅敷。(〈題查伯葵撰李易安論後〉之一)」；華長卿云：「任他謠諑嫁時身，巾幗叢中第一人；魯國男兒爭下拜，辦香供奉薦花神。(〈論詞絕句〉之三十二)」；李葆恂云：「白璧青蠅讕語疑，誰將史筆著冤詞；俞君事輯王郎刻，應感芳魂地下知。(〈題漱玉詞〉之三)」；王志修云：「衣冠南渡已無家，鐘鼎圖書載幾車；畢竟不須疑晚節，西風人自比黃花。(〈題漱玉詞〉之二)」；木石居士云：「尋尋覓覓冷清清，好句天然妙手成；解作黃花簾捲語，傲霜詎負歲寒盟。(〈名媛詞選題辭十首〉之三)」。

〔註33〕 何廣棪：《李清照改嫁問題資料彙編》，《古典文獻研究輯刊》(臺北：花木蘭文化出版社，2009年9月)，頁1～237。

〔註34〕 《四庫總目》載：「《斷腸詞》一卷……此本為毛晉《汲古閣》所刊。後有晉跋稱：「詞僅見二闋於《草堂集》又見一闋於《十大曲》中，落落如晨星。後乃得此一卷，為洪武間鈔本，乃與《漱玉詞》并刊。」〔清〕永瑢、紀昀總纂：《四庫全書總目》，卷一九九，頁1821。

亞於易安。宋婦人能詩詞者不少，易安爲冠，次則朱淑眞，次則魏
夫人也。」〔註35〕總體而言，焦氏論易安，環繞在其前後半生的差
異性，上半闋寫易安前半生與明誠的相遇相知，下半闋則以朱淑眞
爲對比，寫易安遭逢家破國亡後的孤寂悲苦。易安〈孤雁兒〉下半
片云：「小風疏雨蕭蕭地。又催下、千行淚。吹簫人去玉樓空，腸斷
與誰同倚。一枝折得，人間天上，沒箇人堪寄。」（《全宋詞》，冊二，
頁 925）國家不幸詩家幸，李氏之後半生，由於世事無常變改，而
失去了摯愛，天上人間之阻隔，卻使李清照在濃重的思念中，寫下
深情動人的詞篇。

三、向子諲

向子諲（1085～1152），字伯恭，自號薌林居士，世爲河南開封
人。建炎三年（1129），金兵圍城，率軍民死戰，紹興八年（1139），
除戶部侍郎，因不肯拜金國詔書，忤秦檜意，遂致仕，卜居清江，號
所居爲「薌林」，紹興二十二年（1152）卒，年六十八。焦袁熹〈采
桑子·向薌林〉，其詞序爲「若論此事，蘇黃皆門外漢矣，酒邊詞雖
不工，所見最的實也」，其詞云：

> 若爲懺得泥犁罪，擾擾匆匆。暮鼓晨鐘。頌酒吟花是事慵。
>
> 　心持半偈空諸有，若論眞空。未數涪翁。只有薌林是
>
> 箇中。（《全清詞·順康卷》，冊十八，頁 10581～10582）

焦袁熹此首〈采桑子〉雖詞題爲「向薌林」，然敘述手法不同一般，
乃以黃庭堅事蹟反襯向子諲。考黃庭堅與向子諲生平，二者多有共通
之處。其一，兩人早年皆好作艷詞，後期篤信佛教，黃庭堅自許「似
僧有髮，似俗無塵」，恰爲向子諲後期最佳寫照。其二，兩人皆有佛
法素養，且與禪師往來頻繁。其三，兩人佛法與桂花有密切關聯，吟
詠桂花實寄寓禪理思想。其四，二人喜禪悅，作品頗多闡述佛理之作。

〔註35〕〔清〕陳廷焯：《詞壇叢話·朱淑眞不亞於李易安》，唐圭璋主編：《詞
　　　　話叢編》，冊四，頁 3727。

此四點或爲焦袁熹聯繫二者之故。

首句「若爲懺得泥犁罪」，即圓通秀禪師訶責黃庭堅一事，《五燈會元》載黃庭堅「好作艷詞，嘗謁圓通秀禪師，秀呵曰：『大丈夫翰墨之妙，甘施於此乎？』秀方戒李伯時畫馬事，公誚之曰：『無乃復置我於馬腹中邪？』秀曰：『汝以艷語動天下人婬心，不止馬腹中，正恐生泥犁耳。』公悚然悔謝，由是絕筆。惟孳孳於道，著〈發願文〉，痛戒酒色。」〔註36〕黃庭堅早年好作艷詞，爲圓通秀禪師所斥，遂作〈發願文〉懺悔前罪，文中「我今稱揚，稱性實語，以身語意，籌量觀察，如實懺悔。我從昔來，因癡有愛。飲酒食肉，增長愛渴。入邪見林，不得解脫」〔註37〕爲懺悔罪過之語，自此以後，黃庭堅不復「頌酒吟花」，「頌酒吟花是事傭」即黃庭堅不復飲酒及作艷詞。

「擾擾匆匆」化用唐代雲門文偃禪師「擾擾匆匆水裏月」一語，意即世事紛紛擾擾，如水中之月影，雖有表相而無自性。黃庭堅寫〈發願文〉懺悔罪過後，一心向佛，焦袁熹以「暮鼓晨鐘」概括黃庭堅向道之志。黃庭堅曾作〈跋七佛偈〉一文，自述云「予往時觀〈七佛偈〉於黃龍山中，聞鐘聲，見古人，常願手書千紙，以勸道緣，而世事匆匆，此功未辦。」〔註38〕焦袁熹「擾擾匆匆，暮鼓晨鐘」或指黃庭堅懺悔前罪後，以世事紛擾如水中月影，不再執著而一心向佛。

綜觀上片，雖以黃庭堅之典開啓，實際已論及向子諲。向子諲早期經常於尊前歌筵流連，又生性多情，表現出放蕩不羈之姿態，故其詞作大都豔冶浮華，充滿男女之情，故富脂粉味。致仕後，從此退隱薌林，應和梵唱，不問世事，虔誠習佛，且多以禪語入詞，其心態之轉變與黃庭堅相似，故焦氏以黃庭堅作爲襯托，論向子諲創作風格之改變。

〔註36〕〔宋〕釋普濟：《五燈會元》（臺北：文津出版社，1991 年 4 月），卷十七，頁 1138〜1139。

〔註37〕曾棗莊、劉琳：《全宋文》（上海：上海辭書出版社，2003 年 10 月），卷二三四〇，頁 184。

〔註38〕曾棗莊、劉琳：《全宋文》，卷二三〇八，頁 163。

　　下片首句「心持半偈空諸有」,「心持半偈」出自唐代郎士元〈題精舍寺〉詩,詩云:「月在上方諸品靜,心(僧)持半偈萬緣空」〔註39〕,焦袁熹此句語意略同「心持半偈萬緣空」。「偈」原為佛教語彙,丁福保《佛學大辭典》釋云:「偈譯曰頌。定字數結四句者。不問三言四言乃至多言,要必四句」,又云:「天台《仁王經疏》中曰:『偈者,竭也。攝義盡,故名曰偈。』」〔註40〕此句語意,據黃庭堅及向子諲生平、作品考察,有兩種解法。其一指黃庭堅,考黃庭堅曾作〈寫真自贊〉(又稱自贊偈),自稱「似僧有髮,似俗無塵。作夢中夢,見身外身」〔註41〕,自認雖身處俗世,而心不染塵,人世間本如夢幻,自許能證得身外身,即法身、本來面目。因視人間如幻,故焦袁熹稱「空諸有」。其二指向子諲,向子諲詞作多有發揮禪理思想之作,云「半偈」者,向子諲於紹興四年有〈點絳脣〉九首,詞題云:「薌林老人,紹興甲寅中秋,與二三禪子對月寶林山中,戲作長短句,俗呼〈點絳脣〉」(《全宋詞》,冊二,頁 963),內容皆闡述禪理,且下闋第三句均為「還知麼」,以下皆如禪門話語,除闡述佛理外,頗有禪宗參話頭之意。又紹興六年作〈卜算子〉一首,下片云:「歇即是菩提,此語須三省」(《全宋詞》,冊二,頁966),與佛門偈語相似。「心持半偈空諸有」仍指黃庭堅,考二人著作,向子諲並無偈頌之作傳世,黃庭堅則屢見不鮮;且向子諲〈點絳脣〉及〈卜算子〉諸作,形式上與佛教偈頌不合,因此該詞應以黃庭堅作詮釋。焦袁熹「心持半偈空諸有」,不應就字面意義解釋,當有言外之意。考黃庭堅生平,未見有持「半偈」事,然前文所提之〈寫真自贊〉,可視為黃庭堅自我期許之偈,焦袁熹意指黃庭堅雖自許能於「作夢中夢」裏「見身外身」,然就黃庭堅生平檢驗,似乎不全如自己期許般,因此個人認為焦袁熹「半偈」之說,有調侃黃庭堅之意,即自我期許與現實有所落差。

〔註39〕 〔清〕聖祖御編:《全唐詩》,冊八,卷二四八,頁 2786。
〔註40〕 〔清〕丁福保:《佛學大辭典》(北京:文物出版社,1991 年 7 月),頁 981。
〔註41〕 《全宋文》,卷二三二九,頁 305。

自第二句以下，「若論眞空。未數涪翁。只有蘓林是箇中」，三句
當合併解釋。有關黃庭堅參悟佛理之事，《五燈會元》載其事云：

> 往依晦堂，乞指徑捷處。堂曰：『祇如仲尼道，二三子以我
> 爲隱乎？吾無隱乎爾者。太史居常如何理論。』公擬對，堂
> 曰：『不是！不是！』公迷悶不已。一日侍堂山行次，時巖
> 桂盛放，堂曰：『聞木犀華香麼？』公曰：『聞。』堂曰：『吾
> 無隱乎爾。』公釋然，即拜之……久之，謁雲巖死心新禪師，
> 隨衆入室。心見，張目問曰：『新長老死學士死，燒作兩堆
> 灰，向甚麼處相見？』公無語。心約出曰：『晦堂處參得底，
> 使未著在。』後左官黔南，道力愈勝。於無思念中頓明死心
> 所問。報以書曰：『往年嘗蒙苦苦提撕，長如醉夢，依俙在
> 光影中。蓋疑情不盡，命根不斷，故望崖而退耳。謫官在黔
> 南道中，晝臥覺來，忽爾尋思。被天下老和尚謾了多少！唯
> 有死心道人不肯，乃是第一相爲也，不勝萬幸。』」〔註42〕

黃庭堅參悟禪理，過程曲折，雖經晦堂點撥而有所領會，卻停留於理
上，而非直徹本性。其後由死心禪師檢驗，訓示黃庭堅雖有桂花之悟，
然未參透自性。焦袁熹言「若論眞空，未數涪翁」者，蓋指黃庭堅參
悟禪理之事，觀詞題所論「若論此事，蘇黃皆門外漢矣」，「此事」即
佛教義理，焦袁熹以爲蘇軾、黃庭堅佛學素養及體悟不如向子諲，雖
文章華美，論理精要，然比照人生歷程，對佛教「空」義之體證卻不
如向子諲。末句「只有蘓林是箇中」，如畫龍點睛般，以黃庭堅生平
及作品所反映之佛學修養，反襯向子諲作品對禪理之透徹。南渡之
時，面對國家遭受侵凌，向子諲曾一度掛帥抗敵、英勇作戰，但南渡
後主降派專權，向子諲乃棄官歸隱。汪應晨於〈徽猷閣直學右大中丈
夫向公墓志銘〉稱：「既而大臣專權，以峻刑箝天下口，非曲意阿附，
鮮有免者。公言一不合，見幾而作，超然物外，自適其適，於是人始
服公爲不可及也。」〔註43〕處於宋代「無座不談禪」之禪悅社會，向

〔註42〕〔宋〕釋普濟：《五燈會元》，頁 1138～1139。
〔註43〕〔宋〕汪應晨：《文定集・徽猷閣直學右大中丈夫向公墓志銘》，《景
印文淵閣四庫全書》，冊一一三八，卷二一，頁 794。

子諲因而有閒暇細細體會禪宗思想，常「與二三禪子」（〈虞美人・澄
江霽月清無時〉），同坐參禪，還把所作詞送給禪師，並常代禪師作詞，
喜禪程度從其頻繁於詞序點明與禪僧來往密切之現象便可窺得，對其
詞學創作有直接影響。向子諲所作之詞，以靖康之難爲分界，明確分
爲江南新作與江北舊作，舊作沿襲傳統詞體特色，以寫豔情詞爲主，
如〈鷓鴣天〉（宣和己亥代人贈別）〔註44〕即是；南渡之後，新作詞
風一變，盡洗鉛華，或發爲憂國之思，如〈阮郎歸〉（紹興乙卯大雪
行鄱陽道中）〔註45〕；或於詞中寄寓禪理，如〈虞美人〉（明年過彭
蠡，遇大風，行巨浪中。用前韻寄趙正之及洪州李相公，兼示開元栖
隱二老）〔註46〕。因心懷憂國之思及禪理體會之深入，詞風轉爲深沉
醇厚，正如胡寅《斐然集・卷十七》〈向薌林酒邊集後序〉云：

> 觀其退江北所作於後，而進江南所作於前，以枯木之心，
> 幻出葩華；酌元酒之尊，而棄醇味，非染而不色，安能及
> 此？〔註47〕

所指便是向子諲後期作品，以「元酒」喻向子諲詞風平淡眞醇，以「染

〔註44〕 〈鷓鴣天〉（宣和己亥代人贈別）：「説著分飛百種猜。泥人細數幾
時回。風流可慣曾孤冷，懷抱如何得好開。　垂玉箸，下香階。憑
肩小語更兜鞋。再三莫遣歸期誤，第一頻教入夢來。」早期向子諲
詞作多有贈妓、描寫艷情之作，此爲其一。見《全宋詞》，冊二，
頁970。

〔註45〕 〈阮郎歸〉（紹興乙卯大雪行鄱陽道中）：「江南江北雪漫漫。遙知易
水寒。同雲深處望三關。斷腸山又山。　天可老，海能翻。消除此
恨難。頻聞遣使問平安。幾時鸞輅還。」紹興乙卯爲紹興五年，時
徽欽二宗受困北方。見《全宋詞》，冊二，頁958。

〔註46〕 〈虞美人〉（明年過彭蠡，遇大風，行巨浪中。用前韻寄趙正之及洪
州李相公，兼示開元栖隱二老）：「銀山堆裏廬山對。舟子愁如醉。
笑看五老了無憂。大覺胸中雲夢、氣橫秋。　若人到得歸元處。
空一齊銷去。直須聞見泯然收。始知大江東注、不曾流。」該詞發
揮禪理，結合個人生命體會，非流於文句形式，無怪乎焦袁熹以「眞
空」譽向子諲。見《全宋詞》，冊二，頁955。

〔註47〕 大慧普覺禪師曾作偈頌稱向子諲：「勇猛精進過量人，號曰薌林大居
士。住無變易眞實處，而常順行諸佛法。不作世間顛倒業，成辦出
世勝方便。而能於此方便中，幻出難思諸境界。復於難思境界中，
而現種種殊勝事。」見《全宋文》，卷四一七六，頁359。

而不色」喻心境之高超，此與詞人禪學修養不無關係。焦詞通篇看似與向子諲無關，但以末句突出主題，論法較不同一般。焦袁熹以此種手法論向子諲詞，當從〈詞題〉推敲，〈詞題〉云：「《酒邊詞》雖不工，所見最的實也」，焦袁熹以爲向子諲詞作字句不工，傳世作品中較無膾炙人口之警句，因此論向子諲時，並無化用詞句。然焦袁熹以爲向子諲作品所闡發之禪理，超邁蘇、黃，又黃庭堅曾有參禪軼事，因此以黃庭堅生平襯托向子諲詞作之特長。

考向子諲生平，於居江左時期即篤信佛教，屢有出世之志，然高宗時需才孔亟，不允向子諲致仕歸隱，此時向子諲雖爲國竭盡心力，卻毫無戀棧之意，後期詞作不僅有禪理之直接闡述，更有不少詞作表露禪思浸潤下詞人達觀之人生態度，若是描寫禪易的自然山水，二者也經常融合於同一首詞中，寓理於景，景理互滲。〔註48〕如〈卜算子〉序言：「中秋欲雨還晴，惠力寺江月亭用東坡先生韻示諸禪老，寄徐師川樞密」，表現了一種禪境：

> 雨意挾風回，月色兼天靜。心與秋空一樣清，萬象森如影。
> 何處一聲鐘，令我發深省。獨立滄浪忘卻歸，不覺霜
> 華冷。(《全宋詞》，冊二，頁 966)

後期向子諲於禪理體會愈深，並融入生命之中，建炎以後雖處兵馬倥傯之時，仍能「住無變易眞實處」〔註49〕，心境愈趨眞醇清曠，表現出對生命之徹悟及觀照，焦袁熹稱「只有薌林是箇中」，即肯定向子諲生命境界與作品之成熟，能得「眞空」妙旨，雖詞作「不工」，體會卻「最的實」。

四、張元幹

張元幹，生於哲宗元祐六年（1091），字仲宗，號蘆川居士，長

〔註48〕劉曉珍：〈禪宗與薌林居士及其詞〉，《天府新論》第 3 期，2006 年，頁 140。
〔註49〕大藏經學術用語研究會編：《大正新修大藏經》（臺北：新文豐出版公司，1982 年），冊四七，頁 857。

樂（今福建長樂）人〔註50〕。北宋末年太學生，曾爲李綱行營屬官，紹興中，作一詞送胡銓，得罪除名。〔註51〕詞作約一百八十多首，大多風格豪放，長於抒發悲憤之感。焦袁熹〈采桑子・張元幹〉即論張元幹〈賀新郎〉詞及身爲南渡詞人的愛國情操：

> 漢廷不借朱雲劍，竄逐天南。祖帳停驂。一曲悲歌送澹庵。
>
> 人間鼻息鳴鼉鼓，肉食昏酣，未可深談。萬里龍沙淚雨含。（《全清詞》，冊十八，頁10582。）

靖康之難，金兵圍汴京（今河南開封），二帝被擄、中原淪陷對宋人而言係奇恥大辱，有志之士投袂而起，王師北定成爲愛國文人不渝之期盼。張元幹即投身抗金戰爭，由於親身感受人民之痛苦與國家屈辱，後半期詞作遂以豪放格調、跌宕騰挪之筆勢來表達慷慨報國之壯志。

　　南渡以後，高宗初用李綱爲相，使朝廷充滿中興氣象，然而不久後又用黃潛善、汪伯彥等奸臣，太學生陳東、布衣歐陽澈均以上書爲其所害，宋史論黃潛善云：「潛善狠持國柄，嫉害忠良。李綱既遂，張愨、宗澤、許景衡輩相繼貶死，憲諫一言，隨陷其禍，中外爲之切齒。」〔註52〕宋高宗紹興八年（1138），胡銓（邦衡）任樞密院編修官，抗疏爲爭，請斬投降派之首秦檜、參政孫近、使臣王倫三人之頭，以壯士氣，此文一出，朝野震動，胡銓之諫未被朝廷採納，反而屢遭貶謫。紹興十二年（1142），胡銓被貶新州（今廣東縣新興縣），張元幹特意寫詞送行，詞中表達對胡銓深切之同情，對南宋集團忍辱求和、迫害主戰派人士之行爲進行譴責。焦詞上半闋「漢廷不借朱雲劍，

〔註50〕關於張元幹之籍貫有兩種説法：一、長樂人，二、永福人，其中永福縣隸屬於長樂郡，張元幹之籍貫以小言之永福人，以大言之係長樂人，兩説皆可採。

〔註51〕張元幹何時被除名，説法不一，余嘉錫《四庫全書提要辨證》卷二四「蘆川詞」條，以《揮塵錄》所記合《宋史》推論，認爲張元幹被除名當在紹興二十年以後，此較爲可信。

〔註52〕〔元〕脱脱：《宋史・奸臣列傳・黃潛善》，《二十五史》（臺北：新文豐出版公司，1975年），冊七，卷四七三，頁5609。

竄逐天南。祖帳停驂。一曲悲歌送澹庵」即由張元幹所作〈賀新郎‧
送胡邦衡待制〉一詞生發，其詞云：

> 夢繞神州路。悵秋風、連營畫角，故宮離黍。底事崑崙傾
> 砥柱。九地黃流亂注。聚萬落、千村狐兔。天意從來高難
> 問，況人情、老易悲如許。更南浦，送君去。　　涼生岸
> 柳催殘暑。耿斜河、疏星淡月，斷雲微度。萬里江山知何
> 處。回首對牀夜語。雁不到、書成誰與。目盡青天懷今古，
> 肯兒曹、恩怨相爾汝。舉大白，聽金縷。（《全宋詞》，冊二，
> 頁 1073）

此闋詞旨在送別抒懷，與〈賀新郎‧寄李伯紀丞相〉被視爲張詞壓卷
之作〔註53〕，張元幹雖因詞惹禍，卻也因而聲名大噪。上片述時事，
憤慨中原淪喪而故人又因忠獲遣；下片進一步抒發別情，以道義相激
勵。詞中一連三問，譴責之意，溢於言表，對高宗任用秦檜執主投降，
貶謫胡銓表示不滿。「更南浦」，以南浦作爲送別胡銓之處，並非實寫。
胡銓於朝廷係敢言之忠貞之臣，更被貶謫遠方，詞人以「更」字表達
朝廷不納雅言，善類一空之失望與痛心。《四庫全書總目》稱此詞「慷
慨悲涼，數百年後尙想其抑塞磊落之氣」〔註54〕，用以稱讚張元幹剛
正不阿之人品，以及其沉鬱之詞風。蔡勘〈蘆川歸來集序〉：「微而顯，
哀而不傷，深得三百篇諷刺之意，非若後世靡麗之詞，狹邪之語，適
足勸淫，不可以訓。」〔註55〕詞風遠離纖麗豔情，走向大開大闔之道。
劉熙載《詞概》：「詞莫要於有關係，張元幹仲宗因胡邦衡新州，作〈賀
新郎〉送之，坐是除名，然身黜而義不可沒也。……詞之興觀羣怨，
豈下於詩哉。」〔註56〕張元幹晚年掛冠歸故里，但仍心繫國家民族，
尤其面對胡銓上書乞砍秦檜，當時眾人皆噤若寒蟬，獨張元幹堅決冒

〔註53〕〔清〕永瑢、紀昀總纂：《四庫全書總目》：「今觀此集，即以此二闋
　　　　壓卷，蓋有深意」，卷一九八，頁 1814。
〔註54〕〔清〕永瑢、紀昀總纂：《四庫全書總目》，卷一九八，頁 1814。
〔註55〕〔宋〕蔡勘：〈蘆川歸來集序〉，《景印文淵閣四庫全書‧蘆川歸來集》，
　　　　冊一一三六，頁 583～584。
〔註56〕〔清〕劉熙載：《詞概》，唐圭璋主編：《詞話叢編》，冊四，頁 3709。

大不韙、批逆鱗，以一腔正氣作長短句送其行而遭除名，其詞氣壯情悲、「工緻悲憤」〔註57〕，可謂大義凜然！。

焦詞下半闋「人間鼻息鳴鼉鼓」，則化用張詞〈賀新郎·寄李伯紀丞相〉詞句，張元幹作詞寄李綱，以激烈情感，呈現報國志向，詞云：

> 曳杖危樓去。斗垂天、滄波萬頃，月流煙渚。掃盡浮雲風不定，未放扁舟夜渡。宿雁落、寒蘆深處。悵望關河空弔影，正人間、鼻息鳴鼉鼓。誰伴我，醉中舞。　　十年一夢揚州路。倚高寒、愁生故國，氣吞驕虜。要斬樓蘭三尺劍，遺恨琵琶舊語。謾暗澀、銅華塵土。喚取謫仙平章看，過苕溪、尚許垂綸否。風浩蕩，欲飛舉。（《全宋詞》，冊二，頁1073）

金兵入侵中原，張元幹投筆從戎協助李綱指揮汴京之保衛，失敗之後，渡江南下。張元幹心懷抗金復國志氣，面對高宗朝廷投降政策，深感壯志難酬，報國無路，遂以詞作為傳聲之角，寄給因上書反對議和而罷職之丞相李綱，將一腔憤怒悲慨之情盡情宣洩，表達對李綱主張驅逐金兵、恢復故國之支持。焦袁熹詞「人間鼻息鳴鼉鼓，肉食昏酣，未可深談」則化用「正人間、鼻息鳴鼉鼓」句，與屈原「舉世皆濁我獨清，眾人皆醉我獨醒」（〈漁父〉）之悲憤嘆息相似；「氣吞驕虜。要斬樓蘭三尺劍，遺恨琵琶舊語」，可見張元幹對於恢復國土，誓斬敵人之決心，亦吐露有志難伸之寂寞感。張廣序云：「公敬受教，從之游，激昂奮發，作為歌詞，有『人間鼻息鳴鼉鼓』、『遺恨琵琶舊語』之句，此志耿耿。殊非苟竊祿養，阿附時好者之比。」誠為持平之言。

「萬里龍沙淚雨含」一句則由〈石州慢·己酉秋吳興舟中作〉而來：

> 雨急雲飛，驚散暮鴉，微弄涼月。誰家疏柳低迷，幾點流螢明滅。夜帆風駛，滿湖煙水蒼茫，菰蒲零亂秋聲咽。夢

〔註57〕〔明〕楊慎：《詞品》，唐圭璋主編：《詞話叢編》，冊一，卷三，頁481。

斷酒醒時，倚危牆清絕。　　心折。長庚光怒，羣盜縱橫，
逆胡猖獗。欲挽天河，一洗中原膏血。兩宮何處，塞垣祇
隔長江，唾壺空擊悲歌缺。萬里想龍沙，泣孤臣吳越。（《全
宋詞》，冊二，頁 1076）

宋高宗建炎（1129）春，金兵大舉南侵，是年秋，張元幹正在吳興（今
浙江湖州）避亂，想到徽、欽二帝被俘之悲痛（龍沙，即白龍堆，在
新疆境內，此用以借指徽、欽二帝囚禁之地），不禁痛哭流涕。焦詞
「萬里龍沙淚雨含」即化用「萬里想龍沙，泣孤臣吳越」句，表達了
張元幹對君王之忠心。全詞氣脈當爲「悲憤」二字，清人陳廷焯推許
此詞「忠愛根於血性，勃不可竭」〔註58〕當不爲過譽之詞。

　　張元幹詞對於北伐中原、收復失地之吶喊，國恥之痛未定而思痛
之情緒，造就其詞慷慨悲壯之格調。蔡勘曾言張元幹「喜作長短句，
其憂國憂君之心，憤世嫉邪之氣，間寓於歌詠」〔註59〕，焦袁熹此闋
詞論及南宋詞人張元幹其人其詞，主要欣賞其南渡之後「沉鬱頓挫」
之壯詞，而未談及前半期詞風「極嬌秀之致」的作品，雖後者具有較
高審美價值，然前者所表現慷慨悲涼、抑塞磊落之氣，憤慨塡膺、深
沈激越之情，於思想內容上更受焦袁熹所稱賞！

五、岳飛

　　岳飛（1103～1142），字鵬舉，河南相州湯陰（今河南安陽市湯
陰縣）人，飛生時，有大禽若鵠，飛鳴室上，因以爲名。少負氣節，
沉厚寡言，家貧力學。〔註60〕背上刻有「盡忠報國」四字。〔註61〕

〔註58〕〔清〕陳廷焯：《詞則‧放歌集》，此則收錄於吳熊和主編：《唐宋詞
　　　　彙評》，頁 1635。
〔註59〕〔宋〕蔡勘：〈蘆川歸來集序〉，《景印文淵閣四庫全書‧蘆川歸來集》，
　　　　冊一一三六，頁 583。
〔註60〕〔元〕脫脫：《宋史‧岳飛列傳》，《二十五史》（臺北：新文豐出版
　　　　公司，1975 年），冊六，卷三六五，頁 4472。
〔註61〕有關岳飛背後的字是否爲其母所刺，到現在還有爭議，北京師範大
　　　　學歷史系教授游彪認爲，岳飛母親姚氏是一農家女，識字的可能性
　　　　不大，也有人考證說背上刺字是宋朝兵制；不過可以肯定的一點是，

焦袁熹〈采桑子・岳武穆〉一闋論岳飛抗金不成反而獲罪之原因，並對於愛國志士之死表達不甘：

> 燕雲唾手非天意，半壁偷安。猛士摧殘。萬里長城若壞山。
>
> 　廟堂密畫如魚水，怒髮衝冠。抉眼留看。看汝諸奴做好官。〔註62〕

宋朝南渡之後，宋高宗同意向金稱臣，受辱議和，激起宋廷抗戰派將士反對聲浪，尤其岳飛當時還上表請奏：「願定謀於全勝，期收地於兩河，唾手燕雲，終欲復仇而報國，誓心天地，當令稽首以稱藩。」〔註63〕《宋史・岳飛列傳》亦記載：

> 九年，以復河南，大赦。飛表謝，寓和議不便之意，有「唾手燕雲，復讎報國」之語。授開府儀同三司，飛力辭，謂：「今日之事，可危而不可安；可憂而不可賀；可訓兵飭士，謹備不虞，而不可論功行賞，取笑敵人。」三詔不受，帝溫言獎諭，乃受。會遣士儁謁諸陵，飛請以輕騎從灑埽，實欲觀釁以伐謀。又奏：「金人無事請和，此必有肘腋之虞，名以地歸我，實寄之也。」檜白帝止其行。〔註64〕

岳飛對議和之事表示不滿，故有「唾手燕雲，復讎報國」之語。於紹興年間，由於南宋各地軍民奮起反擊，金兵攻勢連連受挫，戰爭形式更已朝著有利於南宋的方向發展。值此，作為一路統帥之岳飛率領岳家軍，善以少擊眾，猝遇敵不動，屢建戰功，更準備「北逾沙漠，喋血虜廷」，以「迎二聖歸京闕，取故地上版圖」〔註65〕，各地宋軍又

岳飛背後的字應是「盡忠報國」而非「精忠報國」（宋史岳飛傳亦有記載），多數研究認為現今不少人認知的「精忠報國」，應是受到宋高宗御賜「精忠岳飛」四字，並由岳家軍以之為旗幟與金兵作戰的誤導。

〔註62〕《全清詞・順康卷》（二卷本）未收，此據南開大學館藏：《此木軒全集・此木軒直寄詞》（三卷附舊作一卷清抄本），未編版次、頁碼。

〔註63〕〔宋〕徐夢莘：《三朝北盟會編》，《景印文淵閣四庫全書》，冊三五二，卷一九二，頁59。

〔註64〕〔元〕脫脫：《宋史・岳飛列傳》，《二十五史》（臺北：新文豐出版公司，1975年），冊六，卷三六五，頁4478。

〔註65〕〔宋〕岳飛：〈五嶽祠盟題記〉，〔宋〕趙彥衛撰，傅根清點校：《雲

熱烈響應，戰況勢如破竹，連敵人亦哀嘆：「撼山易，撼岳家軍難」，
南宋驅逐強敵、收復失地指日可待。岳飛向朝廷上書請兵援助欲力挫
敵鋒，然而宋高宗不僅不採納岳飛之建議，反而迫令各路宋軍班師回
朝，使岳家軍處於孤軍無援之窘境，接著又連發金牌，強令岳飛退兵，
岳飛悲憤地說：「所得州郡，一旦都休！社稷江山，難以中興！乾坤
世界，無由再復！」〔註66〕原本取得燕雲十六州（包括今河北山西兩
省的北部地方）已是唾手可得之事，然而卻因為皇帝與主和派大臣毀
於一旦，因此焦袁熹詞所謂「非天意」，即說明岳飛復仇報國之未成，
非上天之旨意如此，而是肇因於南宋朝廷「半壁偷安」的苟且心態，
宋高宗與朝中主和派只確保偏安一隅，保有半壁江山，苟安之態度終
究導致「復讎報國」壯志之失敗。

　　岳飛回臨安後，趙構及秦檜君臣為了掃清向金人議和之障礙，先
後奪去了岳飛、韓世忠等大將的兵權，進而又以謀反罪名將岳飛父子
及部將張憲逮捕入獄，最後竟死於「莫須有」之罪名。焦詞「猛士摧
殘。萬里長城若壞山」，以劉宋殺檀道濟若自壞萬里長城之典故比喻，
《宋史》即記載：

> 西漢而下，若韓、彭、絳、灌之為將，代不乏人，求其文
> 武全器、仁智並施如宋岳飛者，一代豈多見哉。史稱關雲
> 長通《春秋左氏》學，然未嘗見其文章。飛北伐，軍至汴
> 梁之朱僊鎮，有詔班師，飛自為表答詔，忠義之言，流出
> 肺腑，真有諸葛孔明之風，而卒死于秦檜之手。蓋飛與檜
> 勢不兩立，使飛得志，則金讎可復，宋恥可雪；檜得志，
> 則飛有死而已。昔劉宋殺檀道濟，道濟下獄，嗔目曰：『自
> 壞汝萬里長城！』高宗忍自棄其中原，故忍殺飛，嗚呼冤
> 哉！嗚呼冤哉！〔註67〕

　　麓漫鈔》（北京：中華書局，1996年8月），卷一，頁12。
〔註66〕〔宋〕徐夢莘：《三朝北盟會編》，《景印文淵閣四庫全書》，冊三五
　　　　二，卷二百七，頁170。
〔註67〕〔元〕脫脫：《宋史‧岳飛列傳》，《二十五史》，冊六，卷三六五，
　　　　頁4482～4483。

金人雖與岳飛爲敵，然而對於岳飛多有讚賞，金人劉祹得知宋朝廷殺岳飛之不智舉動後，遂發出嘲諷之語：

> 江南忠臣善用兵者，只有岳飛，所至紀律甚嚴，秋毫無犯。
> （劉邦）所謂『項羽有一范增而不能用，所以爲我擒』。如（岳）飛者，無亦江南之范增乎？！〔註68〕

或問岳飛天下何時太平，飛曰：「文臣不愛錢，武臣不惜死，天下平矣。」〔註69〕主張武將應慷慨就死，以收復山河爲志向，但是宋高宗反而殺死岳飛，此一舉動如自壞國家堡壘，以致金人侵犯之速。

下半闋首句「廟堂密畫如魚水，怒髮衝冠」，直指廟堂昏主不明，幸臣弄權，以襯岳飛之盡忠報國。歷來史書多爲尊者諱，故史家多將岳飛之死歸咎於秦檜一人，然而若非昏君佞臣相得如魚水，獨秦檜一人無法造成此結果。而趙構與秦檜之關係，歷來備受爭議，根據史料所載，宋廷之政事，趙構均對秦檜言聽計從，秦檜堅持「紹興和議」，趙構遂以犧牲岳飛爲前提訂定約定，更多次將對金議和之首功歸於秦檜，據《建炎以來繫年要錄》所載，紹興二十五年（1155），即秦檜死後次日，宋高宗曰：「秦檜力贊和議，天下安寧。自中興以來，百度廢而復備，皆其輔相之力，誠有功於國。」〔註70〕秦檜之所以要逼害異己，黨同伐異，「大則竄逐，小則罷黜，雖舉朝非之而不顧，至有一言迎合，則不次擢用」〔註71〕，其目的無非是爲了推行對金和議。高宗強令岳飛退兵，岳飛回臨安後，秦檜誣陷岳飛謀反，將其下獄逼供，岳飛招狀寫道：

> 君臣北狩，百姓流離。萬民切齒，群宰相依。幸而聖主龍

〔註68〕〔宋〕趙葵：《行營雜錄》，《宋元明善本叢書十種》（臺北：臺灣商務印書館，1969 年），卷三十五，頁 9。

〔註69〕〔元〕脫脫：《宋史‧岳飛列傳》，《二十五史》（臺北：新文豐出版公司，1975 年），冊六，卷三六五，頁 4478。

〔註70〕〔宋〕李心傳：《建炎以來繫年要錄》，《景印文淵閣四庫全書》，冊三二七，卷一六九，頁 374。

〔註71〕〔宋〕徐夢莘：《三朝北盟會編》，《景印文淵閣四庫全書》，冊三五二，卷二百七，頁 170。

飛淮甸，虎據金陵；帝室未絕，乾坤再造。不思二帝埋沒
於沙漠，乃縱臣弄權於廊廟。丞相雖主通和，將軍必爭用
武。岳飛折矢有誓，與眾會期。東連海島，學李勣跨海征
東；南及滇池，傚諸葛七擒七縱。羨班超闢土開疆，慕平
仲添城立堡。正欲直擣黃龍，迎回二聖；平吞鴨綠，一統
中原，方滿飛心，始全予志。……有賊權奸，誣誅忠直。
設計陷我謀反，將飛賺入監牢。……天庭不昧，必誅相府
奸臣以分皂白；地府有靈，定取大理寺卿共証是非。〔註72〕

其中「不思二帝埋沒於沙漠，乃縱臣弄權於廊廟」，直指南宋朝廷昏
君佞臣之責。岳飛更以出師北伐、壯志未酬之悲憤心情作〈滿江紅·
寫懷〉一詞，云：

怒髮衝冠，憑欄處、瀟瀟雨歇。擡望眼、仰天長嘯，壯懷
激烈。三十功名塵與土，八千里路雲和月。莫等閒、白了
少年頭，空悲切。　　靖康恥，猶未雪。臣子恨，何時滅。
駕長車踏破，賀蘭山缺。壯志饑餐胡虜肉，笑談渴飲匈奴
血。待重頭、收拾舊山河，朝天闕。(《全宋詞》，冊二，頁1246)

此首詞上片抒發功名未救，壯志未酬之激烈心情，下片表示掃蕩胡
虜，報仇血恥之決心，統篇激昂慷慨、高亢悲壯。故清人陳廷焯盛讚
曰：「何等氣概，何等志向。千載下讀之，凜凜有生氣焉。」(《雲韶
集》)其實〈滿江紅〉作者是否為岳飛之爭議，至今尚未有定論〔註73〕，
由於該詞從明代宗景泰六年（1455）年始，袁純所編《精忠錄》始收
錄，首次以岳飛署名，而在南宋並無流傳，故自從余嘉錫《四庫提要
辨證·岳武穆遺文》中首倡岳飛〈滿江紅〉詞為偽作之說〔註74〕，夏
承燾〈岳飛「滿江紅」詞考辨〉繼而又提出其他斷定該詞為偽作之理

〔註72〕錢彩編次，金豐增訂，平慧善校注：《說岳全傳》（臺北：三民書局，
　　　　2000年3月），頁518～520。
〔註73〕岳飛之孫岳珂所編《金倫粹編·家集》中並無收錄〈滿江紅〉一詞。
　　　　這首詞最早見於明·徐階所編《岳武穆遺文》，懷疑是偽作或託名之
　　　　作。
〔註74〕余嘉錫：《四庫提要辨證·岳武穆遺文》（昆明：雲南人民出版社，
　　　　2004年11月），卷二三，頁1228～1234。

由後，〈滿江紅〉詞之眞僞問題，即爲學術界爭論未決之懸案。即便如此，該詞「字字劍拔弩張」〔註75〕，直抒作者痛憤國恥，期於復仇之志，易見孤忠耿耿，大義凜然，若將〈滿江紅〉一詞歸岳飛之作，亦當無愧也！

　　焦詞尾句「抉眼留看，看汝諸奴做好官」，則藉伍子胥之典以塑就岳飛忠信憤惋，臨死不屈之悲壯形象。明・茅坤曾云：「伍胥遭多難，而傳宛曲指悉如生存，可令人悲咽流涕矣」〔註76〕，父兄遭殺害，又遇昏君佞臣，伍子胥於自剄之際，乃告其舍人：「抉吾眼縣吳東門之上，以觀越寇之入滅吳也」〔註77〕，伍子胥這番痛哭流涕之詞，聞者不爲所動，伍子胥已然明白大勢已去，吳國勢必毀滅。《宋史》記載當時南宋朝廷「一時忠臣良將，誅鋤略盡。其頑鈍無恥者，率爲檜用，爭以誣陷善類爲功」〔註78〕，焦袁熹不齒頑鈍無恥者位居高位，忠臣良將卻遭殺戮，遂藉伍子胥臨死之語比喻岳飛之洞見清晰，且南宋滅亡之日亦不遠矣！

六、康與之

　　康與之，南宋著名詞人，而《宋史》並無立傳，其生平事跡多散見於宋人及後世雜史筆記之中，前人雖有勾輯述論，但尚失之簡略。康與之原籍西京登封縣（今屬河南），家陳州宛丘縣（今河南淮陽縣），遂爲宛丘人。《四庫全書總目》及《全宋詞》以其爲「滑州人」，誤。生於徽宗大觀元年（1107）前。非秦檜門下十客之一。

〔註75〕〔明〕卓人月、徐士俊編纂：《古今詞統》，《續修四庫全書》（上海：上海古籍出版社，2002年），冊一七二九，卷十二，頁52。

〔註76〕〔漢〕司馬遷撰，〔明〕凌雅隆輯校，有井範平補標：《補標史記評林・伍子胥列傳》（臺北：地球出版社，1982年），頁1767。

〔註77〕〔漢〕司馬遷撰，〔南朝宋〕裴駰集解，〔唐〕司馬貞索隱，〔唐〕張守節正義：《史記・伍子胥列傳》，《二十五史》，冊二，卷六十六，頁862。

〔註78〕〔元〕脫脫：《宋史・秦檜列傳》，《二十五史》，冊七，卷四七三，頁5620。

〔註79〕焦袁詞論康與之詞雖有缺漏，但仍可見面向有二：其一，康
與之爲宰相之尊，其作品多爲粉飾太平、應制之作；其二，駁斥歷
代詞評將康與之與柳永並列之評斷：

> 一龍南渡山河改，粉飾承平。孝□□榮。鐘石鏗鏘奏六英。
> 　　夕陽西下□□唱，何似耆卿。□□□□（指《醉蓬萊》
> 一闋）。丞相功高上壽觥。〔註80〕

康與之才思敏捷，性情滑稽，擅長宮廷應制樂章。前期曾上陳《中興
十策》，洞悉利弊，「是范文正、晏元獻一輩人物」〔註81〕，人皆望其
風采。後期投秦檜門下，「厠十客之列，附會干進」〔註82〕，故其詞
多諂諛乞進，粉飾承平的應制之作。宋人趙彥衛《雲麓漫鈔》中記載：
「秦太師十客：施全刺客，郭知運逐客，吳益嬌客，朱希眞上客，曹
詠食客，曹冠門客，康伯可狎客，又有莊客以及詞客，湯鵬舉惡客。……
康伯可，捷於歌詩及應用文，爲教坊應制，秦每宴集，必使爲樂語詞
曲」〔註83〕，因此得到了秦檜之賞識，就此成爲御用文人。宋人周南
的《山房集·康伯可傳》卷四言：

> 是時，天子方粉飾太平，大慶酺燕，非時臨幸，四時奇麗之
> 觀不絕。貴游勳戚，乘堅策肥，游目騁意，不惟都人爲然，
> 而近京人士，習慣亦不能免。方時殷富，家設義漿於間外，
> 肴羞名醖，皆取具於道路。宛丘距都門不數舍，午夜燈火相
> 望，伯可馳騎，信宿往返，狃於承平年少之習。〔註84〕

〔註79〕鍾振振：〈《全宋詞》康與之小傳補正〉，《浙江大學學報（人文社會
　　　　科學版）》第 39 卷第 3 期，2009 年 5 月，頁 104。
〔註80〕《全清詞·順康卷》（二卷本）未收，此據南開大學館藏：《此木軒
　　　　全集·此木軒直寄詞》（三卷附舊作一卷清抄本），未編版次、頁碼。
〔註81〕〔清〕張德瀛：《詞徵》，唐圭璋主編：《詞話叢編》，冊五，卷五，
　　　　頁 4164。
〔註82〕〔清〕張德瀛：《詞徵》，唐圭璋主編：《詞話叢編》，冊五，卷五，
　　　　頁 4164。
〔註83〕〔宋〕趙彥衛：《雲麓漫鈔》，《叢書集成初編》（北京：中華書局，
　　　　1985 年），卷十，頁 277～278。
〔註84〕〔宋〕周南：《山房集·康伯可傳》，《景印文淵閣四庫全書》，冊一
　　　　一六九，卷四，頁 48。

渡江後，康詞未離當時間一種風氣，多為記宮廷遊賞和以閨情為題的
應制之作，如〈瑞鶴仙・上元應制〉：

> 瑞煙浮禁苑。正絳闕春回，新正方半。冰輪桂華滿。溢花
> 衢歌市，芙蓉開遍。龍樓兩觀。見銀燭、星毬有爛。捲珠
> 簾、盡日笙歌，盛集寶釵金釧。　　堪羨。綺羅叢裏，蘭
> 麝香中，正宜遊翫。風柔夜暖。花影亂，笑聲喧。鬧蛾兒
> 滿路，成團打塊，簇著冠兒鬪轉。喜皇都、舊日風光，太
> 平再見。（《全宋詞》，冊二，頁 1304）

竟把南宋苟且偏安粉飾為「喜皇都舊日風光，太平再見」，可謂淺俗
取妍也。焦袁熹詞所謂「一龍南渡山河改，粉飾承平」，則特指康與
之南渡後期作品，尤以應制詞著稱，粉飾諂諛意味濃厚。宋黃升《花
庵詞選・中興以來絕妙詞選》卷一選錄康與之詞凡二十三首，且置於
卷首，小傳云：「渡江初，有聲樂府。……以文詞待詔金馬門，凡中
興粉飾治具及慈寧歸養，兩宮歡集，必假伯可之歌詠，故應制之詞為
多」〔註85〕，康與之應制詞雖係粉飾承平之作，然篇篇精妙，頗受時
人稱譽。

　　康與之亦有徘調滑稽之體，歷代詞評多謂康與之詞風近于柳永，
更以「康、柳」並稱，擇幾例臚列如下：

> 康、柳詞亦自批風抹月中來。〔註86〕

> 康伯可、柳耆卿音律甚協，句法亦多有好處。然未免有鄙
> 俗語。〔註87〕

> 詞人之詞，柳永、周邦彥、康與之之屬是也。〔註88〕

〔註85〕〔宋〕黃昇：《中興以來絕妙詞選》，《四部叢刊初編》（臺北：臺灣
　　　　商務印書館，1967 年），冊四三八，卷一，頁 4。

〔註86〕〔宋〕張炎：《詞源》，唐圭璋主編：《詞話叢編》，冊一，卷下，頁
　　　　267。

〔註87〕〔宋〕沈義父：《樂府指迷》，唐圭璋主編：《詞話叢編》，冊一，頁
　　　　278。

〔註88〕〔清〕田同之：《西圃詞說》「王士禎論詞」條，唐圭璋主編：《詞話
　　　　叢編》，冊二，頁 1451。

然而，康與之以詞得以進仕，官途順遂；柳永以〈醉蓬萊〉一詞而永不復用。宋人王辟之《澠水燕談錄》記載，柳耆卿曾托內侍以〈醉蓬萊〉詞進，然而「上見首有『漸』字，色若不悅。讀至『宸遊鳳輦何處』，乃與御制眞宗挽詞暗合，上慘然。又讀至『太液波翻』，曰：『何不言波澄？』乃擲之於地。」〔註89〕永自此不復進用，最後落得「奉旨得詞柳七郎」之稱號，兩人在政事發展方面南轅北轍。此外，康與之，渡江之初以上「中興十策」而名噪一時，後因投靠秦檜，有秦府「狎客」之號，且多貪婪腐化、陷害忠良等惡行，以致聲名掃地，遺臭千年，後代雖稱讚其詞，對於其人則多有貶論：

> 世所傳康伯可詞，鄙褻之甚。此集頗多佳語，陶定安世爲之序，王性之、蘇養直皆稱之，而其人不自愛如此，不足道也。〔註90〕

> 詞至南宋而極，然詞人之無行亦至南宋而極，而南宋之無行至康與之尤極。〔註91〕

> 伯可之諂檜，明於始而晦於終，不可恕也。然其詞哀感頑豔，儘有佳者。〔註92〕

> 士大夫一朝改行，身名敗裂，不可復救。〔註93〕

柳永雖放蕩不羈、多作豔詞，然從未從政，其德行操守並未受到質疑，但康與之後期無行，依附秦檜，其詞雖佳，惜皆諛豔粉飾之語，蓋爲秦檜所作，其作詞之初心與柳永非同也。焦詞遂以「何似耆卿」一句，

〔註89〕宋人王辟之《澠水燕談錄》，此外陳師道《後山詩話》、楊湜《古今詞話》、葉夢得《避暑錄話》、嚴有翼《藝苑雌黃》、王世貞《藝苑巵言》以及王弈清等的《歷代詞話》中均有類似記載。

〔註90〕〔宋〕陳振孫：《直齋書錄解題》，《景印文淵閣四庫全書》，冊六七四，卷二十一，頁889。

〔註91〕〔清〕李調元《雨村詞話》，唐圭璋主編：《詞話叢編》，冊二，卷二，頁1412。

〔註92〕〔清〕陳廷焯《白雨齋詩話》，唐圭璋主編：《詞話叢編》，冊四，卷六，頁3925。

〔註93〕〔清〕張德瀛《詞徵》，唐圭璋主編：《詞話叢編》，冊五，卷五，頁4164。

雖未直接點明何者爲劣，然合焦袁熹論柳耆卿一詞中，柳永備受推崇
加以判斷，此處焦袁熹嚴正表達康與之不足與柳永爲列的想法。

　　康與之於《宋史》並無立傳，除黃昇《花庵詞選》多錄其詞外，
許多詞選並未收錄其作品，相較於其餘著名南渡詞人、愛國志士，康
與之於南宋詞壇中或可略而不論，然而焦袁熹卻特地將康與之提出討
論，其目的在於駁斥歷代學者所謂「康柳」並稱之言論。如前文所述，
焦袁熹《樂府》選詞以柳永爲多，又將柳永比作唐代之王維，爲宋代
之詩天子，足見柳永在焦袁熹心中評價地位之隆。康與之其詞雖有一
定的審美價值，但卻尙不足與柳永並稱，且其性格複雜，多有惡行，
更與柳永差之甚遠，因此焦袁熹借論周與之詞，以達至駁斥「康、柳」
並稱不當之目的！

七、陸游

　　陸游（1125～1210），字務觀，自號放翁，越州山陰（今浙江紹興）
人。一生主張抗金，屢受主和派打壓。二十九歲中進士，因秦檜（1090
～1155）排擠，至三十四歲始任福建寧德縣小吏。高宗紹興三十年，
任敕令所刪定官，孝宗乾道二年（1166）任隆興通判時，遭言官以「交
結臺諫，鼓唱是非，力說張浚用兵」〔註94〕彈劾，免官回山陰。四年，
再度啓用，任夔州（今四川奉節）通判。八年春，任四川宣撫使王炎
（1138～1218）南鄭幕僚，深入軍事最前線，時放翁年四十八。不到
一年，王炎被召回，陸游改任成都府安撫司參議官。孝宗淳熙二年
（1175），應范成大（1126～1189）邀，任四川制置司及成都府安撫署
參議官。三年任滿東歸，後歷任建安（今江蘇省儀徵縣）通判、江西
提舉常平茶鹽公事、嚴州（今浙江省建德縣）知府等，然屢因物議免
官。淳熙十六年（1189），爲諫議大夫何澹（？～？）彈劾，罷官，歸
山陰隱居。南鄭短暫的戎馬生活對陸游而言別具意義，爲他文學創作

〔註94〕〔元〕脫脫：《宋史・陸游列傳》，《二十五史》（臺北：新文豐出版
　　　　公司，1975年），冊六，卷三九五，頁4805。

開啓新的境界。陸游爲一多產作家，詩篇數量高達九千餘首，猶以愛國詩篇聞名，詞篇部份，則以填詞爲小道，故數量終不相當，今所傳放翁詞約一百三十餘首。焦袁熹專論陸游之詞共有兩闋，一首是以宏觀角度論其愛國心，另一首則是微觀其兒女情，茲分述如下：

（一）宏觀放翁之愛國心：

> 蠟封夜半親飛檄，馳諭幽并。雨黑風腥。不許書生夢不醒。
> 　　低蓬三扇平生事，兩鬢星星。家祭丁寧。等到冬青一樹青。（《全清詞‧順康卷》，冊十八，頁 10583）

本詞係抒發對陸游恢復中原故土願望無法實現之哀嘆。上片表達陸游收復故土的願望與現實政治的衝突。首二句「蠟封夜半親飛檄，馳諭幽并」，化用自陸游詞〈訴衷情〉（青衫初入九重城）：「蠟封夜半傳檄，馳騎諭幽并。」〔註95〕隆興元年正月，陸游任樞密院編修官，奉中書省、樞密院之命起草〈代二府與夏國主書〉、〈蠟彈省箚〉提出聯夏抗金，及曉諭中原人士發動起義，以分化金人屏障〔註96〕。乾道八年（1172）陸游於南鄭時，也常目睹北方中原將士以蠟丸軍書方式與宣撫使通訊息〔註97〕。「蠟封夜半親飛檄」或許不必實指爲何文書，但由「親」字可表現出陸游親自效力，勤於爲國奔走的一片赤誠。

收復故土的熱切渴望長久積存方寸而無從實現，致陸游一生作夢無數。陸游有爲數甚多的「紀夢」、「夢遊」詩〔註98〕，多寫「愛國英

〔註95〕原詞爲「青衫初入九重城。結友盡豪英。蠟封夜半傳檄，馳騎諭幽并。時易失，志難城。鬢絲生。平章風月，彈壓江山，別是功名。」《全宋詞》，冊三，頁 1596。

〔註96〕二文分別見〔宋〕陸游：《陸放翁全集‧渭南文集》（臺北：河洛圖書出版社，1975 年），卷十三，頁 70；卷三，頁 14。

〔註97〕放翁詩〈昔日〉自注：「予在興元日，長安將吏以申狀至宣撫司，皆蠟彈，方四五寸絹，虜中動息必具報。」見《陸放翁全集‧劍南詩彙》，卷十八，頁 323。

〔註98〕〔清〕趙翼統計共 96 首。《歐北詩話卷六》。今人郭有遹則統計出 157 首，黃益元根據上海古籍出版社《劍南詩稿校注》（錢仲聯校注），統計詩題中有「紀夢」、「夢遊」、「夢蜀」等整篇紀夢詩，有 158 首。詳見郭有遹：〈陸游的夢詩與夢中的陸游〉，《東方雜誌》復刊第 14 卷

雄夢」，如〈樓上醉書〉夢到收復故土：「三更撫枕忽大叫，夢中奪得松亭關」〔註99〕；〈九月十六日夜夢駐軍河外，遣使招降諸城，覺而有作〉夢到自己到前線招撫降將，「殺氣昏昏橫塞上，東並黃河開玉帳。晝飛羽檄下列城，夜脫貂裘撫降將。將軍櫪上汗血馬，猛士腰間虎文韔。階前白刃明如霜，門外長戟森相向。」〔註100〕甚至夢到跟隨御駕親征，「盡收漢唐故地」〔註101〕，完成回復舊日山河的夢想，均是透過夢境滿足其失落悲憤之心志。不過，縱使陸游對中原故地望眼欲穿，南宋朝廷最終仍是主和派的天下。孝宗初即位時，本有一振朝綱的雄心壯志，但自從隆興元年的符離之敗後，孝宗對金人的態度就處於可戰可和的游移狀態。隆興二年（1164），南宋與金人簽訂和議，割土獻幣，主戰派的右丞相張浚遭罷免。兩年後，堅決主戰且與張浚有交情的陸游被免隆興府（今江西南昌）通判，罪名是「鼓唱是非，力說張浚用兵」。孝宗乾道八年，陸游入四川宣撫使主戰派的王炎幕府中，深入前線南鄭，向王炎「陳進取之策」〔註102〕。陸游曾親自參與前線試探敵人的小型戰爭，一次在渭水平原「念昔年少日，從戎何壯哉，獨騎洮河馬，涉渭夜銜枚」〔註103〕，一次在大散關「我昔從戎清渭側，散關嵯峨下臨賊，鐵衣上馬蹴堅冰，有時三日不火食」〔註104〕。於此北望長安，以為收復中原有望，不料朝廷政策轉變，王炎在同年十月奉詔回京，陸游改除成都府安撫司參議官，南鄭幕府

第 11 期，1981 年 1 月，頁 62；黃益元：〈詩人的夢和夢中的詩人——陸游紀夢詩解析〉，《國文天地》第 8 卷第 10 期，1993 年 3 月，頁 68。

〔註99〕〔宋〕陸游：《陸放翁全集·劍南詩稾》（臺北：河洛圖書出版社，1975 年），卷八，頁 127。

〔註100〕〔宋〕陸游：《陸放翁全集·劍南詩稾》，卷四，頁 64。

〔註101〕〔宋〕陸游：《陸放翁全集·劍南詩稾》，卷十二，頁 203。

〔註102〕〔元〕脫脫：《宋史·陸游列傳》，《二十五史》（臺北：新文豐出版公司，1975 年），冊六，卷三九五，頁 4805。

〔註103〕〔宋〕陸游：〈歲暮風雨〉之一，見《陸放翁全集·劍南詩稾》，卷二十六，頁 427。

〔註104〕〔宋〕陸游：〈秋葉感舊十二韻〉，見《陸放翁全集·劍南詩稾》，卷二十七，頁 443。

解散。「雨黑風腥」，或指軍事不利，主和派佔上風，南宋朝廷不得不向金人議和，低頭稱臣，於是「不許書生夢不醒」，原本矢志中原的雄心只能在夢中得到滿足，然而美夢終有醒覺之時，現實的殘酷，使得陸游不得不從朝廷積極抗金、從軍報國、恢復山河之大業的美夢醒過來，於焉而生壯志未伸，傷時嘆老之感，蘊含夢境與現實強烈對比的悲慨與淒涼。

　　下片抒發陸游一片赤誠無處寄託的感慨。「低篷三扇平生事」化用自陸游詞〈鵲橋仙〉：「華燈縱博。雕鞍馳射，誰寄當年豪舉。酒徒一一取封侯，獨去作，江邊漁父。　　輕舟八尺，低篷三扇，占斷蘋洲煙雨。鏡湖元自屬閒人。又何必，君恩賜與」〔註 105〕，此詞為陸游晚年閒居山陰時所作，當年曾在南鄭幕府有諸多豪舉，而今只能在江南撐起一葉扁舟浩嘆，另如〈謝池春〉（壯歲從戎）、〈訴衷情〉（當年萬里覓封侯）諸篇，也是「煙波無際，望秦關何處。歎流年又成虛度」的悲歌。陸游「報國欲死無戰場」，請纓無路，然而「鬢雖殘，心未死」，仍念念故土，直到嘉定二年（1029）八十五歲，陸游臨終絕筆詩〈示兒〉：「死去元知萬事空，但悲不見九州同。王師北定中原日，家祭毋忘告乃翁。」明知死去萬事皆空，卻對北定中原念念不忘。然而南宋最終不但無法收回舊日山河，更遭蒙古滅國。宋度宗咸淳七年（1271）元朝建立，元世祖忽必烈（1215～1294）揮軍南下。元世祖至元十五年（1278），元僧楊璉眞迦盡發宋帝后陵寢，山陰人唐珏率眾收遺骨而瘞之，植冬青樹以為記。宋祥興二年（1279），陸游謝世後六十餘年，丞相陸秀夫（1238～1279）負帝昺投海，南宋滅亡，開啟元朝九十餘年的統治。「家祭丁寧，等到冬青一樹青」，陸游臨終前的心願終究還是落空，當年種在南宋君臣遺骨塚上的冬青樹早已綠葉成蔭，江山卻早已易主，闔眼前的殷切叮囑，再也沒有機會實現。陸游不僅在活著的時候無法盡展抱負，最後的心願也無法實現，更增添陸游整個生命的悲劇色彩。此外，焦袁熹嘗言：「南渡君臣偷半壁，

〔註105〕〔宋〕陸游：《陸放翁全集・渭南文集》，卷五十，頁313。

放翁詩句作長城。中原莫道無英傑，生箇遺山敵也勃」〔註106〕，肯
定陸游於文於武皆心繫社稷，即使夢寐亦不忘中原之愛國心，可與此
詞並觀。

（二）微觀放翁之兒女情：

> 驚鴻照影春波漾，風月池臺。畫角聲哀。舊事依然心上來。
> 　　單棲懊惱釵頭鳳，錦字親裁。燭淚空陪。一寸相思一
> 寸灰。（《全清詞‧順康卷》，冊十八，頁 10583）

本詞係抒寫陸游與唐氏事。陸游與唐婉事，始見陳鵠（？～？）《耆
舊續聞》卷十，劉克莊（1187～1269）《詩話續集》及周密（1232～
1298）《齊東野語》也有類似記載，其中以周密《齊東野語》最詳，
言陸游與元配唐氏本琴瑟甚和，卻因陸母不喜唐氏而被迫離異：

> 陸務觀初娶唐氏，閎之女也，於其母夫人爲姑姪。伉儷相
> 得，而弗獲於其姑。既出，而未忍絕之，則爲別館，時時
> 往焉。姑知而掩之，雖先知挈去，然事不得隱，竟絕之，
> 亦人倫之變也。唐後改適同郡宗子士程。嘗以春日出遊，
> 相遇於禹跡寺南之沈氏園。唐以語趙，遣致酒餚，翁悵然
> 久之，爲賦〈釵頭鳳〉一詞提園壁間云『紅酥手，黃滕酒，
> 滿城春色宮牆柳。東風惡，歡情薄，一懷愁緒，幾年離索。
> 錯！錯！錯！ 春如舊，人空瘦，淚痕紅浥鮫綃透。桃花落，
> 閒池閣，山盟雖在，錦書難託，莫！莫！莫！』時紹興乙
> 亥歲也。未久，唐氏死。翁居鑑湖之三山，晚歲每入城，
> 必登寺眺望，不能勝情。嘗賦二絕云『城上斜陽畫角哀，
> 沈園非復舊池台。傷心橋下春波綠，曾是驚鴻照影來。』、
> 『夢斷香消四十年，沈園柳老不吹綿。此身行作稽山土，
> 猶弔遺踪一泫然。』〔註107〕

《齊東野語》敘述兩人離異後，陸游另娶，唐氏也改適同郡宗子趙士
程。數年後，陸游春日出遊，於家鄉山陰禹跡寺南沈園邂逅偕夫同遊

〔註106〕〔清〕焦袁熹：《此木軒論詩彙編》卷一，藏於上海圖書館古籍室，
　　　　未編版次、頁碼。

〔註107〕〔宋〕周密：《齊東野語》（北京：中華書局，1985 年），頁 12～13。

的唐氏。唐氏安排酒餚向陸游致意，陸游百感交集，遂題〈釵頭鳳〉
於園壁。四十年後，陸游重遊沈園，觸景傷情，作〈沈園〉等詩。陳
鵠《耆舊續聞》更記載當日遊沈園，唐氏亦和陸游〈釵頭鳳〉詞，有
「世情薄，人情惡」句〔註108〕，清代吳騫（1733～1813）則懷疑〈釵
頭鳳〉是否眞爲感懷唐氏所作，吳氏認爲「殆好事者因其詩詞而傅會
之。……且玩詩詞中語意，陸或別有所屬，未必曾爲伉儷者。」〔註109〕
吳熊和亦質疑此事，以陳、周語多牴牾、詞意與唐氏身份不符，認爲
詞當爲陸游客居成都的遊冶之作。〔註110〕然而王師偉勇據陸游之子
所刊刻之《劍南詩稿》歸納，其中記載與沈園有顯著關係之詩篇凡五
處七首，認爲其內容均深刻繾綣，若非曾結連理之伴侶，何能感篆如
是？足證陸游於沈園確有一段銘刻心骨之回憶。〔註111〕而焦袁熹〈采
桑子〉對於〈釵頭鳳〉爲感唐氏之作亦無異議，更以此本事論陸游之
兒女情。

〔註108〕〔宋〕陳鵠《耆舊續聞》卷十：「余弱冠客會稽，遊許氏園，見壁間
有陸放翁題詞，筆勢飄逸，書於沈氏園。辛未三月題。放翁先室內
琴瑟甚和，然不當母夫人意，因出之。夫婦之情，實不忍離。後適
南班士名某，家有園館之勝。務觀一日至園中，夫婦聞之，遣遣黃
封酒果饌，通殷勤。公感其情，爲賦此詞。其婦見而和之，有『世
情薄，人情惡』句，惜不得其全闋。未幾，快快而卒。聞者爲之愴
然。此園後更許氏，淳熙間，其壁猶存，好事者以竹木來護之。今
不復有矣。」見《唐宋代史料筆記叢刊》（北京：中華書局，2002
年）頁388～389。另《御選歷代詩餘》卷一百十八引夸娥齋主人言
〈釵頭鳳〉本事，述唐和詞爲「世情薄，人情惡，雨送黃昏花易落。
曉風乾，淚痕殘。欲箋心事，獨語倚闌，難、難、難。人成各，今
非昨，病魂常似秋千所。角聲寒，夜闌珊。怕人尋問，咽淚妝歡，
瞞、瞞、瞞。」見〔清〕沈辰垣等奉敕編纂：《御選歷代詩餘》（臺
北：廣文書局，1972年），冊八，卷一百十八，頁24。

〔註109〕〔清〕吳騫：《拜經樓詩話》，見王雲五主編《叢書集成簡編》（臺北：
臺灣商務印書館，1966年），頁35。

〔註110〕詳見吳熊和〈陸游釵頭鳳本事質疑〉，收錄於《唐宋詞匯評‧兩宋卷》
（杭州：浙江教育出版社，2004）頁1039～2045。

〔註111〕詳見王師偉勇：《南宋詞研究》（臺北：文史哲出版社，1986年9月），
頁274。

　　上片抒陸游四十年後重遊沈園，景物依舊、人事全非之慨。「驚鴻照影春波漾，風月池臺。畫角聲哀」，化用自陸游〈沈園〉二首之一：「城上斜陽畫角哀，沈園非復舊池台。　傷心橋下春波綠，曾是驚鴻照影來」、「夢斷香消四十年，沈園柳老不吹綿。此身行作稽山土，猶吊遺蹤一泫然」〔註112〕，「驚鴻」形容女子輕盈的體態，曹植〈洛神賦〉言洛神「翩若驚鴻」，李善注「翩翩然若鴻雁之驚」，「驚鴻照影春波漾」指當時沈園清澈的池水曾倒映著唐氏美麗的倩影，然二人邂逅後不久，唐氏抑鬱而亡，陸游於四十年後重遊故地，「舊事依然心上來」，始終未能忘懷，表現出陸游對故妻唐氏深深的眷戀，畫角聲哀屬悲亢，更襯托出景色未殊，卻物是人非之悵然。

　　下片抒發對佳人深切之思念。〈釵頭鳳〉原詞調名為〈擷芳詞〉，宋無名氏詞曰：「風搖蕩，雨蒙茸。翠條柔弱花頭重。春衫窄。香肌濕。記得年時，共伊曾摘。　　都如夢。何曾共。可憐孤似釵頭鳳。關山隔。晚雲碧。燕兒來也，又無消息。」陸游摘取「可憐孤似釵頭鳳」一語另立新名，乃「孤不成雙」之意〔註113〕。陸游共有七首詩與沈園事有關，皆作於晚年閒居山陰時，時唐氏早已香消玉殞多年，故「單棲懊惱釵頭鳳，錦字親裁。燭淚空陪」，即言昔日伴侶已逝，再也無法雙宿雙飛，而今只能在夜半燈前，寫詩悼念。末句「一寸相思一寸灰」，原為李商隱〈無題〉詩四首之二的末句，詩云：「颯颯東風細雨來，芙蓉塘外有輕雷。　金蟾齧鏁燒香入，玉虎牽絲汲井迴。賈氏窺簾韓掾少，宓妃留枕魏王才。春心莫共花爭發，一寸相思一寸灰。」〔註114〕清·紀昀《玉溪生詩說》評曰：「賈氏窺簾，以韓掾之少，宓妃留枕，以魏王之才，自顧平生，豈復有分及此，

<hr>

〔註112〕錢鍾書：《宋詩選註》（臺北：木鐸出版社，1984年），頁251。
〔註113〕吳藕汀、吳小汀：《詞調名辭典》（上海：上海書店出版社，2005年）頁953～954、吳熊和〈陸游釵頭鳳本事質疑〉，《唐宋詞匯評·兩宋卷》頁2043。
〔註114〕〔清〕聖祖御定：《全唐詩》，冊十六，卷五三九，頁6163～6164。

故曰『春心莫共花爭發，一寸相思一寸灰。』」〔註 115〕陸游借其意言思之無益也。回顧陸游與唐氏，從神仙眷侶到被迫仳離，佳人嫁作他人婦，多年後相遇，卻是山盟雖在，錦書難託，縱使相思又能如何？故焦袁熹以義山詩意言陸游對唐氏的相思之情，如燒成灰燼般，只能惆悵、絕望。

八、辛棄疾

辛棄疾（1140～1207），字坦夫，改字幼安，號稼軒，齊州歷城（今山東濟南）人。靖康末中原淪陷，棄疾率眾抗金。投忠義軍耿京部掌書記。高宗紹興三十二年（1162），奉表歸宋，時京部將張安國殺京降金，棄疾自建康還海州（今遼寧海城），率軍徑趨金營，縛張安國以歸。南渡前期歷知滁州（今安徽滁縣），提點江西刑獄，知江陵府（今湖北荊州）兼湖北安撫，知隆興府（今江西南昌）兼江西安撫，知潭州（今湖南長沙）兼湖南安撫。後於再知隆興府任上因擅撥糧舟救荒，爲言者論罷。閑居上饒帶湖（今江西上饒）十年。光宗紹熙二年（1191），起提點福建刑獄，遷知福州兼福建安撫，後又爲言者論罷，退居鉛山、瓢泉又八年。寧宗嘉泰三年（1203），起知紹興府（今浙江紹興）兼浙東安撫，四年遷知鎮江府（今江蘇鎮江），到了開禧三年，召赴行在奏事，未受命卒，年六十八〔註 116〕。而稼軒詞係隨其生平，以反映個人際遇爲主，早現四期轉變〔註 117〕，周濟《宋四家詞選序論》所謂：「稼軒斂雄心，抗高調，變溫婉，成悲涼。」

〔註115〕〔清〕紀昀編：《玉溪生詩說》，《叢書集成續編》（臺北：新文豐出版公司，1989 年），冊一九九，卷上，頁 299。

〔註116〕〔元〕脫脫：《宋史‧辛棄疾列傳》，《二十五史》（臺北：新文豐出版公司，1975 年），冊六，卷四〇一，頁 4853～4855。

〔註117〕據王師偉勇《南宋詞研究》：「第一期以渡江南來之勢，寓詞以豪壯之概；第二期以閒而不適之境，寓詞以沈鬱之情；第二期以識盡宦海之心，寓詞以磊落之氣；第四期以時不我予之志，寓詞以悲涼高遠之音。而閒適沖淡、婉約細膩之風，雜見於四期之中，此大家風範如此，固不拘於一格；然其氣象亦絕非專事雕琢者可比擬也。」（臺北：文史哲出版社，1987 年 9 月），頁 313。

〔註 118〕確乎為稼軒詞風改變之特色。焦袁熹論辛棄疾共兩首，一以宏觀角度論其生平，一則以微觀角度論其詞章，茲分述如下：

（一）宏觀稼軒之生平：

墨花一閃光如電，弔古傷今。感慨悲吟。淚雨淋浪欲滿襟。

龍蛇一掃三千字，活虎生擒。猛似韓擒。須識伊家苦用心。（《全清詞》，冊十八，頁 10582。）

根據史料記載，辛棄疾一生的雄心壯志就是要抵抗金人，力主圖強恢復河山，慷慨有大略。辛棄疾早年曾加入耿京的義軍，不料在辛棄疾等人南下之後，起義軍中的張安國被金人收買，殺害耿京，辛棄疾得到此一事變的消息，組合了五十名忠義之軍，北上直搗黃龍，將逃離至金的叛軍張安國執縛，押送返還建康〔註 119〕。爾後，在渡江前期為了恢復大計，便考察當時南宋抗金的實際情形與局勢，寫下了《美芹十論》〔註 120〕呈孝宗，於宋金對立之形勢及軍事謀略計策作分析；在南渡期間，歷任滁州、江西、湖南、隆興等地，後因讒言論罷閑居帶湖，再經起用福建、又再度退居瓢泉，晚年雖已能於浙東、鎮江等抗金前線抵禦外侮，但此時，縱使有滿腔熱血卻已垂垂老矣，對於時局的感慨沉痛與孤臣無力可回天的無奈悲涼，發之於詞，自成了慷慨激昂的樂章。

細讀此闋詞，焦袁熹著眼於辛棄疾的生平際遇與發展上。首先，起句「墨花一閃光如電」，此處的「墨花一閃」當指詞人本身的詞章筆墨所具有的妙筆生花之姿，此姿貌就如同光、電等形象，光影明亮且氣勢驚人，撼動人心，焦氏以「光如電」來具體描繪出辛詞的創作

〔註118〕〔清〕周濟：《宋四家詞選目錄序論》，唐圭璋主編：《詞話叢編》，冊二，頁 1643。

〔註119〕請參考鄧廣銘箋注：《增訂本稼軒詞編年箋注》（臺北：華正書局，1982年），頁 2～3。

〔註120〕《美芹十論》是辛棄疾針對南宋局勢與抗金政策的謀略與見解，計有〈審勢〉、〈察情〉、〈觀釁〉、〈自治〉、〈守淮〉、〈屯田〉、〈致勇〉、〈防微〉、〈久任〉、〈詳戰〉。詳參〔宋〕辛棄疾撰：《美芹十論》，《四庫全書存目叢書》（臺南：莊嚴文化事業有限公司，1995 年），頁 748～760。

風格，實際上是掌握了辛棄疾詞不同於婉約詞人的風格，如李佳《左庵詞話》即云：「辛稼軒詞，慷慨豪放，一時無兩，爲詞家別調。」〔註121〕辛棄疾一生遭讒見放，仕宦遷徙，當時朝政又偏安主和與辛棄疾之主戰立場不合，面臨南宋江山岌岌可危的情勢，心中時常激切熱烈、忿忿不平，這種徒勞無功，無可奈何的心境，對於男子即當馬革裹屍的辛棄疾而言，形諸篇章自然無法以婉約風格爲基調，而是天地浩然的豪壯之氣充塞其間，四溢於外，模塑了辛詞「光如電」的氣勢浩瀚與動感人心的美學質素。

　　次句「弔古傷今」，則強調辛詞中以嘆古傷今爲主的作品。事實上，以今昔的對比，突顯出景物依舊，人事已非的蒼涼情境，確爲辛詞特色之一。如〈滿江紅・江行，簡楊濟翁、周顯先〉的下片：「樓觀纔成人已去，旌旗未卷頭先白。歎人間、哀樂轉相尋，今猶昔。」此詞爲淳熙五年（1178），稼軒三十九歲作〔註122〕，係中年之作，此闋詞感嘆了人去的離別感傷，又想到旌旗未捲，雄心壯志未能實現而白髮叢生的遺憾，人世間的哀樂禍福，相倚相成，今之視昔，猶後之視今，古往今來的歷史洪流，除了凸顯出個體的渺小微不足道，今昔的時序變遷，更增添了詞人心中落寞感傷的哀嗟；因此接著第三句的「感慨悲吟」便緊接著第二句而來，正由於今／昔、當下／過往的並置對照，辛棄疾一方面感慨復國之路的漫長迢遠，一方面也因爲時間的逼近推移所帶來的慨歎與晚年遲暮的悲涼，這種「『龍騰虎躍』的英姿豪氣中，還表現有一種『欲飛還斂』的悲鬱之情和纏綿之致。」〔註123〕可說是辛棄疾在「追往事，嘆今吾」〔註124〕中所展現出的「感

〔註121〕〔清〕李佳：《左庵詞話》，唐圭璋主編：《詞話叢編》，冊四，卷上，頁3107。

〔註122〕鄧廣銘箋注：《增訂本稼軒詞編年箋注》（臺北：華正書局，1982年），頁50。

〔註123〕葉嘉瑩：《詩馨篇》（臺北：書泉出版社，1993年），頁16。

〔註124〕引自〈鷓鴣天・有客慨然談功名，因追念少年時事，戲作〉，詳見鄧廣銘箋注：《增訂本稼軒詞編年箋注》（臺北：華正書局，1982年），頁293。

慨悲吟」之情致，於是上片的最後一句「淚雨淋浪欲滿襟」，即辛棄疾因「弔古傷今」而興發的淚落涕下，如其〈水龍吟・登建康賞心亭〉下片所云：

> 可惜流年，憂愁風雨，樹猶如此。倩何人、喚取紅巾翠袖，搵英雄淚。〔註 125〕

「樹猶如此」指的就是時間流逝與物事變遷〔註 126〕，流年轉逝，時移事往，即連辛棄疾也無法逃脫宇宙萬化的自然規律而要嗟嘆不已，拂拭英雄淚了。

到了下片，焦袁熹仍先扣緊上片的重點——墨花一閃光如電——強調辛詞的風格，故以「龍蛇一掃三千字」再度描繪了辛棄疾下筆創作時之飛揚神采與豪放不羈，「龍蛇」本指草書縱逸的筆勢〔註 127〕，其不拘法度的限制，正如同辛詞別出一調的豪放風格，於是上片的「光如電」之倏忽閃現，到了下片的「龍蛇一掃」之技驚全場，都深刻地描摹了辛棄疾在詞作上的創作技巧與美學涵養。而最後三句，焦袁熹則從原先專重的辛詞風格轉以詞人本身的經歷為著墨重點。

「活虎生擒」，指的就是辛棄疾僅以五十名忠義之軍，將逃離至金的叛軍張安國執縛，押送返還建康一事。《宋史》本傳記載：

> 會張安國、邵進已殺京降金，棄疾還至海州，與眾謀曰：「我緣主帥來歸朝，不期事變，何以復命？」乃約統制王世隆及忠義人馬全福等徑趨金營，安國方與金將酣飲，即眾中縛之以歸，金將追之不及。獻俘行在，斬安國於市。〔註 128〕

〔註 125〕 鄧廣銘箋注：《增訂本稼軒詞編年箋注》（臺北：華正書局，1982 年），頁 31。

〔註 126〕 《世說新語・言語》：「桓公北征，經金城，見前為瑯琊時種柳，皆已十圍，慨然曰：「木猶如此，人何以堪！」攀枝執條，泫然流淚。詳見徐震堮著：《世說新語校箋》（臺北：文史哲出版社，1989 年），頁 64。

〔註 127〕 〔唐〕李白〈草書歌行〉：「怳怳如聞神鬼驚，時時只見龍蛇走。」詳見《全唐詩》，冊五，卷一六七，頁 1729。

〔註 128〕 〔元〕脫脫：《宋史・辛棄疾列傳》，《二十五史》（臺北：新文豐出版公司，1975 年），冊六，卷四○一，頁 4853。

此爲辛棄疾二十二歲時的英勇事蹟，微弱的五十之軍面對懸殊比例的金軍營隊，卻能毫不退縮，直搗敵人陣營，將叛軍生擒，其驍勇善戰，過人的智慧膽識，由此可見一斑；順著這樣的思路，焦氏爲了進一步的呈顯出辛棄疾威猛英勇的豪傑性格，於是用了隋朝「韓擒」〔註129〕此一歷史上攻打南朝陳的名將，將兩者彼此連結與對應，只是相較於韓擒虎最終順利攻滅陳朝的事蹟，辛棄疾最終並無攻克金朝，光復山河，順遂己願，焦袁熹顯然知道辛棄疾身後的落寞無成之悲，故以「須識伊家苦用心」，作爲整闋詞的總結。

　　綜觀辛棄疾一生憂國憂民，以抗金爲職志，到了晚年看到了韓侂冑恐因草率北伐而帶來嚴重後果，曾寫下〈永遇樂·京口北固亭懷古〉，下片云：

　　　　元嘉草草，封狼居胥，贏得倉皇北顧。〔註130〕

南朝劉宋元嘉年間，宋文帝劉義隆曾派王玄謨率軍北伐，想要在狼居胥封禪慶祝勝利〔註131〕，卻因草率出兵而慘遭兵敗；辛棄疾有鑑於此，寫下了這防患未然，警策動人的詞章，希望朝廷對北伐之事能有更審慎的處理，切莫因躁進而影響了國勢。由此即可見辛棄疾對南宋朝廷自始至終的效忠，從早先的〈美芹十論〉，到了南渡之後亟欲恢

〔註129〕韓擒虎（538～592），字子通，河南東垣（今河南新安）人。出身將門，父爲北周大將軍，襲封新義郡公。因軍功升至上儀同，曾任永州、和州刺史。隋朝建立後，經高熲推薦爲廬州總管，坐鎮廬江（今安徽合肥），爲滅陳做好準備。開皇八年（588年）十一月，隋以韓擒虎爲先鋒，率精兵五百人自橫江夜渡，襲取采石（今安徽當塗縣東北），向建康挺進。所過之地，陳軍喪膽乞降，由是很快便攻下建康城，並俘陳後主於枯井之中。韓擒虎以功封上柱國，出爲涼州（今甘肅武威）總管。不久召還，開皇十二年（592年），突發病而死，時年五十五。其事可參《隋書·韓擒虎列傳》（臺北：藝文印書館，1958年），頁665。

〔註130〕鄧廣銘箋注：《增訂本稼軒詞編年箋注》（臺北：華正書局，1982年），頁527。

〔註131〕〔唐〕李延壽撰，〔清〕錢大昕考異：《南史·王玄謨列傳》：「每陳北侵之策，上謂殷景仁曰：『聞王玄謨陳說，使人有封狼居胥意。』」《二十五史》，冊十九，卷十六，頁217。

復故土，乃至晚期到了浙東、鎮江等前線，他均不曾改變對家國的關懷，而這股憂國憂民的忠忱熱腸，至死不渝的堅毅心志，便爲焦袁熹所看出，故道：「須識伊家苦用心」，焦氏所評，可謂深得詞人之心。

（二）微觀稼軒之詞章：

清初稼軒詞風之回歸，主要表現爲主體之「尙氣」。周在浚即言：「辛稼軒當弱宋末造，負管、樂之才，不能盡展其用，一腔忠憤，無處發洩。觀其與陳同父抵掌談論，是何等人物，故其悲歌慷慨、抑鬱無聊之氣，一寄之於詞。」〔註 132〕辛稼軒「意不在於作詞，而其氣之所充，蓄之所發，詞不能不爾也」〔註 133〕，焦袁熹則言「賭博飲啖酒婦人，皆至穢之物也，有意氣人，垂涎而道之，終不揜其本色」，稼軒詞氣充盈即是如此。因此相較於上首，焦袁熹此處即以細部微觀的角度，深抉辛稼軒詞章的風格特色，其詞云：

> 辛家樂府知何似，起舞青萍。四座都醒。羯鼓聲高衆樂停。
>
> 　胸中塊壘千杯少，髮白燈青。老大飄零。激越悲涼不可聽。（《全清詞·順康卷》，冊十八，頁 10582）

《詞學集成》卷一〈詞源於古樂府〉條引汪晉賢《詞綜》序云：

> 自古詩變而爲近體，而五七絕句傳於伶官樂部，長短句無所依，不得不變爲詞。當開元盛時，王之渙等詩句，流播旗亭；而李白〈菩薩蠻〉等詞，亦被之歌曲。詩之與樂府，近體之於詞，齊鑣並騁，非有先後。謂詩降爲詞，以詞爲詩之餘，殆非要論矣。〔註 134〕

〔註 132〕〔清〕徐釚：《詞苑叢談》，《景印文淵閣四庫全書》，冊一四九四，卷四，頁 625。

〔註 133〕范開《稼軒詞·序》：「公一世之豪，以氣節自負，以功業自許，方將斂藏其用以事清曠，果何意於歌詞哉？直陶寫之具耳。故其詞之爲體，如張樂洞庭之野，無首無尾，不主故常；又如春雲浮空，卷舒起滅，隨所變態，無非可觀。無他，意不在於作詞，而其氣之所充，蓄之所發，詞不能不爾也。」施蟄存主編：《詞集序跋萃編》，頁 199。

〔註 134〕〔清〕江順詒輯，宗山參訂：《詞學集成》，唐圭璋編《詞話叢編》，冊四，頁 3217。

此處點出了文學史上以古詩、近體、長短句的先後發展之說，有其疏
漏之處，事實上，詩與樂府、近體與詞，並無先後順序而是並駕齊驅
的，若「以詞爲詩之餘」則非中肯之論；值得注意的是，清・江順詒
針對此論，按語如下：

> 溯詞於樂府，則詞爲大宗。而古近體詩，乃樂府之變調，
> 不能協律之樂府耳。〔註135〕

明確的以「樂府」爲詞之源，故焦袁熹此處的「辛家樂府」就是指辛
棄疾的詞。而「辛家樂府知何似」呢？詞人以下以「起舞青萍」揭示
其特色。「詞」本與「音樂」有密切的關係，在初起時，原來只是文
士們在歌筵酒席間按照樂調而填寫給歌女們歌唱的歌辭〔註136〕，但
如前所述，辛棄疾突破了詞的婉約風貌而呈現「詞家別調」的風格，
在詩作中常出現的青樓閨閣、酒席宴會等歌舞旖旎之柔美場合，到了
辛棄疾也變成了以戰場抗敵、馬革裹屍、鐵血悍將的英勇颯爽爲基
調；因此「起舞青萍」，「起舞」指的就是稼軒詞在和樂之際伴隨著歌
舞吟詠，「青萍」則是指三國以前傳說之名劍，陳琳〈答東阿王牋牋〉：
「君侯體高俗之林，秉青萍干將之器。」〔註137〕李白〈與韓荊州書〉：
「庶青萍、結綠、長價於薛、卞之門。」〔註138〕據傳，青萍劍能切
金玉斷毛髮，犀利無比。「起舞青萍」即說明稼軒詞相對於歌樓酒館
的旖旎柔婉之氣息，更顯出蒼勁古直的特質，以上均在說明稼軒愛國
詞的恣肆豪放，別出一格；正因此剛健直率，氣魄雄渾的詞章，遂使
「四座都醒」，使在座的聆聽者深深震懾；上片最後一句「羯鼓聲高
眾樂停」，「羯鼓」是來自西域的樂器，狀似小鼓，稼軒詞的豪放不羈，
龍吟虎嘯之氣勢，所被之管弦爲「羯鼓」，一爲文詞，一爲樂曲，兩

〔註135〕〔清〕江順詒輯，宗山參訂：《詞學集成》，唐圭璋編《詞話叢編》，
　　　　冊四，頁3217。
〔註136〕葉嘉瑩：《詩馨篇》（臺北：書泉出版社，1993年），頁13。
〔註137〕〔魏〕陳琳：〈答東阿王牋箋〉，〔明〕張溥輯：《漢魏六朝百三名家集》
　　　　（臺北：文津出版社，1979年），冊二，頁1173。
〔註138〕〔唐〕李白：〈與韓荊州書〉，〔清〕董誥等奉敕撰：《欽定全唐文》
　　　　（臺北：文友書局，1972年），冊八，卷三四八，頁4466。

者交織渾融，搭配得宜，其聲勢壯闊，沉雄渾厚，此動人的樂章更致
使眾樂皆停。如〈滿江紅〉：

> 漢水東流，都洗盡、髭胡膏血。人盡說、君家飛將，舊時
> 英烈。破敵金城雷過耳，談兵玉帳冰生頰。想王郎、結髮
> 賦從戎，傳遺業。　　　腰間劍，聊彈鋏。尊中酒，堪爲別。
> 況故人新擁，漢壇旌節。馬革裹屍當自誓，蛾眉伐性休重
> 說。但從今、記取楚樓風，裴臺月。（《全宋詞》，冊三，頁 1953）

此詞作於淳熙四年（1177），是年春，稼軒由京西路轉運判官改官江
陵知府（今湖北省江陵縣）兼湖北安撫使。據詞意，當爲贈別勉友之
作。盡洗髭胡膏血，筆起慷慨，更以「傳遺業」作結；換頭賦餞別，
彈鋏作歌，隱然報國無門，可看出詞人心懷建國立業的壯志。勉友亦
自勉，正值國家興亡，男兒欲振臂而起，縱橫沙場，馬革裹屍氣昂揚，
無怪乎其作品呈現出「激越慷慨」的格調。

　　然而如此激越慷慨之陳詞，其實來自於詞人心中「詩窮而後工」
〔註 139〕的莫可奈何之心境。故下片便將重點擺在辛棄疾詞之特
色，做爲闡述重點。下片首句「胸中塊壘千杯少」，化用了阮籍之
典〔註 140〕，所謂「借他人酒杯，澆胸中塊壘」，用酒來宣洩不平之氣
與愁思鬱結之悶，但對辛棄疾來說，他一生迭經毀謗讒言，轉徙漂浪
各地，雖有忠心耿介之情操卻時不我與，空有理想抱負之胸襟卻往往
落空，面對家國之危如累卵，岌岌可危，一介書生卻無能發揮所長，
而徒讓髮白蒼蒼，晚年更寄托於佛教，體悟「隨緣道理應須會，過分

〔註 139〕〔宋〕歐陽修〈梅聖俞詩集序〉：「予聞世謂詩人少達而多窮，夫豈然
　　　　哉？蓋世所傳詩者，多出於古窮人之辭也。凡士之蘊其所有而不得施
　　　　於世者，多喜自放於山巔水涯。外見蟲魚草木風雲鳥獸之狀類，往往
　　　　探其奇怪。內有憂思感憤之鬱積，其興於怨刺，以道羈臣、寡婦之所
　　　　歎，而寫人情之難言，蓋愈窮則愈工。然則非詩之能窮人，殆窮者而
　　　　後工也。」詳見〔宋〕歐陽脩：《歐陽修全集》（北京：中國書局，1991
　　　　年 6 月），頁 612。
〔註 140〕《世說新語‧任誕》記載：「王孝伯問王大：「『阮籍何如司馬相如』？
　　　　王大曰：『阮籍胸中壘塊，故須酒澆之。』」詳見徐震堮著：《世說新
　　　　語校箋》（臺北：文史哲出版社，1989 年），頁 409。

功名莫強求」之道理，然這其中的憾恨不忍，茹苦含辛之痛楚，又豈
是「千杯」之酒可以消解得了？所謂「富貴浮雲，我評軒冕，不如杯
酒」（〈水龍吟〉）、「休說往事皆非，而今云是，且把清尊酌。」（〈念
奴嬌〉），欲澆此塊壘，捨酒而何？是以辛詞中便時常出現老大飄零，
激越悲涼之作，如〈喜遷鶯・晉臣賦芙蓉詞見壽，用韻爲謝〉：

> 暑風涼月。愛亭亭無數，綠衣持節。掩冉如羞，參差似妒，
> 擁出芙渠花發。步襯潘娘堪恨，貌比六郎誰潔。添白鷺，
> 晚晴時，公子佳人並列。　　休說。寒木末。當日靈均，
> 恨與君王別。心阻媒勞，交疏怨極，恩不甚兮輕絕。千古
> 《離騷》文字，芳至今猶未歇。都休問，但千杯快飲，露
> 荷翻葉。（《全宋詞》，冊三，頁1935）

此詞係閒居瓢泉之作，具體作年不詳。此詞善用事，潘、張以貌美而
得寵于君主，屈原則以質潔而見逐于楚王，兩相對照，詞人藉以隱寄
身世之感，用心灼然；結韻千杯豪飲，以荷葉喻杯，葉上露珠喻酒，
舉杯暢飲更將自身牢騷不平之氣一吐而盡。然酒果能解得稼軒憤懣？
是知詞人痛飲之餘，每見壯慨之懷，勃鬱之氣。此外，〈水龍吟・過
南劍雙溪樓〉上片，更透露了悲涼之音：

> 舉頭西北浮雲，倚天萬里須長劍。人言此地，夜深長見，
> 斗牛光焰。我覺山高，潭空水冷，月明星淡。待燃犀下看，
> 凭欄却怕，風雷怒、魚龍慘。（《全宋詞》，冊三，頁1896）

「南劍雙溪樓」在今福建，相傳有晉朝張華「寶劍沉水」的故事〔註141〕。
辛棄疾此處使用水底寶劍的故事用來象徵自己的雄心壯志與復國理
想就猶如寶劍沉水般，湮滅見棄，此外，還有另一層用意，那就是
必須靠這把寶劍來撥除西北的浮雲讓久爲遮蔽的陽光能再次嶄露，

〔註141〕「晉張華善望氣，見鬥牛間常有紫氣，命雷煥爲豐城令訪之。煥到縣，
　　　　掘獄屋基，得龍泉、太阿兩寶劍，華與煥各佩其一。後華死，失劍所
　　　　在。雷煥在臨死前亦將劍交付其子，一日雷煥之子持劍行經延平津，
　　　　劍忽於腰間躍出墮水，使人沒水取之，不見劍，但見兩龍各長數尺。」
　　　　事見〔唐〕房玄齡撰，吳士鑑、劉承幹注，〔清〕錢大昕考異：《晉書
　　　　斠注》，頁755～755。

所謂「西北浮雲」就是指北方的金人異族,「西北」意象常出現辛詞中〔註 142〕,詞人想獲取這寶劍用來驅逐外虜但無奈這把寶劍卻深沉潭底已不復見,詞人的落寞惆悵由此可以想見;但辛棄疾並不放棄,他試圖點燃犀牛角向潭下看,想到潭中找尋那不再讓「浮雲能蔽日」之長劍,只是當他憑欄倚靠,卻懼怕那突如其來的風雷之摧迫與處心積慮的魚龍之戕害,「風雷」與「魚龍」在此指涉與辛棄疾立場不同的敵對陣營,欲成復國大事必須有寶劍助持,但讒言見謗、小人阻撓,致使長劍不出,豈不憾恨〔註 143〕?徐釚《詞苑叢談》卷四引黃梨莊之言:「辛稼軒當弱宋末造,負管、樂之才,不能盡展其用,一腔忠憤,無處發洩。觀其與陳同甫抵掌談論,是何等人物!故其悲歌慷慨,抑鬱無聊之氣,一寄之於其詞」,均使稼軒詞更爲強烈深沉,悲涼沉鬱。故此,焦袁熹稱其:「激越悲涼不可聽」,洵爲的論。綜合上述,焦袁熹聚焦於辛詞,進行深細周延的評論,能讓讀者在具體的論評中掌握到稼軒詞以悲涼慷慨的激越陳詞爲主要特色,焦氏細膩之洞察,故可稱之爲「微觀稼軒之詞章」。

九、劉克莊、劉過、陳亮

焦袁熹論辛派詞人,一首專論劉克莊,一首則合論劉克莊、劉過、陳亮等辛派詞人。分述如下:

(一)論辛派詞家:劉克莊

承恩主判茅君洞,史學文才。姓氏風雷。筆底鞍鞾起怒雷。

　　山歌協律如鮑竹,豪氣龐材。儉父休咍。多少尊拳笑受來。(《全清詞》,冊十八,頁 10582)

〔註 142〕如〈滿江紅・建康史致道留守席上賦〉:「袖裡珍奇光五色,他年要補天西北。」〈滿江紅・送信守鄭舜舉被召〉:「此老自當兵十萬,長安正在天西北。」

〔註 143〕〔清〕周濟《宋四家詞選》評辛詞〈水龍吟・過南澗雙溪樓〉:「欲挟浮雲,必須長劍,長劍不可得出,安得不恨魚龍?」《續修四庫全書》(上海:上海古籍出版社,2002 年),冊一七三二,頁 601。

劉克莊，初名灼，字潛夫，號後村，莆陽（今福建莆田）人也。生於
宋孝宗淳熙十四年（1187），度宗咸淳五年（1269）卒，年八十三，爲
南宋後期著名文學家。劉克莊詩詞「負一代時名」，詩、詞、詩論、散
文均有一定造詣，「言詩者宗焉，言文者宗焉，言四六者宗焉」〔註144〕，
「偶有題跋，後人輒以爲定衡」〔註145〕，作品甚爲豐富。早在南宋，
後村詞就馳譽詞壇，以「壯語」入詞，有稼軒之豪壯，善於以文爲詞，
以議論爲詞，以「辛派詞人」而著稱，馮煦甚至認爲「後村詞，與放
翁、稼軒，猶鼎三足」〔註146〕，爲南宋繼承蘇辛餘續之詞家。

　　劉克莊生活於趙宋末世，南宋統治者「沉酣江左」，對外屈膝求
和，對內迫害百姓，較之辛棄疾、陸游所處之南宋前期，外患掠奪、
奸佞攬政之情況，更爲尖銳激烈。劉克莊一生困窘，仕途備嘗波折，
經歷「梅花詩案」〔註147〕後，迭遭罷黜，被吳昌裔疏罷，歸主玉局
觀；蔣峴疏罷，主雲臺觀；金淵誣克莊清望自重，罷歸主崇禧觀。淳
祐元年罷崇禧觀時，已遭到五黜，〈賀新郎・再用前韻〉提及：「若把
士師三黜比，老子多他兩度。袖手看、名場呼五。不會車邊望塵拜，
免他年、青史羞潘母」（《全宋詞》，冊三，頁 2530），詞作中流露出
抑鬱苦悶心情及無法一展長才的悲憤。

　　上片第一句「主判茅君洞」化用〈賀新郎・王實之喜餘出嶺，
命愛姬歌新詞以相勞，輒次其韻〉，劉克莊於淳祐元年自廣州解任
歸里後，王邁作〈賀新郎・呈劉後村時自桂林被召到莆又遭煩言〉，

〔註144〕林希逸：〈後村先生劉公行狀〉，引自〔宋〕劉克莊：《後村詞箋註》
　　　　附錄，（臺北：大立出版社，1982 年），頁 353。

〔註145〕〔明〕毛晉：《宋六十名家詞・後村別調跋》，見施蟄存：《詞集序跋
　　　　萃編》，頁 248。

〔註146〕〔清〕馮煦：《蒿庵論詞》，見唐圭璋主編：《詞話叢編》，（北京：中
　　　　華書局，2005 年），冊四，頁 3595。

〔註147〕「寶、紹間，江湖集出，劉潛夫詩云：『不是朱三能跋扈，卻緣鄭五
　　　　次經綸，』又云『東風謬掌花權柄，卻忌孤高不主張』……當國者
　　　　見而忌之，并行貶斥。」〔宋〕羅大經著，王瑞來點校：《鶴林玉露》，
　　　　（北京：中華書局，1983 年），劉潛夫〈落梅〉詩後注，頁 260。

即次其韻，共和三首，第二闋詞〈賀新郎・蒙恩主崇禧再用前韻〉
云：

> 主判茅君洞。有檐間、查查喜鵲，曉來傳送。幾度黃符披
> 戴了，此度君恩越重。被賀監、天隨調弄。做取散人千百
> 歲，笑渠儂、一霎邯鄲夢。歌而過，鳳兮鳳。　　灌園織
> 屨希陳仲。問先生、加齊卿相，可無心動。除卻醴泉中太
> 乙，揀箇名山自奉。那捷徑、輸他藏用。有耳不曾聞黜陟，
> 免教人、貶鮫徂徠頌，服蘭佩，結茅棟。(《全宋詞》，冊三，
> 頁 2629)

茅君洞典自於《茅君內傳》〔註148〕，此句說明罷歸主崇禧觀一事。《宋
會要輯稿・職官五四・任宮觀》曰：「祠館之任，家居而食原祿，本
出朝廷禮賢優老之意。」〔註149〕又《宋史・職官・宮觀》載：「宋制，
設祠祿之官，以佚老優賢。……選人爲監嶽廟，非自陳而朝廷特差者，
如黜降之例。」〔註150〕由劉克莊〈答翁定〉詩：「牢落祠官冷似秋，
懶詩消遣一襟愁。」〔註151〕可推知祠官爲閒職，且實爲降官。而「幾
度黃符披戴了，此度君恩越重。」劉克莊於此句自注：「僕五任祠廟，
一南岳，二仙都，三玉局，四雲臺，五崇禧」言喜褪去官場束縛，然
吟詠喜歸隱退之情非眞，實乃憤懑之感矣。

　　次句，「史學文才」典自淳祐六年，宋理宗讚劉克莊「文名久著，
史學尤精」一事，林希逸〈後村先生劉公行狀〉載：「玉音曰：『朕知

〔註148〕「句曲山，秦時名爲華陽之天，三茅君居之，因而爲名。外有金山，
　　　　因壇爲號矣。周時名其源澤爲句曲之穴，案山形曲折，後人名爲句
　　　　曲之山。山間有金陵之地，四十七八頃，是金壇之地肺也，居其地
　　　　必得度世。」〔宋〕李昉等奉敕纂：《太平御覽》卷四十一〈地部六・
　　　　茅山〉，引自〔宋〕劉克莊：《後村詞箋註》(臺北：大立出版社，1982
　　　　年)，頁 61。

〔註149〕〔清〕徐松輯：《宋會要輯稿》(北京：中華書局，1997 年 6 月)，冊
　　　　九十一，頁 3594。

〔註150〕〔元〕脫脫：《宋史・職官・宮觀》，《二十五史》，冊三，卷一七〇，
　　　　頁 1907～1908。

〔註151〕〔宋〕劉克莊：〈答翁定〉，《全宋詩》，冊五十八，卷三〇三四，頁
　　　　36164。

卿文名，有史學。』即頒錫第之命，仍責修纂。公退見果山，坐未定，
宸翰已至：『劉某文名久著，史學尤精，可特賜同進士出身，除秘書
少監，令與尤焴同任史事，庶累朝鉅典，早獲成書。』」〔註152〕可見
劉克莊此次召對，頗獲理宗之心，乃得錫第之榮。但彈劾權相史嵩之
後，侍御史章琰疏罷，官運又屢遭波折。

　　上片末尾，「姓氏風雷。筆底鞁輈起怒雷」，說明劉克莊耿介直言、
驅遣風雷的豪壯之氣。洪天錫〈後村先生墓誌銘〉曰：「莆有二劉先
生，著作諱夙，正字諱翔，以言論風節聞天下，憸士畏其鎞鍔，同時
名勝俱位下風，號隆、幹第一流人。」〔註153〕劉克莊祖父劉夙及其
弟劉朔以言論風節聞名天下，劉克莊的直言敢諫，亦傳自劉氏家風，
奏疏浩然歸重，故王公歎曰：「不意二劉之後，有此佳作。知公不專
以文名也。」〔註154〕淳祐七年，被劉克莊引為同道的吳泳在〈沁園
春·洪都病中，聞計浣章成父讀示劉潛夫往歲辭建寧初命之詞而壯
之，因和一首寄呈〉（誇說紅嘟），下片云：

　　　　力能筆走風雷，人道是閩鄉老萬回，把崇天普地，層胸溫
　　　出：橫今豎古，信手拈來。（《全宋詞》，冊三，頁 2510）

說明劉克莊筆底的豪壯之氣，故李調元《雨村詞話》曰：「劉後村克
莊有〈滿江紅〉十二首，悲壯激烈，有敲碎唾壺，旁若無人之意。南
渡後諸賢皆不及。升庵稱其壯語足以立儒，信然。自名別調，不辜也」
〔註155〕，洵為篤論。

　　綜之上片，焦氏當評劉克莊仕途波折及其詞風。劉克莊「文名久
著，史學尤精」，人品亦是被當代所稱道，然因直言耿介的性格，屢

〔註152〕林希逸：〈後村先生劉公行狀〉，引自〔宋〕劉克莊：《後村詞箋註》
　　　　附錄（臺北：大立出版社，1982 年），頁 353。
〔註153〕洪天錫：〈後村先生墓誌銘〉，引自〔宋〕劉克莊：《後村詞箋註》附
　　　　錄（臺北：大立出版社，1982 年），頁 364。
〔註154〕洪天錫：〈後村先生墓誌銘〉，引自〔宋〕劉克莊：《後村詞箋註》附
　　　　錄（臺北：大立出版社，1982 年），頁 367。
〔註155〕〔清〕李調元：《雨村詞話》，見唐圭璋主編：《詞話叢編》，冊二，頁
　　　　1421。

遭小人疏罷，而累任祠官，其詞作表面書寫隱逸心志，卻難掩其憤恨
不平，文風具慷慨豪宕之氣。

下片便道劉克莊作詞、論詞皆要求協律之主張，〈翁應星樂府
序〉：

> 然長短句當使雪兒、囀春鶯輩可歌，方是本色。范蜀公晚
> 喜柳詞，以爲善形容太平。伊川見小晏「夢魂慣得無拘檢，
> 又踏楊花過謝橋」之句，笑曰：「鬼語也。」噫，此老先生
> 亦憐才耶？余謂君當參取柳、晏諸人以和其聲，不但詞進，
> 而君亦自此宦達矣！〔註156〕

劉克莊對婉約詞是肯定的，認爲「詞當協律，使雪兒春鶯輩可歌，不
可以氣爲色……前輩唯耆卿、美成尤工。」（〈劉瀾樂府跋〉）對晏殊
濃纖綿密之詞風及柳永細膩鋪敘之筆持讚賞態度。焦詞首句「山歌協
律如匏竹」，即化用自後村詞〈賀新郎・生日用實之來韻〉（鬢雪今千
縷），下片：

> 麟臺學士微雲句。便樽前、周郎復出，審音無誤。安得春
> 鶯雪兒輩，輕拍紅牙按舞。也莫笑、儂家蠻語。老去山歌
> 尤協律，又何須、手筆如燕許。援琴操，促箏柱。（《全宋詞》，
> 冊四，頁2629～2630）

劉克莊自述其創作主張，認爲詞作一定要符合「曲子詞」之特色，只
有「協律」、「可歌」方爲詞作本色。對於秦觀詞音律諧和評價甚高，
即使周瑜復生，也當予以肯定。而自己在鄉居生活中所寫的山歌雖然
言語俚俗粗野，但是其詞若能協律而歌，審音無誤，又何須像秦觀一
樣，因佳詩妙句獲滿座傾倒，聲名遠播。其〈漢宮春・題鍾肇長短句〉
（謝病歸來）亦有相同情調，詞曰：「村叟雞鳴籟動，更休煩簫管，
自協宮商。酒邊喚回柳七，壓倒秦郎。一觴一詠，老尚書、閒殺何妨。」
（《全宋詞》，冊四，頁2602）又〈水龍吟・丁巳生日〉（不須更問旁
人）：「笑先生此手，今堪何用，苔磯上，堪垂釣。　　白雪新腔高妙，

〔註156〕〔宋〕劉克莊：〈翁應星樂府序〉，見施蟄存：《詞籍序跋萃編》，頁
　　　　297。

把儂家、調疏稱道。」（《全宋詞》，冊四，頁 2621）焦袁熹論詞亦重視音律，曾作〈戲題絕句〉表達觀點：「麤豪氣象真儈父，輕靡音情不大夫。要使元聲諧律呂，洋洋盈耳解聽無。」〔註 157〕焦氏所謂「山歌協律如匏竹」，即肯定劉克莊「協律而歌」之主張，認為即便是粗俗山歌，只要審音協律，亦是美妙樂章。

　　次句「豪氣麤才」則化用劉克莊〈沁園春・吳叔永尚書和余舊作，再答〉（莫羨渠儂）詞句：

　　　　公過矣，賞陳登豪氣，杜牧粗才。……中年後，向歌闌易

　　　　感，樂極生哀。（《全宋詞》，冊四，頁 2595）

陳登，字元龍，在廣陵有威名。劉備言：「若元龍文武膽志，當求之於古耳，造次難得比也」〔註 158〕，給予極高評價。陳登曾被辛棄疾引為同調，借以抒發自己的憤懣之情：「元龍老矣，不妨高臥，冰壺涼簟。千古興亡，百年悲笑，一時登覽。」（〈水龍吟・過南劍雙溪樓〉）詞中暗示雖有大志但未能實現，不妨過閒適生活，劉克莊在此亦以自況。而「杜牧粗才」語出蘇軾〈和文與可洋川園池三十首・竹塢〉〔註 159〕。杜牧，字牧之，京兆萬年（今陝西西安）人，好讀書，工詩為文，嘗自負經緯才略，但由於秉性剛直，屢受排擠，一生

〔註 157〕〔清〕焦袁熹：《此木軒詩鈔》，卷二，（藏於中國國家圖書館善本室）。

〔註 158〕「備謂表曰：『許君論是非？』表曰：『欲言非，此君為善士，不宜虛言；欲言是，元龍名重天下。』備問汜：『君言豪，寧有事邪？』汜曰：『昔遭亂過下邳，見元龍。元龍無客主之意，久不相與語，自上大床臥，使客臥下床。』備曰『君有國士之名，今天下大亂，帝主失所，望君憂國忘家，有救世之意，而君求田問舍，言無可采，是元龍所諱也，何緣當與君語？如小人，欲臥百尺樓上，臥君於地，何但上下床之間邪？』表大笑。備因言曰：『若元龍文武膽志，當求之於古耳，造次難得比也。』見〔晉〕陳壽，〔宋〕裴松之注，盧弼集解，〔清〕錢大昕考異：《三國志集解・魏書・呂布傳・陳登》（臺北：新文豐出版社，1975 年），卷七，頁 247。

〔註 159〕「晚節先生道轉孤，歲寒惟有竹相娛。粗才杜牧真堪笑，喚作軍中十萬夫。」〔清〕王文誥、馮應榴注：《蘇軾詩集》，（臺北：學海出版社，1985 年），卷十四，頁 669。

仕途不得志。清代王文誥注「粗才」云：「唐之盛時，內重外輕，任方面者，目爲粗才。」〔註160〕又《北夢瑣言》載：「唐自大中以來，以兵爲戲者久矣，廊廟之上，恥言韜略，以橐鞬爲兇物，以鈐匱爲兇言，就有如盧藩、薛能者，目爲龎才。」〔註161〕「粗才」一詞凸顯劉克莊特重杜牧知兵論兵的性格。陳登一身豪氣但壯志未酬；杜牧倜儻慷慨，喜議論談兵，而不爲時所用，時不我與的際遇與劉克莊一生五起五黜頗爲類似，實乃相知相惜之言。焦袁熹借用「豪氣龎才」一語，道出劉克莊與陳登、杜牧異代同慨。

此外，「豪氣龎才」更概括劉克莊以文爲詞，卻顯率意直陳，有文無味之病。後村詞以議論入詞，句式散化，或通篇如此，或陡見一二，且好以民間流行之諺語、俗語入詞，益減其氣韻，如：「慨事常八九，不如人意。」（〈滿江紅・和叔永吳尙書〉）「須信諂語尤甘，忠言最苦，橄欖何如蜜？」（〈念奴嬌・壽方德潤〉）劉克莊對於辛、劉用典過多頗有微詞，曾言：「近歲放翁、稼軒一掃纖豔，不事斧鑿，高則高矣，然時時掉書袋，要是一癖。」〔註162〕然劉克莊卻不自覺而復蹈之，特別其晚歲之作，除了將冷僻晦澀之典故拼湊入詞外，更搬用缺乏新意之典，予人迂腐庸俗之感。〔註163〕其詞雖激昂慷慨、悲壯憤懣，然劉克莊終是缺乏才氣和馳騁疆場之經歷和豪氣，以文人之柔弱和細膩寫仗劍持戈，則顯氣勢侷促狹窄，故其詞壯而不豪，「大約直致近俗，效稼軒而不及」〔註164〕，詞風疏狂恣肆、激昂慷慨，

〔註160〕〔清〕王文誥、馮應榴注：《蘇軾詩集》（臺北：學海出版社，1985年），卷十四，頁669。

〔註161〕〔宋〕孫光憲：《北夢瑣言・儒將成敗》《景印文淵閣四庫全書》，冊一〇三六，卷十四，頁94。

〔註162〕〔宋〕劉克莊：〈跋劉叔安感秋八詞〉，見施蟄存：《詞籍序跋萃編》，頁296。

〔註163〕陳先汀：〈試論《後村詞》的特色——兼談劉克莊對豪放詞的發展〉，《福州師專學報》（社會科學版）第18卷第3期，1998年9月，頁43～44。

〔註164〕〔明〕楊愼：《詞品》，唐圭璋主編：《詞話叢編》，冊一，卷五，頁510。

失之婉約卻又離稼軒遠矣，故焦袁熹以「豪氣麤才」概括之。

　　闋末二句「傖父休哈。多少尊拳笑受來」，化用後村詞〈賀新郎·三和〉：

　　　　謫下神清洞。更遭他、揶揄點鬼，路旁遮送。薄命書生雞
　　　　肋爾，卻笑尊拳忒重。破故紙、誰教繙弄。(《全宋詞》，冊四，
　　　　頁 2629)

此用劉伶之典，《晉書·劉伶傳》曰：「(劉伶) 嘗醉與俗人相忤，其人
攘袂奮拳而往。伶徐曰：『雞肋不足以安尊拳。』其人笑而止」〔註165〕，
後以比喻身體瘦弱，不堪一擊。此闋〈賀新郎〉與上片首句出處相同，
當時劉克莊仕途坎坷，屢遭貶抑，表面抒發歸隱情懷，實則憤恨頗深，
因之書道：「薄命書生雞肋爾，卻笑尊拳忒重」，但晚年的劉克莊已知
年老體衰，展才無望，故也只能「任旁人，嘲潦倒，笑癡頑」〔註166〕，
展現消極低沈的心態，而仕途崎嶇不平，仕日少而隱日多之委屈，只
能自己承受，任人嘲弄；而劉克莊於景定年間，竟為賈似道一出，成
晚節污點，終見譏於史家，致《宋史》無傳，實可慨矣！焦詞「傖父
休哈。多少尊拳笑受來」一句，即勸告鄙俗之人不要任意譏笑其遭遇，
表達對劉克莊由早期抑鬱憤恨到晚年疏狂恣肆，哀苦胸次卻無人知曉
之同情。

（二）論辛派詞家：劉克莊、劉過、陳亮

　　　　癡兒騃女知何限，學語幽鳴。滴粉搓酥。看取堂堂一丈夫。
　　　　　　二劉未許曹劉敵，而況其餘。湖海尤麤。此句謂同父。
　　　　總與辛家作隸奴。(《全清詞》，冊十八，頁 10582)

詞以婉約為正宗，重形式技巧，多寫歌酒宴樂、男女之情，蘇軾係成
功轉變這種風氣的首位詞家，開創「豪放」一派，擴展了宋詞之領域。

〔註165〕〔唐〕房玄齡撰，吳士鑑、劉承幹注，〔清〕錢大昕考異：《晉書斠注
　　　　卷·劉伶列傳》，卷四十九，頁 920。
〔註166〕「南嶽後，累任作祠官。試說與君看。仙都玉局纔交卸，新銜又管華
　　　　州山。怪先生，吟膽壯，飲腸寬。　去歲擁旌稱太守。今歲帶笭
　　　　箬稱漫叟。慵入鬧，慣投閒，有時拂袖尋種放，有時攜枕就陳摶。任
　　　　旁人，嘲潦倒，笑癡頑。」《全宋詞》，冊四，頁 2635。

南宋辛棄疾繼之，詞格崇雄壯，尙陽剛，語言慷慨縱橫，好議論又復多用典實，打破傳統詞作「滴粉搓酥」之狹小題材，慷慨悲歌代替纖豔柔脆之調，金戈鐵馬洗刷了綺羅香澤之態，號爲「稼軒體」。辛詞以橫放傑出、沉鬱頓錯之詞篇表達抗金復國之壯志情懷，在南宋已經隱然成派，立一大門戶，形成所謂的辛派詞人，蔣兆蘭《詞說》載：「南宋辛稼軒，運深沉之思於雄傑之中，遂以蘇辛並稱。他如龍洲、放翁、後村諸公，皆嗣響稼軒，卓卓可傳者也。」〔註 167〕可見辛派詞人多有佳作傳世，深具影響力。

上片「癡兒騃女知何限，學語幽鳴。滴粉搓酥。看取堂堂一丈夫」，正表達稼軒體打破「詞爲豔科」的侷限。「癡兒騃女」指迷戀於情愛的男女。「滴粉搓酥」形容美女肌膚白膩。此句當指婉約詞作強調閨情綺靡、講求協律詞情的侷限，且看辛派詞人展現氣魄恢弘的「大丈夫」豪傑之氣。故《四庫全書總目》曰：「其詞慷慨縱橫，有不可一世之慨，於倚聲家爲變調，而異軍突起，能於翦紅刻翠之外，屹然別立一宗。」〔註 168〕評論辛棄疾展現豪邁沈鬱、力拔山河的新氣象，並能開拓「婉約」之外的格調。

下片「二劉未許曹劉敵，而況其餘」二句，指劉過、劉克莊，雖然能表現出慷慨氣息，然其作品基本沒有超出仿效之範圍，更遑論其他辛派作家了。在辛派詞人中，劉過、劉克莊、劉辰翁並稱「三劉」，以劉克莊的成就最高，「其生丁南渡，拳拳君國，似放翁。志在有爲，不欲以詞人自域，似稼軒。」〔註169〕劉過（1154～1206），字改之，號龍洲道人，吉州太和（今江西泰和）〔註 170〕人。嘗伏闕上書，請光宗過宮。復以書抵時宰，陳述恢復中原之方略。未被採納，四次應

〔註167〕 蔣兆蘭：《詞說》，見唐圭璋主編：《詞話叢編》，冊五，頁 4632。

〔註168〕 〔清〕永瑢、紀昀總纂：《四庫全書總目》，卷一九八，頁 1816。

〔註169〕 〔清〕馮煦：《蒿庵論詞》，唐圭璋主編：《詞話叢編》，冊四，頁 3595。

〔註170〕 關於劉過之籍貫有四說，張文彥〈劉過的生平與交友〉一文已考辯詳實。見《中華文化月刊》第 250 期，2001 年 1 月，頁 98。

舉不第，放浪湖海間，終身未仕，有龍洲詞一卷。王易《詞曲史》：「後村、龍洲皆稼軒羽翼。」〔註171〕又馮煦《蒿庵論詞》言：「龍洲自是稼軒附庸。」〔註172〕劉克莊與劉過兩人，尤時與稼軒並稱，謂之「辛、劉」。「曹劉敵」指三國曹操、劉備。辛棄疾〈滿江紅・江行和楊濟翁韻〉道：

> 過眼溪山，怪都似、舊時曾識。是夢裏、尋常行遍，江南
> 江北。佳處徑須攜杖去，能消幾兩平生屐。笑塵埃、三十
> 九年非，長爲客。吳楚地，東南坼。英雄事，曹劉敵。被
> 西風吹盡，了無陳跡。樓觀纔成人已去，旌旗未卷頭先白。
> 歎人間、哀樂轉相尋，今猶昔。(《全宋詞》，冊三，頁1870～1871)

曹操曾對劉備說：「今天下英雄，惟使君與操耳。」〔註173〕而孫權堪與二者鼎立。立足東南北拒強敵的孫權，最令辛棄疾欽佩景仰。辛棄疾平生以英雄自許，渴望成就英雄偉業，成爲曹操、劉備那樣的英雄，方曰：「英雄事，曹劉敵。」然而劉克莊、劉過無稼軒之際遇，縱有狂直激昂之氣，亦未臻於渾厚沉鬱，反逞疏豪之態，故焦袁熹藉此事，說明二劉欲步續辛棄疾豪邁氣魄的格調，但無法匹敵。劉熙載《詞概》曰：「劉改之詞，狂逸之中，自饒俊致，雖沈著不及稼軒，足以自成一家。」〔註174〕李調元《雨村詞話》云：「其時爲稼軒客如龍洲劉過，每學其法，時人都稱之，然失之粗劣。」〔註175〕顯然歷代評價皆認爲二劉之成就未能超越辛棄疾。

　　「湖海尤龐」，焦氏於下自注「同父尤龐」。詞中所言「湖海」、「同父」指陳亮。陳亮（1143～1194），字同甫，號龍川，婺州永康（今

〔註171〕王易：《詞曲史》（臺北：廣文書局，1979年10月），頁202。
〔註172〕〔清〕馮煦：《蒿庵論詞》，見唐圭璋主編：《詞話叢編》，冊四，頁3593。
〔註173〕〔晉〕陳壽：《三國志集解・蜀書・先主傳》，《二十五史》，冊七，卷三二，頁740。
〔註174〕〔清〕劉熙載：《詞概》，見唐圭璋主編：《詞話叢編》，冊四，頁3695。
〔註175〕〔清〕李調元：《雨村詞話》，見唐圭璋主編：《詞話叢編》，冊二，頁1420。

浙江永康）人，才氣超邁，有志事功，力主抗金，未被採納，一生坷壈多災，三次下獄，爲南宋時代的思想家與文學家，著有《龍川文集》四十卷、《外集》四卷，《外集》皆爲長短句，亦稱《龍川詞》。《詞概》曰：「陳同甫與稼軒爲友，其人才相若，詞亦相似。」〔註176〕陳亮與辛氏交遊唱和，擴大愛國豪放詞之氣勢。辛棄疾〈賀新郎・同父見和，再用韻答之〉有評論陳亮之語：「老大猶堪說。似而今、元龍臭味，孟公瓜葛。」（《全宋詞》，冊三，頁 1889）「元龍臭味」是說與陳元龍（陳登）氣味相投，陳元龍爲「湖海之士」，在此詩中比喻陳亮，本闋詞「湖海」當亦指陳亮。於永森云：「抑鬱磊落猶過稼軒，警動人心，然俊昌豪宕、圓融婉轉意味已遜已。」〔註177〕陶爾夫、劉敬圻：「陳亮詞斬截痛快，橫放恣肆，語出肺腑，絕少矯飾，自成一家，其缺乃在於以文爲詞、以議論爲詞的同時，未能更多保留詞之要渺宜修的特點，個別詞篇有氣而無韻，或過于淺露、率直」〔註178〕，故知陳亮豪放有餘，終嫌力拙氣弱，醖藉不足，失之於麤。

　　最後焦袁熹以「總與辛家作隸奴」一句總評辛派詞人。南宋詞人受辛棄疾的影響而產生的豪放詞派，主要有陳亮、劉過、劉克莊等人，他們用詞來抒發愛國情感，豪放慷慨如辛棄疾，但題材不如辛詞廣，風格不如辛詞多樣。多以議論爲詞，以文爲詞，過於直率，不如辛詞蘊藉，雖偶有青出於藍之作，整體而言，終難逃出藩籬。誠如焦袁熹《此木軒論詩彙編》卷二所言：

　　　　顧寧人與人書云，君詩之病，病于有杜；君文之病，病于
　　　　有韓歐。有此蹊徑于胸中，便終身不脫依傍二字，斷不能
　　　　登峰造極。〔註179〕

〔註176〕〔清〕劉熙載：《詞概》，見唐圭璋主編：《詞話叢編》，冊四，頁 3695。
〔註177〕於永森：《紅禪室詩詞叢話》（北京：中國文聯出版公司，2001 年），頁 197。
〔註178〕陶爾夫，劉敬圻：《南宋詞史》（哈爾濱：黑龍江人民出版社，2005 年），頁 195～196。
〔註179〕〔清〕焦袁熹《此木軒論詩彙編》卷二，藏於上海圖書館，未編版項、頁次。

依門傍戶，強作臺隸者，非病則亡，終難登峰造極也。而於焦袁熹之後，謝章鋌《賭棋山莊詞話》卷一亦云：「稼軒是極有性情人，學稼軒者，胸中須先具一段眞氣奇氣，否則雖紙上奔騰，其中俄空焉，亦蕭蕭索索如牖下風耳。」〔註180〕陳廷焯《白雨齋詞話》卷一亦云：「大抵稼軒一體，後人不易學步。無稼軒才力，無稼軒胸襟，又不處稼軒境地，欲於粗莽中見沉鬱，其可得乎。」〔註181〕後世學步者，亦步亦趨，遂生浮囂之弊，流於粗豪之病，誠然「總與辛家作隸奴」！

第二節　論南宋中期詞人

南宋中期，是蒙古滅金，南宋苟安時期，塡詞者多講求聲律，競尚詞藻。焦袁熹論南宋中期詞人，取姜夔、史達祖、戴復古、張榘、吳文英五家，共計五首。其中論戴復古一首，係以詠事爲主而非論其詞。茲依次分析如下：

一、姜夔

姜夔，字堯章，號白石道人，饒州鄱陽（今江西鄱陽）人。南宋詩人，生卒年已難確定，據夏承燾考證，其生年約當宋高宗紹興二十五年（1155）左右，卒年約在宋寧宗嘉寧十四年（1221）之後。〔註182〕謝章鋌：「姜白石《宋史》無傳，祖述倚聲者，一缺憾也。」故錄張鑑之篇，以資參考。〔註183〕姜夔早歲孤貧，姊嫁沔之山陽，因往來沔鄂間幾二十年，從與范成大、楊萬里、辛棄疾等人交遊。終

〔註180〕〔清〕謝章鋌：《賭棋山莊詞話》，唐圭璋主編：《詞話叢編》，冊四，卷一，頁3330。

〔註181〕〔清〕陳廷焯：《白雨齋詞話》，唐圭璋主編：《詞話叢編》，冊四，卷一，頁3196。

〔註182〕夏承燾：《姜白石詞編年箋校·行實考》（上海：上海古籍出版社，1981年5月），頁226。

〔註183〕〔清〕謝章鋌：《賭棋山莊詞話》，唐圭璋主編：《詞話叢編》，冊四，卷三，頁3355。

生浪迹江湖、寄食諸侯之游士，不第，以布衣終。〔註184〕夔精音律，工詩詞，善書法，著有《白石道人詩集》、《詩說》、《白石道人歌曲》。宋代乃詞體發展之全盛期，以詞所具之音樂性及姜夔自身妙解音律之才能，能配合詞作自創曲譜，詞名彰顯於後世，以至清代浙派人奉爲圭臬，形成「家白石而戶玉田」（《靜志居詩話》）之盛況，遂將其詩名掩過，然而根據宋代諸家筆記所記載，可見姜夔確是詩詞俱工，顯名當世，深受時人推崇，名聲震耀一世。〔註185〕

　　清代前期文人對於姜夔詞之推崇言語，蔚爲大觀。浙西詞派創始人朱彝尊推尊姜夔，以爲「姜夔章氏最爲傑出」〔註186〕、「詞莫善於姜夔」〔註187〕，以姜夔爲南宋詞之能手。汪森以姜夔「句琢字煉，歸於醇雅」〔註188〕高度肯定姜詞之領導地位。其他不入浙、常兩派之詞評家，王士禎、鄒祇謨等讚賞其融篇煉句中「宋南渡後，梅溪、白石、竹屋、夢窗諸子，極妍盡態，反有秦、李未到者。雖神韻天然

〔註184〕夏承燾：《姜白石詞編年箋校》（上海：上海古籍出版社，1998年12月），頁1、299、320。

〔註185〕〔宋〕陳振孫《直齋書錄解題》云：「白石道人集三卷、鄱陽姜夔堯章撰。千巖蕭東夫識之於年少客遊，以其兄之子妻之。石湖范至能尤愛其詩。楊誠齋亦愛之。賞其歲除舟行十絕，以爲有裁雲縫月之妙思，敲金戛玉之奇聲。」（《景印文淵閣四庫全書》，冊六七四，卷二十，頁882。）〔宋〕羅大經《鶴林玉露》：「姜堯章學詩於蕭千巖，琢句精工。有詩云：（詩略），楊誠齋喜誦之。嘗以詩〈送江東集歸誠齋〉云：（詩略），誠齋大稱賞，謂其家冢嗣伯子曰：『吾與汝弗如姜堯章也。』報之以詩云：『尤蕭范陸四詩翁，此後誰當第一功。新拜南湖爲上將，更差白石作先鋒。可憐公等皆癡絕，不見詞人到老窮？謝遣管城儂已晚，酒泉端欲乞疏封。」（〔宋〕羅大經，王瑞來點校：《鶴林玉露‧丙編》（北京：中華書局，1983年），卷二，頁267。）以上諸家筆記都是宋代人記宋時事，可信度極高。

〔註186〕〔清〕朱彝尊：〈發凡〉，〔清〕朱彝尊編、王昶續補：《詞綜》（臺北：世界書局，1968年），頁4。

〔註187〕〔清〕朱彝尊：《曝書亭集》，〔清〕永瑢、紀昀等修纂：《文淵閣四庫全書》，冊一三一八，卷四十，頁105。

〔註188〕〔清〕汪森：〈詞綜序〉，〔清〕朱彝尊編、王昶續補：《詞綜》（臺北：世界書局，1968年），頁1。

處或減，要自令人有觀止之歎」〔註 189〕，大抵清代前期對姜夔，多
所肯定與稱許。焦袁熹〈采桑子・姜白石〉此闋論姜夔詞學脈絡與創
新之處，而此種清空騷雅、野趣天眞，則非凡人能效顰。詞云：

> 范家一隊當先出，白石粼粼。未免清貧。製得新詞果絕倫。
> 　誠知此事由天縱，一片閒雲。野逸天眞。寄語諸公莫
> 效顰。（《全清詞・順康卷》，冊十八，頁 10582）

起首「范家一隊當先出，白石粼粼」兩句，指出范成大等人先開風
氣，繼范成大等輩之後，姜夔後浪推前浪，更爲閃耀動人。就姜夔
所處的當代詩壇而言，江西詩派仍保有相當之勢力，「宋自汴梁南
渡，學詩者多以黃魯直爲師」〔註 190〕，當時著名詩人如陸游、楊
萬里、范成大、尤袤等人，無一不以江西詩派爲淵源，終宋之世始
終流行不輟，然其末流乾枯、生澀之詩風，流傳既久，遂爲後世所
詬病。「范家一隊」指范成大、楊萬里、陸游、尤袤「中興四大詩
人」等輩，所作詩歌或奇峭、或悲壯、或端莊婉雅〔註 191〕。就四
人詞作而言，除放翁仍爲大家外，尤、楊則作品僅存，不成家數，
至於范成大百餘闋石湖詞，卻評價不高，難匹其詞〔註 192〕。由於
姜夔早期學習江西詩派，深知其弊，有意識地將晚唐詩中與詞體較
接近的綿邈風神，清新圓活一路引入詩中，使其詩作顯得空靈蘊
藉，別饒風致，特別是具有「溫李氏才情」的絕句，其風神意境更
像一首小令。姜夔作詩與當時江西末流因循守舊、專事模擬者大異
其趣。嘗自謂：

〔註 189〕〔清〕王士禎《花草拾蒙》，見唐圭璋編，《詞話叢編》，冊一，頁 682。
〔註 190〕〔清〕朱彝尊：《曝書亭集・重鋟裘司直詩集序》，《四部叢刊初編縮
　　　　本》（臺北：商務印書館，1967 年），卷三十七，頁 316。
〔註 191〕《四庫總目・梁谿遺稿提要》云：「方回嘗作袤詩跋，稱『中興以來，
　　　　言詩必曰尤、楊、范、陸。誠齋時出奇峭，放翁善爲悲壯，公與石
　　　　湖，冠冕佩玉，端莊婉雅。』」〔清〕永瑢、紀昀編纂：《四庫總目》，
　　　　卷一五九，頁 1368。
〔註 192〕王師偉勇：《南宋詞研究》（臺北：文史哲出版社，1987 年 9 月），
　　　　頁 281。

> 余識千巖於瀟湘之上，東來識誠齋、石湖，嘗試論茲事，
> 而諸公咸謂其與我合也。豈見其合者，而遺其不合者
> 耶？……余之詩，餘之詩耳。窮居而野處，用是陶寫寂寞
> 則可，必欲其步武作者，以釣能詩聲，不惟不可，亦不敢。
> 〔註193〕

其詩主要是「陶寫寂寞」，非「步武作者」而來，嘗以「論文要得文
中天，邯鄲學步則不然。如君筆墨與性合，妙處特過蘇李前」〔註194〕
一詩，匡濟江西詩派之弊病。羅大經《鶴林玉露》曾記載楊萬里對白
石之稱讚：

> 尤蕭范陸四詩翁，此後誰當第一功。新拜南湖爲上將，
> 更差白石作先鋒，可憐公等皆癡絕，不見詞人到老窮。
> 謝遣管城儂已晚，酒泉端欲乞疏封。〔註195〕

楊萬里以爲尤袤、蕭德藻、范成大、陸游之後，詩歌當以姜夔爲第一
功，獎掖姜夔，不僅是對其出眾才華的讚許，亦是對其非生吞活剝的
詩風之稱賞，更是對其大膽跳出江西的認同。焦氏所謂「范家一隊當
先出，白石粼粼」，即稱道姜夔突破江西末流，自成一家風味，所論
雖爲詩，然就詞而言，姜夔於范成大等人之後，誠然更爲閃映動人。

　　「未免清貧。製得新詞果絕倫」，意謂姜夔寄人門下，其詞題取
材不免落入清疏貧乏之缺點，而其自度曲、製新詞，則因音節諧婉、
清空騷雅反而超群絕倫。此處「清貧」可作二解，其一，即言姜夔身
世之總結。姜夔雖早有文名，然屢次應試未能中舉，唯靠友人資助爲
生，爲人清高耿直，甘守清貧，雖生計日絀，仍不屈節以求官祿。其
二，則言其詞題材並無拓展。姜夔詞取材上較爲狹窄，主要以詠物、

〔註193〕〔宋〕姜夔：《白石道人詩集自敘》，《景印文淵閣四庫全書》（臺北：
　　　　臺灣商務印書館，1983 年，據國立故宮博物院藏本影印），冊一一
　　　　七五，頁64。
〔註194〕〔宋〕姜夔著：《白石道人詩集・送項平甫倅池陽》，《景印文淵閣四
　　　　庫全書》（臺北：臺灣商務印書館，1983 年，據國立故宮博物院藏
　　　　本影印），冊一一七五，頁73。
〔註195〕〔宋〕羅大經，王瑞來點校：《鶴林玉露・丙編》（北京：中華書局，
　　　　1983 年），卷二，頁267。

寫景、歌詠愛情爲主題，內容多描述個人生活，抒發身世寥落之感和
相思別離之情，對現實之反映略顯淡漠，未免清疏貧乏。焦氏論姜詞
主要以後者爲脈絡論述，認爲其詞仍沿襲前人題材，頗爲可惜，故發
出「未免清貧」之嘆。焦氏雖認爲姜夔詞取材清貧空疏，但對於姜夔
詞清新剛勁之語言風格，空靈含蓄、高雅脫俗之清空特色，仍予以高
度肯定。姜夔初學江西詩派，後大悟「學即病」，故束黃詩於高閣；
後乃醉心陸龜蒙，亟欲以晚唐矯江西之病，此種出入江西、晚唐之學
詩過程，終影響其詞篇創作。姜夔遂以江西詩法運化於詞中，以清勁
峭拔之筆救詞風軟媚香豔之失，且引空靈蘊藉，別饒風致之詞風入
詩，在婉約、豪放詞派之外蔚成清空風格。〔註 196〕清・吳淳還〈白
石詞鈔序〉（武唐俞氏本）即記下姜夔對傳統詞風轉變之功：

> 南宋詞至姜氏堯章，始一變《花間》、《草堂》纖穠靡麗之
> 習。野雲孤飛，去留無跡，前人稱之審矣。〔註 197〕

南宋至姜夔才以高雅清淡一派，一變晚唐五代以來，纖穠靡麗之風
格。清・田同之《西圃詞說》也曾說：「南唐、北宋後，辛、陸、姜、
劉漸脫香奩，仍存詩意。」〔註 198〕北宋之後，辛棄疾、陸游、姜夔、
劉克莊漸脫香奩，走出與溫韋婉約穠麗不同路線，尤其姜夔繼陸游、
范成大、楊萬里等人之後，其詞以淡遠詞風，清空騷雅爲特色。而
此種特色當表現於製新詞方面，由於姜夔精音律，能自創詞譜，如
《白石道人歌曲》中如：〈暗香〉、〈疏影〉、〈揚州慢〉等十七首，或
依調填詞，或自創新調，每首定有宮調，帶有曲譜，無不格律嚴密，
音節諧婉，「極精妙，不減清眞樂府，其間高處，有美成所不能及者」

〔註 196〕如張師高評所言：「詩與詞的創意組合，自是窮變通久，開創新體之
　　　　嘗試。蘇軾『以詩爲詞』形成豪放詞風，姜夔『以詞爲詩』蔚成清
　　　　空風格，證明文體之改造新生，需要借重創造性思維之運用。」張
　　　　高評：〈破體與創造性思維〉，《中山大學學報》（社會科學版）第 3
　　　　期，2009 年，頁 25。
〔註 197〕金啓華、張惠民、王恒展、張宇聲、王增學：《唐宋詞集序跋匯編》
　　　　（臺北：臺灣商務印書館，1993 年），頁 209。
〔註 198〕〔清〕田同之《西圃詞說》，唐圭璋：《詞話叢編》，冊二，頁 1453。

〔註199〕，對於南宋之後詞壇創新和詞式上格律變化有所貢獻，指出宋詞向上一路，故焦氏著眼於姜夔創制之詞調，傳爲佳作，故以「製得新詞果絕倫」譽之。

下片「誠知此事由天縱，一片閒雲。野逸天眞。寄語諸公莫效顰」，謂白石此種清空風格，乃憑藉自然之天賦英才，方能寫出如一片閒雲、野逸天眞之格調，非黽勉雕琢而成，所以敬告諸公莫效顰。宋·張炎《詞源》卷下曾比較姜夔、吳文英之詞，云：

> 詞要清空，不要質實。清空則古雅峭拔，質實則凝澀晦昧。姜白石詞如野雲孤飛，去留無跡。吳夢窗詞如七寶樓台，眩人眼目，碎拆下來，不成片斷。此清空質實之說。〔註200〕

張炎所謂清空係針對質實而言，特借清空以補質實之缺失，舉姜夔作爲清空之代表。姜夔詩原有清空之特質，力求氣格清奇、意境雋淡、韻致深美，其《詩說》理論中，即標舉「高妙」〔註201〕爲其重要審美追求，更主張「語貴含蓄。……句中有餘味，篇中有餘意，善之善者也。」因其詩論即詞論，故姜詞亦當騷雅含蓄有言外之意，蘊含某種藏而不露的微妙情韻，因此探究姜詞之清空，須同時體會箇中「旨意」及「機趣」，不然易流於空泛。〔註202〕焦袁熹借張炎語「野雲孤飛，去留無跡」而成「一片閒雲。野逸天眞」，指出姜詞清新超妙之詞風。姜夔盡洗濃艷，清空自然之氣格，乃才人自然流出，正如清·陳廷焯《白雨齋詞話》卷八所云：「東坡、白石具有天授，非人力可

〔註199〕〔宋〕黃昇：《中興以來絕妙詞選》，《四部叢刊初編》（臺北：臺灣商務印書館，1967年），冊四三八，卷六，頁64。

〔註200〕〔宋〕張炎，《詞源·清空》，唐圭璋《詞話叢編》，冊一，頁259。

〔註201〕姜夔：《詩說》：「詩有四種高妙，一曰理高妙，一曰意高妙，三曰想高妙，四曰自然高妙，礙而實通曰理高妙，事出意外曰意高妙，寫出幽微，如清潭見底，曰想高妙，非奇非怪，剝落文采，知其妙而不知其所以妙，曰自然高妙。」見姜夔：《白石道人全集》（臺北：臺灣商務印書館，1968年），頁3。

〔註202〕王師偉勇：《南宋詞研究》，頁352～353。

到。」〔註203〕又清‧沈祥龍《論詞隨筆》亦云：

> 古詩云：「識曲聽其真。」真者，性情也，性情不可強。觀
> 稼軒詞知為豪傑，觀白石詞知為才人，其真處有自然流出
> 者。〔註204〕

故焦袁熹說「誠知此事由天縱」，是指姜夔詞「如閒雲野鶴，超然物
外，未易學步」〔註205〕，其超凡脫俗之自然特色，後人難以刻苦學
成。誠如姜夔於《白石道人詩說》所謂「一家之風味」：

> 一家之語，自有一家之風味。如樂之二十四調，各有韻聲，
> 乃是歸宿處。　　模倣者語雖似之，韻亦無矣。雞林其可
> 欺哉！〔註206〕

　　姜夔自成一家，此天分非模倣者所能比擬，因此焦袁熹苦苦告誡
諸公「莫效顰」！姜夔以清靈空妙之境，創立婉約新境，且此創作方
法，乃天生自然，後人難以比擬，焦氏「寄語諸公莫效顰」一語，即
針對浙派末流徒自模仿，終落得空疏浮薄之弊病而發，開清代中後期
常州詞派糾浙派偏頗之先聲。

二、史達祖

　　史達祖（1163？～1220？），字邦卿，號梅溪，祖籍汴京（今河
南開封）人。為南宋中葉著名詩人，然而其生平事蹟不僅正史無傳，
宋人筆記野史亦少談及，故事蹟隱晦不彰，唯於部分著作中略有提
及。史達祖為南渡名士，寓居杭州，屢試進士不第。開禧元年（1205）
曾隨賀金生辰使李壁使金；深受韓侂冑重用，「奉行文字，擬帖撰旨，
俱出其手」〔註207〕。開禧三年（1207），韓侂冑以「開禧北伐」失敗

〔註203〕〔清〕陳廷焯：《白雨齋詞話》，唐圭璋：《詞話叢編》，冊四，頁3969。
〔註204〕〔清〕沈祥龍：《論詞隨筆》，唐圭璋《詞話叢編》，冊五，頁4052。
〔註205〕〔清〕陳廷焯：《白雨齋詞話》，唐圭璋：《詞話叢編》，冊四，頁3963。
〔註206〕〔宋〕姜夔：《白石道人詩說》，〔清〕何文煥輯：《歷代詩話》（北京：
　　　　中華書局，2006年6月），下冊，頁683。
〔註207〕〔宋〕葉紹翁：《四朝聞見錄‧侂冑師旦周筠等本末》，《景印文淵閣
　　　　四庫全書》，冊一○三九，卷五，頁758。

被殺，亦受株連下大理寺，黥面流放，遂困躓而死。歷代對於其人其詞之評價不一，毀譽參半，意見紛繁，焦袁熹則分論史達祖其詞品與人品，不以人品損其詞品，〈采桑子‧史梅溪〉：

> 青衫不向詩書得，風月襟情。鸞鳳音聲。酒肆歌樓合有名。
>
> 　勸君莫謾嘲牛後，上壽先生。贊助調羹（此是高賓王詞中語，讀之得不令人慚赧）。多少尊官喚作兄。〔註208〕

焦袁熹「青衫不向詩書得」句，引自史達祖〈滿江紅‧書懷〉，得見其失意之悲及貧寒之憤：

> 好領青衫，全不向、詩書中得。還也費、區區造物，許多心力。未暇買田清潁尾，尚須索米長安陌。有當時、黃卷滿前頭，多慚德。　　思往事，嗟兒劇。憐牛後，懷雞肋。奈棱棱虎豹，九重九隔。三徑就荒秋自好，一錢不直貧相逼。對黃花、常待不吟詩，詩成癖。（《全宋詞》，冊四，頁2343）

清‧樓敬思說：「史達祖，南渡名士，不得進士出身。以彼文采，豈無論薦，乃甘作權相堂吏，至被彈章，不亦降志辱身之至耶？讀其「書懷」〈滿江紅〉詞「三徑就荒秋自好，一錢不值貧相逼」，亦自怨自艾者矣。」〔註209〕可見此乃為一首牢騷詞，表達貧士失職自艾自怨，有堪憐憫者矣！詞人未敢盡情宣洩憂憤，首二句「好領青衫，全不向、詩書中得」表達隱晦曲折之意涵有二：一怨命運之不濟，二憤世道之不公。身上這領青衫並非從科舉正途所得，空有滿腹才華，卻只能屈志側身為吏，沉淪下僚。科場困人，懷才不遇，身世潦倒所產生的沉鬱憂憤之情緒流諸筆端。

　　焦詞「風月襟情」，化用史達祖詞「辦一襟，風月看升平，吟春色」句，論其眷念中原，渴望收復故土之心情。二帝蒙塵，南渡偷安之恥辱，影響整個南宋文人心態，史達祖以其堂吏身分，其詞

〔註208〕《全清詞‧順康卷》（二卷本）未收，此據南開大學館藏：《此木軒全集‧此木軒直寄詞》（三卷附舊作一卷清抄本），未編版次、頁碼。

〔註209〕〔清〕張宗櫹輯：《詞林紀事》（臺北：木鐸出版社，1982年），頁379。

自然缺乏豪爽之氣概，與撼動人心之力度，但「怨悱中寓忠厚」、「伊鬱中饒蘊藉」〔註210〕，仍見詞平戎復國之志。〈滿江紅‧九月二十一日出京懷古〉：

> 緩轡西風，嘆三宿，遲遲行客。桑梓外，鋤耰漸入，柳坊花陌。雙闕遠騰龍鳳影，九門空鎖鴛鴦翼。更無人，撅笛傍宮墻，苔花碧。　　天相漢，民懷國。天厭虜，臣離德。趁建瓴一舉，並收鰲極。老子豈無經世術，詩人不預平戎策。辦一襟，風月看升平，吟春色。（《全宋詞》，冊四，頁2343）

詞人抒發了強烈的家國之恨與身世之感，上片則以當年北宋繁華帝都，如今已成破敗宮城，表現今昔對比之感慨。下片「辦一襟，風月看升平，吟春色」，以高昂之情調，表達收復中原，統一河山之信心和期望，係詞人平戎之志的明確體現。繆鉞評價：「史達祖還是有一定的民族思想，在陪節使金北行時，慨嘆中原淪陷，同情遺老，也曾獻過平戎策，其為人也並非一無足取者」〔註211〕，厥為公允之評論，史達祖以堂吏身分出使北國，對於家國淪喪之悲切心情，鮮明可見。

　　接下來「鸞鳳音聲，酒肆歌樓合有名」，則論梅溪詞音調和諧，特宜於酒樓歌館。史達祖精通音律，且能自度曲，於兩宋其創調之多堪稱大家。張炎論詞提倡「雅正」，嚴格要求「協律」，周邦彥雖負一代之盛名，然其音譜仍「間有未諧」，但史達祖協律合譜，屬「可歌可誦」之作；清初浙西詞派統治詞壇，標榜「清空」，偏心於詞之格律、技巧，因此朱彝尊便稱：「吾最愛姜史」，梅溪詞合乎音律標準，又以清超擅勝，焦袁熹稱譽其詞為音暢殊異之「鸞鳳音聲」〔註212〕。清人沈曾植在《菌閣瑣談‧宋詞三家》：

〔註210〕〔清〕陳廷焯：《白雨齋詞話》，唐圭璋主編：《詞話叢編》，冊四，卷二，頁3797。

〔註211〕繆鉞：《繆鉞說詞》（上海：上海古籍出版社，1999年12月），頁177。

〔註212〕《嘯旨‧蘇門章第十一》：「昔人有游蘇門，時聞鸞鳳之聲，其音美暢殊異，假為之鸞鳳。鸞鳳有音，而不得聞之，蘇門者，焉得而知鸞鳳之響？後尋其聲，迺僬君之長嘯矣。」《叢書集成初編》，冊一六八○，頁6。

> 吳夢窗，史邦卿影響江湖，別成絢麗，特宜於酒樓歌館，
> 飣坐持杯，追擬周、秦，以續東都盛事。於聲律爲當行，
> 於格律則卑靡。〔註213〕

後人嘗謂史達祖爲姜夔之羽翼，係清眞之附庸，更常以「周、秦、姜、史」並稱，將史達祖定位爲婉約詞人。史達祖一生活於兒女私情中，「此情老去須伏，春風多事，便老去，越難回避」（〈祝英台近〉），縱使老去亦難遣，故其詞總令人感篆迴腸，鄭騫先生《成府談詞》「史達祖」條云：「南宋詞人善寫兒女之情者，梅溪爲第一」〔註214〕。是知其戀情詞不僅「別成絢麗」，且又縈迴難開，加以其詞調多合律協譜，聲韻圓轉，「特宜於酒樓歌館」供歌妓演唱，印證張炎稱梅溪詞「可歌可誦」之說。

　　焦詞下闋則論及史達祖之人品。史達祖爲韓侂胄之堂吏，權炙縉紳，擅權用事，「一時士大夫無恥者皆趨其門，呼爲梅溪先生。」〔註215〕葉紹翁《四朝聞見錄・戊集》載有韓侂胄被黜後，臣寮雷孝友上言請斥其黨羽，云：「堂吏史達祖、耿檉、董如璧三名，隨即用事，言無不行，公受賄賂，共爲姦利。」〔註216〕史達祖人品歷來不足道矣！清人吳衡照撰寫的《蓮子居詞話》：「……至使雕華妙手，姓氏不見錄于文苑中。其才雖佳，其人無足稱已」〔註217〕，周濟謂：「梅溪詞中，喜用『偸』字，足以定其品格」〔註218〕，劉熙載謂：「周旨

〔註213〕〔清〕沈曾植：《菌閣瑣談・宋詞三家》，唐圭璋主編：《詞話叢編》，冊四，頁3613。

〔註214〕鄭騫先生：《景午叢編・成府談詞》（臺北：中華書局，1972年1月），上集，頁259。

〔註215〕〔宋〕周密：《浩然齋雅談》，《景印文淵閣四庫全書》，冊一四八一，頁825。

〔註216〕〔宋〕葉紹翁：《四朝聞見錄・臣寮雷孝友上言》，《景印文淵閣四庫全書》，冊一〇三九，卷五，頁752。

〔註217〕〔清〕吳衡照：《蓮子居詞話》，唐圭璋主編：《詞話叢編》，冊三，卷一，頁2421。

〔註218〕〔清〕周濟：《存介齋論詞雜著》，唐圭璋主編：《詞話叢編》，冊三，頁1632。

蕩而史意貪」〔註219〕均明顯地貶斥其為人。史達祖〈滿江紅・書懷〉
（好領青衫）曾自言：「憐牛後，懷雞肋」，「牛後之典」見《史記・
蘇秦傳》引諺語曰：「甯為雞口，無為牛後」，張守節《正義》釋曰：
「雞口雖小，猶進食。牛後雖大，乃出糞也。」〔註220〕作者自憐身
為堂吏，須視權貴顏色行事，喪失了其獨立人格，故用「牛後」之典，
實含寄人籬下的痛楚之情。史達祖屈身權門，力輔韓氏北伐而遭人貶
斥，力言並非自甘墮落，而是迫於科舉之不公，世道之不濟。因此焦
袁熹詞中「勸君莫謾嘲牛後」，乍看之下似乎理解了史達祖「忠於其
國，謬於其身」之無奈及孤獨，但是由詞尾「上壽先生。贊助調羹。
多少尊官喚作兒」三句，可以得知焦袁熹之想法其實非然。

　　焦氏於「贊助調羹」下自注「此是高賓王詞中語，讀之得不令人
慚報」。此處高賓王即高觀國，南宋詞人，字賓王，號竹屋，山陰（今
浙江紹興）人。生卒年不詳，生活於南宋中期，年代約姜夔相近。高
觀國與史達祖交誼厚密，疊相唱和，殆同為社友，竹屋、梅溪，一時
並稱。陳造序《竹屋癡語》言：「高竹屋與史梅溪皆周、秦之詞，所
作要是不經人道語。其妙處，少游、美成亦未及也。」〔註221〕張炎
《詞源》評曰：「秦少游、高竹屋、姜白石、史邦卿、吳夢窗此數家
格律不侔，句法挺異。俱能特立清新之意，刪削靡曼之詞，自成一家，
各名於世。」〔註222〕可見詞論多以「史、高」並稱，歷來評價甚高。
「贊助調羹」則源自高觀國〈東風第一枝・為梅溪壽〉詞句：

　　　玉潔生英，冰清孕秀，一枝天地春早。素盟江國芳寒，舊
　　　約漢宮夢曉。溪橋獨步，看灑落、仙人風表。似妙句、何
　　　遜揚州，最惜細吟清峭。　　香暗度、照影波渺。春暗寄、

〔註219〕〔清〕劉熙載：《詞概》，唐圭璋主編：《詞話叢編》，冊四，頁 3692。
〔註220〕〔漢〕司馬遷撰，〔南朝宋〕裴駰集解，〔唐〕司馬貞索隱，〔唐〕張
　　　　守節正義：《史記・蘇秦傳》，《二十五史》，冊二，卷六十九，頁 888。
〔註221〕〔明〕毛晉：〈竹屋癡語跋〉引錄，施蟄存主編：《詞集序跋萃編》，
　　　　頁 268。
〔註222〕〔宋〕張炎：《詞源》，唐圭璋主編：《詞話叢編》，冊一，卷下，頁
　　　　255。

付情雲杳。愛隨青女橫陳，更憐素娥窈窕。調羹雅意，好
贊助、清時廊廟。羨韻高、只有松筠，共結歲寒難老。(《全
宋詞》，冊四，頁 2356)

高觀國所留下詞中多爲史達祖於臨安求仕、初入韓府，以及稍後隨李
壁赴金虜國其間之酬唱。在這期間，史達祖有展示才能之良好機遇，
而高觀國對於友人能夠爲國出謀劃策，也寄予殷切的期望，故有「調
羹雅意」之說。而壽詞中，「調羹雅意，好贊助、清時廊廟」，更道出
對史達祖美好祝願，也證實兩人交往甚密。而焦氏則認爲「贊助調羹」
一說「讀之得不令人慚報」，便道出焦袁熹對於史達祖人品之想法。焦
袁熹終生不仕，並非無用世之心，而是歷經對清朝廷文網羅織之失望
後，決定終身高蹈隱居南浦不涉權門，終能保全自身。史達祖出不能
以正途入仕，卻以自己所長謀於仕宦，受韓侂胄之倚重，曾「權炙縉
紳」，以致後人言「其人品流，又遠在康與之下」〔註 223〕，爲時人所
不齒，故焦袁熹對史達祖力輔韓侂胄，屈身胥吏之舉亦無法認同。故
焦詞下片婉言隱語相譏刺，勸君莫以鄙夷和不屑之態度嘲笑史達祖爲
人牛後之選擇，「一時士大夫無廉恥者皆趨其門，呼爲梅溪先生」，不
知有多少尊官奉承阿諛，「多少尊官喚作兄」，好不風光阿！

但有識之士認爲「未可以其人掩其文矣」，南宋塡詞名家張鎡〈梅
溪詞序〉中盛讚其詞「辭情俱到，纖綃泉底，去塵眼中，妥貼輕圓，
特其餘事。至於奪苕豔于春景，起悲音于商素；有環奇、警邁、清新、
閑婉之長，而無泛蕩、污淫之失，端可以分鑣清眞，平睨方回，而紛
紛三變行輩，凡不足比數。」〔註 224〕張鎡與辛棄疾、項安世、洪邁
等名流時相唱和，因此其評贊，足能代表南宋詞壇的標準。南宋姜夔
稱其詞風「奇秀清逸，有李長吉之韻。蓋能融情景於一家，會句意於
兩得。」〔註 225〕所謂「清新」、「清逸」，均是肯定梅溪詞風清新婉雅。

〔註 223〕〔明〕王士禎：〈跋史邦卿詞〉，施蟄存主編：《詞集序跋萃編》，頁
265。
〔註 224〕〔宋〕張鎡〈梅溪詞序〉，施蟄存主編：《詞集序跋萃編》，頁 263。
〔註 225〕〔宋〕黃昇：《中興以來絕妙詞選》引姜作〈梅溪詞序〉，卷七，頁 72。

「清」的審美底蘊正如姜夔所謂：「融情景於一家」，形象描繪便如張鎡所言：「辭情俱到，纖絢泉底，去塵眼中」，泊乎清代，焦袁熹對於「清」之義蘊深加挖掘，且作品原則唯要求「清」一字而已，因此在品評梅溪詞時自然別有體會，不以其人掩其詞矣。清代其餘詞論家對於史達祖之評價，不僅視其詞為第一流作品，有甚者視為南宋冠冕作家。王士禎稱梅溪為「南渡後詞家冠冕」〔註226〕，彭孫遹言：「南宋詞人如白石、梅溪、竹屋、夢窗、竹山諸家之中，當以史邦卿為第一。」〔註227〕如鄧廷禎《雙硯齋詞話》即從家國之思、身世之感的角度，直接突出梅溪詞之寄託，「大抵寫怨銅駝，寄懷亀幕，非止流連光景，浪作豔歌也。」〔註228〕部分評論雖有過譽之嫌，然史達祖詞水準之高，亦可見其一斑。

三、戴復古

南宋著名詩人戴復古（1167～？），天臺黃岩（今屬浙江）人，字式之，所居石屏山，因以為號。不仕，嘗登陸游之門，係江湖派代表作家，不僅「以詩鳴東南半天下」〔註229〕，更「以詩鳴江湖間垂五十年」，開一代之詩風，《四庫總目》對於詩評價頗高：

> 方回《瀛奎律髓》稱其：「豪邁清快，自成一家。」今觀其詞，亦音韻天成，不費斧鑿。其〈望江南〉「自嘲」第一首曰：「賈島形模元自瘦，杜陵言語不妨村。誰解學西崑？」復古論詩之宗旨，於此具見，宜其以詩為詞，時出新意，無一語蹈襲也。〔註230〕

戴復古所處時代為正是南宋偏安一隅，苟且求存之際，布衣詩人一生

〔註226〕〔清〕王士禎：《居易錄》，《景印文淵閣四庫全書》，冊八六九，卷八，頁399。

〔註227〕〔清〕彭孫遹：《金粟詞話》，唐圭璋：《詞話叢編》，冊一，頁719。

〔註228〕〔清〕鄧廷禎：《雙硯齋詞話》，唐圭璋主編：《詞話叢編》，冊三，頁2531。

〔註229〕〔宋〕毛晉：〈石屏詞跋〉，施蟄存主編：《詞集序跋萃編》，頁323。

〔註230〕〔清〕永瑢、紀昀編纂：《四庫總目》，卷一九九，頁1820。

落拓不仕，長期浪游各地，「南適甌閩，北窺吳越；上會稽，絕重江；浮彭蠡，泛洞庭；望匡廬五老、九嶷諸峰，然後放于淮泗，歸老委羽之下」〔註231〕，凡空迴奇特荒怪古僻之跡，靡不登歷。本首詞題爲「詠戴石屏事」，焦袁熹所詠之事則發生於戴氏第二次漫遊，約宋寧宗開禧三年（1207）左右漫遊至江西武寧期間。據元・陶宗儀《南村輟耕錄》卷四載：

> 戴石屏先生復古未遇時，流寓江右武寧，有富家翁愛其才，
> 以女妻之。居二三年，忽欲作歸計，妻問其故，告以曾娶。
> 妻白之父，父怒。妻宛曲解釋。盡以奩具贈夫，仍餞以詞
> 云（略）。夫既別，遂赴水死。可謂賢烈也已！〔註232〕

這段記載有無事實根據，後人已無從考證，《四庫全書總目》雖對此提出質疑，然相同之內容在《南昌府志》、《豫章書》中均有載，甚至《嘉靖太平縣志》還明言女子姓名，是故前人殆寧信其是也，焦袁熹更據此而發爲詞。

戴復古隱瞞了家中娶妻的實情，而富家翁又因愛戴之才將女許之，婚後二人產生了愛情，女方尤其熾烈。三年之後，戴氏如實告以實情並不得不捨妻歸去時，其妻不僅婉言勸父，且以所有嫁妝贈夫，寫了一首詞爲戴氏餞行後，便以身殉情。〈祝英臺近〉詞云：

> 惜多才，憐薄命，無計可留汝。揉碎花箋，忍寫斷腸句。
> 道旁楊柳依依，千絲萬縷，抵不住、一分愁緒。　　如何
> 訴。便教緣盡今生，此身已輕許。捉月盟言，不是夢中語。
> 後回君若重來，不相忘處，把杯酒、澆奴墳土。（《全宋詞》，
> 冊四，頁2310）

此詞是戴復古妻訣別丈夫之「絕命詞」。以詞情與本事相印證，則此詞實爲其生命與愛情之絕筆，顯然比戴詞更爲感動人心。「惜多才，憐薄命，無計可留汝。」起筆三句，即說盡全部悲劇。這裏的「多才」

〔註231〕〔明〕毛晉：〈石屏詞跋〉，施蟄存主編：《詞籍序跋萃編》，頁323。

〔註232〕〔元〕陶宗儀：《南村輟耕錄》，《四部叢刊續編》（臺北：臺灣商務印書館，1969年），冊一，卷四，頁5。

不僅指富於才華的人，它也是宋元俗語，男女用以稱所愛的對方。父親愛復古之才，以女兒嫁之。女子因深愛丈夫，只能自傷命薄，「揉碎花箋，忍寫斷腸句。」在訣別前忍痛提筆，展開花箋，又揉碎花箋，淚眼斷腸的寫下訣別辭句相贈。「揉碎」二字，將戴妻與丈夫訣別之際痛苦無奈的心情展現無遺。所揉碎者，非花箋，乃心也。下片起句「如何訴？」緊承上片，既問丈夫，又是問自己：「如何訴。便教緣盡今生，此身已輕許。」事至今日，從何說起？這滿腹言語如何訴說？「捉月盟言，不是夢中語」，言簡情長，說得十分深刻，可僅僅三年，誓言竟已成空。今日一別，便是永訣，只希望丈夫能不忘亡妻，重來祭奠自己。結筆提出的唯一心願，表達女子對丈夫之感情雖死猶存，生死不渝。而戴復古在與妻子分別數年後，重訪故地，寫了〈木蘭花慢〉詞悼亡其妻：

> 鶯啼啼不盡，任燕語、語難通。這一點閒愁，十年不斷，惱亂春風。重來故人不見，但依然、楊柳小樓東。記得同題粉壁，而今壁破無蹤。　　蘭皋新漲綠溶溶。流恨落花紅。念著破春衫，當時送別，燈下裁縫。相思謾然自苦，算雲煙、過眼總成空。落日楚天無際，憑欄目送飛鴻。(《全宋詞》，冊四，頁 2305～2306)

通過今昔對比，當年夫妻風流瀟灑的神仙般的生活，今獨遊舊地，早已是物事人非，杳不可見矣，流露深沉感慨。「蘭皋新漲綠溶溶。流恨落花紅。」蘭皋語出《離騷》「步余馬兮蘭皋」，指生長芳草的水灣。「念著破春衫，當時送別，燈下裁縫」，臨別前夕，妻子在燈下連夜為丈夫縫製春衣，如今春衣已穿破，但舊事記憶猶新，也看得出詞人對妻子的感激與內疚。她所選擇的路，竟是一死。想起那兩三年的幸福生活，好似過眼雲煙，終是一場空，憑欄遠眺，落日蒼茫，楚天無際，何異心情之蒼涼落寞，長空中飛鴻遠逝，又何異愁苦之彌漫無極。就詞論詞，其言辭淒楚，感情真摯，結句語意略近《古詩十九首》。此詞用綿麗之筆，寫哀惋之思，可以稱為佳作。況周頤《蕙風詞話》

續編卷一評石屏詞曰：「石屏詞往往作豪放語，綿麗是其本色。」〔註233〕
這首纏綿悱惻的悼亡詞正是復古詞綿麗本色之體現。

　　而焦袁熹〈采桑子・詠戴石屏事〉一闋主要論及戴石屏與妻子之
愛情故事，並未論及其詞作成就及特色，其詞云：

　　　　問君底似相如渴，重撥鸞絃。三載留連。月墮江心鏡不圓。

　　　　　　思量卻似秋胡婦，揉碎花箋。薄命誰憐。杯酒澆墳定
　　幾年。（《全清詞・順康卷》，冊十八，頁 10583）

上片「問君底似相如渴，重撥鸞絃。三載留連。月墮江心鏡不圓」，
焦氏以司馬相如與卓文君之典作比。司馬相如曾鼓〈鳳求凰〉一曲，
以琴挑文君，文君惜其才而越禮，乃夜亡奔相如；司馬相如素有消疾
渴，卻只愛其美色，甚至「悅文君之色，遂以發痼疾」〔註234〕，不
難窺見其好色之心。於是焦袁熹借用此典故，首句即以第一人稱之口
吻，質問戴復古是否如司馬相如一般好色，否則怎會已有婚配又「重
撥鸞絃」，在外隱瞞另娶妻子呢？恩愛三載過後，丈夫才言明實情：
自己必須回鄉，因為家另有糟糠妻，並去意堅絕。今昔相比，昔日摘
月的誓言變成無情之嘲弄，即便如今真把月亮摘下，過往的感情也破
鏡難重圓；「捉月」之典或可解釋為李白醉酒泛舟，俯身捉取江中月
影，因而溺死之傳說，表達女子以死殉情，香消玉殞之悲涼。上片細
細的寫出戴妻心中對復古情意之無奈。

　　下片「思量卻似秋胡婦，揉碎花箋。薄命誰憐。杯酒澆墳定幾年」，
用「秋胡戲妻」（《烈女傳・卷五・節義・魯秋潔婦第九》）之典故，
表達女子堅貞不辱之決心，「揉碎花箋」即指女子以身殉情之行為，
因此引出焦袁熹之感嘆：末尾感嘆女子命薄無人憐惜，丈夫若有機會

〔註233〕〔清〕況周頤《蕙風詞話》唐圭璋主編：《詞話叢編》，冊五，頁 4531。
〔註234〕〔漢〕劉歆撰，〔晉〕葛洪輯：《西京雜記》：「文君姣好，眉色如望遠
　　　　山，臉際常若芙蓉，肌膚柔滑如脂，十七而寡，為人放誕風流，故悅
　　　　長卿之才而越禮焉。長卿素有消渴疾，及還成都悅文君之色，遂以發
　　　　痼疾，乃作〈美人賦〉，欲以自刺而終不能改，卒以此疾至死。」《景
　　　　印文淵閣四庫全書》，冊一〇三五，卷二，頁 8。

回來舊地時，即使能至墳上澆杯酒，這份情意又能持續幾年呢？換言之，女子情意又有誰能記住呢？據《焦南浦先生年譜》所載，焦袁熹與妻子感情甚好，其妻去世後，焦氏嘗書〈舊錄文〉後云：

> 憶余內人初見余所抄文字，即慽然云：『君字畫略無神氣，恐關年壽，此後寫字幸勿如此。』凡所以憂余者，無所不用其極，二十年如一日也，孰意內人竟先得病而死，余猶踽踽然存於此世耶！〔註235〕

焦氏對於情感之真摯極為讚賞，即便戴復古寫〈木蘭花慢〉詞悼亡其妻，言語中雖顯出詞人對妻子之感激與內疚。然隱瞞不誠，負心絕意亦是事實，因此，焦氏〈采桑子‧詠戴石屏事〉之意旨並非歌詠戴石屏的才作，而主論戴石屏之軼事；以妻子對丈夫無怨無悔的付出，至死不渝之情感，反襯戴石屏鄙俗不堪。焦袁熹曾言「如戴石屏之流，乃真粗俗，真村鄙耳」〔註236〕，即著眼於此，足見不喜此人之作為。

四、張榘

焦袁熹〈采桑子‧論張芸窗〉：

> 鑿翁當代文章伯，何物芸窗。金石琤瑽。籬角喧喧出吠厖。
> 　　　乾坤有許貧寒氣，空腹逄逄。莫守銀釭。學取伊家乞
> 丐腔。（《全清詞》，冊十八，頁10583）

張榘，字方叔，號芸窗，南徐（一作潤州，今蘇州鎮江）人。生卒年均不詳，約宋寧宗嘉定初前後在世（公元1208年前後）。於宋理宗淳佑年間當過縣令，後曾任江東制置使參議，掌管機宜文字，均處於地位低下之職位。故詞人對自己仕途際遇甚為不滿，以致失望。《四庫總目》云：

> 詞僅五十首，而應酬之作凡四十三首。四十三首之中，壽賈似道者五，壽似道之母者二，其餘亦大抵諛頌上官之作。

〔註235〕〔清〕焦以敬、焦以恕：《焦南浦先生年譜》，頁338。
〔註236〕〔清〕焦袁熹：《此木軒論詩彙編》卷二，藏於上海圖書館古籍室，未編版項、頁次。

塵容俗狀，開卷可憎。惟小令時有佳語。毛晉跋稱其〈摸
魚兒〉之「正挑燈共聽簷雨」，〈浪淘沙〉之「小樓燕子話
春寒」，〈青玉案〉之「秋在黃花羞澀處」，〈水龍吟〉之「苦
被流鶯，蹴翻花影，一欄紅露」諸句，固自稍稍可觀，然
不能掩其全集之陋也。〔註237〕

關於張榘詞以應酬之作數量最夥，其中「四十三首之中，壽賈似道者
五，壽似道之母者二」，張榘詞中多壽賈相，稱為「鑿相」，足見張榘
與賈似道交往甚密。焦袁熹首句「鑿翁當代文章伯」可明確考證出於
張榘〈賀新涼‧次拙逸劉直孺維揚客中賀新涼韻〉一詞：

襟度天為侶。價平生、放浪江湖，浮雲行住。倒挽峽流歸
筆底，袞袞二並四具。何尚友、滄波鷗鷺。藻繲皇猷君能
事，況賢書、兩度登天府。急著手，佐明主。　　晴風一
舸來瓜步。剪燈花、樽酒論詩，頓忘羈旅。逗曉螢箋傳金
縷，一片瑰詞綺語。甚獨繭、抽成長緒。當代鑿翁文章伯，
定不教、彈鋏輕辭去。留共濟，孤舟渡。（《全宋詞》，冊四，
頁2683）

賈似道（1213~1275），宋朝人，臺州（今浙江臨海）人，為賈元妃之
弟「少落魄為游博，不事操行」，「恃寵不檢，日縱游諸妓家」〔註238〕，
以外戚入朝，拜相入閣，權傾朝野，怨左丞相吳潛，貶之循州（今廣
東惠陽縣境），毒死，天下冤之，與秦檜堪稱「南宋兩大奸臣」。要理
解焦詞論張榘之前，必須先瞭解焦袁熹對賈似道之評價。焦袁熹〈采
桑子‧論宋季壽賈相及題壁詞戲作〉一闋即論賈似道，若與論張榘詞
兼而觀之，更能理解焦氏之評論。其詞：

襟懷頃得乾坤住，趣纖吟秋。夜壑藏舟。半壁江山也則休。
　　平生可向青天語，記著冤仇。正是循州。端的青天在
上頭。〔註241〕

〔註237〕〔清〕永瑢、紀昀編纂：《四庫總目》，卷二〇〇，頁1380。
〔註238〕〔元〕脫脫：《宋史‧賈似道傳》，冊七，卷四七四，頁5626。
〔註239〕《全清詞‧順康卷》（二卷本）未收，此據南開大學館藏：《此木軒全
　　　　集‧此木軒直寄詞》（三卷附舊作一卷清抄本），未編版次、頁碼。

焦袁熹有感於吳潛、賈似道先後被貶循州有感而發論。吳潛（1190？
～1262），字毅夫，宋理宗淳祐十一年（1256）入爲參知政事，拜右
丞相兼樞密使。不滿苟安國策，主張加強戰備抗禦元兵，並向丁大
全、沈炎、高鑄、賈似道等奸臣斡旋，被奸臣忌恨。開慶初（1259）
因賈似道、沈炎勾結陷害，貶謫循州。景定三年（1262）暴卒於循
州〔註240〕，一說賈似道投毒致死〔註241〕。後賈似道亦被貶循州，「至
古寺中，壁有吳潛南行所題字，虎臣呼似道曰：『賈團練，吳丞相何
以至此？』似道慙不能對。」〔註242〕清代丁耀亢《天史・賈似道循
州見字》卷四論曰：

> 宋自南遷而後，代有奸相焉。至似道而國祀遂終，一死何
> 足以盡似道哉？獨其佞窮貫滿，遠謫而遭虎臣之椎，行旅
> 而覯吳潛之字，狹路相逢，天之呼人也。諄諄矣，何不醒
> 乎！〔註243〕

對於如此奸相，張榘卻大加頌諛，而且所作壽詞都是在賈似道掌權之
後，不免使人爲其人品扼腕長嘆。或許可以解釋此爲芸窗不得已之應
酬，因爲當時每逢賈似道生日之際，「四方善頌者以數千計。悉俾翹
館膽考，以第甲乙。一時傳誦，爲之紙貴。」（《齊東野語》、《續宋宰
輔年錄》）因此張榘也不得不撰寫一些頌諛之詞。但翻閱芸窗詞作，
許多其他的應酬之詞作等文字材料表明，張榘頌賈似道絕非違心之
論。焦詞「何物芸窗」一句，試問如此阿諛奉承之人爲誰？又以「金

〔註240〕《寧國茭筍塘吳氏宗譜》中《宋特進左丞相許國公年譜目錄》記載：
「景定三年五月十二日疾暴作，端坐循州貢院而逝。」

〔註241〕《續資治通鑒》卷一七六：「壬辰，故丞相吳潛暴卒於循州。賈似道
以黃州之事，必欲殺潛，乃使武人劉宗申守循以毒潛，潛鑿井臥榻
下，毒無從入。」《古今小說・木綿庵鄭虎臣報冤》：「似道即代吳
潛爲右丞相，又差心腹人命循州知州劉宗申，日夜拾摭其短。」《七
修類稿正文》卷三十六：「賈似道入相。令言官劾吳。安置循州。又
令循守劉宗申毒死履齋。」

〔註242〕〔元〕脫脫：《宋史・賈似道傳》，冊七，卷四七四，頁5630。

〔註243〕〔清〕丁耀亢：《天史・賈似道循州見字》，《續修四庫全書》，冊一一
七六，卷四，頁94。

石琤瑽。籬角喧喧出吠尨」作了回答，認為張榘如同在一片金石樂器
所發出錚瑽和諧之聲韻中，所出現喧鬧不休的犬吠聲，即以金石琤瑽
之聲對比吠尨之喧吠聲，比喻相較於南宋詞人姜、史、吳等詞人之表
現，張榘之詞作並不值得稱道。

　　下闋論張榘之貧寒詞風以及對其頌諛之作的不認同。劈首直書張
榘詞作之病，即「乾坤有許貧寒氣，空腹逢逢」。「饒貧寒氣」，源自
顏之推對何遜之評論。何遜出身貧寒，仕途不得志。但其詩在當時曾
與劉孝綽齊名，稱為「何劉」。顏之推《顏氏家訓·文章篇》認為何
詩雖有「清巧」之長處，但多「苦辛」、「饒貧寒氣，不及劉孝綽之雍
容」〔註 244〕。後代詞評家多論張榘《芸窗詞》饒富貧寒氣，但其中
仍有受後人稱賞者，毛晉〈芸窗詞跋〉：

> 如「正挑燈、共聽簷雨」，幽韻不減陸放翁。如「小樓燕子
> 話春寒」，艷態不減史邦卿。至如「秋在黃花羞澀處」又「苦
> 被流鶯，蹴翻花影，一欄紅露」等語，直可與秦七、黃九
> 相雄長。或病其饒貧寒氣，毋乃太貶乎。〔註 245〕

李調元《雨村詞話》卷三：「人謂張榘芸窗詞饒貧氣，今觀其全集如『小
樓燕子話春寒』，又『秋在黃花羞澀處』，又『苦被流鶯，蹴翻花影，
一欄紅露』，俱不減少游豐韻。」〔註 246〕認為張榘出色之作可與秦觀、
黃庭堅並肩，或病其詞饒貧寒氣，實為過貶之論。由張榘小令觀之，
確實時有佳語，令人稱賞，然「不能掩其全集之陋也」，其多數之作仍
屬「諛頌上官之作」，應酬之詞，「塵容俗狀，開卷可憎」，故焦袁熹以
「乾坤有許貧寒氣，空腹逢逢」概括其《芸窗集》之主要特色。

　　末尾「莫守銀缸。學取伊家乞丐腔」，則以反諷手法論張榘應酬
之作，認為若要仕途有所成，不要再守著銀缸拚命讀書以求正途取

〔註 244〕〔梁〕顏之推撰，趙曦明注，盧文弨補注：《顏氏家訓·文章篇》，《叢
　　　　書集成初編》，冊九七〇，卷四，頁 200。
〔註 245〕〔明〕毛晉：〈芸窗詞跋〉，見施蟄存主編：《詞籍序跋萃編》，頁 387。
〔註 246〕〔清〕李調元：《雨村詞話》，唐圭璋主編：《詞話叢編》，冊二，卷三，
　　　　頁 1429。

仕，而係要學習張榘費心撰寫頌諛之詞，如同屈身分食之乞丐般，盡
言奉承阿諛之語！

　　張榘作品數不多，成就無特出之處，其詞諸家選本罕見採錄，又
多有上壽賈似道之詞，其人品亦不被認可，因此後代學者甚少談論此
人。焦袁熹此闋作品專論張榘，認爲其詞名、人品皆不足道。

五、吳文英

　　吳文英（1200？～1260？），字君特，號夢窗，晚號覺翁，四明
（今浙江寧波鄞縣）人。確切生卒年不詳。〔註247〕終生布衣，前半
生漫遊於江、浙等地，平生交遊極眾，除文人詞客外，多與江湖士
子和蘇、杭僚屬交遊；後半生客嗣榮王邸，受知於丞相吳潛，經常
往來於蘇、杭之間。雖然學界對於吳文英的生卒年尚無定論，但從
其約三百四十闋的作品中，隱約可以對其生命境遇及轉徙往來，尋
得些許蛛絲馬跡。焦袁熹〈采桑子・夢窗〉推崇吳文英之詞壇地位
可與姜夔並稱，且認爲實質當爲其詞特色，典雅奧博，實無須因媚
俗而改，詞云：

> 當年苕雪知交舊，夢窗從姜石帚遊最久。雲水蒼寒。寂寞騷壇。
> 顏謝孤標異代看。　　樓臺七寶君休拆，誤了邯鄲。失卻
> 邊鸞。多買燕支畫牡丹。（《全清詞》，冊十八，頁 10583）

焦袁熹論吳文英此闋詞，上片即從吳文英的交遊經歷著手。首句「當
年苕雪知交舊，雲水蒼寒。寂寞騷壇」，以及小注「夢窗從姜石帚遊
最久」，指的是吳文英與姜石帚相交往來之事。苕雪，即苕溪、霅溪

〔註247〕歷來學者對於吳文英的生卒年推測頗多，然無定論。夏承燾《吳夢窗
　　　　繫年》認爲吳文英之生卒年爲 1200～1260；楊鐵夫《吳夢窗事迹考》
　　　　則以爲吳文英生年在 1205～1207 年之間，卒年則於 1276 之後；陸侃
　　　　如、馮沅君《中國詩史》則定吳文英生卒年爲 1205～1270。各有所
　　　　據，莫衷一是。關於吳文英生平之探討，可參見田玉琪：《徘徊於七
　　　　寶樓臺——吳文英詞研究》（北京：中華書局，2004），頁 1，與錢鴻
　　　　瑛：《夢窗詞研究》（上海：上海古籍出版社，2005），頁 9～17。在
　　　　此不一一細述。

二水之並稱，於今浙江省湖州市境內，即吳文英漫遊之地。當時與吳文英交遊者頗夥，包括了姜石帚、毛荷塘、尹煥、趙善春等人，且留下了一定數量的贈酬作品〔註248〕，其中，吳文英與姜石帚的交際往來，曾多次記錄於夢窗的詞作中，因而最爲後人所熟知。〔註249〕首句借用吳文英〈惜紅衣〉（鷺老秋絲）之詞題：「余從姜石帚遊苕雪間三十五年矣，重來傷今感昔，聊以詠懷」（《全宋詞》，冊四，頁2903），來點出吳、姜間的深長交情。夢窗此闋詞作於晚年，舊地重遊而憶起了過往與友朋相知交遊之事，對比如今時空遞嬗，好友不存，且己身在權貴間奔波往來之境遇，自然會產生些許的孤寂感受。因此焦袁熹便以「雲水蒼寒、寂寞騷壇」來形容吳文英晚歲歷經好友零落，知音難尋之心境。然而在繼續探討下句之前，首先得究明：姜石帚爲何許人也？或者說，焦袁熹以爲的姜石帚是誰？

清人評論姜夔之文字多不勝數，然普遍誤認石帚爲姜夔之別號，致評論時將兩人混淆。清初朱彝尊評姜夔詞：「塡詞最雅，無過石帚。」（《詞綜·發凡》）先著《詞潔輯評》中評張先〈醉落魄〉詞云：「『生香眞色』四字，可以移評石帚、玉田之詞」〔註250〕。又宋翔鳳《樂府餘論》中稱頌姜夔爲「詞家之有姜石帚，猶詩家之有杜少陵」〔註251〕。而鄧廷禎《雙硯齋隨筆》中也說：「朱希眞之『引

〔註248〕 楊鐵夫《吳夢窗事迹考》列舉吳文英有詞作酬贈關係的有六十多人；夏承燾《吳夢窗繫年》則記述：「交遊見於詞者共六七十人，史宅之、吳潛、尹煥、施樞、陳起、陳郁、翁孟寅、李彭老、馮去非外，多蘇杭兩地僚屬。」前述文字見錢鴻瑛：《夢窗詞研究》（上海：上海古籍出版社，2005年4月），頁57。

〔註249〕 在現存夢窗詞作中，明顯指出姜石帚之名的作品有六闋：〈解連環·留別姜石帚〉、〈三部樂·賦姜石帚漁隱〉、〈拜星月慢·姜石帚以盆蓮數十置中庭，宴客其中〉、〈齊天樂·贈姜石帚〉、〈三姝媚·姜石帚館水磨方氏〉與〈惜紅衣·余從姜石帚遊苕雪間三十五年矣〉，見田玉琪：《徘徊於七寶樓臺——吳文英詞研究》，頁30。

〔註250〕 〔清〕先著、程洪：《詞潔輯評》，唐圭璋主編：《詞話叢編》，冊二，卷二，頁1348。

〔註251〕 〔清〕宋翔鳳：《樂府餘論》，唐圭璋主編：《詞話叢編》，冊二，頁2503。

魂枝消瘦一如無，但空裏疏花點點』，姜石帚之『長記曾攜手處，千樹壓西湖寒碧』，一狀梅之少，一狀梅之多，皆神情超越，不可思議，寫生獨步也」〔註252〕。陳銳《袌碧齋詞話》：「白石擬稼軒之豪快，而結體於虛。……至《草堂詩餘》不選石帚一字，則又咄咄一怪事。」〔註253〕均誤將姜夔與姜石帚視爲同一人，其因乃源自於吳文英〈惜紅衣〉（鷺老秋絲）之詞題：「余從姜石帚遊苕霅間三十五年矣，重來傷今感昔，聊以詠懷」（《全宋詞》，冊四，頁2903），由於〈惜紅衣〉爲姜夔自度曲，苕霅又是姜夔舊遊之地，因此將與吳文英交遊往來密切之姜石帚，誤作姜白石，乃是清代普遍情況。《四庫總目》嘗記：「文英及與姜夔、辛棄疾游，倡和具載集中」〔註254〕，然觀現存夢窗的交遊贈酬作品，並無提及他曾與白石、稼軒往來之事。夏承燾在經過考辨之後，認爲：「今案夢窗有贈姜石帚六首，前人誤以石帚當姜夔……提要皆失考；夢窗年代不及上交姜、辛也。」〔註255〕因此，與夢窗交遊的姜石帚並非姜白石，且眞實身分與生平俱不詳，只得付之闕如。而由於《四庫總目》誤將姜石帚當作姜夔，受此說而產生相同看法的清代學者亦所在多有。〔註256〕細觀焦袁熹在此闋詞內容之敘寫，焦氏殆將姜石帚認爲是姜夔而立論，故此詞當由此脈絡解讀，方能得焦氏之要旨。

　　在宋代詞壇中，姜夔的作品享有盛名，並影響深遠，歷來學者大多持以高度的評價〔註257〕，而吳文英之成就也不遑多讓，兩人若

〔註252〕〔清〕鄧廷楨《雙硯齋隨筆》，唐圭璋主編：《詞話叢編》，冊三，頁2527。
〔註253〕〔清〕陳銳《袌碧齋詞話》，唐圭璋主編：《詞話叢編》，冊五，頁4200。
〔註254〕〔清〕永瑢、紀昀：《四庫總目》，卷一九九，頁1819。
〔註255〕夏承燾：《吳夢窗繫年》，見收於楊家駱編：《詞學叢書：宋人詞集四》（臺北：世界書局，1959年），頁3。
〔註256〕夏承燾於《吳夢窗繫年》中云：「朱（孝臧）、劉（毓崧）蓋誤以石帚當姜夔也」，見收於楊家駱編：《詞學叢書：宋人詞集四》，頁4。可參考夏承燾：〈姜石帚非姜白石辨〉，《詞學季刊》第1卷，第4號，頁18～22。楊鐵夫：〈石帚非白石之考證〉，《詞學季刊》第1卷，第4號，頁23～25。
〔註257〕如黃昇《花庵詞選》云：「詞極精妙，不減清眞樂府，其間高處有美

曾有交遊往來之美談，在焦袁熹的眼中，自然是詞壇一大盛事。因
此焦氏便引用了晉宋之際，兩位著名詩人顏延之與謝靈運詞采齊名
之美稱來稱譽姜、吳二人。《宋書・顏延之傳》云：「延之與陳郡靈
運，俱以詞采齊名。自潘岳、陸機之後，文士莫及也。江左稱顏謝
焉。」〔註258〕此外，鍾嶸《詩品》亦引湯惠休所言：「謝詩如芙蓉
出水，顏如錯彩鏤金。」〔註259〕顏延之與謝靈運雖然同代齊名，然
兩人在詩風上卻是呈現了大相異趣之風貌。而宋代的姜夔與吳文英
亦是如此，張炎《詞源》云：「詞要清空，不要質實；清空則古雅峭
拔，盾實則凝澀晦昧。姜白石詞如野雲孤飛，去留無迹。吳夢窗詞
如七寶樓臺，眩人眼目，碎拆下來，不成片段」〔註260〕，張炎將二
人詞作以「野雲孤飛，可去留無迹」對比「七寶樓臺，然拆碎不成
片段」的看法，歷來詞論家莫不因陳相習，視為定論，謂夢窗詞晦
澀難解，餖飣堆垛，後人更據此認為夢窗詞遠不及白石詞之「清空」。
洎乎清代，清人認為夢窗詞實有可稱譽處，所發稱賞之語尤夥，清
代戈載《宋七家詞選》卷四：

> （夢窗詞）以綿麗為尚，運意深遠，用筆幽邃，鍊字鍊句，
> 迥不猶人。貌觀之，雕繢滿眼，而實有靈氣行乎其間。細
> 心吟繹，覺味美於回，引人入勝。既不病其晦澀，亦不見
> 其堆垛。此與清真、梅谿、白石，竝為詞學之正宗，一脈
> 真傳，特稍變其面目耳。猶之玉谿生之詩，藻采組織，而

成所不能及。」張炎《詞源》云：「姜白石如野雲孤飛，去留無迹」，
陳撰《玉几山房聽雨錄》云：「南宋詞人，浙東、西特甚，而審音之
精，要以白石為極詣，先生事事精習，率妙絕神品，雖終身草萊，
而風流氣韻，足以標映後世：當乾、淳間，俗學充斥，文獻湮替，
乃能雅尚如此，洵稱豪傑之士矣」等。

〔註258〕〔梁〕沈約：《宋書・顏延之傳》，《二十五史》，冊十，卷七十三，頁
918。

〔註259〕〔梁〕鍾嶸：《詩品》，《景印文淵閣四庫全書》，冊一四七八，卷二，
頁196。

〔註260〕〔宋〕張炎撰、蔡楨疏證：《詞源疏證》（臺北：學海出版社，1988
年），卷下，頁27。

神韻流轉，旨趣永長，未可妄譏其獺祭也。〔註261〕

此外，對於譏刺夢窗詞者提出駁斥，如樊增祥《樊評彊村詞稿本》云：「世人無眞見解，惑於樂笑翁『七寶樓臺』之論，遂謂夢窗詞多理少，能密緻不能清疏，眞瞽談耳。」〔註262〕清末詞人陳銳直謂姜夔、吳文英兩者齊名：「白石擬稼軒之豪快，而結體於虛。夢窗變美成之面貌，而鍊響於實。南渡以來，雙峰並峙，如盛唐之有李、杜矣！」〔註263〕在此段文字中，陳銳對於姜吳齊名的態度，顯然是與焦袁熹相近的；「雙峰並峙」一句，更隱約呼應著焦詞「顏謝孤標異代看」一句。

既然焦袁熹認爲夢窗的成就足以與白石齊名，自然不認同張炎之評，認爲夢窗詞當保有自己風格，無須迎合世俗品味。下片中便以第一人稱角度，以對吳文英說話之口吻抒發己身想法。首句「樓臺七寶君休拆，誤了邯鄲」，引用張炎評吳文英之語與《莊子・秋水》的典故〔註264〕，指吳文英並不需要去拆解屬於自己的七寶樓臺。歷來譏刺夢窗詞者，或緣誤解，或緣不解，認爲其詞只是「古典與套語之堆砌」，或是「破碎的美麗詞句」而已，但是葉嘉瑩於〈拆碎七寶流樓臺——談夢窗詞之現代觀〉一文指出，夢窗詞喜將時間與空間、現實與假想錯綜雜揉，故不易察覺其脈絡；雖喜用僻典，好自創新辭，但是其中確有夢窗特有的一種境界，也確有夢窗一份自我的眞實感受。〔註265〕倘若吳文英放棄了此風格，空自仿效他人，

〔註261〕〔清〕戈載編，杜文瀾校注：《宋七家詞選・夢窗詞跋》，《河洛文庫》（臺北：河洛圖書出版社，1978年5月），冊九十九，卷四，頁38。

〔註262〕引自朱古微輯，唐圭璋箋注：《宋詞三百首箋注》（臺北：華正書局，1977年），頁298。

〔註263〕〔清〕陳銳：《裏碧齋詞話》，唐圭璋主編：《詞話叢編》，冊五，頁4200。

〔註264〕「邯鄲學步」於《莊子・秋水》原句爲：「且子獨不聞夫壽陵餘子之學行於邯鄲與？未得國能，又失其故行矣，直匍匐而歸耳。」見黃錦鋐主編：《新譯莊子讀本》（臺北：三民書局，2003年），頁219。

〔註265〕詳參葉嘉瑩：〈拆碎七寶流樓臺——談夢窗詞之現代觀〉，《迦陵論詞叢稿》（石家莊：河北教育出版社，1997年），頁58～120。

將有如邯鄲學步一般失去自我特色。接著「失卻邊鸞」一句,與「誤了邯鄲」句具有相近之意。焦袁熹借唐代畫家邊鸞「以丹青馳譽于時,尤長於花鳥,得動植生意」〔註 266〕的繪畫風格來與吳文英的「七寶樓臺」詞風相對應,希望吳文英別失去了這樣的特色。末句「多買燕支畫牡丹」,則借用名列「南宋四大家」之首畫家李唐的一首題畫詩,云:「雲裏煙村雨裏灘,看之容易作之難。早知不入時人眼,多買燕脂畫牡丹。」〔註 267〕在這首詩中,李唐表示作畫並不是謀求世俗之稱譽,而是僅為滿足自身與少數知音;如果真要迎合世俗的品味,在作畫之初則無需選擇「雲裏煙村雨裏灘」之雅境,只消多買燕脂來畫世人所喜的牡丹花便是了。而焦袁熹引用李唐詩句作結之用意,是指吳文英的作品自有其風格,就算被評為「七寶樓臺」、「不成片段」又何妨?若是因而多買燕脂,畫出那眩人耳目的華麗牡丹以媚俗,實是「誤了邯鄲」、「失卻邊鸞」!焦詞透過結句收束,表達夢窗詞意境無人賞識之慨,同時也諷刺當時世俗一味趨俗的風氣。

綜觀此詞,焦袁熹主張創作當有自身風格,不該從於世俗而徒自模仿,失卻本身之個性,主要針對浙派末流「家白石而戶玉田」,但求清空卻忽略意趣,反而易流於空泛。因為就後學言之,與其學姜、張之疏快而流於淺率,反不如學窗之質實綿密。〔註 268〕焦袁熹不僅早在康熙初年即已提出姜、吳並稱之觀點,更企圖透過推崇夢窗詞以扭轉清人過分強調學習姜、張之疏快,致令後學流於空泛僵化之詞壇風氣。

第三節　論南宋後期詞人

焦袁熹論南宋後期詞人,取蔣捷、周密、王沂孫、張炎、盧祖皋、高觀國、張輯七家,此中合論盧祖皋、高觀國一首,附論周密《絕妙

〔註 266〕王雲五主編:《宣和畫譜》(臺北:臺灣商務印書館,1971 年),卷十五,頁 398。
〔註 267〕北京大學古文獻研究所編:《全宋詩・詩一首》,冊十八,頁 12062。
〔註 268〕王師偉勇:《南宋詞研究》,頁 418。

好詞》，合計六首。茲依次分述如下：

一、蔣捷

　　蔣捷（1245？～1314後）〔註269〕，字勝欲，號竹山，陽羨（今江蘇宜興）人，宋末元初著名詞人。其青年時代值宋亡，入元堅持氣節，後隱居於太湖竹山，故號竹山。焦袁熹〈采桑子・蔣勝欲〉一闋論及蔣捷於宋亡前後對比，並發出勸慰同情之語：

　　　　竹山自是無愁者，琴思詩腸。風月相羊。受用些兒也不妨。
　　　　　　齒牙伶俐天生就，嚼徵含商。落瓣休傷。作伴黃昏有
　　雪香。（《全清詞・順康卷》，冊十八，頁10583）

蔣捷雖生於南宋王朝的衰敗時期，但出身「宜興巨族」〔註270〕，本為望族之子，而宋代之義興蔣家更是大族居室，賢者輩出，如蔣堂、蔣之奇等，多為宋朝官宦，其中不乏品格高尚、學識出眾、不畏強權、盡忠有為的正義之士；再加上義興之地，景物秀美，在此薰陶下，蔣捷可謂過著富裕悠閒、歌舞升平的公子生活。焦詞首句「竹山自是無愁者，琴思詩腸，風月相羊」，即著眼於蔣捷天真爛漫之年少。蔣捷才華橫溢，不僅精通儒學典籍，更工詩詞，善書法，焦詞「琴思詩腸」句，化用蔣捷〈賀新郎・約友三月旦飲〉「我輩中人無此分，琴思詩情當卻」〔註271〕句，用以指蔣捷琴棋書畫兼擅，富有文人氣息。世代簪纓的高貴門第和貴族公子的優裕環境，使蔣捷性格中有與生俱來的清高和孤傲，更曾像風流公子哥兒流連於歌樓瓦舍，蔣捷〈虞美人・

〔註269〕蔣捷生卒年已不可考，惟能推估概略時間。詳見鄭海濤：〈蔣捷生平實考〉，《昆明師範高等專科學校》，第26卷第1期，2004年3月。
〔註270〕楊海明：《唐宋詞論稿・關於蔣捷的家世和事蹟》，頁312。湖興散人作宋六十名家詞竹山詞序中所載。
〔註271〕「雁嶼晴嵐薄，倚層屏、千樹高低，粉纖紅弱。雲際東風藏不盡，吹豔生香萬壑。又散人、汀蘅洲藥。擾擾匆匆塵土面，看歌鶯舞燕逢春樂。人共物，知誰錯。寶釵樓上圍簾幕，小嬋娟、雙調彈箏，半宵鶯鶴。我輩中人無此分，琴思詩情當卻。也勝似、愁橫眉角。芳景三分才過二，便綠陰門巷楊花落。沽鬥酒，且同酌。」《全宋詞》，冊四，頁3435。

聽雨〉曾自述曾擁有「少年聽雨歌樓上，紅燭昏羅帳」的天眞爛漫，
年少不羈的詞人在「風月相羊」的歌樓，無憂無慮、纏綿悱惻，那光
豔照人的「紅燭」和精美無比的「羅帳」即是證明。一個「昏」字予
人朦朧之感，一是刻畫出當時燭明香暗的溫柔生活；二也是暗指少年
之心放蕩不羈。這清楚地表達了蔣捷年少時青樓調笑、紅樓醉心的生
活，歌舞升平的氛圍，悠閑舒適的狂態，一個樂字盡在其中，「自是
無愁者」。

　　接下來「受用些兒也不妨」，乃論及蔣捷「琴思詩腸，風月相羊」
歲月之自適，即使一生均沉浸於歌樓舞榭，過偎紅倚翠之無憂日子也
無妨。此外，焦氏以用語入詞，也點出蔣捷詞「曲化」之特色。詞發
展到宋末已趨僵化，必須向民間尋找養分，蔣捷以文人深厚的文學底
蘊，運用民間口語入詞，其詞雖保留詞基本面貌，但有通俗、率直、
淺白、詼諧之「曲化」現象。如〈虞美人·聽雨〉：

> 少年聽雨歌樓上。紅燭昏羅帳。壯年聽雨客舟中，江闊雲
> 低、斷雁叫西風。　　而今聽雨僧廬下，鬢已星星也。悲
> 歡離合總無情，一任階前、點滴到天明。（《全宋詞》，冊四，
> 頁 3444）

晚清王闓運評價云：「此是小曲。情亦作憑，較勝。」〔註272〕這闋詞
用淺近自然的語言，通過聽雨一形象，以五十六字概括了詞人少年、
壯年、晚年三種時期之不同感受，將身世家國之思寄託於筆墨之間。
這首詞雖爲小令簡筆，看似「語語纖巧」、「字字妍倩」（毛晉《汲古
閣詞跋》），但深衷淺貌，絕非用力雕琢者所能爲。蔣捷詞固然以典雅
精工、清麗精緻的正統詞居多，但他有意識地在一些詞中運用日常生
活的俚語、俗語、口語，展現出口語通俗潑辣、淋漓酣暢的本色美。
〔註273〕如其〈最高樓·催春〉（新春景）：「要些兒，晴日照，暖風吹。
一片片、雪兒休要下。一點點、雨兒休要灑。」（《全宋詞》，冊四，

〔註272〕〔清〕王闓運：《湘綺樓評詞》，唐圭璋：《詞話叢編》，冊五，頁 4294。
〔註273〕詳參舒晨：〈論蔣捷詞的「曲化」特徵〉，《文教資料》，2009 年 6 月，
　　　　頁 30。

頁3441）〈昭君怨·賣花人〉：「擔子挑春雖小。白白紅紅都好。賣過
巷東家，巷西家。簾外一聲聲叫，簾裏鴉鬟入報。問道買梅花，買桃
花。」（《全宋詞》，冊四，頁3442）毫無雕飾，明白如話，極具元曲
的味道在裡面，有明顯「曲化」之傾向。

下半片，「齒牙伶俐天生就，嚼徵含商」一句，則談蔣捷的才學
方面，主要強調蔣捷「長於樂府」、「深諳音律」之才能。清代詞學家
萬樹《詞律》一書尤其在僻調體式上選擇蔣捷詞作為典範，這不僅是
出於推許鄉賢、標榜流派的偏愛，還留意了蔣捷精於選調、多用僻調
之事實。蔣捷於詞律遠得清眞、近得夢窗，詞篇規矩森然，自度曲更
是樂律精嚴。這自然使得萬樹為之按語：「竹山煉字精深，調音協暢，
乃詞家榘矱，定宜遵之。」〔註274〕更發出「得竹山此篇，甚釋前疑」
〔註275〕之感慨，其《詞律》中不遺餘力錄取蔣捷二十調二十首詞，
頗為讚賞。

蔣捷身處宋元易代的動盪之際，山河破碎的時代大環境無疑鑄就
蔣捷浮家泛宅的一生悲苦。宋亡，蒙古鐵蹄攻佔宜興及常州、蘇州一
帶，不久又侵入臨安，當時兵荒馬亂，皇帝被俘虜，蔣捷也因此變成
亡國之民。以宜興進士出身，又是宋代末科進士，蔣捷卻在宋亡後落
入艱難處境，對於躊躇滿志之年輕進士而言，無疑是一種打擊，此後
二十餘年為衣食而奔走於蘇州等地，過著萍跡浪蹤之流浪生活。其〈賀
新郎·兵後寓吳〉：

> 深閣簾垂繡。記家人、軟語燈邊，笑渦紅透。萬疊城頭哀
> 怨角，吹落霜花滿袖。影廝伴、東奔西走。望斷鄉關知何
> 處，羨寒鴉、到著黃昏後。一點點，歸楊柳。　　相看只
> 有山如舊。歎浮雲、本是無心，也成蒼狗。明日枯荷包冷
> 飯，又過前頭小阜。趁未發、且嘗村酒。醉探枵囊毛錐在，
> 問鄰翁、要寫牛經否。翁不應，但搖手。（《全宋詞》，冊四，
> 頁3433）

〔註274〕〔清〕萬樹：《詞律·喜遷鶯》（北京：中華書局，1984年），頁134。
〔註275〕〔清〕萬樹：《詞律·喜遷鶯》（北京：中華書局，1984年），頁422。

此詞據題，可知作於元兵攻佔江南後不久，其時詞人流寓於蘇州一帶。呈現戰後不久江南大地一片蕭殺淒涼的氛圍，同時直接描述出自己為避兵火漂泊流離之苦況。蔣捷窮愁困窘無以謀生，雖逃竄如乞丐，卻深懷亡國之痛，隱居不出。因此，焦袁熹以「落瓣休傷。作伴黃昏有雪香」作為安慰竹山之語。「雪香」所指有二：

其一，「雪香」乃蔣捷的愛妾。〈瑞鶴仙・友人買妾名雪香〉描述愛妾：

> 素肌元是雪。向雪裏帶香，更添奇絕。梅花太孤潔。問梨花何似，風標難說。長洲漾檝。料鴛邊、嬌蓉乍摺。對珠櫳、自翦涼衣，愛把淡羅輕疊。　　清徹。螺心翠靨，龍吻瓊涎，總成虛設。微微醉纈。窗燈暈，弄明滅。算銀臺高處，芳菲仙佩，步遍纖雲萬葉。覺來時、人在紅幬，半廊界月。（《全宋詞》，冊四，頁3437）

雪香分明是蔣捷的私愛，焦袁熹認為蔣捷晚年尚有美人作陪，應該可以欣慰了。

其二，「雪香」乃指蔣捷品格氣節如梅花般高潔。雖曾有仕元機會，蔣捷卻「義不仕元」、「獨善其身」，此當受其先祖中有如蔣興祖抗金名士等之影響。《宜興縣誌》載蔣捷「元初遁跡不仕，大德中憲使臧夢解、陸交章薦其才，卒不就博學」〔註276〕，蔣捷為一南宋遺民，其人品與氣節得到歷代論家的讚賞，在清代尤其得到迴響。《四庫全書簡明目錄》：「（蔣捷）其詞練字穩深，抒詞諧暢，為倚聲家之正軌，不但抱節終身，其人品為足貴也。」〔註277〕況周頤《蕙風詞話》：「蔣竹山詞極穠麗，其人則抱節終身。」〔註278〕清初詞人與蔣捷同樣際遇的憂患者，往往步和次韻以為精神寄託，如王士禎〈賀新

〔註276〕〔清〕阮升基等修，寧楷等纂：《宜興縣誌》（臺北：成文書局，1970年），冊二十二，卷八，頁362。

〔註277〕〔清〕永瑢，紀昀等撰：《欽定四庫全書簡明目錄》，《景印文淵閣四庫全書》，冊六，卷二十，頁389。

〔註278〕〔清〕況周頤：《蕙風詞話》，唐圭璋：《詞話叢編》，冊五，卷一，頁4420。

郎・夜飲用蔣竹山韻〉流露興亡之感，情意吞吐迷離，被譚獻評為「居然勝欲」。彭孫遹同樣推崇「竹山詞」，認為蔣捷與姜夔、吳文英、史達祖等差可比肩，可稱宋詞名家。上述現象表明清初詞人對蔣捷的關注與喜好，正是竹山詞的遺民忠貞情懷與冷淡秋香之美引起了清初詞人之共鳴，可謂異代同慨。焦袁熹藉此勸慰蔣捷毋須難過，其人品義節如梅花潔白似雪，已為歷代後人所稱道，累世飄香。

　　「美人」或是「美好之品格」皆可為「雪香」一詞之解釋，然蔣捷晚年生活窘迫，雪香是否隨侍在側仍待考證，並且以清初詞壇對蔣捷詞之豐富認識和創作實踐作判斷，應以後者解釋為佳。

二、周密

　　焦袁熹〈采桑子・論周草窗所選《絕妙好詞》一書〉：
> 周郎識曲動搜採，黃絹題名。編琲聯瓔，好煞篇篇有個瓊。
> 　　從來隻字關飛動，箇箇金玲。玉磬聲聲。好煞周郎不
> 解聽。（《全清詞・順康卷》，冊十八，頁 10584）

焦氏以「黃絹」兩字引出「絕妙好辭」之典故。《世說新語・捷悟》云：
> 魏武嘗過曹娥碑下，楊脩從，碑背上見題作「黃絹幼婦，
> 外孫䪡臼」八字。魏武謂脩曰：「解不？」答曰：「解。」
> 魏武曰：「卿未可言，待我思之。」行三十里，魏武乃曰：
> 「吾已得。」令脩別記所知。脩曰：「黃絹，色絲也，於字
> 為絕。幼婦，少女也，於字為妙。外孫，女子也，於字為
> 好。䪡臼，受辛也，於字為辭。所謂『絕妙好辭』也。魏
> 武亦記之，與脩同，乃歎曰：「我才不及卿，乃覺三十里。」
> 〔註279〕

《絕妙好詞》為周密（1232～1298，字公謹，號草窗）所輯南宋詞選，以選錄精粹著稱，共七卷，收詞三百九十首。因宋元時期戰亂，印數太少，元明數百年不見著錄，該書之刻本在宋元之際即難尋覓，

〔註279〕〔南朝宋〕劉義慶撰，〔梁〕劉孝標注，余嘉錫箋疏：《世說新語箋疏（修訂本）》（上海：上海古籍出版社，1993 年 12 月），上冊，卷十一，頁 579。

張炎《詞源》道：「惜此板不存，恐墨本亦有好事者藏之。」〔註280〕
元明兩朝四百年間，從未有人提起，朱彝尊編選《詞綜》時，曾發
出古詞選本「皆軼不傳」之浩嘆。《絕妙好詞》之重見人世，是柯崇
樸、柯煜父子從錢遵王處過錄而來之鈔本，而後經校勘刻印於康熙
二十四年乙丑（1685）傳世〔註281〕，柯煜〈絕妙好詞序〉曰：「於
今風雅殆勝囊時，翡翠筆床，人宗石帚；琉璃硯匣，家擬梅溪。爰
有好事之家，千金購其善本；嗜奇之士，古影質其秘書。……得此
一編，如逢拱璧。……從此光華不沒，風景常新。非惟一日之賞心，
允矣千秋之勝事。」〔註282〕《絕妙好詞》全編凡一百三十二家，以
詞人分列，始自張孝祥，終於仇遠，除少數如蔡松年之外，純乎為
南宋詞家。〔註283〕以姜夔為宗，「醇雅清空」，其選詞也以此為最高
境界，注重詞本身的音節詞藻之美，不注重詞對現實的反映。陳匪
石《聲執》稱該書為南宋詞之總集，「皆以淒婉綿麗為主」〔註284〕，
焦袁熹這闋〈采桑子〉自注「論周草窗所選《絕妙好詞》一書」，即
以《絕妙好詞》一書為所論對象。

　　上片首句「周郎識曲動搜採，黃娟題名」，周郎，原典故為周瑜，
焦袁熹即以「周郎」稱周密知音識律之才能。周密本望族之子。周家
是一個世代官宦的書香。周密早在幼年就耳濡目染，飽受陶冶，青年
時就參加父輩師友們的唱和，雖年少而筆力不弱。周密善作詞，不僅
能詩畫音律，尤好藏棄校書，因此編南宋詞集，以《絕妙好詞》為名，
書中即選錄了許多不見史傳的詞人作品，賴此以傳，可見當時詞壇不
同風格作品的流行情況。焦氏「周郎識曲動搜採」一句即概括周密深

〔註280〕〔宋〕張炎：《詞源》，唐圭璋：《詞話叢編》，冊一，卷下，頁266。
〔註281〕陳水雲：《唐宋詞在明末清初的傳播與接受》（北京：中國社會科學出
　　　　版社，2010年10月），頁80。
〔註282〕〔清〕柯煜：〈絕妙好詞序〉，施蟄存主編：《詞籍序跋萃編》，頁683。
〔註283〕〔宋〕周密選，秦寰明、蕭鵬注析：《絕妙好詞注析·前言》（西安：
　　　　三秦出版社，1996年1月），頁2。
〔註284〕陳匪石編著，鍾振振校點：《聲執》，見《宋詞舉》（外三種）（南京：
　　　　江蘇古籍出版社，2002年），卷下，頁196。

諳音律及《絕妙好詞》一書作品蒐集之功。

　　「編琲聯瓔，好然篇篇有個瓊」是對《絕妙好詞》所收錄之作品的整體評價。周密講究規律，文字精美，是宋末格律詞派的代表作家，其《絕妙好詞》選詞特別精深，去取嚴禁，體例嚴整，選錄標準偏重格律形式，只錄清麗婉約、優美精巧的詞作。焦袁熹對此也做出正面的評價，稱之為「編琲聯瓔」、「篇篇有個瓊」，琲、瓔、瓊均指美玉、美好之意，肯定《絕妙好詞》全書自首至尾，無一篇庸濫之作，無一闋淫詞、俚詞、戲詞、壽詞乃至風格粗豪之詞，於辛棄疾、劉過、劉克莊等豪放詞人，也不錄其喑嗚橫肆、大聲鏜鞳之作，體現了南宋後期詞人之雅詞觀。《四庫全書‧絕妙好詞提要》所云：「宋人詞集，今多不傳，併作者姓名，亦不盡見於世。零璣碎玉，皆賴此以存，於詞選中，最為善本。」〔註285〕此中泰半周密故友，因該詞選而存留其作，焦氏稱周密收錄詩詞作品就像編排聯綴著一顆顆美玉，同時稱《絕妙好詞》所收錄之詞作，每一闋皆如美玉，堪稱「絕妙」，肯定周密以《絕妙好詞》為詞選名當之無愧！

　　焦氏於詞序中自注「周密好瓊」，「篇篇有個瓊」一句同時指出周密創作、選詞好用「瓊」字之習慣，業已表明了周密婉約詞派之特點。就《絕妙好詞》來看，裡面就收集大量含「瓊」的詞作，共二十五次。可列表如下：

序號	詞人	詞牌（詞題）	詞　　義
1	張孝祥	念奴嬌（過洞庭）	洞庭青草，近中秋、更無一點風色。 玉界**瓊**田三萬頃，著我扁舟一葉。 素月分輝，明河共影，表裡俱澄澈。 悠然心會，妙處難與君說。 應念嶺表經年，孤光自照，肝膽皆冰雪。 短鬢蕭疏襟袖冷，穩泛滄溟空闊。 盡吸西江，細斟北斗，萬象為賓客。 叩舷獨嘯，不知今夕何夕。

〔註285〕〔清〕永瑢、紀昀編纂：《四庫全書總目》，卷一九九，頁 1824。

2	盧祖皋	宴清都（初春）	春訊飛**瓊**管，風日薄，度牆啼鳥聲亂。 江城次第，笙歌翠合，綺羅香暖。 溶溶澗淥冰泮，醉夢裡、年華暗換。 料黛眉、重鎖隋堤，芳心暗動梁苑。 新來雁闊雲音，**鸞**分鏡影，無計重見。 啼春細雨，籠愁淡月，恁時庭院。 離腸未語先斷，算猶有、憑高望眼。 更那堪、芳草連天，飛梅弄晚。
3	鄭域	昭君怨（梅）	道是花來春未，道是雪來香異。 水外一枝斜，野人家。 冷落竹籬茅舍，富貴玉堂**瓊**樹。 兩地不同栽，一般開。
4	翁元龍	水龍吟（雪霽登吳山見滄閣聞城中簫鼓聲）	畫樓紅濕斜陽，素妝褪出山眉翠。 街聲暮起，塵侵鐙戶，月來舞地。 宮柳招鶯，水荭飄雁，隔年春意。 黯梨雲散作，人間好夢。**瓊**簫在，錦屏底。 樂事輕隨流水，暗蘭消作花心計。 情絲萬軸，因春織就，愁羅恨綺。 暖枕迷香，占簾看夜，舊遊經醉。 任孤山剩雪，殘梅漸懶，跨東風騎。
5	施岳	解語花	雲容冱雪，莫色添寒，樓台共臨眺。 翠叢深窅。無人處、數蕊弄春猶小。 幽姿謾好，遙相望、含情一笑。 花解語，因甚無言？心事應難表。 莫待牆陰暗老，稱琴邊月夜，笛裡霜曉， 護香須早。東風度，咫尺畫欄**瓊**沼。 歸來夢繞，歌雲墜，依然驚覺。想恁時， 小几銀屏，冷未了。
6	陳允平	瑞鶴仙	燕歸簾半捲。正漏約，**瓊**簽笙調玉琯。 蛾眉畫來淺甚，春衫懶試，夜燈慵剪。 香溫夢暖，訴芳心、芭蕉未展。 渺雙波望極江空，二十四橋憑遍。 蔥茜銀屏綵鳳，霧帳金蟬，舊家坊院。 煙花弄晚，芳草恨，斷魂遠。 對東風、無語綠陰深處，時見飛紅數片。 算多情尚有，黃鸝向人睍睆。
7	張樞	風入松	春寒懶下碧雲樓，花事等閒休。 紅綿濕透鞦韆索，記伴仙、曾倚嬌柔。

		重疊黃金約臂，玲瓏翠玉搔頭。 薰爐誰熨暖衣籌，消遣酒醒愁。 舊巢未著新來燕，任珠簾不上**瓊**鉤。 何處東風院宇，數聲揭調甘州？
8		壺中天（月夕登繪幅堂，與質房各賦一解）	雁橫回碧，漸煙收極浦，漁唱催晚。 臨水樓台乘醉倚，雲引吟情閒遠。 露腳飛涼，山眉鎖暝，玉宇冰奩滿。 平波不動，桂華底印清淺。 應是**瓊**斧修成，鉛霜擣就，舞霓裳曲遍。 窈窕西窗誰弄影？紅冷芙蓉深苑。 賦雪詞工，留雲歌斷，偏惹文簫怨。 人歸鶴唳，翠簾十二空捲。
9	李演	摸魚兒（太湖）	又西風、四橋疏柳，驚蟬相對秋語。 **瓊**荷萬笠花雲重，裊裊紅衣如舞。 鴻北去，渺岸芷汀芳，幾點斜陽字。 吳亭舊樹，又繫我扁舟，漁鄉釣里， 秋色淡歸鷺。 長干路，草莽疏煙斷墅。商歌如寫羈旅， 丹溪翠岫登臨事，苔屐尚粘蒼士。 鷗且住！怕月冷、吟魂婉冉空江暮。 明燈暗浦，更短笛銜風，長雲弄晚， 天際畫秋句。
10		南鄉子（夜宴燕子樓）	芳水戲桃英，小滴燕支浸綠雲。 待覓**瓊**瓴藏彩信，流春，不似題紅易得沉。 天上許飛**瓊**，吹下蓉笙染玉塵。 可惜素鸞留不得，更深，誤剪燈花斷了心。
11	湯恢	祝英台近	宿酲蘇，春夢醒，沉水冷金鴨。 落盡桃花，無人掃紅雪。 漸催煮酒園林，單衣庭院， 春又到斷腸時節。 恨離別。長憶人立荼蘼，珠簾捲香月。 幾度黃昏，**瓊**枝爲誰折。 都將千里芳心，十年幽夢，分付與、 一聲啼鴂。
12	趙淇	謁金門	吟望直，春在欄杆咫尺。 山插玉壺花倒立，雪明天混碧。 曉露絲絲**瓊**滴。虛揭一簾雲濕。 猶有殘梅黃半壁，香隨流水急。

13	曹邍	玲瓏四犯(荼蘼應制)	一架幽芳,自過了梅花,猶占清絕。 露葉檀心,香滿萬條晴雪。 肌素淨洗鉛華,似弄玉、乍離瑤闕。 看翠蚪、白鳳飛舞,不管暮煙啼鴂。 酒中風格天然別。記唐宮、賜樽芳洌。 玉蕤喚得餘春住,猶醉迷飛蝶。 天氣乍雨乍晴,長是伴牡丹時節。 夜散**瓊**樓宴,金鋪深掩,一庭春月。
14	李彭老	高陽台(落梅)	飄粉杯寬,盛香袖小,青青半掩苔痕。 竹裡遮寒,誰念減盡芳雲? 么鳳叫晚吹晴雪,料水空、煙冷西泠。 感凋零,殘縷遺鈿,迤邐成塵。 東園曾趁花前約,記按箏籌酒,戲挽飛**瓊**。 環珮無聲,草暗台榭春深。 欲倩怨笛傳清譜,怕斷霞、難返吟魂。 轉銷凝,點點隨波,望極江亭。
15		踏莎行(題草窗十擬後)	紫曲迷香,綠窗夢月,芳心如對春風說。 蠻箋象管寫新聲,幾番曾試**瓊**壺䤍。 庾信書愁,江淹賦別,桃花紅雨梨花雪。 周郎先自足風流,何須更擬秦簫咽。
16	李萊老	揚州慢(**瓊**花次韻)	玉倚風輕,粉凝冰薄,土花祠冷無人。 聽吹簫月底,傳暮草金城。 笑紅紫、紛紛成雨,溯空如蝶,肯墮珠塵。 歎而今、杜郎還見,應賦悲春。　　佩環 何許,縱無情、鶯燕猶驚。悵朱檻香消, 綠屏夢杳,腸斷瑤**瓊**。 九曲迷樓依舊,沉沉夜、想覓行雲。但荒 煙幽翠,東風吹作秋聲。
17		高陽台(落梅)	門掩香殘,屏搖夢冷,珠鈿糝綴芳塵。 臨水搴花,流來疑是行雲。 蘚梢空掛淒涼月,想鶴歸猶怨黃昏。 黯消凝,人老天涯,雁影沉沉。 斷腸不在聽橫笛,在江皋解佩,翳玉飛**瓊**。 煙濕荒村,背春無限愁深。 迎風點點飄寒粉,悵秋娘燕袖啼痕。 更關情,青子懸枝,綠樹成陰。
18		水龍吟(白荷)	素鷺飛下青冥,舞衣半惹涼雲。 碎藍田種玉,綠房迎曉,一奩秋意。

			擎露盤深，憶君清夜，暗傾鉛水。 想鴛鴦正結、梨雲好夢，西風冷，還驚起。 應是飛**瓊**仙會，倚涼飆、碧簪斜墜。 輕妝斗白，明璫照影，紅衣羞避。 霽月三更，粉雲千點，靜香十里。 聽湘弦奏徹，冰綃偷剪，聚相思淚。
19	周密	朝中措（茉莉擬夢窗）	彩繩朱乘駕濤雲，親見許飛**瓊**。 多定梅魂才返，香瘢半掐秋痕。 枕函釵縷，熏籠芳焙，兒女心情。 尚有第三花在，不妨留待涼生。
20		踏莎行（與莫兩山談邘城舊事）	遠草情鐘，孤花韻勝，一樓聳翠生秋暝。 十年二十四橋春，轉頭明月簫聲冷。 賦藥才高，題**瓊**語俊，蒸香壓酒芙蓉頂。 景留人去怕思量，桂窗風露秋眠醒。
21	王沂孫	法曲獻仙音（聚景亭梅次草窗韻）	層綠峨峨，纖**瓊**皎皎，倒壓波痕清淺。 過眼年華，動人幽意，相逢幾番春換。 記喚酒尋芳處，盈盈褪妝晚。 已銷黯。況淒涼。近來離思， 應忘卻、明月夜深歸輦。 荏苒一枝春，恨東風、人似天遠。 縱有殘花，灑征衣、鉛淚都滿。 但慇勤折取，自遣一襟幽怨。
22		一萼紅（石屋探梅作）	思飄颻，擁仙姝獨步，明月照蒼翹。 花候猶遲，庭陰不掃，門掩山意蕭條。 抱芳恨、佳人分薄，似未許、芳魄化春嬌。 雨澀風慳，霧輕波細，湘夢迢迢。 誰伴碧樽雕俎，喚**瓊**肌皎皎，綠髮蕭蕭。 青鳳啼空，玉龍舞夜，遙睇河漢光搖。 未須賦、疏香淡影，且同倚、枯蘚聽吹簫。 聽久餘音欲絕，寒透鮫綃。
23		西江月（為趙元父賦雪梅圖）	褪粉輕盈**瓊**靨，護香重疊冰綃。 數枝誰帶玉痕描？夜夜東風不掃。 溪上橫斜影淡，夢中落莫魂銷。 峭寒未肯放春嬌，素被獨眠清曉。
24	吳琚	水龍吟（喜雪）	紫皇高宴蕭台，雙成戲擊**瓊**包碎。 何人為把，銀河水翳，甲兵都洗。 玉樣乾坤，八荒同色，了無塵翳。 喜冰銷太液，暖融鳷鵲，端門曉、班初退。

25	張掄	壺中天慢（牡丹）	洞天深處賞嬌紅，輕玉高張雲幕。 國艷天香相競秀，瓊苑風光如昨。 露洗妖妍，風傳馥郁，雲雨巫山約。 春濃如酒，五雲台榭樓閣。 聖代道洽功成，一塵不動，四境無鳴柝。 屢有豐年天助順，基業增隆山嶽。 兩世明君，千秋萬歲，永享昇平樂。 東皇呈瑞，更無一片花落。

（表頂續）聖主憂民深意。轉鴻鈞、滿天和氣。／太平有象，三宮二聖，萬年千歲。／雙玉杯深，五雲樓迴，不妨頻醉。／細看來、不是飛花，片片是、豐年瑞。

周密自己創作也好用「瓊」字，如〈聲聲慢・送王聖與次韻〉：

> 瓊壺歌月，白髮簪花，十年一夢揚州。恨入琵琶，小憐重見灣頭。尊前漫題金縷，奈芳情、已逐東流。還送遠，甚長安亂葉，都是閒愁。　次第重陽近也，看黃花綠酒，也合遲留。脆柳無情，不堪重繫行舟。百年正消幾別，對西風、休賦登樓。怎去得，怕淒涼時節，團扇悲秋。（《全宋詞》，冊五，頁 3290）

周密喜好「瓊」字，以一字作為斟酌，可謂字字珠璣。焦袁熹緊承上句，以「從來隻字關飛動，箇箇金鈴」一句論周密創作特色及選詞標準。焦袁熹認為周密填詞均煉字酌句於自然之間，而無斧鑿之痕，「箇箇金鈴」方能達至文學藝術之美。周濟亦認為：「公謹敲金戛玉，咀嚼雪盥花，新妙無與為匹」〔註286〕、「草窗鏤冰刻楮，精妙絕倫。」〔註287〕草窗詞之特點係格律謹嚴，結構縝密，風格秀雅，字句精美，這一詞風貫徹到其選詞標準裡，泰半與其尚雅之主張極契合。

「玉磬聲聲。好煞周郎不解聽」，則批評周密所選《絕妙好詞》

〔註286〕〔清〕周濟：《介存齋論詞雜著》，唐圭璋主編：《詞話叢編》，冊二，頁 1634。

〔註287〕〔清〕周濟：《宋四家詞選目錄序論》，唐圭璋主編：《詞話叢編》，冊二，頁 1644～1645。

多注重其形式，而未能察其詞中眞意。「不解聽」用李頎之典，李頎〈聽安萬善吹觱篥歌〉云：「世人解聽不解賞，長颷風中自來往。」〔註288〕唐人李頎一日與眾人聽涼州胡人安萬善吹奏觱篥，樂聲乍聽有幽怨之音，聞者大多嘆息不止，異鄉客居者更是掩面垂淚。然而聽者實未能理解，故云。即指人們僅能聆聽表面之樂音，而不能欣賞樂聲之眞諦，以至於安萬善所奏觱篥仍然不免寥落之感，獨來獨往于暴風之中。焦氏即言周密同於李頎所謂之聞者，僅能夠欣賞其藝術、修辭之美，然而作品的確切意涵卻尚未能掌握。陳廷焯《白雨齋詞話》卷二：「草窗《絕妙好詞》之選，並不能強人意。當是局於一時聞見，即行采入，未窺各人全豹耳。」〔註289〕因以「雅正」入編，不可能全面反映南宋詞壇之面貌，部分詞人入選作品並非其主要風格。高士奇〈絕妙好詞序〉云：「余嘗論選家以今稽古，病在不親。《穀梁》所謂：『聽遠音者，聞其疾而不聞其舒也。』」〔註290〕用「聽遠音者，聞其疾而不聞其舒；望遠者，察其貌而不察其形。」〔註291〕說明遠處聞音見相者，均只能得其一音一形，而無法全盤關照，如周密僅觀察至表相，而無深入細究一般。

　　焦袁熹此觀點也是對《絕妙好詞》詮釋之評價。總觀全詞，這闋詞前半片是對《絕妙好詞》藝術、形式上之評價，後半闋則是對其擇選內容的看法。焦袁熹認爲周密所錄的《絕妙好詞》較爲偏重形式上的婉約精美，卻談不到內容上的寄托深意，甚爲可惜。

　　針對《絕妙好詞》之特點，歷代評論對於《絕妙好詞》之評價迥異，然力推《絕妙好詞》者頗夥，臚列如下：

〔註288〕〔唐〕李頎：〈聽安萬善吹觱篥歌〉，《全唐詩》，冊四，卷一三三，頁1354。

〔註289〕〔清〕陳廷焯《白雨齋詞話》卷二，唐圭璋主編：《詞話叢編》，冊四，卷二，頁3708。

〔註290〕〔清〕高士奇：〈絕妙好詞序〉，收錄於施蟄存主編：《詞集序跋萃編》，頁684。

〔註291〕阮元校勘：《十三經注疏・穀梁傳》（臺北：藝文印書館，2001年12月），冊七，卷四，頁39。

近代詞人用功者多，如《陽春白雪》集，如《絕妙詞選》，亦自可觀。〔註 292〕

《絕妙好詞》採掇菁華，無非雅音正軌。〔註 293〕

周公謹《絕妙好詞》選本雖未全醇，然中多俊語。方諸《草堂》所錄，雅俗分殊。〔註 294〕

草窗周公謹，集選宋南渡以後諸人詩餘凡七卷，名之曰《絕妙好詞》。公謹生於宋末，以博雅名東南，所作音節淒清，情寄深遠，非徒以綺麗勝者。茲選披沙揀金，合一百三十二人，爲詞不滿四百，亦云精矣。〔註 295〕

其中朱彝尊痛貶《草堂詩餘》而力推《絕妙好詞》，主要爲改正明末以來之風氣，後人群附和之。朱彝尊在其《水村琴趣序》表示，詞要「醇雅」，不要多「硬語」、「新腔」，奉姜夔、張炎爲詞壇正宗，此文學觀點跟周密選錄《絕妙好詞》甚爲接近，因此朱氏才會對此作出這麼正面的評價。清人錢曾在《述古堂藏書》題詞中也稱其「選錄精允，清言秀句，層間疊出，誠詞家之南董也。」〔註 296〕其中「清言秀句」，即是要求詞作要清麗秀美，確乎是周密選詞之首要標準，亦是焦袁熹所主張之審美特色，故對於《絕妙好詞》大體而言仍持正面評價，直至常州詞派興起，貶斥「周密《絕妙好詞》所選，皆同於己者，一味輕柔潤膩而已。」〔註 297〕《絕妙好詞》終隨浙西詞派而沒落。

〔註 292〕〔宋〕張炎：《詞源》，唐圭璋主編：《詞話叢編》，冊一，卷下，頁 266。

〔註 293〕〔清〕戈載編，杜文瀾校注：《宋七家詞選·碧山詞跋》，《河洛文庫》（臺北：河洛圖書出版社，1978 年 5 月），冊九十九，卷五，頁 35。

〔註 294〕〔清〕朱彝尊：〈書《絕妙好詞》後〉，收錄於施蟄存主編：《詞集序跋萃編》，頁 683。

〔註 295〕〔清〕高士奇：〈《絕妙好詞》序〉，收錄於施蟄存主編：《詞集序跋萃編》，頁 684。

〔註 296〕〔宋〕周密編，〔清〕查爲仁、厲鶚箋：《絕妙好詞箋·題跋附錄》，《四部備要》（臺北：臺灣中華書局，1981 年），冊五九〇，頁 1。

〔註 297〕〔清〕焦循：《雕菰樓詞話》，唐圭璋主編：《詞話叢編》，冊二，頁 1494。

三、王沂孫

　　王沂孫，字聖與，號碧山、中仙、玉笥山人，會稽（今浙江紹興）人。生於宋代末造，身世淪微，名不見於史傳。生卒年不詳，惟知年輩與張炎相仿。〔註 298〕入元，任慶元路（今浙江鄞縣）學正。廣交遊，晚年往來杭州、紹興，與周密、張炎等人同結詞社，相與唱和，著有《碧山樂府》，又名《花外集》。王沂孫詞在宋代詞名實不如周密、張炎，逮清代，其詞卻備受推崇〔註 299〕，周濟推許為宋詞四大家之一〔註 300〕；陳廷焯則將王沂孫和周邦彥、姜夔同列為詞壇三絕，甚至是評其詞為宋人之最，更與杜甫相比擬〔註 301〕，王沂孫詞在清朝之盛，可得其概。焦袁熹〈采桑子・王碧山〉即以「獨木橋體」論王沂孫同周密、張炎繼承姜夔一脈，可稱瓣香白石詞之「三食仙」：

> 　　瓣香定向誰家祝，愛煞詞仙。直是飛仙（王有句云「白石飛仙」）。鼓吹何當伴老仙。　　天仙謫墮人間少，誰似中仙。好句如仙。白石詞中三食仙。（《全清詞・順康卷》，冊十八，頁 10548）

「詞仙」指姜夔。蔡嵩雲《柯亭詞論》云：「白石詞在南宋，為清空一派開山祖，碧山、玉田皆其法嗣。其詞騷雅絕倫，無一點浮煙浪墨繞其筆端，故當時有詞仙之目。野雲孤飛，去留無跡，有定評矣。」

〔註 298〕夏承燾《周草窗年譜》云：「沂孫殆少於草窗，長於仇遠，若生於淳佑、寶佑間，卒年才四十左右耳。」在王沂孫與周密、張炎等著名詞人之交往酬贈詞作中，可知碧山稱周公謹為「丈」，張炎稱周公謹為「翁」，周密與張炎詞中都有悼碧山詞，由此可推斷碧山生年當在周密之後，在張炎之前，卒年先于周密、張炎。

〔註 299〕胡雲翼云：「王沂孫在當時的詞名，本不如周密、張炎。清朝的詞論家把他的地位抬得很高。……清朝的一些文人從他們自己在異族高壓統治下的處境出發，要求作品『言近旨遠』，不敢『劍拔弩張』。」所以看重了王沂孫隱晦紆曲的詞風。見氏編：《宋詞選》（臺北：明文出版社，1987 年），頁 438～439。

〔註 300〕周濟推舉王沂孫與清真、稼軒、夢窗「是為四家，領袖一代」，見《宋四家詞選目錄序論》，唐圭璋編《詞話叢編》，冊二，頁 1643。

〔註 301〕〔清〕陳廷焯：《白雨齋詞話》，唐圭璋：《詞話叢編》，冊四，卷二，頁 3808。

〔註302〕謝章鋌在《賭棋山莊詞話》言：「王沂孫、張炎、周密、陳允平之徒，皆以夔為宗」〔註303〕，足證姜夔詞學地位之隆。以清空一派的薪傳串聯了姜夔、王沂孫與張炎間的關係，知王沂孫、張炎等與姜夔在詞之創作上實有繼承意義，焦袁熹在上闋開端即以「瓣香定向誰家祝，愛煞詞仙」道出姜夔、碧山兩人在創作上的相承。誠如戈載《宋七家詞選‧碧山詞跋》所言：

> 予嘗謂白石之詞，空前絕後，匪特無可比肩，抑且無從入手；而能學之者，則惟中仙。其詞運意高遠，吐韻妍和。其氣清，故無沾滯之音；其筆超，故有宕往之趣，是真白石之入室弟子也。〔註304〕

文中言姜夔詞成就空前絕後，「南宋白石出，詩冠一時，詞冠千古，諸家皆以師事之」〔註305〕，實非常人所能企及，「而能學之者，則惟中仙」，除肯定王沂孫在詞學上能繼承姜夔之成就，更言王沂孫「其詞運意高遠，吐韻妍和。其氣清，故無沾滯之音；其筆超，故有宕往之趣」能得白石詞之妙處。王沂孫詞多詠物之作，間寓身世之感，講究章法、層次，詞致深婉，張炎亦稱其詞「琢語峭拔，有白石意度」（《山中白雲詞‧瑣窗寒詞序》卷一），故焦袁熹方以「瓣香定向誰家祝，愛煞詞仙」一語，明確提出王沂孫填詞遠祖騷雅，瓣香白石。

　　從浙派以降，多從身世之感來看碧山詞，碧山善於唱歎黍離麥秀之感，而一般談碧山詠懷故國詞作時，又皆以《樂府補題》中之作品為代表。《樂府補題》一書，宋末遺民唱和詞集，碧山共有〈天香〉詠龍涎香、〈水龍吟〉詠白蓮二首、〈摸魚兒〉詠蓴、〈齊天樂〉詠蟬

〔註302〕蔡嵩雲：《柯亭詞論》，唐圭璋：《詞話叢編》，冊五，頁4913。
〔註303〕〔清〕謝章鋌：《賭棋山莊詞話》，唐圭璋主編：《詞話叢編》，冊四，卷三，頁3357。
〔註304〕〔清〕戈載編，杜文瀾校注：《宋七家詞選‧碧山詞跋》，《河洛文庫》（臺北：河洛圖書出版社，1978年5月），冊九十九，卷六，頁15～16。
〔註305〕〔清〕陳廷焯：《雲韶集》，引自吳熊和主編：《唐宋詞匯評‧兩宋卷》，頁2719。

二首等六首,在補題中居首位。《樂府補題》甚受清代浙派所推崇,
碧山詞在清代之地位可以見得。之後常州詞人更將王沂孫上推爲宋四
大名家之一,如周濟編評《宋四家詞選》,謂作詞應:「問塗碧山,歷
夢窗、稼軒,以還清眞之渾化。余所望於世之爲詞人者,蓋如此也」
〔註 306〕,明確提出四家作爲學詞之途徑;甚至認爲「碧山思筆,可
謂雙絕,幽折處大勝白石」〔註 307〕,其可貴之處即在「思」、「筆」
兩者之兼融,並在幽折的表現手法上超越了姜夔。如其名作〈天香・
龍涎香〉之「孤嶠蟠煙,層濤蛻月,驪宮夜采鉛水。訊遠槎風,夢深
薇露,化作斷魂心字」(《全宋詞》,冊五,頁 3352)即是,龍涎香是
海洋中抹香鯨病胃中之分泌物,以得於海上,乃稱龍涎。和以其他香
物,其香尤烈,閱久不散。〔註 308〕此詞中以鉛水爲龍涎,除暗指道
書中採煉之想,更將龍涎視爲有情之物,藉李賀「憶君清淚如鉛水」
〔註 309〕之句寫龍涎被採後永離故居不復得返之憾恨,暗喻作者對故
國的懷念,可知詞中鉛水一詞不僅在使用上有其美感,內容寄託的情
思更教人深刻。然這樣的表述卻接出「化作斷魂心字」的轉折,從鉛
水到篆香的製成,流體與固體間,作者僅以「斷魂」兩字修飾,那麼
鉛水與篆香這樣的一番研碾實藏了難以言喻的心事,轉折中也轉出一
層深味,故陳廷焯言:

> 碧山詞性情和厚,學力精深。怨慕幽思,本諸忠厚而運以
> 頓挫之姿,沉鬱之筆。……白石詞,雅矣正矣,沉鬱頓挫
> 矣。然以碧山較之,覺白石猶有未能免俗處。〔註 310〕

可知「幽折」一詞乃王沂孫沉鬱頓挫的表現,並將其幽折情感內斂成
愈加深刻的境地。至此,再觀焦袁熹之作,迥以「直是飛仙」言王沂

〔註 306〕〔清〕周濟:《宋四家詞選目錄序論》,唐圭璋:《詞話叢編》,頁 1643。
〔註 307〕〔清〕周濟:《宋四家詞選目錄序論》,唐圭璋:《詞話叢編》,頁 1644。
〔註 308〕金啓華主編:《全宋詞典故考釋辭典》(長春:吉林文史出版社,1991
    年 1 月),頁 226。
〔註 309〕葉葱奇校注:《李賀詩集》(臺北:里仁書局,1982 年 10 月),頁 77。
〔註 310〕〔清〕陳廷焯:《白雨齋詞話》,唐圭璋:《詞話叢編》,冊四,卷二,
    頁 3808。

孫可謂是姜夔之化身，甚至引其句「白石飛仙」（《全宋詞》，冊五，頁 3365）說明王沂孫對姜夔的接受。焦袁熹對王沂孫接受姜夔之認識是「繼承」與「相等」：繼承言兩人在創作上的相似性，相等則將兩人在文學價值上的成就視爲伯仲，故上闋結句乃有「鼓吹何當伴老仙」之句，並等之而無孰優孰劣之批判，與後來常州詞派揚王而略抑姜的說法有明顯不同。

下闋首句「天仙謫墮人間少，誰似中仙」一句，可知焦袁熹所重乃後之繼承者少矣之無奈與悲傷。然少者少矣，卻非無所嗣之者，如程洪所謂「與白石并有中原者，後起之玉田也」〔註 311〕，而陳廷焯更言：

> 詞筆莫超於白石，詞品莫高於碧山，皆聖於詞者。……張玉田詞，如並剪哀梨，爽豁心目，故誦之者多。至謂可與白石老仙相鼓吹。惟精警處多，沉厚處少，自是雅音，尚非白石之匹。〔註312〕

> 兩宋詞人，玉田多所議論。其所自著，亦可收南宋之終。沉厚微遜碧山，其高者頗有姜白石意趣。後遂鮮有知音矣。〔註313〕

則張炎應可似中仙，雖參差中有所高下，然在繼承的文學脈絡中卻是清楚不過。

除張炎外，焦袁熹認爲周密亦能承姜夔之餘緒，「白石飛仙」一語即是例證。焦詞中所引「白石飛仙」，實源自於王沂孫稱道周密詞之作，其〈踏莎行·題草窗詞卷〉：

> 白石飛仙，紫霞悽調。斷歌人聽知音少。幾番幽夢欲回時，舊家池館生青草。　　風月交遊，山川懷抱。憑誰說與春

〔註311〕〔清〕程洪撰：《詞潔輯評》，唐圭璋：《詞話叢編》，冊二，卷五，頁 1367。
〔註312〕〔清〕陳廷焯：《白雨齋詞話》，唐圭璋：《詞話叢編》，冊四，卷二，頁 3814～3815。
〔註313〕〔清〕陳廷焯：《白雨齋詞話》，唐圭璋：《詞話叢編》，冊四，卷二，頁 3814～3815。

知道。空留離恨滿江南，相思一夜蘋花老。(《全宋詞》，冊五，
頁 3365～3366)

以「白石飛仙」稱周密詞，肯定周密能承姜夔之風。周密於《齊東野
語・白石自述》中對姜夔詩詞、人品有極高評價〔註314〕；周密所編
《絕妙好詞》入選者多爲宗法姜夔、推崇醇雅清空之作，對於姜夔之
仰慕溢於言表；更曾於〈弁陽老人自銘〉中闡明其師承關係：「間作
長短句，或謂似陳去非、姜堯章。」〔註315〕由此可知周密詞風格似
姜夔，承繼白石飛仙之風。故焦袁熹乃言「好句如仙」，可見心中雖
嘆嗣之者少，幸蒼天亦不絕此薪傳，故有「好句」之相承，甚至「白
石詞中三食仙」之詠。這首詞結尾中所指的「食仙」出自姜夔之句：
「南山仙人何所食，夜夜山中煮白石，世人喚作白石仙，一生費齒不
費錢。」〔註316〕食仙者，蓋指人格高潔之士，指追隨姜夔詞之三人。
三食仙者，以詞之脈絡推敲，當指王沂孫、張炎及周密。

　　周密與王沂孫、張炎同爲宋末四大家〔註317〕，是姜夔之追隨者，
汪森《詞綜序》中言：「鄱陽姜夔出，字琢句煉，歸於醇雅；於是史
達祖，高觀國羽翼之，張輯、吳文英師之於前，趙以夫、蔣捷、周密、

〔註314〕〔宋〕周密《齊東野語・姜堯章自述》：「詩似唐人」、「長短句妙天下」、
　　　　　「嗚呼！堯章一布衣耳，乃得盛名於天壤間若此，則軒冕鐘鼎，眞可
　　　　　敝屣矣。」又曰：「堯章詩詞已板行，獨雜文未之見，余嘗於親舊間
　　　　　得其手稿數篇，尚思所以廣其傳焉。」《四部叢刊初編》，冊二七八－一，
　　　　　卷十二，頁 145～146。
〔註315〕〔明〕朱存理：《珊瑚木難・弁陽老人自銘》，《景印文淵閣四庫全書》，
　　　　　冊八一五，卷五，頁 142。
〔註316〕〔宋〕姜夔〈予居苕溪上，與白石洞天爲鄰。潘德久字字余曰白石道
　　　　　人，且以詩見畀。其詞曰：「人間官爵似捋蘜，采到枯松亦大夫。白
　　　　　石道人新拜號，斷無繳駁任稱呼。」予以長句報貺〉：「南山仙人何所
　　　　　食，夜夜山中煮白石。世人喚作白石仙，一生費齒不費錢。仙人食罷
　　　　　腹便便，七十二峰生肺肝。眞租只在南山南，我欲從之不憚遠。無方
　　　　　煮石何由軟。佳名錫我何敢辭，但愁自比晉苦飢。囊中只有轉庵詩，
　　　　　便當掬水三咽之。」見〔宋〕姜夔：《白石詩詞集》(臺北：華正書局
　　　　　有限公司，1981 年 9 月)，頁 21～22。
〔註317〕宋末四大家，即張炎、周密、王沂孫、蔣捷四人。

陳允衡、王沂孫、張炎、張翥效之於後，譬之於樂，舞箾至於九變，
而詞之能事畢矣。」〔註318〕南宋婉約詞派多以姜夔「雅詞」爲典範，
注重煉字琢句，審音守律，追求高雅脫俗之藝術情趣；詞的題材以詠
物爲主，講究寄託，甚至被視爲清空一派。焦氏此處獨挑出王沂孫、
張炎、周密，除了三人詞作皆有相近特質，更因三人「仙氣」濃厚之
故。郭麐在《靈芬館詞話》中言：「姜、張諸子，一洗華靡，獨標清
綺，如瘦石孤花，清笙幽磐，入其境者，疑有仙靈，聞其聲者，人人
自遠」〔註 319〕，是以姜夔與張炎等人之作與仙靈畫上等號，張炎之
作有其爲仙之據，「三食仙」之一也。「白石飛仙」原用以稱周密詞能
承姜夔之風，焦氏肯定並化用成「直是飛仙」以論王沂孫，是知周密
即爲「三食仙」之二也。至於王沂孫，除卻中仙之號，周稚圭亦稱道：
「人間別有藐姑仙」〔註320〕，以莊子神人之事〔註321〕關係王沂孫之
作品，因此其詞與「仙」的關聯亦有憑證，如此，「三食仙」中之三
也找到了論述空間。

　　尤其全篇詞中皆以「仙」字爲韻，此中自是結合了王沂孫號「中
仙」與其句「白石飛仙」而來，綰合前述，焦袁熹此篇中之三食仙不
僅並提三人在詞學史上之意義，更通過作品中處處爲韻的「仙」字形
成了內容形式之互應。在形式上將「仙」字與三人間的連結完美串聯，
同使三人作品中的「仙氣」成爲此篇論詞絕句的中心論旨，除了歷史
上的繼承因此清晰如證，三人作品中的內容也得到一種共同論述的可

〔註318〕〔清〕汪森：〈詞綜序〉，〔清〕朱彝尊編、王昶續補：《詞綜》（臺北：
　　　　世界書局，1968 年），頁 1。
〔註319〕〔清〕郭麐：《靈芬館詞話》，唐圭璋：《詞話叢編》，冊二，卷一，頁
　　　　1503。
〔註320〕〔清〕周之琦：「碧山才調劇翩翩，風格鄱陽好並肩；姜史姜張饒品
　　　　目，人間別有藐姑仙。」見王師偉勇主編：《清代論詞絕句初編・心
　　　　日齋十六家詞錄・附題》，頁 179～180。
〔註321〕「藐姑射之山，有神人居焉，肌膚若冰雪，淖約若處子；不食五穀，
　　　　吸風飲露；乘雲氣，御飛龍，而遊乎四海之外；其神凝，使物不疵
　　　　癘而年穀熟。」見王夫之：《莊子通・莊子解》（臺北：里仁書局，
　　　　1984 年 9 月），頁 6。

能，甚至此篇作品中屬於焦袁熹自己的文學要求亦能夠在「獨木橋體」中成一統整，可謂精采絕倫。

四、張炎

　　張炎（1248～1302），字叔夏，號玉田，晚年號樂笑翁。祖籍西秦（今陝西），宋室南渡後寓居於臨安（今浙江杭州），張炎是南宋初年循王大將張俊的六世孫，其祖輩張鎡善詩詞，工畫，家有園亭之勝，結識當時名流，與姜夔交誼尤篤〔註322〕，著有《玉照堂詞》（今存《玉照堂詞鈔》一卷），其父親張樞善填詞，通音律，著有《寄閒集》（今已失傳）。

　　張炎生長在一個官宦世家，過著承平貴公子之優裕生活，也因為家中有沉厚的文學氣息，自小即受到藝術薰陶，終日填詞賦歌，賞花飲酒。然而在張炎二十九歲那年（1276），元軍南下，攻陷了南宋都城臨安，南宋偏安局面宣告結束，張炎倉皇逃亡，其妻子家財全被元軍籍沒入官，張炎的貴公子生活結束，開始過著落拓江湖，形同文丐之困窘生活。由於親身經歷了祥興二年（1279）元軍攻破厓山、陸秀夫帶著宋帝昺跳海殉國的亡國之痛，詞風開始轉變，同年與愛國志士唐珏、周密等人分詠白蓮等諸詞題，也與詞社遺民來往唱和，編為《樂府補題》。

　　元世祖至元二十七年（1290）秋，元徵召江南書畫人才赴大都，張炎也在被徵召名單內，於北行的途中，其詞風出現了「向辛派豪放詞風傾斜的趨向」〔註323〕。次年便託詞想念家鄉江南，匆匆南歸，繼續過著流離與漫遊的生活，先往浙東，之後流浪吳楚十餘年之久，以詩畫技藝結交貴人，求得依附和周濟，類似「清客」。張炎的行跡遍及蘇州、無錫、江陰、溧陽、宜興、毗陵、金陵等地，在最艱難之

〔註322〕張鎡是張炎之祖父或曾祖父，歷來眾說紛紜，非本文探討重點，故略而不論。

〔註323〕陶爾夫、胡俊林、楊燕：《姜張詞傳》（長春：吉林人民出版社，1999年），頁50。

際，還曾在鄞地擺設「卜肆」，靠看面向和拆字餬口，生活之困窘由此可見。然而，其創作活動亦是在南宋覆亡詞壇歸於荒涼之後進入高峰。晚年，張炎完成了詞學史上重要的詞學專著《詞源》一書，歷評兩宋諸詞人之長短得失，更提出其理論主張，影響後世甚深，不久便落拓而終，有《山中白雲詞》傳世，存詞約三百首。

　　焦袁熹〈采桑子‧張叔夏〉則著重張炎歷經南宋覆滅後的流離生活，及其詞作特色，並針對其「清空」理論所造成之影響提出反思：

> 秦川公子傷飄泊，小令長謳。分付歌喉。玉照梅花夢裡愁。
> 　　白雲何處堪持贈，寄語詩流。閒淡清柔。到得伊家滿意不。（《全清詞‧順康卷》，冊十八，頁 10584）〔註 324〕

起首「秦川公子傷飄泊，小令長謳。分付歌喉」三句，秦川公子即指祖籍西秦（今陝西）之張炎，焦氏著重描寫張炎在南宋滅亡後，漂泊無依、浪遊江湖，但張炎並非因此棄筆不撰，反而藉填詞抒發其故國之思和身世之感。經歷國破家亡、奉召北行、南歸後四處遊蕩之張炎，憑弔山川、感愴家園，其詞風大抵是「清遠醞藉，淒愴纏綿」，如〈月下笛‧孤游萬竹山中，閒門落葉，愁思黯然，因動黍離之感。時寓甬東積翠山舍〉一闋：

> 萬里孤雲，清游漸遠，故人何處。寒窗夢裡，猶記經行舊
> 時路。連昌約略無多柳，第一是、難聽夜雨。謾驚回淒悄，
> 相看燭影，擁衾無語。　　張緒。歸何暮。半零落，依依
> 斷橋鷗鷺。天涯倦旅。此時心事良苦。只愁重灑西州淚，
> 問杜曲、人家在否。恐翠袖、正天寒，猶倚梅花那樹。（《全
> 宋詞》，冊五，頁 3472）

此詞為元成宗大德二年（1298），張炎於甬東（今浙江定海）流寓時所作。上片寫羈旅孤淒，借夢境寫故國之思；下片以張緒自況，寫思歸愁苦，煞尾更化用杜詩，佳人與凌寒多梅，相互輝映，恰是逸民化身，自明其心志。此外，「醉拂珊瑚樹，寫百年幽恨，分付吟箋」（〈憶

―――――――――――

〔註 324〕末句在四卷本中作「到得伊家也何休」。

舊遊・新朋故侶，詩酒遲留，吳山蒼蒼，渺渺兮余懷也。寄沈堯道諸公〉）、「離別恨，生歡嗟。歡情事，起喧嘩。聽歌喉清潤，片玉無瑕」（〈滿江紅〉）等句，均見張炎將其黍離之感與身世之悲寄託於詞，發為吟詠，意蘊深厚。同時，「分付歌喉」亦可解為張炎精通音律，審音拈韻，細緻入微，其《詞源》一書泰半討論音律，嘗言：「音律所當參究，詞章先宜精思」，主張「詞之作必須合律」〔註325〕，而其創作即為其理論之實踐。

　　上片結尾「玉照梅花夢裡愁」，「玉照堂」是南宋中期著名文人張鎡的堂名，張鎡字功甫，號約齋，有《南湖集》、《玉照堂詞》傳世。張鎡是張炎之祖輩，「玉照堂」種有許多梅花，在周密的《武林舊事》卷十即提到：「正月孟春玉照堂賞梅。」〔註326〕袁桷〈張玉田詩〉：「將軍金甲明如日，勒馬橋邊清警蹕。淮壖徹衛羽書沈，置酒行宮功第一。蟬冠熊軾填高門，英英玉照稱聞孫。百年文物意未盡，玉田公子尤超群。」〔註327〕袁桷在〈張玉田歸杭疏〉也提到：「落葉孤尊，無復金貂之慷慨；古梅千檻，空懷玉照之風流。」〔註328〕所以此句應可解為張炎年輕時因為先祖之庇蔭過著富貴悠閒的生活，但如今只能在夢中回味，心中有無限惆悵。

　　「白雲何處堪持贈，寄語詩流」，首句出自南朝陶弘景〈詔問山中何所有，賦詩以答〉：「山中何所有，嶺上多白雲。只可自怡悅，不堪寄贈君」〔註329〕，為張炎詞集《山中白雲詞》得名之故。張炎詞在後期中「隱逸」題材和「出世」思想比重相當大，因為其後期生活中「由於復國無望便增添了內心的空虛感；而飄泊無助的生涯，又助

〔註325〕〔宋〕張炎：《詞源》，唐圭璋主編：《詞話叢編》，卷下，頁265。
〔註326〕〔宋〕周密：《武林舊事》，《叢書集成初編》，冊二，卷十，頁219。
〔註327〕〔元〕袁桷：《清容居士集・贈張玉田》，《景印文淵閣四庫全書》，冊一二〇三，卷七，頁86。
〔註328〕〔元〕袁桷：《清容居士集・張玉田歸杭疏》，《景印文淵閣四庫全書》，冊一二〇三，卷四十，頁527。
〔註329〕〔梁〕陶弘景：〈詔問山中何所有，賦詩以答〉，〔明〕張溥輯：《漢魏六朝百三名家集》，冊五，頁3945。

長了他心裡的陰暗。但與這些情緒相反相成的是，張炎欲以求得自我解脫、甚至自我麻醉的『隱逸』、『超曠』思想卻大爲抬頭了」〔註 330〕，茲逐錄其詞如次：

> 任一路白雲，山童休掃，卻似崆峒。〈木蘭花慢·爲越僧樵隱賦樵山〉
>
> 誰識山中朝暮，向白雲一笑，今古無愁。〈聲聲慢〉
>
> 著我白雲堆裡，安知不是神仙。〈風入松·酌惠山水〉

由此可看出張炎準備在「山中」繚繞的「白雲」中間，自尋其「怡悅」的趣味。將其思想感情寄託在詞中，所以說「寄語詩流」。

次句「閒淡清柔」則概括張炎之詞風及其理論主張。自元初至清，對於張炎時之評價褒貶懸殊。焦詞「閒淡」特以指出其晚年詞風，雖然其晚年生活漂泊落拓，但是對照年輕所作之豔情詞，其後期作品確實可謂隱逸之作，而且張炎後期常以山林爲侶，這些經歷都影響了其詞風。「張炎詞中，有一類便是眞正的『隱逸詞』，這些作品反映了他對山林之趣的熱愛、對於前代隱逸者的企慕，其風格基本可拿一個『清』字來形容」〔註 331〕，如〈江神子·孫虛齋作四雲庵俾余賦之兩雲之間〉：

> 奇峰相對接珠庭。乍微晴。又微陰。舍北江東，如蓋自亭亭。翻笑天台連雁蕩，隔一片、不逢君。　　此中幽趣許誰鄰。境雙清。人獨清。采藥難尋，童子語山深。絕似醉翁遊樂意，林壑靜、聽泉聲。（《全宋詞》，冊五，頁 3473）

詞中所描寫的「此中幽趣」即在於境清與人清，「採藥難尋，童子語山深」化用賈島「松下問童子，言師採藥去。只在此山中，雲深不知處。」〔註 332〕此詞的韻味是十分恬靜、閒淡的，可以一「清」字形容。同時實踐了其《詞源》所提及「清空」之概念：

> 詞要清空，不要質實。清空則古雅峭拔，質實則凝澀晦昧。

〔註 330〕楊海明：《張炎詞研究》（濟南：齊魯書社，1989 年 10 月），頁 90。
〔註 331〕楊海明：《張炎詞研究》（濟南：齊魯書社，1989 年 10 月），頁 159。
〔註 332〕〔清〕聖祖御定：《全唐詩》，冊十七，卷五七四，頁 6693。

　　　姜白石詞如野孤雲飛，去留無迹。吳夢窗詞，如七寶樓臺，

　　　眩人眼目，拆碎下來，不成片段。此清空質實之說。〔註333〕

所謂清空是針對吳文英詞質實之弊而言，沈祥龍《論詞隨筆》：「清者
不染塵埃之謂，空者不著色相之謂。清則麗，空則靈，如月之曙，如
氣之秋，表聖品詩，可移之詞。」〔註334〕孫麟趾《詞逕》：「天之氣
清，人之品格高者，出筆必清。」又云：「天以空而高，水以空而明，
性以空而悟。空則超，實則滯。」〔註335〕據此，「張炎的『清』，乃
指詞人品格高尚，胸懷寬廣，心靈澄澈。所謂『空』，只境界空靈，
詞語超虛，所詠情景不著色相。」〔註336〕張炎認為姜夔詞最符合這
一標準，姜詞詠物之作，不在字面上摹形繪色，直述其情，但讀者可
透過作品的意象、境界、字面而理解其深層蘊含，因而引起共鳴。焦
詞所謂「閒淡清柔」同時綰合兩者，不僅是張炎之理論主張，亦是其
創作實踐。

　　　末句「到得伊家滿意不」，此句在四卷本中作「到得伊家也合休」，
前者焦袁熹反問張炎「清空的詞風」發展至如此僵化，是否令你滿意？
語氣較為婉轉；後者則直指此詞風他人無從學起，不應一味追求清，
直指浙派末流之病，鋒芒畢露，其意依舊。張炎在《詞源》中評論相
當多人，例如全力推崇姜夔，卻對南宋時期另外兩位詞人吳文英和辛
棄疾刻意貶低，且在理論上缺少具體分析，缺乏說服力，其《詞源·
雜論》提到：「辛稼軒、劉改之作豪氣詞，非雅詞也。於文章餘暇戲
弄筆墨，為長短句之詩耳。」〔註337〕論點未免過於偏頗，不夠客觀。

〔註333〕〔宋〕張炎撰、蔡楨疏證：《詞源疏證》（臺北：學海出版社，1988
　　　　年1月），頁27。

〔註334〕〔清〕沈祥龍：《論詞隨筆》，唐圭璋主編：《詞話叢編》，冊五，頁
　　　　4054。

〔註335〕〔清〕孫麟趾：《詞逕》，唐圭璋主編：《詞話叢編》，冊三，頁2555
　　　　～2556。

〔註336〕陶爾夫、胡俊林、楊燕：《姜張詞傳》（長春：吉林人民出版社，1999
　　　　年），頁77。

〔註337〕〔宋〕張炎撰、蔡楨疏證：《詞源疏證》（臺北：學海出版社，1988
　　　　年1月），頁67。

逮至清代，浙西詞派提倡醇雅的格調，於盛行的康、雍、乾三朝，以南宋姜夔、張炎爲宗，字模句煉，而對於靡艷鄙俗之作大都斥爲有失大雅的淫詞濫調，於清代詞壇興起崇尚「醇雅」、「清空」之傾向，然浙派末流趨於僵化，其空自仿效醇雅清空的格調，終導致僵硬空虛之詞壇風氣。因此焦袁熹反問張炎：浙派末流落入貌似清雅卻無實情之空虛，偏離「清空」之主張，對於此情況你是否滿意呢？雖爲疑問句，答案實乃皪然可見也。

五、盧祖皋、高觀國

　　盧祖皋，生卒年不詳，字申之，又字次夔，號蒲江，永嘉（今浙江溫州）人。寧宗慶元五年進士（1199）進士。嘉定時，歷任秘書省正字、校書郎、著作郎等，官至權直學士院。所處時代，正值四靈詩派盛行永嘉之際，士子無不爭學之。蒲江與四靈諸友，亦時有唱和，莫能伯仲，惜詩集不傳，而以《蒲江詞藁》一卷名世。〔註338〕高觀國，南宋後期詞人，生卒年不詳，其字賓王，號竹屋，山陰（今浙江紹興）人，其詞集名《竹屋癡語》，生平事跡可知者甚少。從其《竹屋癡語》一卷可發現，高觀國終生無仕宦事跡，是一以塡詞爲主之江湖文士。「竹屋、蒲江，並有盛名」，其詞與盧祖皋齊名，並稱「盧、高」。焦袁熹〈采桑子‧蒲江 竹屋〉即合論二人：

　　　　周秦死後尋遺響，太半粗疏。吠狗鳴驢。一卷清詞八米盧。

　　　　　詞人結習成癡語，竹屋咿唔。細膩工夫。抵得梅溪一
　　半無。（《全清詞‧順康卷》，冊十八，頁 10584）

「周、秦」，即指北宋婉約派詞人，周邦彥（1056～1121）和秦觀（1049～1100）。秦觀，被視爲最能體現當行本色之「詞手」，晁補之即說黃庭堅不是當行家語，而認爲「近世以來，作者皆不及秦少游」（《評本朝樂章》）。其詞善於以淒迷之景色、宛轉的語調表達感傷情緒，深寓

〔註338〕昌彼得等撰：《宋人傳記資料索引》（臺北：鼎文書局，1974 年），冊五，頁 4030。王師偉勇：《南宋詞研究》（臺北：文史哲出版社，1987年 9 月），頁 385。

身世之慨，詞境最爲淒婉，即馮煦所謂「他人之詞，詞才也；少游之詞，詞心也」〔註339〕，因此被視爲婉約派代表作家。《避暑錄話》稱秦觀「善爲樂府，語工而入律，知樂者謂之『作家歌』。」〔註340〕其詞情、辭俱美，而又合乎音律，這些特點後來即爲周邦彥所承襲。《白雨齋詞話》卷一便指出周承秦後，詞風相繼的關係：「秦少游自是作手，近開美成，導其先路」〔註341〕，其詞淡雅輕柔，情韻兼勝，被譽爲婉約之宗。

　　清眞詞，在南北宋詞風轉變中，扮演了關鍵之地位。「前收蘇、秦之終，復開姜、史之始」〔註342〕，一方面承接北宋詞的優點，博採眾長，自成一宗；一方面又爲南宋姜夔、吳文英等詞派所從出，成爲維繫南北宋詞脈的重要樞紐。清眞詞「下字運意，皆有法度」〔註343〕。周詞之法度、規範，主要體現於章法、句法、煉字和音律等方面，因法度井然，使人有門徑可依，故「作詞者多效其體製」〔註344〕，尤以南宋後期，周氏詞風幾乎成了一般詞人共同追求的標竿，《樂府指迷》稱「夢窗深得清眞之妙」〔註345〕；《詞旨》記張炎作詞之要訣首取「周清眞之典麗」〔註346〕，這兩大家同樣都是源出周詞，周詞因此也流派滋繁，影響深遠。

　　焦袁熹上片首句以「周秦死後尋遺響」陳述後代詞人對於周邦彥和秦觀兩位婉約詞風的推崇追尚，雖追求周秦之婉約詞風者眾，但依焦氏看來則「太半粗疏」，屬「吠狗鳴驢」之平庸作品。近人吳梅在

〔註339〕〔清〕馮煦：《蒿庵論詞》，唐圭璋主編：《詞話叢編》，冊四，頁3587。

〔註340〕〔宋〕葉夢得：《避暑錄話》，鄧子勉編：《宋金元詞話全編》，上冊，卷下，頁268。

〔註341〕〔清〕陳廷焯：《白雨齋詞話》，唐圭璋主編：《詞話叢編》，冊四，卷一，頁3785。

〔註342〕〔清〕陳廷焯：《白雨齋詞話》，唐圭璋主編：《詞話叢編》，冊四，卷一，頁3787。

〔註343〕〔宋〕沈義父：《樂府指迷》，唐圭璋主編：《詞話叢編》，冊一，頁277。

〔註344〕〔宋〕張炎：《詞源》，唐圭璋主編：《詞話叢編》，冊一，卷下，頁255。

〔註345〕〔宋〕沈義父：《樂府指迷》，唐圭璋主編：《詞話叢編》，冊一，頁278。

〔註346〕〔宋〕張炎：《詞源》，唐圭璋主編：《詞話叢編》，冊一，卷下，頁261。

《詞學通論》中提到陳造序高觀國詞云：「高竹屋與史梅溪皆出周、秦之詞，所作要是不經人道語，其妙處，少游、美成亦未及也。」又提出自己的看法：「所論雖推崇過當。惟以竹屋爲周、秦之詞，是確有見地。大抵南宋以來，如放翁、如于湖則學東坡，如龍川、如龍洲則學稼軒。至蒲江、賓王輩，以江湖叫囂之習，非倚聲家所宜，遂瓣香周、秦，而詞境亦閒適矣。」〔註347〕此言洵然。盧祖皋、高觀國爲吟社中人，詞尙清麗，芳悱纏綿，風格近於邦彥、少游。焦袁熹此拈出南宋盧祖皋、高觀國可承周、秦婉約一脈之餘響。

「一卷淸詞八米盧」，用盧思道之典。《北史・本傳》：北齊文宣帝死後，朝中之士奉命各作輓歌十首，擇優錄用。盧思道所作十首，被採用八首，當時人稱爲八米盧郎，後人便以此稱讚喻文質兼茂之佳作。焦袁熹藉「八米盧郎」一詞，稱賞盧祖皋詞作極佳，然過譽之論此與一般定評有所出入。盧祖皋致力小令，其詞細緻淡雅，文句工巧，務較平仄；然而雖近姜夔，但婉約不及姜詞，學晏幾道，沉鬱不似晏詞，若王師偉勇所言：

> 蒲江詞工則工矣，終缺乏一分清空之氣；其刻劃甚者，則如《四庫提要》評四靈詩云：「雖鏤心鎖骨，刻意雕琢，而徑太狹，終不免破碎尖酸之病。」〔註348〕

盧祖皋詞由於習染所尙，略欠才氣，終乏清新之內容，而焦氏以「清」字稱周邦彥、盧祖皋一脈，於後者應推崇過當。

下片起首「詞人結習成癡語」一句專論高觀國之詞集《竹屋癡語》。「結習」，佛教語，指人世的慾望與煩惱，在此指詞人之眞情。南宋詞往往是先在心中存有一段情，然後藉著景物，抒發情思，形成有寄託之格局。胡雲翼《中國詞史略》云：「小詞往往清新可愛，詞之佳者，雖姜夔亦不能勝。」〔註349〕此處即言高觀國詞作小令流暢，

〔註347〕吳梅：《詞學通論》，頁104。
〔註348〕王師偉勇：《南宋詞研究》（臺北：文史哲出版社，1987年9月），頁389。
〔註349〕胡雲翼：《中國史略》（上海：上海出版社，1996年12月），頁163。

能見其情感之流露。陳忻曾於〈論兩宋婉約詞之異〉言：

> 南宋詞並不注重詞的寫實的程度，也不執著於一種使人身
> 臨其境的藝術效果。它所追求的是詞意的深曲與詞境的空
> 靈，即追求一種幽深綿邈的境界。其側重點不在具體事性
> 及其所引發的濃烈之情，而在於由某種情事引起的意味深
> 長、黯然神傷的情緒上，即它所追求不是北宋中對情的過
> 份執著以及那凸現於外的情感衝動，而是一種內在的情的
> 滲透力，不是以外的力量強烈地震撼人心，而是以內在的
> 厚重之情感染讀者。〔註350〕

誠如《詞學集成》卷六云：「詞以情勝，須兼竹屋之癡。」〔註351〕詞
作為一種抒情文體，其抒情內涵最要緊是能達到情感的深刻與真實。
宋詞常是情真於極，轉而為癡，這種癡雖然過於執著，卻依然動人。
此也是作者將其詞集名為「癡語」之意。

「竹屋咿唔。細膩工夫」，這兩句陳述高觀國之創作風格，其一
指其詞諧音合律；其二指其詠物詞之細膩。就詞體言，詞本律而立
調，據調以定聲，以聲而見情；從詞人而論，則是情發於聲，依聲
以擇調，因調而合律。〔註352〕「詞」為表現其情之載體，詞人必須
擇調審音以符合其情；高觀國填詞重視格律，後代詞譜多擇其詞為
「正體」或「又一體」〔註353〕，詞人對於審音度曲方面，可謂下足
工夫。宋翔鳳《樂府餘論》云：「南渡後亦有辛稼軒、劉改之、史邦
卿、高竹屋、黃叔暘諸家，以其音節尚未變也。謂之詩餘者，以詞
起於唐人絕句，如太白之〈清平調〉，即以被之樂府。」〔註354〕宋
翔鳳認為南渡後，有辛棄疾、劉過、史達祖、高觀國及黃昇諸家詞

〔註350〕陳忻：〈論兩宋婉約詞之異〉，《重慶師院學報》（哲社版）第 4 期，
　　　　1994 年，頁 107。
〔註351〕〔清〕江順詒：《詞學集成》，唐圭璋編：《詞話叢編》，冊四，頁 3281。
〔註352〕林鍾勇：《宋人擇調之翹楚——浣溪紗詞調研究》（臺北：萬卷樓圖
　　　　書有限公司，2002 年 9 月），頁 210。
〔註353〕賴妙姿：《高觀國及其詞探究》（彰化師範大學碩士論文，2010 年 7
　　　　月），頁 135。
〔註354〕〔清〕宋翔鳳：《樂府餘論》，唐圭璋編：《詞話叢編》，冊三，頁 2500。

之諧合音律。高觀國在詞作上，相當苦心孤詣的營造音樂效果。就詠物詞而論，高觀國精於詠物，勾勒相當細膩，誠如《歷代詞話》卷八引《古今詞話》云：「高觀國精於詠物，《竹屋癡語》中最佳者有〈御街行〉詠轎、詠簾，〈賀新郎〉詠梅，〈解連環〉詠柳，〈祝英台〉詠荷，〈少年游〉詠草，皆工而入逸，婉而多風」〔註355〕，所言的當。然過份描述雖得物之貌，卻失其神，「勾勒太過，便亦失之薄」即為高觀國長調之疵病。

南宋末年詞壇對於高觀國詞評價甚高，張炎《詞源‧序》推崇周邦彥詞之後，又謂：「所可傚傚之詞，豈一美成而已。……中間如秦少游、高竹屋、姜白石、史邦卿、吳夢窗，此數家格調不侔，句法挺異，俱能特立清新之意，刪削靡曼之間，自成一家，各名於世。」〔註356〕將高觀國與周邦彥、秦觀、姜夔、史達祖諸詞人相提並論，在南宋詞壇享譽不低。高觀國作詞極用心，在命意、布局、琢句、煉字上，常見巧思，但是有時失於尖纖，格調低下〔註357〕，而清初詞壇更以南唐北宋為宗，清代詞話家紛紛駁斥南宋人對高觀國過高稱譽，認為高氏不足與史達祖並列。清‧劉熙載《藝概》云：

> 高竹屋詞，爭驅白石，然嫌多綺語。如〈御街行〉之詠轎，其設想之細膩曲折，何為也哉。詠簾亦然。劉改之〈沁園春〉詠美人指甲、美人足二闋，以褻體為世所共譏，然病在標者，猶易治也。〔註358〕

清周濟《宋四家詞選目錄序論》：「竹屋、蒲江並有盛名。蒲江窘促，等諸自鄶；竹屋硜硜，亦凡響耳。」〔註359〕認為高觀國只是「凡響」，

〔註355〕〔清〕王奕清：《歷代詞話》引《古今詞話》，唐圭璋主編：《詞話叢編》，冊二，卷八，頁 1245。

〔註356〕〔宋〕張炎：《詞源》，唐圭璋編：《詞話叢編》，冊一，卷下，頁 255。

〔註357〕繆鉞，葉嘉瑩：《詞學古今談》（臺北：萬卷樓圖書有限公司，1992年 10 月），頁 94。

〔註358〕〔清〕劉熙載：《藝概》（臺北：漢京文化事業公司，1985 年 9 月），頁 111～112。

〔註359〕〔清〕周濟：《宋四家詞選目錄序論》，唐圭璋編：《詞話叢編》，冊二，頁 1644。

盧祖皋更不足道。陳廷焯《白雨齋詞話》卷二:「竹屋詞最雋快,然亦有含蓄處。抗行梅溪則不可,要非竹山所及。」〔註360〕認爲竹屋詞比不上史達祖,但勝於蔣捷。清末馮煦《蒿庵論詞》:「平心論之,竹屋精實餘,超逸不足。然以梅溪較之,究未能旗鼓相當。今若求其同調,則惟盧蒲江差足肩隨。」〔註361〕認爲高觀國只能與盧祖皋相比,不能與史達祖抗衡。而早在清初,焦袁熹即提出竹屋詞「抵得梅溪一半無」,明確評判出兩者作品之高下,可謂有先見之明。

從全首詞的上片可看出焦袁熹對周、秦之詞是深表讚譽,而周、秦詞所被視爲婉約詞派的主要代表。周邦彥上承秦觀與北宋各大詞家之美,下開南宋姜夔、吳文英之流,而史達祖、高觀國、盧祖皋皆是姜系所開之羽翼,如此一脈展拓,與焦氏「詞以婉約爲正」之詞學觀念一致。此外,透過論盧、高二人,凸顯史達祖在清初時所傳播接受之情形,並將世人常相並論的史達祖、高觀國、盧祖皋三人的才情論定高下:史達祖最上,高觀國、盧祖皋則在伯仲之間。

六、張輯

張輯(生卒年不詳),約宋寧宗嘉定中前後在世(約 1216),字宗瑞,號東澤,鄱陽(今江西波陽)人,布衣終身。張輯〈沁園春〉詞,自序云:

> 予頃游廬山,愛之,歸結屋馬蹄山中,以「廬山書堂」爲扁。包日庵作記,見稱「廬山道人」,蓋援涪翁山谷例。黃叔豹謂予居鄱,不應舍近求遠,爲更「東澤」。黃魯庵詩帖往來,於「東澤」下加以「詩仙」二字。近與馮可遷遇於京師,又能節文,號予「東仙」,自是詩盟遂以爲定號。十年之間,習隱事業,略無可記,而江湖之號凡四遷,視人間朝除夕繳者,眞可付一笑。(《全宋詞》,冊四,頁2557)

〔註360〕〔清〕陳廷焯:《白雨齋詞話》,唐圭璋編:《詞話叢編》,冊四,卷二,頁3801。

〔註361〕〔清〕馮煦:《蒿庵論詞》,唐圭璋編:《詞話叢編》,冊四,頁3595。

據此知張輯有號四，曰廬山道人、曰東澤、曰東澤詩仙、曰東仙。著
有《東澤綺語債》，存詞四十四首。張輯曾詩法於姜夔，其詞格調幽
遠，清疏淡雅。黃昇《中興以來絕妙詞選》卷九：

> 有詞二卷，名《東澤綺語債》，朱湛盧爲序，稱其得詩法於
> 姜堯章。所傳《欸乃集》，皆以爲采石月下謫仙復作，不知
> 其又能詞也。其詞皆以篇末之語，而立新名云。〔註362〕

焦袁熹〈采桑子・張東澤〉一闋即據此評論張輯詞詩法姜夔，又常以
篇末之語另立新名，詞云：

> 亦知綺語眞清絕，白石傳衣。分付紅兒。多恐清圓不似伊。
> 　　老仙自解修簫譜，只合曹隨。朱碧看迷。多事新題換
> 舊題。(《全清詞・順康卷》，冊十八，頁 10584)

張輯詞、詩均衣缽姜夔，陳郁《藏一話腴》外編卷下：「鄱陽張東澤
受訣白石，攻研澄潔，駸駸欲遡太白而上之。余嘗謂東澤家本二千石，
而瓶不儲粟；身本貴遊子，而臞如不勝衣；舉世阿附，而日夜延騷人
韻士，論說古今，客退吟餘，寄趣徽軫，曾不一毫預塵世事。蓋所養
相似，所吟亦不相違，信詩人之傑不可不尚友也。」〔註363〕足見張
輯詩溯姜白石、李白，蓋乃因爲「講尙師友」之功。其作品中自然致
力學習姜夔精妙醇雅之風韻，焦詞上片首句用「亦知綺語眞清絕，白
石傳衣」一句，說明張輯師承姜夔之脈絡，以「清絕」二字概括張輯
詞風。張輯詞〈疏簾淡月・寓桂枝香　秋思〉：

> 梧桐雨細，漸滴作秋聲，被風驚碎。潤逼衣篝，線裊蕙爐
> 沈水。悠悠歲月天涯醉，一分秋、一分憔悴。紫簫吟斷，
> 素牋恨切，夜寒鴻起。　　又何苦、淒涼客裡，負草堂春
> 綠，竹溪空翠。落葉西風，吹老幾番塵世。從前諳盡江湖
> 味。聽商歌、歸興千里。露侵宿酒，疏簾淡月，照人無寐。
> (《全宋詞》，冊四，頁 2551)

〔註362〕〔清〕黃昇：《中興以來絕妙詞選》，《四部叢刊初編》（臺北：臺灣商
　　　　務印書館，1967 年），冊四三八，卷九，頁 91。
〔註363〕〔宋〕陳郁：《藏一話腴・外編》，《景印文淵閣四庫全書》，冊八六五，
　　　　卷下，頁 568。

「疏簾淡月」一題作「秋思」，寫羈旅倦遊之懷、歎老念歸之意，詞
寫梧桐細雨，寫疏簾淡月，皆以意運景，情景交融，深切自然，詞境
既低徊摯婉，又清疏幽遠，運思鑄詞，十分精熟，如「秋聲，被風驚
碎」、「線嫋蕙爐」、「一分秋、一分憔悴」、「落葉西風，吹老幾番塵世」，
看似平淡，實際上極為精煉，耐人回味。《東澤綺語債》其餘詞作，
或詠風物，或寫閨怨，均能清逸風雅，真切動人，故焦氏以「清絕」
二字給予其詞集極高評價，同時亦有推崇姜夔詞「清絕」之意味。

　　而「分付紅兒。多恐清圓不似伊」一句，可解釋之說法有二。其
一，「分付紅兒」是用了姜白石〈過垂虹〉之典故：

　　　　自作新詞韻最嬌，小紅低唱我吹簫。　　曲終過盡松陵路，
　　回首煙波十四橋。〔註364〕

姜夔在遊歷安徽而歸時，受范成大之邀至蘇州。值冬末春初，姜白石
來時，年已六十七歲的石湖老人正病著。白石便常常悠悠蹀于范村，
此時范村正瀟瀟雪意，那梅在雪中放出光華，點點紅豔，正是賞梅的
好時節。范成大殷殷授簡索句於姜夔，欲求梅園之新詞別調。姜夔著
名的〈暗香〉、〈疏影〉、〈玉梅令〉便於此時精心而作。范成大得詞後，
大加讚譽，稱其「翰墨人品皆似晉宋之雅士」，詞間意象自是有一種
才情風流。姜夔在詞前小序中記述：「辛亥之冬，予載雪詣石湖。止
既月，授簡索句，且徵新聲。作此兩曲，石湖把玩不已，使工妓隸習
之，音節諧婉，乃名之曰〈暗香〉、〈疏影〉。」（《全宋詞》，冊三，頁
2181）在姜夔要回吳興時，范成大將歌伎小紅贈予他，姜夔喜出望外
地攜美人歸還，後來經過垂虹橋時，寫下此作。

　　其二，則是用唐代名妓「杜紅兒」之典。《唐詩紀事》卷六十九
〈羅虬〉：

　　　　虬詞藻富贍，與宗人隱鄴齊名。咸通乾符中，時號「三羅」。
　　廣明庚子亂後，去從鄜州李孝恭。籍中有杜紅兒者，歌常

〔註364〕〔宋〕姜夔著：《白石道人詩集‧過垂虹》，《景印文淵閣四庫全書》，
　　　　冊一一七五，卷下，頁198。

　　爲副戎屬意。副戎聘鄰道，虯請紅兒歌而贈彩。孝恭以副
　　戎所眄，不令受之。虯怒。拂衣而起。詰旦，手刃紅兒。
　　既而思之，乃作絕句百篇，以追其冤，號比紅，盛行於時。
　　〔註365〕

「杜紅兒」，爲唐代官妓，美貌年少，機智慧悟，不與群輩妓女等，
善爲音聲，善歌詞人之作。雖兩者典故不同，然「紅兒」均指善音聲
之歌妓，無誤。石湖宅南，隔河有圃曰范村，梅開雪落，竹院深靜，
而石湖却畏自古文人與歌伎之間便有著相知相憐之宿命，姜夔詞有心
儀的歌伎小紅以委婉動人之歌聲吟唱；但再經其它歌伎或後人的傳唱
之後，是否還能保有最初令人動容的清眞圓潤呢？張輯詞雖有姜夔
「清絕」之特質，然而即便是善歌之紅兒復生吟唱，其中清眞圓潤之
味道恐怕尙不及姜夔之詞吧！焦袁熹「分付紅兒，多恐清圓不似伊」，
亦暗示張輯雖有幸師法於姜夔，但其創作也像其它追隨之後人一般，
並沒有眞正得到白石詞風中的精妙內涵。

　　焦詞上片一開始讚許張輯師出名門，詞風清麗。稍後却用了姜白
石與小紅的典故來暗喻姜氏風格在輾轉的仿效，傳唱之後，雖有一些
文人可以習得他相似創作風格，但畢竟都只是因襲而已，並沒有像最
初姜夔風韻的獨特性。

　　下闋首句「老仙自解修簫譜」，則化用自張輯〈月底修簫譜〉（寓
祝英臺近　乙未之秋高郵朱使君錢塘北關舟中）：
　　客西湖，聽夜雨。更向別離處。小小船窗，香雪照尊俎。
　　斷腸一曲秋風，行雲不語。總寫入、征鴻無數。　　認眉
　　嫵。喚醒嚴壑風流，丹砂有奇趣。羞殺秦郎，淮海謾千古。
　　要看自作新詞，雙鸞飛舞。趁月底、重修簫譜。（《全宋詞》，
　　冊四，頁2554）
這首作品由景入情，末句「趁月底、重修簫譜」，被焦袁熹化用爲「老
仙自解修簫譜，只合曹隨」一句。宋以後多稱姜夔爲「白石老仙」，

〔註365〕〔宋〕計有功：《唐詩紀事・羅虯》，《景印文淵閣四庫全書》，冊一四
　　　　七九，卷六十九，頁959～960。

姜夔寫詩填詞，力主創新，不蹈襲前人語意。精通音律，更另創新調，如〈暗香〉〔註366〕、〈疏影〉〔註367〕皆是辛亥之冬詣石湖時，應石湖之請所作的新聲、新調，並自謂「音節諧婉」，有譜旁註，使宋詞音調歌法，得重聞於今世，對南宋後期詞壇創新和詞式上格律變化有極大影響。而張輯被馮去非目爲「東仙」，雖曾自謂「趁月底、重修簫譜」，然而其作品卻只是藉舊譜而立新名，而無重修之實，因此焦氏「只合曹隨」一句即暗諷張輯僅習得姜夔詞法之表相（字句、辭意），而非得其精髓，更進一步在末尾兩句解釋此評論之依據。

　　末尾「朱碧看迷。多事新題換舊題」，意味著張輯詞乍看之下似綺文麗意，但是仔細析賞後卻發現，其實都只是舊酒裝新瓶，了無新意。張輯雖步武姜夔，然其詞並非自創新曲，而係均以篇末之語，另立新名而已，楊慎《詞品》卷五：

> （東澤詞）皆倚舊腔，而別立新名，亦好奇太過也。《草堂詞》選其〈疎簾淡月〉一篇，即〈桂枝香〉也。予愛其〈垂楊碧〉一篇，即〈謁金門〉。〔註368〕

上文所引〈疏簾淡月‧秋思〉，原本詞調爲〈桂枝香〉，張輯取末句「露侵宿酒，疏簾淡月，照人無寐」之意，而改立新名；此外楊慎所偏愛之〈垂楊碧〉一闋：

> 花半濕。睡起一簾晴色。千里江南眞咫尺。醉中歸夢直。

〔註366〕〈暗香〉：「舊時月色，算幾番照我，梅邊吹笛。喚起玉人，不管清寒與攀摘。何遜而今漸老，都忘卻、春風詞筆。但怪得、竹外疏花，香冷入瑤席。　　江國。正寂寂。歎寄與路遙，夜雪初積。翠尊易泣，紅萼無言耿相憶。長記曾攜手處，千樹壓、西湖寒碧。又片片、吹盡也，幾時見得。」《全宋詞》，冊三，頁2181～2182。

〔註367〕〈疏影〉：「苔枝綴玉，有翠禽小小，枝上同宿。客裡相逢，籬角黃昏，無言自倚修竹。昭君不慣胡沙遠，但暗憶、江南江北。想佩環、月夜歸來，化作此花幽獨。　　猶記深宮舊事，那人正睡裏，飛近蛾綠。莫似春風，不管盈盈，早與安排金屋。還教一片隨波去，又卻怨、玉龍哀曲。等恁時、重覓幽香，已入小窗橫幅。」《全宋詞》，冊三，頁2182。

〔註368〕〔明〕楊慎：《詞品》，唐圭璋：《詞話叢編》，冊一，卷五，頁512。

　　　　前度蘭舟送客。雙鯉沈沈消息。樓外垂楊如此碧。問
春來幾日。(《全宋詞》，冊四，頁 2553)

寓〈謁金門〉之詞調，取「樓外垂楊如此碧，問春來幾日」之意，改
為〈垂楊碧〉。張輯作詞多致力於結語，均用新名替代舊譜，即焦氏
所謂「多事新題換舊題」之故。

　　末句表現了詞人抑鬱孤獨和無可奈何的悲慨。本詞原調名為《烏
夜啼》，作者取末句意改為《月上瓜洲》，自然也含有對國事的憂憤和
失望之意。焦袁熹認為張輯雖師法姜白石，但終究無法走出兼具新意
與融合姜詞優點之風格；雖有「清絕」特色，但詞中「清真圓潤」尚
不及姜詞。此外，張輯所謂「重修簫譜」，實為「新題換舊題」之舉，
著實了無新意，非得姜夔作詩填詞要求「創新」之意旨。焦詞主要藉
著評論張輯，同時也透露出焦氏對姜詩詞作的高度評價，與焦氏認為
後人若無天分不可妄追前人，否則只會落得「效顰」之觀點一致。

第四節　小　結

　　總結焦袁熹論南宋詞之特色，可概分為「崇尚清空特色，批評浙
派末流」、「推崇稼軒心志，批評儇父豪麤」、「表達愛國精神，反映時
代創作」三端，茲分述如下：

　　其一，崇尚清空特色，批評浙派末流：由論及姜夔、張炎兩首詞
得知，焦袁熹雖崇尚「清空」，但對於清代浙派以姜、張為宗，多在
字句聲律下工夫，重視詞藻音律，反而忽略詞作內容，導致空疏乏味
之弊病，亦藉論詞表達對此風氣之不滿。張炎《詞源》提及「清空」
之概念，論詞以清空不實質為主，更以姜夔作為「清空」、「騷雅」之
典範，焦氏以「一片閒雲，野逸天真」論姜夔，即言其詞空靈含蓄、
高雅脫俗，筆致清拔深遠，點出「誠知此事由天縱」，需有天分而能
成，非仿效者亦步亦趨可得；又於詞末尾言「寄語諸公莫效顰」、「到
得伊家滿意不」或作「到得伊家也合休」，針對焦氏所處詞壇取徑姜、
張之現況而發，認為僅究字面，雖工而不真，徒襲模擬，雖變而不通，

故敬勸諸公「莫效顰」，此風氣「也合休」！

　　其二，推崇稼軒心志，批評儓父豪麤：清初稼軒詞風之回歸，主要表現為主體之「尚氣」。「尚氣」之傾向，漸以化成一種張揚悲慨激盪之氣的時代思潮，焦袁熹言「賭博飲啖酒婦人，皆至穢之物也，有意氣人，垂涎而道之，終不揜其本色」，心中有蓬勃之氣，即為污穢之物仍未能掩其本色，辛稼軒之氣多在此列，故焦氏謂辛棄疾「胸中塊壘千杯少，髮白燈青。老大飄零。激越悲涼不可聽」。焦袁熹雖以婉約為正，仍肯定稼軒詞中之價值，謂其詞「墨花一閃光如電，弔古傷今。感慨悲吟。淚雨淋浪欲滿襟」，焦氏更對世人稱稼軒詞粗豪進行駁斥：「作詩無他法，惟每作一幅，必求句句成句子，歸于穩愜乃已，雖十日半月成一，不憂不積而多也，香山草稿，改至不存一字，辛稼軒為詞，或累月始成，古人往往如此，今人但見白詩率易，辛詞粗豪，此自未得其解耳。」只是步武於後之辛派詞人，如「二劉未許曹劉敵，湖海尤麤」，未具有辛稼軒之「氣」，徒襲其形，未得其神，「總與辛家作隸奴」，輒多流於粗豪儓父之作。

　　其三，表揚愛國精神，反映時代創作：焦袁熹所論南渡詞人，受靖康之難而有前後期之詞風差異，深掘其詞中的遺民之痛。此外，南宋愛國詞人寄寓於詞中欲恢復中原，回歸故里之希冀和傾向極明顯，慷慨悲歌，激昂士氣，皆真情流露，深受焦袁熹所賞。如以「一曲悲歌」之豪放格調，來表達張元幹「萬里龍沙淚雨含」的氣壯情悲；論岳武穆詞負氣節，寓其耿耿孤忠於其中；「辛家樂府知何似，起舞青萍。四座都醒。羯鼓聲高眾樂停」，以聲勢壯闊評論辛詞特質外，更聚焦於詞人感慨復國無望之激越悲涼；陸游「蠟封夜半親飛檄，馳論幽并」表現陸游親自效力，勤於為國奔走的一片赤誠。焦袁熹論南宋詞人不僅評斷其詞文學地位，對於詞中所顯露之愛國精神，更為焦氏所著眼之處。